✵

테하누

✵

어스시 전집 제4권

테하누

어슐러 르 귄 장편소설

최준영 · 이지연 옮김

황금가지

TEHANU

by Ursula K. Le Guin

차례

나쁜 일

가운뎃계곡의 농부 '부싯돌'이 죽은 후에도 그의 아내는 그대로 농장 집에 머물러 살았다. 아들은 바다로 나갔고 딸은 계곡 하구의 장사꾼과 결혼을 했으므로, 과부는 참나무 농장에서 홀로 지냈다. 사람들은 다른 섬 출신인 그 여자가 자기 고향 섬에서는 뭔가 신분 높은 사람이었다고들 했는데, 아닌 게 아니라 현자 오지언이 종종 그녀를 만나러 참나무 농장에 들르곤 했다. 그러나 오지언은 아무것도 아닌 사람들도 두루 찾아다녔기 때문에 그것은 대단하게 칠 일이 못 되었다.

그 여자에겐 외국 이름이 있었지만, 부싯돌은 아내를 '고하'라고 불렀다. 곤트에서 거미줄을 치는 작고 하얀 거미를 부르는 말이다. 썩 잘 어울리는 이름이었다. 그 여자는 피부 빛이 하얀데다 몸집이 자그마하고 염소 털과 양털로 실 잣는 솜씨가 좋았기 때문이다. 그리하여 이제 그 여자는 부싯돌의 과부 고하가 되었고, 양 한 무리와 그 양들을 놓아먹일 풀밭, 경작지 네 필지, 배나무 과수원 하나, 소작 농가 두 채, 참나무를 뒤에 끼고 선 오래된 석조 농장 집과 언덕 위 가족 묘지(거기에는 부싯돌이 자기 땅의 흙 속에 누워 있었다.)의 여주인이 되었다.

"난 줄곧 무덤돌 근처에서 살아 왔단다."

고하는 딸에게 그렇게 말했다.

"엄마도 참, 읍내로 와서 우리랑 같이 살자니까요!"

딸인 '능금'이 말했지만 과부는 고독한 생활을 떠나려 하지 않았다. 그녀는 잿빛 눈을 가진 딸을 기껍게 바라보며 말했다.

"봐서 나중에, 어린애가 여럿 생겨서 네가 손이 필요해지면 그렇자꾸나. 하지만 지금은 말고. 내가 가서 뭘 하겠니? 난 여기서 사는 게 좋다."

능금을 젊은 사위 품으로 돌려보낸 뒤에 과부는 문을 닫고 바닥에 돌을 깐 농장 집 부엌에 서 있었다. 어스름 녘이었지만 그녀는 등불을 밝히지 않고 남편이 그 불을 밝히던 모습을 생각했다. 남편의 손, 불꽃, 불을 댕기느라 집중한 가무잡잡한 얼굴……. 집은 적막했다.

'난 아무 소리도 없는 집에 살았더랬지, 혼자서……. 이제 다

시 그렇게 살아야지.'

고하는 생각하고 등불을 밝혔다.

무더위가 막 닥쳐 온 무렵의 어느 날, 늦은 오후 시간에 과부의 오랜 친구인 '종달새'가 마을에서 이어지는 좁은 길을 따라 허겁지겁 달려왔다.

"고하."

종달새는 콩밭에서 잡초를 뽑던 고하를 보고 불렀다.

"고하, 나쁜 일이 생겼어. 정말 지독해. 와 줄 수 있어?"

"물론 가지. 그 나쁜 일이 뭔데?"

종달새는 숨을 크게 들이마시고 멈췄다. 그녀는 몸집이 육중하고 인물도 볼 게 없는 중년 여자라 이제는 그 이름이 몸에 맞지 않았다. 그러나 한때는 날씬하고 예쁜 소녀였고, 부싯돌이 얼굴 하얀 카르그 마녀를 들여앉힌 일로 마을 사람들이 이러쿵저러쿵 떠들어 댔을 무렵부터 뒷얘기 따위는 아랑곳 않고 고하에게 친구가 되어 준 사람이었다. 두 사람은 그때부터 죽 친구로 지냈다.

"어린애가 불에 뎄어."

"누구네 애가?"

"떠돌이들."

고하는 가서 농장 집 문을 닫았다. 길을 나서서 오솔길을 따라 걸어가는 동안 종달새가 이야기를 해 주었다. 종달새는 숨차

하며 땀을 뻘뻘 흘렸다. 무성한 길가 풀숲에서 작은 풀씨들이 뺨과 이마에 들러붙었고, 그녀는 얘기를 하면서 한편으로 풀씨들을 쓸어 냈다.

"그놈들은 거진 한 달이나 강가 풀밭에 천막을 치고 있었어. 그중 제가 땜장이입네 하는 놈이 있는데 도둑놈이지. 그자한테 여자가 하나 붙어 있고, 그 둘 근처에 밤낮 기신거리는 사내놈 하나가 더 있는데 좀 젊어. 일이라곤 안 해, 셋 다 말이야. 좀도둑질을 하고 구걸을 하고 그 여자한테 빌붙어 살았다니까. 강 아래 젊은 놈들이 그 여자를 어떡해 보려고 농장에서 나는 것들을 갖다 날랐거든. 어떻게 돌아가는 일인지 대충 알겠지, 응? 부랑자 놈들이 노상에 돌아다니고 농장 근처에 얼씬거린다는 얘기야. 내가 너라면 요즘 같은 땐 문을 걸어 잠그겠다. 그런데 방금 말한 그놈 있지, 그 젊은 녀석이 마을에 왔어. 내가 우리 집 문 앞에 나와 서 있는데 날 보고 이러더구나. '애가 몸이 안 좋아요.' 그전에 웬 어린애 하나가 그치들이랑 같이 있는 걸 얼핏 본 적이 있지. 작은 족제비처럼 휙 사라져 버려서 애가 있었는지 없었는지 모를 정도였지만 말이야. 그래서 내가 이랬어. '몸이 안 좋다니? 열이라도 나나?' 그러니까 그 자식이 그러는 거야. '다쳤어요, 불을 지피다가요.' 그러더니만 내가 같이 갈 준비를 하기도 전에 내빼 버렸어. 그냥 없어진 거야. 그래 내가 거기 강가에 가 보니까 다른 패거리도 가고 없었지. 깨끗이 꺼졌어, 아무도 안 남고. 그치들의 온갖 잡동사니 세간까지 다 사라졌고 말이야. 모닥불만 남아서 연기가 풀풀 오르고 있는데, 그 불 바로 옆에……, 불에 반쯤 걸쳐서……, 땅바닥에 있지…….”

종달새는 말을 못 하고 몇 발짝을 걸었다. 그녀는 고하를 보지 않고 똑바로 앞만 보았다.

“애한테 덮을 것 한 장 씌워 주지도 않았더라고.”

종달새가 말했다.

그녀는 큰 걸음으로 걸어갔다.

“그 애는 훨훨 타는 불 속으로 떠밀린 거야.”

종달새는 그렇게 말했다. 그러곤 침을 꿀꺽 삼키고, 달아오른 얼굴에 달라붙는 씨앗들을 걷어 냈다.

“애가 실수로 불 속에 엎어졌을 수 있다고 할지 몰라. 하지만 애가 온정신이었으면 불에서 나오려고 하지 않았겠니. 내 짐작엔 그놈들이 애를 패다가 애가 죽었다고 생각한 것 같아. 그래서 저희들이 한 짓을 감춰 보려고, 그렇게…….”

종달새는 다시 말을 끊고는, 그저 걸었다.

“아마 그 젊은 녀석은 아니었을 거야. 어쩌면 그치가 애를 불에서 끌어냈을지도 몰라. 아무튼 어린애를 도와줄 사람을 찾으러 왔으니까 말이야. 아마 애 아비가 그랬겠지. 모르겠다. 누가 그랬든 무슨 상관이겠니. 누가 알겠어? 누가 상관이나 하겠어? 그 애를 신경 쓸 사람이 누가 있다고? 그런데 우린 왜 이러고 있다니?"

고하가 낮은 소리로 물었다.

"그 애가 살 것 같아?"

"살 것 같아."

종달새가 대답했다.

"아마 살아날 거야."

잠시 후 마을에 거의 다 와서 종달새가 말했다.

"내가 왜 널 부르러 갔는지 모르겠다. '담쟁이'가 와 있는데 말이야. 더 이상 할 일도 없어."

"내가 계곡 하구 읍으로 가 볼게, '너도밤나무'한테."

"그 사람이 온들 뭘 할 수 있을는지. 이건 도무지……, 도무지 어떻게 할 수 있는 일이 아니야. 나는 아이를 따뜻하게 해 줬지. 담쟁이가 약을 먹이고 잠자는 주문을 걸었어. 지금 우리 집에 데려다 놨거든. 분명 예닐곱 살은 되었을 텐데 몸무게가 두 살배기만큼도 안 나가. 제대로 정신도 못 차리고 있어. 하지만 어떻게 할딱거리고는 있어……. 네가 어찌해 줄 수 없다는 건 알아. 하지만 네가 있어 줬으면 싶었어."

"나도 그러고 싶어."

고하가 말했다. 그러나 종달새의 집으로 들어서기 직전에 그녀는 공포에 잠겨 잠시 눈을 감고 숨을 멈췄다.

종달새네 아이들은 밖으로 쫓겨난 터라 집이 조용했다. 아이는 의식을 잃은 채 종달새가 쓰는 침대에 누워 있었다. 화상이 좀 덜한 곳에는 동네 마녀 담쟁이가 조롱나무로 만든 연고며 온갖 곳에 두루 쓰는 처방약을 있는 대로 덕지덕지 발라 놓았다. 하지만 오른쪽 얼굴과 머리, 뼈까지 심하게 타 들어간 오른팔에는 손을 대지 않았다. 담쟁이는 침상 위에 룬 문자 '피르'를 그리고는 그걸로 손을 떼었다.

"어떻게 좀 해 줄 수 있겠니?"

종달새가 속삭이는 소리로 물었다.

고하는 서서 불에 탄 어린애를 내려다보았다. 그녀의 두 손은 그대로 있었다. 고하가 머리를 저었다.

"넌 산 위에서 치료술을 배웠잖니, 안 그래?"

고통과 수치와 분노가, 안달하며 재우치는 종달새의 음성에 묻어났다. 과부가 대답했다.

"오지언이라도 이걸 낫게는 못해."

종달새는 몸을 돌리고는 입술을 깨문 채 흐느꼈다. 고하는 친구를 끌어안고 희게 센 머리카락을 쓸어 주었다. 두 여자는 서로 부둥켜안았다.

부엌에서 돌아온 담쟁이가 고하를 보고 인상을 구겼다. 부싯돌네 과부는 주문을 외지 않았고 마법을 엮는 일도 없었지만, 사람들은 그녀가 처음 곤트에 왔을 때 현자 오지언의 보살핌 아래 르 알비에 살았고 또 로크의 대현자와도 아는 사이라고들 수

군거렸다. 그러니 외지의 기적적인 능력을 지니고 있을 게 틀림없었다.

그녀가 여러 가지로 특별하다는 걸 시샘하며, 마녀는 침상으로 가서 부산을 떨었다. 접시 위에 뭔가를 수북이 올리고 불을 붙이자 연기와 독한 냄새가 피어올랐다. 마녀는 그 연기에 묻혀 치료 주문을 읊고 또 읊었다. 화상 입은 아이가 독한 약초 연기에 콜록거리다 반쯤 정신이 들어 몸을 꿈틀거리고 후들후들 떨었다. 아이는 거칠게 할딱이는 소리를 내기 시작했다. 밭고 짧고 갈래갈래 갈라진 숨소리였다. 하나 남은 눈은 고하를 올려다보는 듯했다.

고하가 앞으로 걸어 나가 아이의 왼손을 꼭 쥐었다. 그러곤 고향 말로 말했다.

"난 그들을 섬기다가 떠나왔지. 그들이 널 차지하게 놔두지 않을 거야."

아이는 고하를 빤히 쳐다보았지만 어쩌면 아무것도 보고 있지 않은지도 몰랐다. 그저 숨을 쉬려고 안간힘을 썼다. 한 번, 또 한 번, 아이는 힘겹게 숨을 쉬려 애썼다.

매의 둥지로 가다

1년이 조금 더 지나 '긴 춤' 절기가 막 지난 무렵의 뜨겁고 훤한 오후에, 심부름꾼 하나가 북쪽으로부터 가운뎃계곡으로 난 길을 따라 내려와 과부 고하를 찾았다. 마을 사람들이 길을 일러 주어서 심부름꾼은 오후 늦게 참나무 농장에 다다랐다. 얼굴이 뾰족하고 눈치 빨라 보이는 남자였다. 그는 고하와 고하 뒤 가축우리에 있는 양들을 보고서는 말했다.

"양들이 썩 괜찮구먼요. 난 르 알비의 현자님이 보내서 왔는데 아주머니더러 와 달라십디다."

"현자님이 댁을 보내셨다고요?"

못 미덥기도 하고 놀랍기도 해서 고하가 물어보았다. 그녀를 불러야 할 것 같으면 오지언은 더 빠르고 멋진 심부름꾼들을 썼다. 독수리가 부르러 오든가, 아니면 단지 현자 자신의 목소리로 조용히 부르기만 해도 되었다. "오겠느냐?" 하고.

사내는 고개를 끄덕였다.

"그분은 병이 나셨어요."

그러고 나서 말했다.

"새끼 양 중에 암놈으로 팔 것 좀 있나요?"

"그럼요. 생각 있으면 양치기하고 얘기해 봐요. 저기 울타리 옆에 있네요. 저녁 들겠어요? 원한다면 묵고 가도 좋아요. 나는 길을 나서야겠지만."

"오늘 밤에요?"

이번에는 고하의 얼굴에 놀라움 대신 가벼운 냉소만 어렸다.

"어물쩍하고 있을 맘 없다오."

고하는 늙은 양치기 '맑은냇물'에게 몇 마디 이를 말을 이른 뒤에, 참나무 숲 옆으로 산언덕에 파고들게 지어 놓은 집을 향해 올라갔다. 심부름꾼도 따라갔다.

바닥에 돌이 깔린 부엌에 들어가 거기 있던 어린애를 본 순간, 심부름꾼은 눈길을 딴 데로 돌리고 말았다. 아이는 우유와 빵, 치즈와 골파를 심부름꾼 앞에 차려 주고는 소리 없이 나가 버렸다. 그리고 조금 있다 다시 여자와 나란히 모습을 드러냈는데, 둘 다 여행 신발을 신고 가벼운 가죽 배낭을 지고 있었다.

심부름꾼이 그들을 따라 나오자 과부는 농장 집의 문을 잠갔다. 세 사람은 모두 함께 길을 나섰다. 심부름꾼은 원래 자기 볼일이 따로 있었다. 르 알비의 영주를 위해 씨내리 숫양을 사러 나선 길이었고, 오지언의 전갈은 그저 호의로 맡아 왔을 뿐이었다. 그래서 여자와 불에 덴 아이는 마을로 내려가는 좁은 길 어귀에서 그와 헤어졌다. 그 둘은 심부름꾼이 내려온 길을 거슬러 올라 북쪽을 향해 가다가 서쪽으로 방향을 틀어 곤트 산 산기슭을 걸어갔다.

두 사람은 여름철의 긴 황혼이 다 저물도록 걸었다. 캄캄해진 다음에야 좁은 길을 벗어나 작은 골짜기에서 야숙했다. 곁에서는 계곡물이 날래게 몸을 뒤채며 조용히 흐르고 있었다. 우거진 버드나무 숲 사이 창백한 밤하늘이 수면에 되비쳤다. 고하는 산토끼처럼 마른풀과 버드나무 잎을 모아서 나무숲 사이에 잠자리를 만들고 아이를 담요로 감싸 눕혔다.

"이제 넌 고치야. 아침이 되면 나비가 돼서 껍질을 벗고 나오는 거야."

고하는 불을 지피는 대신 망토를 두르고 아이 옆에 누워 반짝이는 별들을 하나하나 지켜보며 속살대는 계곡 물의 이야기를 듣다가 잠이 들었다.

새벽이 오기 전 으슬으슬한 냉기 속에 잠이 깨자, 고하는 조그맣게 불을 지피고 납작한 냄비에 물을 담아 데워서 아이와 둘이 먹을 귀리죽을 만들었다. 상처 입은 조그만 나비가 바르르 떨며 고치에서 나왔다. 고하는 냄비를 이슬 머금은 풀 속에 두고 식혀서 아이가 쥐고 마실 수 있게 해 주었다. 높고 어두운 산등성이 위로 동이 터 올 무렵 그들은 다시 길을 나섰다.

쉽게 지쳐 버리는 아이의 걸음에 맞추느라 두 사람은 하루 종일을 걸었다. 고하는 발걸음을 재촉하고 싶은 마음이 굴뚝같았지만 천천히 걸어갔다. 아이를 안고 갈 수는 없었다. 그래서 아이가 걷는 길을 좀 편하게 해 주려고 자진해서 말을 꺼냈다.

“우린 지금 누굴 보러 가는 거야. 나이 많은 남자 분이지. 오지언이라고 해.”

숲 사이로 구불구불 뻗은 좁은 오르막길을 터벅터벅 걸어가며 고하가 일러 주었다.

“현명한 어른이고 마법사시란다. 마법사가 뭔지 아니, 테루?”

전에 이름이 있었을지도 모르지만, 아이는 자기 이름을 몰랐다. 어쩌면 말하지 않으려는 것일지도 모른다. 고하는 아이를 테루라고 불렀다.

아이는 도리질을 했다.

“글쎄다, 나도 모른단다. 그래도 마법사가 뭘 할 수 있는지는 알지. 내가 어렸을 때……, 너보다는 좀 더 컸을 때지만 그래도 어렸을 때인데, 그때 오지언은 나한테 아버지셨어. 내가 지금 너한테 엄마인 것처럼 말이다. 그분은 날 돌봐 주고 내가 알아야 할 것들을 애써 가르쳐 주셨지.

나와 함께 지내긴 했지만 사실 혼자 방랑하는 걸 더 좋아하는 분이었단다. 걷는 걸 좋아하셨지. 우리가 지금 걷고 있는 이런 길을 따라 숲으로 황무지로 언제까지나 걸으셨어. 산 위 어디라도 가서 무엇이든 지그시 바라보고 귀 기울였지. 항상 주의 깊게 듣는 분이라 사람들은 그분을 '침묵하는 분'이라 불렀단다. 하지만 내게는 종종 말씀을 하셨어. 이야기들을 해 주셨지. 영웅들과 왕과 오래전 아주 멀리서 일어난 일들같이 누구나 다 배우는 위대한 얘기들뿐만 아니라, 오로지 그분만이 아는 이야기들을."

길을 좀 더 걷고 나서 고하는 얘기를 계속했다.

"이제 그 이야기들 중에서 하나를 해 줄게. 마법사들이 할 수 있는 것 중에는 다른 것으로 변하는 일도 있단다. 다른 모습이 되는 거지. '변신'이야, 마법사들은 그렇게 불러. 하다못해 흔히 보는 요술쟁이들도 자기 모습을 바꾸어서 자기 아닌 다른 사람이나 심지어 짐승으로 보이게 할 수가 있지. 잠깐 동안은 깜박 속일 수 있어, 마치 가면을 쓴 것처럼 말이야. 하지만 제대로 된 마법사나 현자들은 더 굉장한 일을 해낸단다. 아예 그 가면이 되는 거야. 정말로 다른 존재로 바뀌는 거지. 그러니까 마법사가 바다를 건너고 싶은데 배가 없다면, 그 사람은 갈매기가 되어 날아갈 수도 있다는 얘기야. 하지만 조심해야 해. 새가 되어 있다 보면 생각도 새처럼 해서 인간다운 생각을 잊게 되니까. 그러니 갈매기가 되어 멀리멀리 날아갈 순 있지만 그러다간 자칫 다시는 사람이 못 될 수도 있는 거야. 그래서 그런 얘기가 있잖니, 옛날 언젠가 대단한 마법사가 살았는데 곰이 되기를 좋아해서 너무 자주 변하다가 진짜 곰이 되어 버렸다는 얘기. 그 바람에 자기 어린 아들을 죽이고 말았다는 얘기 말이야. 사람들은 어쩔 수 없이 그 곰을 쫓아가서 죽였다고 하지. 그런데 오지언은 그걸로 농담을 하신 적이 있어. 한번은 음식 광에 쥐가 들어와 치즈를 못쓰게 만들었는데, 그분은 간단한 쥐덫 주문으로 쥐 한 마리를 잡더니 이렇게 들어 올려서는 눈을 보면서 그러시는 거야. '내가 쥐 노릇 작작 하라고 했지!' 잠깐 동안은 정말인 줄 알았지 뭐니.

음, 지금 하려는 이야기도 변신하고 비슷한 것이긴 하다만, 오지언은 이것이 당신이 알고 계신 모든 변신 마법들을 다 뛰어넘는 것이라고 하셨단다. 왜냐하면 이건 두 가지 서로 다른 것들이, 두 다른 존재가 같은 순간 같은 형태를 취한다는 이야기거든. 이건 마법사의 힘을 넘어선 일이라고 오지언은 말했지. 그분은 곤트 섬 북서 해안에 가까운 케메이라는 작은 마을에서 직접 그런 일을 보셨어. 그 마을에 사는 어떤 여자였지. 그 여잔 나이 지긋한 고기잡이 아낙이었는데 마녀도 아니고 배운 것도 없었어. 하지만 그 여잔 노래 짓는 사람이었단다. 그래서 오지언이 그 사람 이야기를 듣게 된 거야. 그분이 늘 하시던 대로 방랑길에, 지나쳐 가다가 말이야. 해안을 따라가며 이야기에 귀를 기울이는데, 그물을 기우는지 배를 때우는지 사람들이 일을 하면서 이런 노랠 부르더란다.

서쪽 너머 더 먼 서쪽
그 땅 저편에서
우리 동족들은 춤을 추리라
또 다른 바람에 몸을 싣고서

이게 오지언이 들었던 가락이랑 노랫말인데, 전에 한번도 들어 본 적이 없는 노래더래. 그래서 오지언은 그 노래가 어디서 전해진 것인지 물어보셨지. 이 사람 저 사람의 대답을 듣던 중에 누군가가 '아, 그건 케메이 여자가 지은 노래 중 하나예요.' 라고 말하는 소리를 듣기에 이르렀대. 그렇게 해서 오지언은 그 여자가 사는 작은 어촌 케메이로 찾아가서 부둣가 아래쪽에 있는 그 여자 집을 찾았단다. 그러곤 현자의 지팡이로 문을 두드렸어. 그러자 그 여자가 나와 문을 열었지.

전에 했던 이름들 얘기 기억나니? 아이들이 왜 어릴 적 이름을 갖는지, 사람들이 왜 모두들 보통 때 부르는 이름이나 별명 같은 걸 갖는지 알지? 사람마다 부르는 것도 다른 거야. 나에게 넌 테루지만, 너도 좀 더 나이가 들면 하드 어로 된 평상시 이름이 생길 테고, 또 앞으로 더 커서 어른 티가 나게 되면 참 이름을 받게 될 테지, 모든 게 제대로 잘되어 간다면 말이다. 누군가 진정한 힘을 지닌 이가 너에게 그 이름을 주게 돼, 마법사나 현자가. 그게 그들의 힘이고, 그들의 재주이니까. 이름 짓기가 말이야. 그리고 넌 그 이름을 다른 사람에게 말해선 안 돼. 왜냐하면 참 이름 속에는 자아가 들어 있거든. 이름은 너에게 힘이고 권능이지만 남의 손에 들어가면 위협이자 짐이 돼. 그렇기에 꼭 그래야 할 때에만, 그리고 가장 신뢰하는 사람에게만 알려줄 수 있는 거야. 하지만 모든 이름을 알고 있는 위대한 현자는 듣지 않아도 이름을 알지.

그래 위대한 현자 오지언은 방파제 옆에 붙은 그 작은 집 문 앞에 섰고, 나이 든 여자가 문을 열었단다. 순간 오지언은 뒷걸음질치며 참나무 지팡이를 쳐들었지. 그리고 뜨거운 불에서 몸을 지키려는 사람처럼 손도 이렇게 들어 올렸어. 오지언은 몹시 놀라고 겁이 나서 그녀의 진짜 이름을 소리내어 말했단다. '용이라니!' 하고 말야. 그분 얘기론 그때 문간에 나온 건 여자가 아니었다는 거야. 그것은 빛을 내며 타오르는 불이었고, 번쩍이는 금빛 비늘과 갈고리 발톱이었고, 큼지막한 용의 눈동자였단다. 사람들은 용의 눈을 바라보면 안 된다고들 하지.

하지만 다음 순간 용은 보이지 않았어. 대신 늙수그레한 여인이 거기에 서 있었지. 약간 등이 굽고 손이 큼지막한, 키 크고 나이 지긋한 고기잡이 여자가 말이야. 오지언이 그 여잘 쳐다보니까 그녀도 똑같이 마주 보았단다. 그러고는 말했어. '들어오시우, 오지언 나리.' 그래서 그분은 안으로 들어갔어. 여자가 생선국을 내와서 함께 음식을 들었지. 그러고 나서 화로 옆에서 얘기를 나누었단다. 오지언은 그 여자가 변신 마술사인 게 틀림없다고 생각했는데, 너도 알겠지만 용으로 변신한 여자인 건지 아니면 여자로 변신한 용인 건지 감을 잡을 수가 없었어. 그래서 결국 물어보았지. '당신은 여자요, 아니면 용이오?' 그러자 그 여자는 대답 대신에 이렇게 말했어. '내가 아는 노래를 들려 드리리다.'"

테루의 신발에 돌 부스러기가 들어갔다. 그들은 멈춰 서서 돌을 빼낸 다음 돌둑 사이로 가파르게 경사진 길을 느릿느릿 계속 걸었다. 돌둑 위로 튀어나온 잡목들에선 한여름 더위를 알리듯 매미들이 맴맴 울어 댔다.

"그 여자가 오지언에게 노래해 준 이야기가 이거야.

세고이가 태초에 바다로부터 세계의 섬들을 들어 올렸을 때, 그 땅과 땅 위로 부는 바람에서 최초의 용들이 태어났지. 창조의 노래에는 그렇게 되어 있어. 하지만 그 여자의 노래는 거기에 덧붙여, 태초에 용과 인간은 하나였다고 했단다. 그들은 모두 한 핏줄 한 종족이었으며, 날개가 있고 참 언어로 말했지.

그들은 아름답고 힘 있고 현명하고 자유로웠단다.

하지만 때가 되면 모든 게 바뀌게 마련이지. 그래서 용 인간들 중 몇몇은 갈수록 하늘 나는 일과 야생 생활을 더 좋아하게 되었단다. 창조 일이라든가 연구, 배움, 집이나 도시들에 관련된 일은 점점 덜 하려고 했고. 그이들은 단지 멀리 더 멀리 날며 사냥을 하고 죽인 것을 먹고, 아무것도 모르고 신경도 쓰지 않은 채 더욱더 많은 자유만을 추구했지.

다른 용 인간들은 날기를 도외시하고 보물과 부와 만들어진 것들, 이름난 것들을 끌어 모았어. 그들은 건물들을 세웠지, 보물을 보관하기 위한 튼튼한 성채들을. 그래서 모아들인 모든 것을 자손에게 전할 수 있었고, 갈수록 더 많은 부를 쫓았지. 그러다 보니 야생의 존재들이 두려워지기 시작했어. 날아와서 온갖 소중한 보배들을 파괴하고, 흉폭하게도 아무렇지도 않게 훨훨 타오르는 불꽃 폭풍을 내뿜어서 그것들을 모조리 태워 없앨 수도 있으니까.

야생의 존재들은 아무것도 두려워하지 않았지. 그들은 아무것도 배우지 않았어. 무지하고 두려움이 없었기 때문에, 날 줄 모르는 존재들이 덫을 놓아 짐승처럼 그들을 잡아 죽이는데도 피할 수가 없었어. 하지만 죽음을 면한 야생의 존재들은 하늘로 날아올라 아름다운 건물들에 불을 지르고 파괴하고 죽여 댔지. 가장 힘세고 용맹한 이들, 가장 현명했던 이들이 맨 처음 서로

죽이기를 시작했던 거야.

가장 두려움에 찼던 자들은 그 싸움에서 발을 빼었고, 더 이상 숨을 데가 없어지자 도망을 쳤어. 그들은 창조의 기술을 이용해서 배를 만들어 동쪽으로 항해했지. 커다란 날개를 가진 존재들이 폐허가 된 탑 사이에서 싸우고 있는 서쪽 섬들로부터 멀리 떠나려고.

그래서 용 인간들은 변해서 두 종족으로 되었단다. 언제나 머릿수가 적고 더 사나웠던 용들은 목적도 이유도 없는 탐욕과 분노에 휩싸여 서원해의 저 먼 섬으로 뿔뿔이 흩어져 갔지. 그리고 언제나 수가 더 많았던 인간들은 내지 섬들이며 남쪽과 동쪽에 걸쳐 부유한 소읍과 도회지들에 가득가득 넘쳐나게 되었고. 그래도 그들 가운데는 용의 지식, 그러니까 창조의 참 언어를 간직한 이들이 있었는데 그들이 지금의 마법사들이야.

하지만 그 노래는 또 이렇게 얘기했어. 우리 중엔 자신이 한때 용이었음을 아는 사람들이 있고, 용들 중에서도 일부는 인간이 자신들과 혈족임을 알고 있다고 말이야. 그리고 하나의 종족이 둘로 나뉘었을 때 몇몇은 여전히 인간이자 용인 채, 동쪽이 아니라 서쪽으로, 난바다 너머 세계의 또 다른 편에 이를 때까지 날아갔다고 해. 거기서 그들은 평화롭게 살고 있대. 용맹한 동시에 현명한, 인간의 정신과 용의 마음을 함께 지닌 날개 달린 커다란 존재들로서 말이야. 그래서 그 여자는 그렇게 노래했지.

서쪽 너머 더 먼 서쪽
그 땅 저편에서
우리 동족들은 춤을 추리라
또 다른 바람에 몸을 싣고서

이것이 케메이 여자의 노래가 전하는 이야기였고, 그 이야긴 이 노랫말로 끝을 맺었어.

오지언은 듣고 나서 그 여자에게 말했어. '내가 처음 당신을 봤을 때 본 것이 당신의 참 모습이오. 화덕 너머 앉아 있는 이 여자는 당신이 걸친 옷에 불과하군요.' 하지만 여자는 머리를 저으며 웃고는 이렇게만 말했어. '그렇게 단순한 일이면 좋게요!' 그리고 얼마 후에 오지언은 르 알비로 돌아왔지. 그러곤 나에게 그 얘기를 해 주면서 이렇게 말씀하셨어. '그날 이후로 나는 궁금함을 떨칠 수가 없구나. 그게 인간이든 용이든 그 어떤 존재가 서쪽 너머 더 먼 서쪽으로 간 적이 있었는지, 우리는 누구이며 우리의 완전함은 어디에 있을는지 말이다.' 배고프니, 테루? 저기 앉기 좋아 보이는 데가 있구나. 저기 길모롱이에. 저기선 저 아래 먼 산기슭에 있는 곤트 항이 보일 거야. 큰 도시지. 계곡 하구 읍보다도 더 크단다. 저 모퉁이에 가서 잠깐 앉아 쉬자꾸나."

높직한 길모롱이에서는 정말로 광활한 숲으로 이루어진 비탈과 만 위 도시로 이어진 바위투성이 목초지가 내려다보였다. 그리고 만으로 접어드는 물길을 지키는 울퉁불퉁한 바위들이며 어둑해진 물 위에 떠 있는, 나무 지저깨비나 물방개 같은 배들도 보였다. 그들이 가려는 길 저 먼 앞쪽으로는 지금 있는 데보다도 좀 더 위쪽 산허리에 튀어나온 절벽이 보였다. 바로 '큰벼랑'이다. 그 위에 르 알비 마을이, '매의 둥지'가 자리 잡고 있었다.

테루는 투정 한마디 없었다. 하지만 이윽고 고하가 "이제 계속 갈까?" 하고 말했을 때는 하늘과 바다 사이에 틈진 그 길에 앉은 채 도리질을 쳤다. 해는 따뜻했고, 그들은 작은 골짜기에서 아침을 먹은 이래 오래도록 길을 걸어 온 터였다.

고하가 물병을 꺼내서 둘 다 다시 물을 마셨다. 그런 다음 고하는 배낭에서 건포도와 호도를 내어 아이에게 주었다.

"여기가지 오니 우리 목적지가 보이는구나. 될 수 있으면 어둡기 전에 도착했으면 좋겠다. 오지언이 무척이나 보고 싶단다. 네가 많이 힘들겠지만, 빨리 걷지는 않을 거야. 그리고 오늘 밤은 거기서 안전하고 따뜻하게 자자, 응? 배낭을 챙기렴, 허리띠에다 튼튼하게 묶어. 건포도를 먹었으니 다리에 힘이 날 거야. 마법사처럼 지팡이가 있으면 좋겠니? 걸을 때 도움이 되게 말이야."

테루는 아작아작 씹어 먹으면서 고개를 끄덕였다. 고하는 칼을 꺼내 아이를 위해 단단한 개암나무 가지를 잘랐다. 그런 다음 길 위로 늘어진 오리나무 가지를 부러뜨려 잔가지들을 쳐낸 뒤 튼튼하고 가벼운 지팡이를 만들었다.

그들은 다시 출발했다. 건포도로 허기를 달랜 아이는 터벅터벅 따라 걸었다. 고하는 둘 다의 기운을 돋우려고 노래를 불렀다. 사랑 노래며 양치기 노래, 가운뎃계곡에서 배웠던 민요들이었다. 그런데 갑자기 목소리가 노래 중간에서 사그라졌다. 그녀는 문득 멈춰 서면서 경고의 몸짓으로 손을 내밀었다.

네 명의 사나이들이 길 저 앞에 서서 이쪽을 보고 있었다. 그들이 가기를 기다리거나 먼저 지나쳐 가도록 숲에 숨기에는 이미 늦었다.

"여행자들이야."

고하는 나지막이 테루에게 이른 다음 계속 걸었다. 굵직한 오리나무 가지를 단단히 쥔 채였다.

종달새가 강도며 도둑을 염려했던 건 그저 질서를 흐트러뜨리고 세상을 타락시키는 치들에 대한 푸념만이 아니었다. 요 몇 년 사이 곤트에서는 도시건 시골이건 평화와 믿음이 사라져 버렸다. 젊은이들은 한마을 사람들에게도 이방인처럼 굴었다. 남의 호의를 이용해 먹고, 도둑질을 하며, 훔친 것을 내다 팔았다. 예전엔 없던 데까지도 빈민굴이 생기고, 거지들은 불만에 가득 차 험악하게 굴었다. 도회지의 거리에서나 시골 길에서나 여자들은 혼자 다니길 꺼려 했지만, 자유를 잃는 것도 마뜩찮았다. 젊은 여자들 중엔 집을 뛰쳐나가 도둑놈, 밀렵꾼들 패거리와 어울리는 축도 있었다. 그런 아가씨들은 1년도 안 되어 맞아서 퉁퉁 붓고 멍이 든 채 뱃속에 아이를 배고 돌아오기가 십상이었다. 게다가 마을 마술사며 마녀들 사이에서는 으레 하던 일이 잘되지 않는다는 이야기가 돌았다. 어김없이 병을 고치던 주문들이 듣지 않았다. 찾기 주문은 아무것도 찾지 못하거나 엉뚱한 것을 찾았다. 사랑의 묘약은 남자들로 하여금 이성을 갈망하게 하는 게 아니라 무시무시한 시샘에 미쳐 버리게 만들었다. 더 심각한 상황도 벌어진다고 했다. 즉 마법 기술이나 마법의 규칙과 한계, 그리고 그것들을 위반했을 때 초래될 위험에 대해 무지몽매한 자들이 권능자를 자칭하며 자신들을 따르는 사람들에게 놀라운 부귀와 건강을 약속하고 심지어 영원한 생명까지도 약속한다는 것이었다.

고하네 마을 마녀인 담쟁이는 이처럼 마법이 힘을 잃어 가는 상황을 암울하게 보았다. 계곡 하구의 마술사인 너도밤나무도 그랬다. 빈틈없고 신중한 너도밤나무는 담쟁이가 화상 입은 테루의 환부와 통증을 어떻게든 감싸 주려고 애쓰고 있을 때 도우러 와 주었던 사람이었다. 그가 고하에게 한 말은 이랬다.

"지금과 같은 일들이 일어나는 때는 파멸의 시기요, 한 시대의 종말이 틀림없어요. 해브너에 왕이 있었던 때로부터 얼마나 많은 세월이 흘렀습니까? 계속 이렇게 갈 수는 없어요. 우리는 다시 중심으로 돌아서야 해요. 아니면 파멸입니다. 섬과 섬이 부딪치고, 사람과 사람이 부딪치고, 아버지와 아이들이……."

너도밤나무는 조금 소심해 보이면서도 맑고 신중한 그 특유의 표정으로 고하를 쳐다보았다.

"에레삭베의 고리는 해브너 탑에 되돌아왔지요. 나는 그걸 그리로 가져간 사람이 누군지 알아요……. 그건 계시입니다, 분명히. 새로운 시대가 온다는 계시지요! 하지만 우리는 그에 따라 처신하지 않았어요. 우리는 왕이 없어요. 중심이 없다는 말이에요. 우리의 핵심을, 우리의 힘을 찾아야 해요. 필경 마침내는 대현자께서 나서시겠지요."

그러고는 확신을 가지고 덧붙였다.

"결국 그분은 곤트 사람이시니까요."

그러나 대현자가 행동에 나섰다는 얘기도, 해브너의 왕좌를 계승할 사람에 대한 얘기도 전혀 들려오지 않았다. 그리고 상황은 갈수록 나빠졌다.

그래서 고하는 길 저 앞에 양쪽으로 둘씩 나눠 선 네 사내들이 두려웠고, 지긋지긋한 울분이 치밀었다. 어떻게든 아이를 데리고 저 남자들 사이를 지나가야 할 판이었다.

테루는 꾸준히 앞으로 걸으면서 고개를 푹 숙인 채 고하 옆에 바짝 붙었다. 그러나 손을 잡지는 않았다.

사내들 중 하나가 이죽거리며 말을 붙여 왔다. 가슴이 떡 벌어지고 인중을 덮은 거친 수염이 입술 위로 축 처진 남자였다.

"어이, 거기."

그러나 같은 순간 고하가 더 큰 소리로 말했다.

"비켜요!"

그녀는 오리나무 막대기를 마법사의 지팡이라도 되는 양 쳐들고 말했다.

"난 오지언에게 볼일이 있어요!"

고하는 남자들 사이를 성큼성큼 똑바로 지나갔고, 테루는 곁에 붙어 종종걸음을 쳤다. 그녀의 거리낌 없는 행동을 마법으로 착각한 사내들은 꼼짝하지 않고 서 있었다. 다행히 오지언의 이름은 여전히 힘이 있는 듯했다. 어쩌면 힘은 고하에게, 아니면 그 아이에게 있는 건지도 모른다. 두 사람이 지나쳐 간 후에 한 사내가 말했다.

"저거 봤어?"

그는 침을 뱉고 저주를 피하는 손짓을 했다. 그러자 다른 자가 말했다.

"마녀에다 괴물 같은 애새끼라니. 가게 내버려 두자!"

그러나 또 다른 사내, 가죽 모자를 쓰고 짧은 조끼를 입은 남자는, 동료 건달들이 껄렁껄렁 돌아서는 동안에도 여자와 아이를 응시했다. 병들고 짓눌린 듯한 얼굴을 가진 사내였다. 그 사내가 여자와 아이 뒤를 쫓아가려고 막 돌아서려는데 수염 기른 남자가 그를 불렀다.

"가자고, '재주꾼'!"

길모퉁이를 돌아 사내들의 시야에서 벗어나자 고하는 테루를 안아 들고 걸음을 서둘렀다. 그렇게 얼마큼 간 후에야 아이를 내려놓고 서서 숨을 골랐다. 아이는 아무것도 묻지 않고 꾸물거리지도 않았다. 고하가 다시 길을 재촉하자 아이는 그녀 옆에서 최대한 빨리 걸었다. 이번엔 손을 잡고 갔다.

"불처럼 빨개요."

아이는 좀처럼 말하는 법이 없었고 몹시 쉰 목소리라 발음도 분명하지 못했다. 그러나 고하는 아이의 말을 이해했다.

"화가 났거든."

고하가 웃음을 지을 둥 말 둥 했다.

"나는 화가 나면 빨개져. 너희 같은 사람들, 피부가 불그스름한 서쪽 땅의 야만인들처럼 말이지……. 봐라, 저 앞이 읍이구나. 참나무 샘 마을일걸. 이 길에 마을은 그곳 하나뿐이란다. 저기서 조금 쉬었다 가자. 아마 우유를 좀 얻을 수 있을 거야. 그러고 나서 계속 갈 수 있다면, 네가 매의 둥지까지 올라갈 수 있다면 해 질 녘엔 거기 있게 될 거야. 그랬으면 좋겠구나."

아이는 고개를 끄덕였다. 그러고는 건포도와 호두가 든 배낭을 열어 조금 꺼내 먹었다. 두 사람은 계속해서 터벅터벅 걸어

갔다.

마을을 지나 절벽 꼭대기 오지언의 집에 이르렀을 때에는 저 멀리 해가 막 넘어가는 참이었다. 서쪽의 높은 수평선 너머에 뜬 먹구름 덩어리 위로 첫 별들이 반짝였다. 바닷바람이 불어와 키 작은 풀들을 눕히고, 작은 집 뒤 풀밭에서는 염소 한 마리가 나지막이 매 하고 울었다. 하나뿐인 창문에서 침침한 노란 불빛이 비쳐 나고 있었다.

고하는 자기 지팡이와 테루의 지팡이를 둘 다 문 옆 벽에 기대 세웠다. 그러곤 아이의 손을 잡고 문을 한 번 두드렸다.

대답이 없었다.

고하가 문을 밀어 열었다. 화로에는 희끄무레한 재와 숯덩어리만 남았지만, 탁자 위의 기름 등이 씨앗 같은 작은 불꽃을 품고 있었다. 저 구석 쪽 바닥에 놓인 침상에서 오지언이 말했다.

"들어오너라, 테나."

오지언

테나는 서쪽 벽의 움푹 들어간 곳에 임시 잠자리를 만들어 아이를 눕혔다. 그리고 불을 다시 피운 다음 오지언의 침상 옆으로 가서 다리를 접고 앉았다.

"돌보는 사람이 아무도 없다니요!"

"내가 보내 버렸다."

오지언이 속삭이듯 말했다.

그의 얼굴은 옛날과 똑같이 가무잡잡하고 엄격해 보였지만, 허연 머리카락은 듬성듬성해졌고 눈동자엔 어둑한 등불 빛 한 점 비치지 않았다. 테나는 야단을 쳤다.

"혼자서 돌아가실 뻔했다고요."

"그렇게 하게 도와주련?"

노인의 말에 테나는 몸을 굽혀 오지언의 손에 이마를 대면서 간절히 말했다.

"아직은 안 돼요."

"오늘 밤은 아니지."

오지언은 동의했다.

"내일 말이다."

그는 손을 들어 올려 테나의 머리카락을 한 번 쓰다듬었는데 그것만으로도 무척이나 힘든 듯했다.

테나는 몸을 일으켰다. 화로의 불길이 제대로 살았다. 그 빛이 벽과 낮은 천장을 뛰놀며 긴네모꼴 방 안 구석마다 고인 그림자를 더욱 짙게 만들었다.

"게드가 왔으면."

노인이 중얼거렸다.

"전갈을 보내셨어요?"

"사라졌어. 그 애의 흔적이 사라졌구나. 구름이야. 그 땅들 위에 안개가 덮였다. 서쪽 깊이 들어갔지, 마가목 가지와 함께. 캄캄한 안개 속으로 들어가 버렸어. 내 매는 떠나 버렸다."

"아니, 아니에요, 안 그래요. 분명히 돌아올 거예요."

테나가 속삭였다.

그들은 침묵했다. 차츰 화롯불의 온기가 몸에 스며들자 오지언은 힘없이 누운 채 깜박깜박 잠들다 깨기를 반복했고, 하루 종일 길을 걸은 테나도 노곤해졌다. 테나는 두 발을 주무르고 아픈 어깨를 문질렀다. 길게 이어진 산길 막바지에서는, 그때까지 처지지 않고 따라오느라 지쳐 할딱이기 시작한 테루를 결국 업어 날라야 했던 것이다.

테나는 물을 데워 몸에 묻은 여행길 먼지를 씻어 냈다. 우유를 데우고 오지언의 찬장에서 찾아낸 빵을 먹은 후에 다시 노인 곁에 와 앉았다. 그가 잠든 동안 테나는 그 얼굴과 불빛과 그림자를 응시하며 상념에 잠겼다.

그녀는 오래전 먼 나라에서 상념에 젖어 있던 한 소녀를 떠올렸다. 그 아이는 한밤중 창문 하나 없는 방에서 침묵에 잠겨 있었다. 자신이 '먹힌 자' 즉 대지의 어둠이 품은 힘들의 시종이자 무녀라고 믿도록 길러진 아이였다. 그리고 남편과 아이들을 재운 뒤 농가의 평온한 고요에 젖어 한 시간 가까이 홀로 됨을 누리며 상념에 젖었던 한 여인도 있었다. 지금 여기에는 화상 입은 어린애를 데리고 온 과부가 있다. 죽어 가는 사람 곁에 앉아서, 돌아올 사람을 기다리는 여자다. 모든 여자들이 그러듯이, 어떤 여자든 그러듯이, 여자가 해야 할 일을 하면서.

하지만 오지언은 그녀를 부를 때 시종의 이름으로나 아내의 이름으로나 과부의 이름으로 부르지 않았다. 게드도 마찬가지였다. 그 '무덤'의 어둠 속에서 그녀를 불렀을 적에. 그리고 어머니도, 더 오래전, 아주 아득히 먼 어딘가에서 그녀를 불렀던 어머니도 그런 이름은 쓰지 않았다. 사자 갈기 같은 노란 불꽃과 따스함으로만 기억하는 어머니, 그녀에게 이름을 준 어머니였다.

"난 테나야."

그녀는 숨소리만으로 말했다. 마른 소나무 가지에 불이 옮겨 붙으며 혀 같은 샛노란 불길이 치솟았다.

오지언의 호흡이 흐트러졌다. 제대로 숨을 들이쉬지 못해 힘들어했다. 테나는 최선을 다해 조금이나마 그를 편하게 해 주려고 애썼다. 그러다 둘 다 까무룩 잠이 들었을 때였다. 테나는 비몽사몽에 빠진 오지언 곁에서 꾸벅꾸벅 졸다가 적막을 깨뜨리는 이상한 말소리에 잠을 깼다.

한밤중에 오지언이 길에서 친구를 만나기라도 한 것처럼 큰 소리로 말했던 것이다.

"그럼 여기 있었던 건가? 혹시 그를 보았나?"

그리고 테나가 불길을 살리려고 다시 한번 깨었을 때, 또다시 그는 말하기 시작했다. 그러나 이번엔 아이처럼 또박또박 발음하는 걸 보니 오래전에 죽은 기억 속의 누군가에게 말하는 것 같았다.

"그녀를 구하려고 했어요. 하지만 지붕이 내려앉았어요. 그들의 머리 위로 떨어졌다고요. 지진이었어요."

테나는 귀를 기울였다. 그녀 역시 지진을 본 적이 있었다.

"정말 구하려고 했는데!"

늙은 남자의 목소리로, 소년이 고통스러워하며 말했다. 그러고 나서 다시 숨을 쉬느라 헐떡이며 몸부림쳤다.

다음 날 새벽 테나는 파도 소리와 비슷한 어떤 소리에 잠이 깼다. 그것은 엄청난 속도로 돌진하는 날짐승의 날개 소리였다. 한 무리의 새가 낮게 날아가고 있었다. 그 수가 너무나 많아서 날갯짓이 세찬 바람을 일으켰고 재빠르게 스치는 그들의 그림자로 창문이 다 컴컴했다. 새들은 집 주위를 한 바퀴 돌고는 가버린 듯했다. 부르짖는 울음도 지저귐도 내지 않아 테나는 그 새들의 종류를 알 수 없었다.

그날 아침 르 알비의 마을에서 사람들이 왔다. 오지언의 집은 마을에서 북쪽으로 떨어져 있었다. 염소치기 소녀가 왔고, 오지언의 염소들 젖을 짜 주러 여자 하나가 왔으며, 다른 이들도 몰려와 오지언을 위해 뭘 해 줄 수 있을지 물었다. 이 동네 마녀인 '이끼'는 문 옆의 오리나무 막대기와 개암나무 가지를 만져 보더니 희망을 가지고 안을 들여다보았다. 그러나 그녀조차도 감히 안으로는 들어오지 못했다. 결국 오지언이 침상에서 투덜거렸다.

"가라고 해라! 모두 보내 다오!"

오지언은 한결 기운을 찾고 편안해진 듯했다. 어린 테루가 잠에서 깨자 그는 테나가 기억하는 그 무덤덤하면서도 친절하고 조용한 투로 아이와 이야기했다. 아이가 밖에서 놀려고 나가자 오지언이 물었다.

"네가 저 애를 부를 때 쓰는 이름이 무슨 뜻이냐?"

그는 창조의 참 언어는 알고 있었지만 카르그 어는 전혀 배운 적이 없었다.

"테루는 뜨거움, 타오르는 불꽃이라는 뜻이에요."

"아, 그래."

그 순간 오지언은 눈동자를 반짝이며 얼굴을 찌푸렸다. 잠시 단어를 고르는 것 같았다.

"그 존재, 그 존재야……. 사람들은 저 애를 두려워하게 될 거다."

"사람들은 지금도 그 애를 무서워해요."

테나가 씁쓸하게 말했다.

그러나 현자는 머리를 저었다.

"저 애를 가르쳐라, 테나."

그가 작은 소리로 말했다.

"모든 걸 가르쳐! 로크 섬에서는 말고. 그들이 두려워할 거다……. 왜 내가 너를 보냈을까? 너는 왜 갔느냐? 저 애를 이리로 데려오기 위해서냐……, 이렇게나 늦게?"

"진정하세요, 진정해요."

테나가 부드럽게 오지언을 달랬다. 그는 말을 하려고 애쓰고 숨을 쉬려고 몸부림쳤지만 두 가지 다 잘 할 수 없었다. 오지언은 머리를 가로저으며 가쁜 숨을 몰아쉬었다.

"저 애를 가르쳐라!"

그러고는 잠잠해졌다.

오지언은 통 먹으려 하지 않고 물만 조금씩 마셨다. 하루가 반쯤 지나는 동안 그는 잠을 잤다. 그리고 오후 늦게 깨어서 말했다.

"지금이다, 딸아."

그러고는 일어나 앉았다.

테나가 미소 지으며 그의 손을 잡았다.

"일어나게 도와주렴."

"안 돼요, 안 돼."

"밖으로 나가야 해. 집 안에서 죽을 순 없다."

"어디로 가시려고요?"

"어디라도. 하지만 가능하다면 그 숲길로……, 초원에 있는 너도밤나무로 가고 싶구나."

그녀는 오지언이 일어설 수 있고 밖으로 나가겠다는 의지가 강한 것을 보고는 그를 도왔다. 두사람은 함께 문 쪽으로 갔다. 문간에서 오지언은 멈춰 서서 그 한 칸짜리 집을 둘러봤다. 현관 오른쪽 어두운 귀퉁이에 그의 키 큰 지팡이가 약간의 빛을 발하며 벽에 기대어 있었다. 테나가 손을 뻗어 지팡이를 주려고 했지만, 오지언은 머리를 저었다.

"아니다. 그건 아니야."

그는 다시 무언가 빠놓은 것처럼, 잊어버린 것처럼 주위를 둘러보았다.

"가자."

마침내 오지언이 말했다.

서쪽에서 불어 온 화창한 바람이 얼굴에 닿고 높은 수평선이 바라다보이자 그는 말했다.

"좋구나."

"마을에서 사람들을 불러 와 들것을 만들어 옮기게 해 주세요. 사람들이 모두 당신께 뭔가 해 드리고 싶어해요."

"나는 걷고 싶다."

노인이 말했다.

어디선가 테루가 나타나 오지언과 테나가 가는 것을 진지하게 지켜보았다. 한 걸음 한 걸음, 오지언은 숨이 차서 대여섯 걸음마다 멈춰 서야 했다. 두 사람은 마구 자라 뒤엉킨 풀밭을 가로질러서 절벽 꼭대기 안쪽으로부터 산허리를 향해 가파르게 비탈진 숲으로 향했다. 해는 뜨겁고 바람은 차가웠다. 풀밭을 가로지르는 데에는 한참이 걸렸다. 마침내 숲에 들어서서 커다랗고 잎이 한창인 너도밤나무 발치에 이르자 오지언의 얼굴은 잿빛이 되었고 다리는 바람을 맞는 풀처럼 후들거렸다. 몇 걸음 올라가면 산길이 시작되는 곳이었다. 거기서 오지언은 나무뿌리 사이에 주저앉아 둥치에 등을 기대었다. 그는 한동안 움직이거나 말할 수 없었다. 심장이 고동치다가 점차 약해졌다. 오지언은 몸을 떨었다. 한참 후 그는 고개를 끄덕이고는 조그맣게 말했다.

"됐다."

그들을 뒤따라온 테루가 멀찌감치 서 있었다. 테나는 아이에게 가서 붙잡고 무어라 조금 말했다. 그리고 오지언에게 되돌아왔다.

"테루가 덮을 걸 가져올 거예요."

"춥지 않다."

"제가 추워요."

그녀의 얼굴에 희미한 미소가 어른거렸다.

아이는 염소 털 담요를 힘겹게 끌고 왔다. 테루는 테나에게 뭐라고 조그맣게 얘기하고는 도로 달아나 버렸다.

"히스가 테루에게 염소젖 짜는 걸 도와달라고 했다니까 잘 돌봐줄 거예요. 그러니 전 여기서 당신과 함께 있어도 돼요."

"널 위한 것은 하나도 없구나."

거친 휘파람 같은 소리로 오지언이 속삭였다. 그에게 남아 있는 목소리라곤 그뿐이었다.

"아니죠. 못해도 항상 둘은 있었어요. 대개는 더 많았고요."

테나는 말했다.

"하지만 전 여기 있을래요."

오지언은 고개를 끄덕였다.

오랫동안 그는 말없이 나무 둥치에 기댄 채 눈을 감고 있었다. 테나는 천천히 변해 가는 서쪽 햇빛을 따라 그 얼굴이 달라져 가는 것을 지켜보았다.

오지언이 눈을 뜨고 덤불 새로 비치는 서쪽 하늘을 바라보았다. 아득하고 투명하며 햇빛으로 환한 공간에서 그는 무언가를, 무슨 일이 벌어지는 대단한 장관을 보고 있는 듯했다. 그는 딱 한 번 자신 없는 듯 머뭇거리며 속삭였다.

"용이……."

해가 가라앉고 바람이 잦아들었다.

오지언은 테나를 바라보았다.

"저 너머……."

별안간 그는 기쁨에 차서 속삭였다.

"모든 게 바뀌었다! 바뀌었다, 테나! 기다려라……. 여기서 기다려……."

알 수 없는 전율이 오지언의 몸을 휘감아, 거친 바람에 휘둘리는 나뭇가지처럼 그를 흔들어 댔다. 오지언은 가쁜 숨을 쉬었다. 그의 눈이 감겼다 다시 뜨이고, 테나가 아니라 그 너머 저편을 응시했다. 그는 그녀의 손 위에 자기 손을 얹었다. 테나는 오지언에게 허리를 굽혔다. 그는 자신의 이름을 얘기했다. 그가 죽은 후에 그 이름으로 알려지게 될, 그의 진정한 이름이다.

오지언은 테나의 손을 움켜쥐고 눈을 감고는 다시 한번 숨을 쉬려고 고통스러워했다. 마침내 숨결이 하나도 남지 않게 되었다. 오지언은 나무뿌리 중 하나가 되어 누웠다. 어느새 별들이 나와 숲의 이파리와 가지들 새로 반짝이고 있었다.

테나는 땅거미가 지고 어두워진 후에도 죽은 사람과 같이 앉아 있었다. 등불이 초원을 가로지르며 개똥벌레처럼 빛났다. 테나는 털 담요를 오지언과 함께 둘렀지만, 그의 손을 잡은 손은 돌을 쥔 것처럼 차가워졌다. 테나는 다시 한번 오지언의 손에 이마를 갖다 댔다. 그러고는 어지러움을 느끼며 뻣뻣하게 일어나 섰다. 자신의 몸이 낯설게 느껴졌다. 그녀는 그대로 등불을 들고 오는 누군가를 인도하러 갔다.

그날 밤 이웃들은 오지언의 곁을 지켰고, 오지언도 그들을 쫓아내지 않았다.

⁕

르 알비 영주의 대저택은 큰벼랑 위 산허리의 튀어나온 암벽 위에 서 있었다. 그날 아침 일찍, 해가 산을 또렷이 드러내기도 전에 영주를 모시는 마법사가 마을을 지나 내려왔다. 그리고 뒤를 이어 날이 다 밝기 전에 또 다른 마법사가 곤트 항을 출발해 가파른 비탈길을 힘들여 올라왔다. 오지언이 죽어 가고 있다는 얘기가 그들 귀에 들어갔거나, 위대한 현자가 죽어 가고 있다는 사실을 알 만큼 그들의 힘이 대단했거나 한 것일 터였다.

르 알비 마을에는 마술사가 없고, 마을의 현자인 오지언 외에 물건 찾기나 수리, 접골 같은 대수롭잖은 일들을 하는 마녀가 한 명 있었다. 그래서 사람들은 사소한 일들을 가지고 오지언을 성가시게 하려 하지 않았다. 이끼 아줌마는 음침한 인물로, 마녀들이 대개 그렇듯 결혼을 하지 않았고 통 씻는 법이 없었다. 희끗희끗한 머리는 기묘한 주문 매듭으로 묶었고, 약초 연기 탓에 눈가가 늘 불그죽죽했다. 등불을 들고 목초지를 가로질러 온 사람이 바로 이 여자였다. 이끼는 테나와 다른 사람들과 같이 그날 밤 오지언의 시신을 지켰다. 그녀는 숲 속에 유리 갓을 씌운 양초를 켜 두고 진흙 접시에 달콤한 기름을 부어 태웠다. 그러곤 해야 할 말들을 하고 이루어져야 할 일들을 갖추었다. 매장 준비를 하느라 시신에 손을 대야 할 때가 오자, 이끼는 허락을 구하듯 테나를 한번 쳐다본 후 하던 일을 계속했다. 마을의 마녀들은 그들 말대로 '죽은 자가 자기 집으로 돌아가는 것'을 돌보았고 종종 무덤에 묻는 일까지 도맡아 했다.

대저택에서 온 마법사는 은빛 소나무 지팡이를 든 키 큰 젊은이였고, 곤트 항에서 온 마법사는 짧은 주목 지팡이를 가진 땅딸막한 중년 남자였다. 그들이 나타나자 이끼 아줌마는 그들을 쳐다보지 않으려고 충혈된 눈을 돌리며 머리를 홱 숙였다. 그녀는 고개를 조아리면서 빈약한 주문과 마법들을 거둬들이고 물러섰다.

이끼 아줌마는 시신이 묻힐 때 놓여야 할 모습대로 자세를 잡아 눕히면서 시신 왼쪽에 무릎을 꿇고 앉아 위를 향해 펼쳐진 왼손에 작은 부적을 얹어 두었더랬다. 그것은 부드러운 염소 가죽으로 감싸 색줄로 묶은 뭔가였는데, 르 알비의 마법사는 지팡이 끝으로 그것을 가볍게 튕겨 내 털어 버렸다.

"묏자리는 준비됐소?"

곤트 항에서 온 마법사가 물었다.

"물론이죠. 우리 영주님 저택의 묘지에 장만했지요."

르 알비 마법사가 그렇게 말하고 산 위의 대저택을 가리켰다.

"그렇군요. 나는 우리의 현자께서 그분이 지진에서 구한 도시가 바치는 온갖 영예와 더불어 묻히실 줄 알았소만."

곤트 항의 마법사가 말했고, 르 알비 마법사가 대꾸했다.

"우리 영주께서 그 영예를 바라십니다."

"하지만 내가 보기엔……."

곤트 항의 마법사가 말을 꺼내려다 멈췄다. 말다툼을 하고 싶지는 않지만 그 젊은이의 주장에 쉽게 양보할 마음도 들지 않았던 것이다. 그는 죽은 사람을 내려다보았다.

"이분은 이름 없이 묻히시게 되었구려."

유감스럽고 비통한 듯 그가 말했다.

"나는 밤새 걸어왔소. 하지만 너무 늦게 왔군요. 커다란 손실이 더욱더 커졌소!"

젊은 마법사는 아무 말도 하지 않았다. 테나가 말했다.

"이분 이름은 에이할이세요. 이분의 바람은 여기에 묻히는 거였어요. 지금 누워 계신 이곳에요."

두 남자 모두 그녀를 바라보았다. 젊은 마법사는 목소리의 주인이 중년의 촌아낙네임을 알자 가볍게 무시했다. 그러나 곤트 항에서 온 남자는 잠시 응시하다가 말했다.

"당신은 누구요?"

"나는 부싯돌의 과부 고하라고 불려요. 내가 진정 누구인지는 당신들이 알아낼 일이지요. 내가 말할 일은 아니에요."

이 말에 르 알비의 마법사는 그녀를 잠깐이나마 주목할 필요가 있음을 알았다.

"조심하게, 여자! 힘을 지닌 사람들에게 함부로 지껄이다니."

"잠깐. 잠깐만요."

곤트 항의 마법사가 가볍게 달래는 몸짓으로 르 알비 마법사의 화를 누그러뜨리려 애썼다. 그리고 여전히 테나를 바라보며 말했다.

"당신은……, 당신은 오지언 님의 보호를 받던 사람이었지요, 한때?"

"그리고 친구였죠."

테나가 말했다. 그러고 나서 고개를 돌린 채 말없이 서 있었다. 그녀는 '친구'라는 그 단어를 말할 때 자신의 목소리에 담긴 분노를 들었다. 테나는 자신의 친구, 생명도 없고 움직임도 없이 땅에 묻힐 준비가 되어 있는 시체를 내려다보았다. 두 마법사는 살아서 힘에 넘쳐 그 위에 서 있었다. 그들은 어떤 화목함도 보이지 않고 오로지 경멸과 경쟁심과 분노만을 드러냈다.

"미안해요. 긴 밤이었어요. 그분이 돌아가실 때 나는 함께 있었습니다."

"그렇다고 해서……"

젊은 마법사가 말을 꺼내려는데, 뜻밖에도 늙은 이끼 아줌마가 중간에 끼어들며 큰 소리로 말했다.

"그래요, 이분이 계셨다우, 네. 다른 누구도 아닌 이분이라고요. 오지언 님이 이 아씨를 데려오라고 사람을 보냈어요. 그 어른이 양을 사고파는 젊은 도회지 사람을 시켜서 산을 돌아 쭉 내려가서 아씨에게 와 달라고 전갈을 보내신 거예요. 그리고 아씨가 와서 함께할 때까지 당신의 죽음을 미루셨다고요. 아씨가 오니까 돌아가셨지요. 당신이 묻힐 곳에서, 바로 여기서 돌아가신 거라우."

"그러면……, 그러면 현자께서 당신에게 말했소……?"

나이 든 쪽이 물었다.

"그분의 이름을 말이죠."

테나는 그들을 바라보았다. 그리고 그녀의 다음 행동은 중년 남자의 얼굴에 담긴 의심과 또 다른 이의 얼굴에 담긴 멸시로 인해 그에 답하는 경멸감으로 튀어나왔다.

"그 이름은 이미 말했어요. 되풀이해 줘야 하나요?"

놀랍게도 바로 다음 순간, 테나는 그들의 표정을 보고 그들이 정말로 그 이름을, 오지언의 진짜 이름을 듣지 못했다는 것을 알았다. 그들은 그녀의 말을 귓전으로 들었던 것이다.

"맙소사! 악한 시절이로군요. 그런 이름조차 귀담아듣기지 않고 돌멩이처럼 떨어져 버릴 수 있다니! 귀 기울여 들음이 곧 힘이 아닌가요? 그러니 귀담아들어요. 이분의 이름은 에이할입니다. 죽음에 이르러 이분이 가진 이름은 에이할이에요. 노래들 속에 이분은 곤트의 에이할로 불릴 겁니다. 앞으로 만들어질 노래가 있다면 말이죠. 오지언은 말 없는 분이셨어요. 그리고 이제는 아주 말이 없으시죠. 아마도 아무 노래도 지어지지 않고 오로지 침묵뿐이겠네요. 모르겠어요. 너무 피곤하군요. 난 내 아버지이자 사랑하는 친구를 잃었습니다."

테나의 목소리가 떨렸다. 흐느낌으로 목이 메었다. 그녀는 그 자리를 떠나려고 돌아섰다. 숲길 위에 이끼 아줌마가 만든 작은 마법 부적 꾸러미가 떨어져 있는 게 보였다. 테나는 그것을 주워서는 시신 옆에 무릎 꿇고 앉아 펼쳐진 왼손바닥에 입을 맞춘 뒤 꾸러미를 놓았다. 그 자세 그대로 그녀는 다시 한번 두 남자를 쳐다보았다. 그러고는 담담하게 말했다.

"이분의 무덤을 여기에, 이분이 바라시던 곳에 파도 좋겠습니까?"

먼저 나이 든 이가, 그러고 나서 젊은 쪽이 고개를 끄덕였다.

테나는 일어서서 치마의 주름을 폈다. 그리고 아침 햇살을 받으며 초원을 가로질러 되돌아가기 시작했다.

칼레신

"기다려라."

이제는 에이할인 오지언은, 죽음의 바람이 그를 뒤흔들고 잡아채 삶으로부터 해방시키기 직전에 이렇게 말했다.

"저 너머……, 모든 게 바뀌었다. 테나, 기다려라……."

그러나 뭘 기다려야 하는지는 말하지 않았다. 오지언은 그 변화를 보았거나 안 것이리라. 그러나 무엇이 바뀌었단 말인가? 혹시 자신의 죽음을 기다리라는 뜻이었을까, 자기 생이 끝날 일을……? 오지언은 환희에 차서 기뻐하며 말했다. 그는 테나를 보고 기다리라고 속삭였다.

"그것 말고 뭘 하겠어?"

테나는 오지언의 집 바닥을 쓸며 혼자서 뇌까렸다.

"그것 말고 내가 뭘 했던가?"

그러고는 기억 속의 오지언에게 말했다.

"여기, 당신 집에서 기다려야 하나요?"

'그래.' 침묵의 에이할이 조용히 미소 지으며 말했다.

그래서 그녀는 오지언의 집을 비질하고 화덕의 재를 치우고 잠자리를 바람에 쐬었다. 이 빠진 그릇 몇 개와 새는 냄비 하나를 마지못해 내다 버리기도 했다. 금이 간 접시를 쓰레기 더미로 가져갈 때는 뺨에 대 보기가지 했다. 그것은 늙은 현자가 작년부터 편찮았다는 증거였다. 오지언이 검소하여 가난한 농부처럼 소박하게 살긴 했어도, 눈이 밝고 기력이 남아 있었을 때에는 깨진 접시를 사용하거나 새는 냄비를 고치지 않고 내버려 둔 적이 없었다. 그가 쇠약해 있었다는 이 증거들 때문에 테나는 슬퍼졌고, 함께 지내면서 돌봐 드렸다면 얼마나 좋았을까 후회했다.

"정말 기꺼이 그랬을 텐데요."

테나는 기억 속의 오지언에게 말했지만 그는 아무 말이 없었다. 그는 결코 다른 사람으로 하여금 자신을 돌보게 하지 않았을 것이다. 그는 이렇게 말했을 것이다. '그것 말고도 할 일이 있지 않니?' 테나는 알 수 없었다. 오지언은 이제 정말 말이 없었다. 그러나 지금은 여기 이곳, 그의 집에 머무르는 게 옳다고 그녀는 확신했다.

두고 온 가축과 과수원은 가운뎃계곡의 농장에 테나보다도 오래 있었던 샌디와 그녀의 늙은 남편 맑은냇물이 돌봐 줄 터였다. 농장의 다른 한 쌍인 티프와 시스 부부가 파종을 할 것이고, 나머지 것들은 당분간 알아서 스스로 돌아갈 것이다. 나무딸기는 이웃 아이들이 따 갈 텐데, 이것만은 참 유감스러웠다. 테나는 나무딸기를 아주 좋아했다. 오지언의 집이 있는 이곳 큰벼랑에는 늘 바닷바람이 불어와 나무딸기가 자라기에는 너무 추웠다. 하지만 남향으로 선 집 벽으로 막힌 곳에 작달막한 복숭아나무 고목이 있고, 그 나무에 복숭아 열여덟 알이 열려 있었다. 테루는 쥐를 노리는 고양이처럼 그것들을 지켜보고 있다가 때가 되자마자 와서는 특유의 거칠고 불분명한 목소리로 말했다.

"복숭아 두 알이 온통 노랗고 빨개요."

"아, 그래!"

두 사람은 함께 복숭아나무로 가서 처음 익은 복숭아 두 알을 따서는 그 자리에서 껍질째 먹어 치웠다. 과즙이 턱으로 흘러내렸다. 다 먹은 후엔 손가락에 묻은 즙을 핥았다.

"이거 심어도 돼요?"

테루가 쭈글쭈글 주름진 복숭아 씨앗을 들여다보면서 말했다.

"그래. 여기가 좋겠구나, 늙은 나무 근처에 심자. 너무 가까이는 말고. 둘 다 뿌리랑 가지를 뻗을 자리가 있어야지."

아이는 자리를 잡고 작은 구멍을 팠다. 그 속에 씨앗을 넣고 흙으로 덮었다. 테나는 아이를 지켜보았다. 이곳에서 함께 지낸 며칠 동안 테루가 변했다는 생각이 들었다. 아이는 여전히 화를 내거나 즐거워하지도 않고 매사에 반응이 없었지만, 이곳에서 지낸 후로 그 지독하던 경계심과 빳빳이 굳은 태도가 간신히 알아챌 만큼 느슨해졌다. 아이는 복숭아를 먹고 싶어 했다. 씨앗을 심을 생각을 했고, 이 세상에 복숭아 숫자를 늘릴 생각을 했다. 참나무 농장에서 지낼 때 그 애가 겁내지 않는 사람은 테나와 종달새 딱 둘뿐이었다. 그러나 여기서는 정말로 쉽게 히스를 받아들였다. 히스는 르 알비의 염소치기로, 나이는 스물이 좀 넘었고 목소리가 떠벌떠벌 요란한 데다 좀 덜떨어졌지만 온순한 여자였다. 그녀는 아이를 염소 한 마리처럼, 어린 절름발이 염소처럼 대했다. 괜찮은 일이었다. 그리고 이끼 아줌마 또한 좋은 사람이었다. 그녀한테서 나는 냄새쯤은 대수로울 게 없었다.

25년 전 테나가 막 르 알비에 와서 머무르게 된 무렵에 이끼는 늙은 마녀가 아닌 젊은 마녀였다. 이끼는 '어린 아씨님'이자 백색의 숙녀, 오지언의 피보호자이며 학생인 테나를 향해 머리를 조아리고 굽실거리며 웃음을 지었고, 어쩌다 말이라도 건넬 참이면 최고의 경의를 갖추었다. 테나는 그러한 경의가 잘못됐다고 느꼈다. 그것은 질투와 혐오와 불신을 숨기기 위한 가면으로, 테나에게는 너무나 익숙한 것이었다. 그녀가 최고의 자리에 있었을 때, 자기들은 평범한 존재이며 그녀는 비범하고 특권을 부여받은 사람이라고 생각한 여자들이 보이곤 하던 바로 그런 경의인 것이다. 아투안 무덤의 대무녀로서, 또는 곤트의 현자가 보호하는 외국인으로서, 테나는 항상 외따로 떨어져 저 위에 있었다. 남자들이 그녀에게 힘을 주고, 자기들의 힘을 그녀와 공유했다. 여자들은 가끔은 경쟁심을 드러내기도 했지만 보통은 괴상한 것을 보듯 비웃는 기색을 띠고 울타리 바깥에서 그녀를 바라보았다.

테나가 느끼기에는 자기가 울타리 바깥에 혼자 떨어져 있는 것 같았다. 그녀는 황량한 무덤의 힘으로부터 도망쳤고, 그 후에는 보호자였던 오지언이 부여한 지식과 기술의 힘들을 등지고 떠났다. 그녀는 그 모든 것들에 등을 돌리고 다른 쪽으로, 여자들이 사는 공간으로 들어가 그들과 한데 섞였다. 아낙네가 되어, 한 농부의 아내이자 어머니이자 안주인으로서, 여자가 가지고 태어난 힘을 차지하고 사람들이 합의한 바에 따라 여자에게 할당된 지위를 가졌다.

그리고 거기 가운뎃계곡에서, 부싯돌의 아내 고하는 여자들 사이에 그럭저럭 기껍게 받아들여졌다. 외국인이 분명한 데다 살결은 희고 발음이 약간 이상하긴 했지만 살림 잘하는 안주인인 데다 물레 돌리는 기술이 뛰어났고, 처신이 바르며 건강하게 자라는 아이들과 나날이 번창하는 농장이 있었기 때문이다. 그만하면 어엿했다. 그리고 남자들 사이에서 그녀는 부싯돌의 여자이며 여자가 할 일을 하는 사람이었다. 잠자리와 아이 기르기, 빵 굽기, 요리, 청소, 물레질, 바느질을 하고 생활을 돌본다. 썩 괜찮은 여자였다. 사람들은 그녀를 인정했다. 어쨌든 부싯돌은 마누라를 잘 얻었다고 사람들은 말했다. 살색이 하얀 여자는 어떨까, 속까지 몽땅 하얀가? 그녀를 보는 눈은 그렇게 말하는 듯했다. 그러다 마침내 그녀가 나이 들자 더 이상은 쳐다보지 않았다.

자, 이제, 모든 것이 바뀌었고 그런 것들은 없다. 함께 오지언을 위해 밤샘을 한 후로 이끼는 테나가 무엇을 원하든, 친구든 추종자든 시녀든 거기에 맞춰 주겠다는 태도를 분명히했다. 테나는 자신이 이끼가 어떻게 해 주었으면 좋겠다고 바라는지 도무지 마음을 정할 수 없었다. 이끼 아줌마는 종잡을 수 없고 믿음직스럽지도 않고 이해하기 어려웠으며, 감정이 들끓는 데다 무지하고 교활하고 상스러웠기 때문이다. 그러나 이끼는 불에 덴 아이와 잘 지냈다. 아마도 테루에게 이런 변화를, 이 자그마한 평안을 안겨 준 사람도 이끼인 듯했다. 물론 이끼와 함께 있을 때도 테루는 여느 사람들과 있을 때처럼 무표정하고 말이 없었으며 무생물처럼, 아예 무슨 돌처럼 온순했다. 그러나 늙은 여인은 노상 어린애 곁을 맴돌며 쉴 새 없이 작은 사탕 같은 것들을 주고, 듣기 좋은 말로 어르곤 했다.

"이제 이끼 아줌마랑 같이 가자꾸나, 귀염둥이야! 같이 가면 아줌마가 세상에서 제일로 끔찍한 걸 보여 주마……."

이끼 아줌마의 코는 이 빠진 턱과 가느다란 입술 위로 구부러진 매부리코였다. 볼에는 버찌만 한 사마귀가 있었다. 희끗한 검은색 머리카락에는 주문 매듭과 실들이 뒤엉켜 있었다. 그리고 몸에서는 여우굴에서 나는 냄새처럼 강하고 노골적이며 진한, 복잡한 냄새가 났다. "숲으로 가자꾸나, 귀염둥이야!" 이야기 속의 늙은 마녀도 곤트 섬 아이들에게 그렇게 말했다. "같이 가면 정말 끔찍한 걸 보여 주마!" 그러고 나서 마녀는 아이를 화덕 속에 집어넣어 노릇노릇하게 구워 먹거나 우물 속으로 떨어뜨려 거기서 깡충깡충 뛰며 목쉰 소리로 영원히 울게 하거나 거대한 돌 속에 100년 동안 잠들어 있게 했다. 왕의 아들, 마법을 부릴 줄 아는 왕자가 와서 한마디 말로 돌을 산산이 깨부수고 입맞춤으로 처녀를 깨운 뒤 사악한 마녀는 노예로 만들 때까지 말이다…….

"이리 온, 귀염둥이야!"

그리고 이끼는 아이를 들판으로 데려가 푸른 풀숲에 숨겨진 종달새의 둥지를 보여 주거나, 습지로 데려가 '하얀 성자' 꽃송이며 야생 박하며 월귤 열매를 따 모으게 했다. 그녀는 아이를 화덕 속에 처넣거나 괴물로 바꾸거나 돌 속에 봉해 버릴 필요가 없었다. 그 일들은 모두 이미 저질러진 일이었던 것이다.

이끼는 테루에게 상냥했지만 그것은 아첨하는 듯한 상냥함이었고, 함께 있을 때마다 아이에게 굉장히 많은 이야기를 늘어놓는 듯했다. 테나는 이끼가 아이에게 뭐라고 말하는지, 또는 뭔가를 가르치고 있는 것인지 알지 못했고 그 마녀가 아이의 머릿속을 뭔가로 가득 채우도록 내버려 둬야 할지 말지도 판단할 수 없었다. "여자의 마법처럼 약하고, 여자의 마법처럼 사악하다." 백 번은 들은 말이었다. 그리고 정말로 이끼나 담쟁이 같은 여자들의 마법은 곧잘 사리 분별이 모자라고, 가끔은 의도적으로, 아니면 철저한 무지로 인해 사악하다는 것을 보아 온 터였다. 마을의 마녀들이 아무리 많은 주문과 마법과 몇 가지 위대한 노래들을 안다 하더라도 그것들은 결코 훈련으로 얻은 게 아니다. 어떤 여자도 심오한 기술이나 마법의 원리들을 훈련받지는 않았다. 마법은 남자의 일이며 남자의 기술이다. 마법은 남자들에 의해 만들어졌다. 여자 마법사는 한번도 존재한 적이 없었다. 스스로 마법사나 여자 마술사라고 자칭하는 사람들이 몇 명인가 있다고 해도, 그들의 힘은 훈련받은 것이 아니고 기술이나 지식이 없는, 어리석은 동시에 위험한 힘이었다.

이끼와 같은 평범한 마을 마녀들은 선배 마녀들이 보물처럼 간직해 온 것을 전수받았거나 자기 스스로 마술사들에게서 값비싼 대가를 치르고 사들인 '진정한 언어'의 단어 몇 개에 의지하고 있었다. 그들은 흔해빠진 찾기 주문이나 고치기 주문, 또 그보다도 더욱 의미 없는 의식과 알쏭달쏭한 제조물과 근거 모를 주문들을 가지고 생계를 꾸렸다. 그 외에 경험으로 익힌 믿을 만한 산파술, 접골법, 동물과 인간의 가벼운 병 치료, 온갖 잡다한 미신들이 뒤죽박죽 뒤섞인 약초 지식이 그들의 상품이었다. 이런 것들은 모두 치료나 영창, 변신이나 주문 외기에 본인이 타고난 재능을 바탕으로 했다. 재능들은 좋은 것일 수도 있고 나쁜 것일 수도 있었다. 어떤 마녀들은 사납고 모질어서 언제든지 해를 입힐 준비가 되어 있었고, 남에게 해를 끼치지 않을 아무 이유가 없다고 생각했다. 그 나머지 대부분은 산파나 치료자로서 몇 가지 사랑의 묘약과 다산의 주문들과 마찬가지로 그런 쪽으로 효력이 있는 주문들도 지니고 있지만 그런 주문들에 대해서는 은근히 경계하고 몹쓸 것으로 생각했다. 소수의 마녀만이 가르침 받지 않고도 지혜를 지니고 있어서 순전히 좋은 일을 위해서만 자기 재능을 사용했다. 비록 왜 그래야 하는지의 까닭이나 하고 하지 않는 일의 정당성을 가려 줄 '균형'과 '힘'의 작용 방식에 관하여 설명은 할 수 없었지만 말이다. 그것은 어떤 견습 마법사라도 설명할 수 있는 것이었다.

"나는 내 마음을 따라요."

테나가 오지언의 제자가 되어 슬하에 있었을 때 그런 여자들 중 한 사람이 말했다.

"오지언 님은 위대한 현자시지. 그분은 아가씨에게 대단한 명예를 입히신 거요, 스승이 되어 가르쳐 주시니까. 하지만 두고봐요, 아가씨. 그분이 온갖 것을 가르치셔도 아가씨가 자기 마음을 따르게 되지 않는지 어떤지를 말이오."

테나는 그때도 그 지혜로운 여인이 옳다고 생각했지만, 전적으로 옳다고는 생각하지 않았다. 거기엔 뭔가 빠진 게 있었다. 테나는 지금도 그렇게 생각했다.

이제 테루와 이끼를 지켜보면서, 테나는 이끼가 바로 자기 마음을 따르고 있는 거라는 생각이 들었다. 그러나 그것은 자기 볼일을 위해 자기 갈 길을 가는 까마귀처럼 컴컴하고 사납고 수상한 마음이었다. 그리고 이끼가 테루에게 빠져 있는 것은 친절한 마음씨 때문만이 아니라 테루의 상처에, 아이에게 가해졌던 폭력과 불의 해악에 이끌린 것일지도 모른다는 생각이 들었다.

그러나 테루는 이끼 아줌마에게서 뭔가를 배우고 있음을 보여 주는 말이나 행동은 전혀 하지 않았다. 종달새의 둥지와 월귤나무가 있는 곳이 어디이고, 어떻게 한 손만 써서 실뜨기 놀이를 하는지 하는 지식을 빼면 말이다. 화상을 심하게 입은 테루의 오른손은 곤봉 같은 모양으로 아물었다. 엄지손가락은 게의 집게발처럼 오로지 잡는 데만 쓸 수 있었다. 그러나 이끼 아줌마는 네 손가락과 엄지손가락만 있어도 만들 수 있는 멋진 실뜨기 모양과 거기에 어울리는 시를 알고 있었다.

저어라 저어라 버찌를 모두!

태워라 태워라 딸기를 모두!

오너라, 용이여, 오너라!

그러면 어느새 실들은 네모 안에서 파들거리는 네 개의 삼각형 꼴을 이루었다……. 테루는 크게 소리 내어 노래하는 일이 없었지만, 테나는 그 애가 현자의 집 계단에 혼자 앉아 실뜨기를 해 가며 가만가만 속살거리는 것을 들었다.

그리고 또 테나는 생각했다. 어떤 끈이 자신을 이 아이와 묶어 놓고 있는 것일까? 동정심보다 훨씬 더한 것, 힘없는 자를 돕는다는 단순한 의무감 이상의 무언가가……. 테나가 받아들이지 않았어도 종달새가 아이를 거두었을 것이다. 그러나 테나는 자신에게 이유 한번 묻지 않고 아이를 받아들였다. 그건 자신의 마음을 따랐던 것일까? 오지언은 테루에 대해서 아무것도 묻지 않고 그저 이렇게 말했다. "사람들이 그 애를 두려워할 거다." 그리고 테나는 대답했다. "그들은 지금도 무서워해요." 그것은 사실이었다. 어쩌면 테나 자신도 아이를 두려워하고 있는지 모른다, 잔인한 행위와 약탈과 불을 겁내는 꼭 그만큼의 두려움으로. 그렇다면 그녀를 붙든 끈은 두려움일까?

"고하."

테루가 복숭아나무 아래 발뒤꿈치를 들고 쪼그려앉은 채 불렀다. 그 애는 단단한 여름 흙 속 복숭아 씨앗을 심은 자리를 바라보고 있었다.

"용이 뭐예요?"

"아주 커다란 생물이지. 도마뱀 같지만, 배 한 척보다 길단다. 집보다도 크지. 날개가 있어, 새처럼 말이야. 그들은 불숨을 쉰단다."

"여기로도 오나요?"

"아니."

테루는 더 이상 묻지 않았다.

"이끼 아줌마가 용들에 대해 얘기해 주던?"

테루는 고개를 저었다.

"고하가 말해 줬잖아요."

"아, 그랬지."

테나가 말했다. 그러고는 곧 이렇게 말했다.

"네가 심은 복숭아가 자라려면 물이 필요할 거야. 비가 올 때까지 하루에 한 번씩 물을 주렴."

테루는 일어서서 총총히 벽 모퉁이를 돌아갔다. 다리와 발은 화상을 입지 않아 멀쩡했다. 테나는 테루가 가무잡잡하고 먼지 묻은 작고 예쁜 발로 땅 위를 걷거나 뛰는 걸 보는 게 좋았다. 아이는 낑낑대며 오지언의 물단지를 갖고 돌아와 새로 심은 씨앗 위로 그것을 기울여 물을 비웠다.

"너는 사람들과 용이 똑같았던 시절 이야기를 기억하고 있구나……. 사람들이 어떻게 여기 동쪽으로 오고 용들은 모두 먼 서쪽 섬에 머물게 되었는가 하는 그 이야기. 멀고먼, 아주 먼 서쪽이란다."

테루는 고개를 끄덕였다. 아이는 그다지 관심을 기울이는 것 같지 않았지만 테나가 서쪽 섬 이야기를 하며 바다를 가리켰을 때는 버팀대에 묶어 놓은 콩 줄기와 젖 짜는 헛간 사이로 반짝이는 높고 선명한 수평선을 향해 얼굴을 돌렸다.

염소 한 마리가 젖 짜는 헛간 지붕 위에 모습을 드러내더니 머리를 고고하게 쳐들고는 그들 쪽으로 옆모습을 보이며 자세를 틀었다. 자기를 산양으로 생각하는 게 틀림없었다.

"홀짝이가 또 빠져나왔구나."

테나가 말했다.

"여허! 여허!"

테루는 히스가 염소를 부를 때 내는 소리를 흉내 냈다. 어느새 히스가 콩밭 울타리 옆으로 나와 염소를 향해 "여허어!" 하고 부르고 있었다. 그러나 염소는 히스를 무시하고는 생각에 잠긴 듯한 모습으로 콩밭을 내려다보았다.

테나는 둘이서 홀짝이 잡기 놀이를 하게 내버려 두었다. 그리고 콩밭을 지나 절벽으로 가서 그 가장자리를 따라 걸었다. 오지언의 집은 마을에서 떨어져 외딴곳에 있었고 다른 어느 집보다도 큰벼랑 끄트머리에 가까웠다. 튀어나온 돌과 바윗덩이가 들쭉날쭉한 이 가파른 풀밭이 바로 염소들에게 풀을 뜯기는 장소였다. 경사는 북쪽으로 갈수록 더욱 가팔라지다가 마침내는 수직으로 뚝 떨어진다. 그 길에 거대한 단층부의 바윗덩이가 흙 위로 비어져 나와 있는데, 큰벼랑은 마을 북쪽으로 5리쯤 이어지며 붉은 기운을 띤 사암 암반으로 줄어들어 200길 아래에서 절벽 밑동을 끊어 놓은 바다 위에 매달려 있었다.

벼랑 맨 끝부분에는 이끼와 바위풀, 그리고 아무렇게나 부서져 나뒹구는 돌 사이에서 누군가 떨어뜨린 단추처럼 핀, 바람에 시달려 초라한 몰골을 한 푸른 들국화 말고는 아무것도 자라지 못했다. 북동쪽으로 향한 절벽 가장자리 안쪽에 좁게 이어진 풀밭 위로는 거의 산꼭대기까지 숲이 우거진 곤트 산의 어둡고 육중한 산비탈이 솟아 있었다. 큰벼랑 절벽이 만 위로 어찌나 높이 치솟아 있는지 바깥쪽 해안과 희미하게 보이는 엣사리의 저지대를 보려면 고개를 빼고 내려다보아야만 했다. 그리고 그것들 너머, 남쪽과 서쪽으로는 바다와 하늘 말고는 아무것도 보이지 않았다.

테나는 르 알비에 살던 시절 즐겨 이곳에 오곤 했다. 오지언은 숲을 좋아했다. 그러나 그녀는 사방 400리에 이르도록 나무라곤 비틀어진 복숭아와 사과나무가 전부인 데다 끝없는 여름 동안에는 사람이 물을 대 줘야 하는 황무지에서 살았다. 거기서는 그 무엇도 푸르고 윤기 있고 싱싱하게 자라지 못했고, 산과 광활한 평야와 하늘밖에는 아무것도 없었다. 그래서 테나는 나무로 둘러싸인 곳보다는 절벽 끝이 좋았다. 머리 위로 아무것도 없는 게 좋았다.

이끼와 잿빛 바위풀, 줄기 없는 들국화도 좋았다. 그것들은 친숙했다. 테나는 절벽 가장자리에서 몇 걸음 들어온 곳 완만하게 기운 바위 위에 앉아서 예전에 늘 하던 대로 바다를 바라보았다. 해는 뜨거웠지만 바람이 그칠 줄 모르고 불어 얼굴과 팔에 맺힌 땀을 식혀 주었다. 그녀는 손으로 바위를 짚고 자세를 뒤로 기댄 채 머릿속을 비우고 해, 바람, 하늘, 바다가 거기 투영되게 했다. 그러나 문득 왼손이 의식을 일깨웠다. 테나는 손바닥에 긁힌 게 무엇인지 보려고 했다. 갈라진 사암 틈에 웅크리고 앉은 조그만 엉겅퀴가 무색의 이삭을 빛과 바람 속으로 간신히 실어 나르고 있었다. 바위 속에 단단히 뿌리박은 엉겅퀴는 바람이 불 때마다 그에 저항하듯 뻣뻣하게 고개를 까닥였다. 테나는 한참 동안 그것을 응시했다.

다시 바다로 시선을 돌렸을 때, 바다와 하늘이 만나는 푸른 아지랑이 속으로 파르스름한 섬의 윤곽이 보였다. 오래네아다. 내해도 중 가장 동쪽에 있는 섬이었다.

그녀는 꿈결처럼 희미한 그 모습을 몽상에 잠겨 바라보았다. 그러다가 서쪽으로부터 바다를 건너 날아오는 새 한 마리를 발견했다. 날갯짓을 꾸준히 하는 것으로 보아 갈매기는 아니고, 펠리컨이라고 하기에도 너무 높이 날았다. 섬들 사이에서 날아온 기러기일까, 아니면 보기 드문 난바다의 여행자 신천옹일까? 테나는 현란한 대기 속에 드높이 떠올라 천천히 날갯짓하는 그것을 지켜보았다. 그러고 나서 자리에서 일어서서 절벽 끝으로부터 좀 더 물러서서 꼼짝 않고 서 있었다. 가슴이 답답해지고 숨이 목구멍에 걸렸다. 불처럼 빨간 긴 피막 날개가 달린 강철같이 검고 유연한 몸뚱이가 보이고, 밖으로 내뻗은 발톱이 보이고, 그것이 날아오는 궤적을 따라 공중에서 사그라지는 연기 다발이 보였다.

그것은 곤트를 향해 똑바로 날아왔다. 똑바로 큰벼랑을 향하여, 테나를 향하여 날아왔다. 테나는 반짝이는 검은 녹빛 비늘과 번득이는 기다란 눈동자를 보았다. 붉은 혓바닥은 바로 불꽃 그 자체였다. 찌르는 듯한 탄내가 바람을 채웠고, 용은 쉭쉭대는 위협적인 소리와 함께 돌출한 바위 위 땅에 내리며 불숨을 내뱉었다.

용의 발톱이 바위에 부딪혔다. 가시 돋친 꼬리가 뒤틀리며 우르릉거리는 소리를 냈다. 진홍색 날개를 투과해 태양이 빛났고, 그것을 단단한 비늘로 덮인 옆구리에 버석대며 접는 서슬에 폭풍이 일어났다. 용의 고개가 천천히 이쪽으로 돌아왔다. 용은 큰 낫의 날 같은 발톱이 닿을 거리 안에 선 여인을 쳐다보았다.

여인도 용을 바라보았다. 그녀는 용의 몸 중에서도 머리를 가깝게 느꼈다.

용의 눈을 보면 안 된다고 하는 얘기를 듣긴 했지만 소용 없는 말이었다. 용은 테나를 똑바로 응시했다. 불꽃을 번쩍이며 연기를 내뿜는 콧구멍과 좁다란 콧등 위로 넓게 벌어진, 단단한 비늘로 뒤덮인 눈꺼풀 아래의 노란 눈이었다. 테나의 조그맣고 부드러운 얼굴과 검은 눈동자 역시 용을 똑바로 응시했다.

둘 다 말이 없었다.

적황색 불꽃을 뿜으며 말을 꺼냈을 때(아니면 그저 커다랗게 "하!" 하고 웃었는지도 모르지만), 용은 머리를 조금 옆으로 돌려서 테나가 무사했다.

그러고 나서 용은 웅크리며 몸을 낮추더니 말했다. 그러나 그녀에게 하는 말은 아니었다.

"아히바라이헤, 게드."

타오르는 혓바닥이 날름거리자 연기가 자욱해졌지만 충분히 상냥한 말투였다. 그런 뒤 용은 머리를 숙였다.

그때 처음으로 테나는 용의 등에 걸터앉아 있는 남자를 발견했다. 삐죽삐죽 줄지어 돋아 있는, 칼처럼 날카로운 가시들 사이 좁은 틈에 사람이 앉아 있었다. 목 바로 위, 어깨에서 날개가 뻗어 나온 바로 그 지점이었다. 녹슨 듯 거무스름한 용의 목 가죽을 움켜쥔 남자는 잠든 것처럼 칼 같은 가시 아랫부분에 머리를 기대고 있었다.

"아히 에헤라이헤, 게드!"

용이 좀 더 크게 말했다. 기다란 용의 입은 줄곧 웃음을 띤 것처럼 보였고, 테나의 팔뚝만큼이나 길고 하얗고 뾰족한 이빨이 그 입에서 내보였다.

남자는 꼼짝하지 않았다.

용은 기다란 머리를 돌려 다시 테나를 쳐다보았다.

"소브리오스트."

강철과 강철이 맞물려 미끄러지는 듯한 속삭임으로 용이 말했다.

테나는 창조의 언어를 알고 있었다. 오지언은 그 언어에 관해 그녀가 배울 수 있는 것은 모두 가르쳐 주었다. "위로 올라라." 용은 그렇게 말했다. "타라!" 다음 순간 테나는 딛을 수 있는 계단들을 보았다. 갈고리 발톱이 돋친 발, 구부러진 날갯죽지, 어깨 관절, 날개의 첫 번째 근육 조직. 총 네 단의 계단이었다.

테나도 "하아!" 하고 소리 냈다. 그러나 웃은 게 아니라 단지 목구멍에 막힌 숨을 내쉬려고 그런 것이다. 그녀는 어질어질 약한 마음을 추스르기 위해 잠깐 머리를 수그렸다. 그러고 나서 앞으로 나아갔다. 발톱과, 기다랗고 입술 없는 입과, 가늘게 뜬 누런 눈을 지나 용의 어깨에 올랐다. 그녀는 남자의 팔을 잡았다. 움직임은 없었지만, 용이 그를 데려와 말을 건 것을 보면 분명 죽지는 않았다.

"정신 차려요."

테나는 그의 얼굴을 바라보며 단단히 움켜쥔 그의 왼손을 풀었다.

"정신 차려요, 게드. 정신 차리라고요……."

그는 조금 머리를 들어 올렸다. 눈은 뜨고 있었지만 아무것도 보이지 않는 듯했다. 테나는 뜨겁고 단단한 비늘로 덮인 용의 가죽에 다리를 긁히면서 옆으로 기어올라, 칼날 같은 가시의 아랫부분에 뿔처럼 돋은 혹으로부터 게드의 오른손을 풀어야 했다. 그런 다음 팔로 그를 붙들어 그 괴상한 네 계단을 지나 어찌어찌 땅으로 끌어내렸다.

게드는 그녀에게 매달릴 만큼은 의식이 깨었지만 아무 힘이 없었다. 용으로부터 떨어져 나온 그는 부려 놓은 자루처럼 바위 옆에 널브러졌다.

용은 커다란 머리를 돌리고는 완벽하게 동물적인 몸짓으로 그의 몸에 코를 들이대고 킁킁거렸다.

그러고는 머리를 들어 올렸고, 날개 또한 커다란 금속성의 소리를 내며 반쯤 펼쳤다. 용은 게드로부터 몇 십 자쯤 자리를 옮겨 절벽 가장자리로 갔다. 가시 돋친 목 위로 머리를 돌리고는 다시 한번 테나를 똑바로 쳐다보았다. 그리고 화롯불의 장작이 따닥거리는 듯한 메마른 목소리로 말했다.

"데세 칼레신."

용의 반쯤 펼친 날개 속에서 바닷바람이 크게 울었다.

"데세 테나."

여인이 떨리는 목소리로 또렷하게 말했다.

용은 멀리, 바다 너머 서쪽을 바라보았다. 그리고 강철 비늘에서 절걱거리고 철그렁대는 소리가 나도록 긴 몸뚱이를 떨었다. 용은 돌연 날개를 펼치며 몸을 웅크렸다가 절벽에서 바람 속으로 곧장 뛰어올랐다. 꼬리가 끌리는 바람에 사암에 흔적이 패었다. 붉은 날개가 내려갔다가 들어 올려졌고, 다시 내려갔다. 칼레신은 순식간에 땅으로부터 멀어져 똑바로 서쪽으로 날아갔다.

테나는 그것이 기러기나 갈매기만 해질 때까지 지켜보았다. 공기는 싸늘했다. 용이 여기에 있었을 땐 뜨거웠고, 그 몸 속에서 타오르는 불 때문에 용광로처럼 더웠다. 테나는 몸을 떨었다. 그녀는 게드 옆 바위에 앉아 울음을 터뜨렸다. 팔로 얼굴을 가리고 큰 소리로 흐느꼈다.

"뭘 어떻게 하라는 거지?"

그녀는 울부짖었다.

"지금 나보고 뭘 어떡하라는 거냐고?"

이윽고 그녀는 소매로 눈과 코를 훔치고 두 손으로 머리를 쓸어 넘겼다. 그러고는 옆에 누워 있는 남자를 향해 몸을 돌렸다. 게드는 바위에 너무나 고요하게, 너무나 편안하게 누워 있었다. 마치 그곳에 영원히 누워 있기라도 할 것처럼.

테나는 한숨을 지었다. 할 수 있는 것은 아무것도 없지만 다음에 해야 할 일이란 언제나 있는 법이었다.

혼자서 게드를 옮길 수는 없었다. 도움이 필요했다. 그것은 잠깐 동안 그를 혼자 남겨 둬야 한다는 걸 뜻했다. 지금 그가 놓여 있는 곳은 절벽과 너무 가까웠다. 허약하고 어지러운 상태에서 일어서려고 하다가 자칫 추락할지도 몰랐다.

'이 사람을 어떻게 옮긴담?'

말을 걸고 건드려도 게드는 전혀 정신을 차리지 못했다. 테나는 그의 겨드랑이를 붙들어 끌어당겨 보았는데 놀랍게도 성공했다. 죽은 사람처럼 가벼워 무게가 거의 나가지 않았던 것이다. 마음을 굳게 먹고, 테나는 게드를 열 자에서 열다섯 자쯤 안쪽으로, 바위에서 떨어져 약간의 흙이 있는 곳으로 끌어당겼다. 그곳에는 마른 풀이 눈속임으로나마 빈약한 숨을 곳을 만들어 주었다. 이제 그를 거기 두고 떠나야 했다. 뛸 수는 없었다. 다리가 떨리고 아직까지도 숨이 찼기 때문이다. 테나는 최대한 빨리 오지언의 집을 향해 걸었고, 집에 가까이 이르자 히스와 이끼와 테루를 소리쳐 불렀다.

젖 짜는 헛간 근처에서 나타난 아이는 언제나처럼 테나의 부름에 순순히 응했다. 테루는 반기거나 반김을 받으러 나오는 법이 없었다.

"테루야, 읍내로 가서 누구보고 좀 와 달래라. 누구 힘 센 사람이 와야 해……. 절벽에 다친 남자가 있어."

테루는 그냥 서 있었다. 그 애는 한번도 혼자서 마을에 간 적이 없었다. 아이는 순종과 두려움 사이에 꼼짝없이 얼어붙고 말았다. 테나가 그것을 보고 말했다.

"이끼 아줌마 여기 있니? 히스는? 우리 셋이 그를 옮길 수 있을 거야. 어서 서둘러라. 서둘러, 테루!"

테나는 게드를 아무 조치 없이 거기 누워 있게 놔두면 분명히 죽고 말 거라고 느꼈다. 어쩌면 돌아가 보면 사라지고 없을지도 모른다. 그만 죽어 버렸거나, 떨어졌거나, 용이 데려가서……. 무슨 일이든 일어날 수가 있다. 그런 일이 일어나기 전에 서둘러야 했다. 부싯돌이 들판에서 발작을 일으켜 죽었을 때 테나는 함께 있어 주지 못했다. 그는 혼자서 죽었다. 문 옆에 누워 있는 부싯돌을 발견한 것도 양치기였다. 오지언이 눈을 감을 때도 그녀는 그를 죽음으로부터 지키지 못했다. 그녀는 그에게 생명을 줄 수 없었다. 게드는 죽기 위해 집으로 돌아왔고, 그것은 모든 것의 끝이었다. 이제 남은 것도 없고 해야만 할 일도 없다. 그래도 테나는 기어코 무언가를 해야 했다.

"서둘러, 테루! 아무나 데려와!"

비틀거리며 마을을 향해 발을 떼려는데, 풀밭을 가로질러 바삐 걸어오는 이끼 할멈이 보였다. 이끼는 굵다란 산사나무 지팡이를 짚으며 성큼성큼 다가왔다.

"부르셨우, 아씨?"

이끼를 보자 테나는 바로 마음이 놓였다. 호흡이 가라앉고 생각이 돌아갔다. 이끼는 묻느라 시간을 낭비하지 않았다. 옮겨야 할 다친 남자가 있다는 얘기를 듣자마자 테나가 바람을 쐬려고 밖에 내놓았던 묵직한 삼베 요잇을 큰벼랑 끝까지 질질 끌고 갔다. 이끼와 테나가 그 위로 게드를 굴려 올린 후 끙끙대며 집 쪽으로 끌어 오고 있을 때 히스가 종종걸음으로 왔다. 테루와 홀짝이가 그 뒤를 따랐다. 히스는 젊고 힘이 셌다. 그녀의 도움으로 그들은 삼베 천을 지푸라기인 양 가볍게 들어 올려 남자를 집으로 운반할 수 있었다.

테나와 테루는 기다란 단칸방 서쪽 벽에 붙은 골방을 잠자리로 하고 있었다. 방 구석에는 무거운 아마천을 씌운 오지언의 잠자리 하나가 전부였다. 거기에 그들은 남자를 눕혔다. 테나가 오지언의 담요를 덮어 주는 동안 이끼는 침대 주위를 돌며 주문을 외웠고, 히스와 테루는 가만히 서서 그 모습을 빤히 지켜보았다.

"이제 내버려 둡시다."

테나가 모두를 집 앞으로 데리고 나왔다.

"저 사람 누구예요?"

히스가 물었다.

"큰벼랑에서 뭘 하고 있었우?"

이끼가 물었다.

"당신도 아는 사람이에요, 이끼. 그는 오지언의……, 에이할의 제자였어요, 한때."

마녀는 머리를 저었다.

"그건 열 그루 오리나무 마을에서 온 소년이었다우, 아씨. 지금은 로크 섬의 대현자죠."

테나는 고개를 끄덕여 주었다.

"아니우, 아씨. 저 사람이 그를 닮기는 했지. 하지만 아니야. 저 남자는 아예 마법사가 아닌데. 하찮은 마술사조차도 못 된단 말이우."

히스는 흥미롭다는 듯 둘을 번갈아 가며 쳐다보았다. 그녀는 사람들 얘기를 거의 알아듣지 못했지만 말하는 소리를 듣기는 좋아했다.

"하지만 난 저이를 알아요, 이끼. 그는 새매예요."

게드가 보통 때 쓰는 이름인 그 이름을 말하는 순간 테나의 마음속에 애정이 우러나왔다. 그래서 처음으로 그녀는 이 사람이 정말로 그라는 것과, 그를 처음 본 후부터 지금까지의 세월이 모두 자신들을 묶어 주고 있다는 것을 생각하고, 실감했다. 오래전 땅 밑의 어둠 속에서 별과 같은 하나의 빛을 보았을 때,

그 빛 속에 있던 것은 바로 그의 얼굴이었다.

"나는 저이를 알아요, 이끼."

테나는 미소 지었고, 그러고 나서 조금 더 크게 웃었다.

"저 사람은 내가 난생처음 본 남자였답니다."

이끼는 끙얼거리며 몸을 움직였다. 그녀는 반박하는 걸 좋아하지 않았지만 조금도 수긍할 수 없었다.

"고하 아씨, 속임수와 변장과 변신과 변화술이라는 것들이 있다우. 조심하는 게 좋아요. 저 사람이 어떻게 아씨가 저이를 찾은 그 엉뚱한 데를 갔겠우? 저이가 마을을 지나오는 걸 본 사람이 있우?"

"아무도 못 봤단 말이에요……, 정말……?"

모두 테나를 쳐다보았다. 그녀는 '용'이라고 말하려 했지만 할 수 없었다. 입술과 혀가 그 단어를 이루지 않으려고 했다. 그러나 다른 단어가 그것들과 함께 스스로 꼴을 이루고, 그녀의 입술과 숨을 빌려 자신을 만들어 냈다.

"칼레신."

테루가 말끄러미 테나를 쳐다보았다. 열이 났을 때 그랬듯이 따뜻함이, 열기의 파도가 그 애로부터 흘러나오는 것 같았다. 아이는 아무 말도 하지 않았지만 그 이름을 되풀이하듯이 입술을 달싹거렸고 열기가 그 애 주위로 타올랐다.

"속임수예요! 이제 우리 현자님이 돌아가셨으니 이 근처에도 온갖 사기꾼들이 활개 칠 거라고요."

이끼의 말이었다.

"나는 아투안에서 해브너로, 해브너에서 곤트로, 새매와 함께 왔어요. 갑판 없는 작은 배를 타고서요."

테나가 메마른 음성으로 말했다.

"이끼, 당신은 저 사람이 나를 여기로 데려왔을 때 본 적이 있지요. 그때 그는 대현자가 아니었죠. 그래도 사람은 똑같은 그 사람이에요. 저런 상처가 또 어디에 있겠어요?"

테나가 맞서자 늙은 여인은 생각을 모두며 입을 다물었다. 그녀는 테루를 흘끗 쳐다보았다.

"그야……. 하지만……."

"내가 그를 못 알아볼 거라고 생각해요?"

이끼는 얼굴을 찡그리며 입술을 뒤틀었고, 자기 손을 내려다보며 엄지손가락끼리 비벼 댔다.

"세상엔 악한 것이 있다우, 아씨. 어떤 사람의 모양새와 몸뚱이를 훔치고 영혼은 죽여 버리는……, 먹어 치우는 것이 있단 말이우……."

"겝베스?"

이끼는 거리낌 없이 튀어나온 단어에 움찔했다. 그녀는 고개를 끄덕였다.

"사람들 얘기로, 오래전에 한 번, 새매 현자님이 온 적이 있었대요. 아씨랑 함께 오기 전에 말이우. 그리고 어둠의 존재가 그분과 함께……, 그분을 따라서 왔다는구려. 아마 지금까지도 그런 거예요. 아마도……."

"새매를 여기로 데려온 용은 그의 진짜 이름으로 그를 불렀어요. 그리고 나는 그 이름을 알아요."

이끼는 암말도 않고 버텼다. 아무 소리 않는 게 더 고집스러워 보였다. 테나가 말했다.

"그에게 드리운 그림자는 아마도 죽음일 거예요. 그는 죽어가는 중인 것 같아요. 모르겠어요. 만약 오지언이……."

오지언 생각에 테나는 다시 눈물이 났다. 게드는 왜 이렇게 늦게 돌아왔는지. 그녀는 울음을 삼키고 나무를 쌓아 놓은 상자 쪽으로 가서 불쏘시개를 찾았다. 테루에게는 물을 채워 오라고 주전자를 주고, 말을 건네며 얼굴을 쓰다듬었다. 주름지고 넓적한 상처가 뜨거웠지만 열은 없었다. 테나는 무릎을 꿇고 불을 피웠다. 마녀와 과부와 절름발이와 반편이로 이루어진 이 멋진 가족 중에 누군가는 해야 할 일을 해야 했고, 눈물로 아이를 겁먹게 해서는 안 되었다. 그러나 용은 가 버렸다. 정말 죽음 말고는 더 이상 올 게 없단 말인가?

나아짐

게드는 시체처럼 누워 있었지만 죽지는 않았다. 그는 어디에 갔던 걸까? 무슨 일을 겪은 거지? 그날 밤 테나는 난로 불빛에 의지해 게드에게서 때 타고 해지고 땀이 배어 빳빳해진 옷을 벗겨 냈다. 몸을 씻긴 후에는 아무것도 입히지 않은 채 부드럽고 두툼한 염소 털 담요 위에 눕히고 고운 베 홑이불을 덮어 주었다. 게드는 키가 작고 호리호리한 체격이긴 해도 굳세고 힘이 넘치는 사람이었다. 그런데 지금은 뼈까지 야윈 것처럼 가늘고 수척했으며 허약했다. 어깨와 왼쪽 얼굴의 관자놀이부터 턱까지 골진 상처들조차도 줄어든 듯하고 은빛으로 바래 보였다. 머리카락은 잿빛이었다.

'슬퍼하는 데는 지쳤어. 비탄에 잠기는 것도 넌더리가 나고, 이제 슬픔에 신물이 나. 게드 때문에 속상해하지 않을 거야! 그는 용을 타고 나에게 왔잖아.'

테나는 생각했다.

'한때 난 그를 죽이려고 했지. 이제는 그를 살릴 거야, 할 수만 있다면.'

테나는 연민 없이 도전적인 눈빛으로 그를 바라보았다.

"우리 중에 미궁에서 상대방을 구한 게 누구였죠, 게드?"

게드는 대답하지 않았고 미동도 없이 잠을 잤다. 테나는 몹시 피곤했다. 그를 씻기느라 데웠던 물에 몸을 씻은 후에, 작고 따뜻하고 부드러운 고요 속에 고이 잠든 테루 옆 잠자리로 기어 들어갔다. 테나는 곧 잠들었고, 그녀의 꿈은 장밋빛과 황금빛의 아지랑이로 가득한 바람 부는 거대한 공간으로 연결되었다. 테나는 하늘을 날았다. 그녀의 목소리가 "칼레신!" 하고 불렀다. 그러자 어떤 목소리가 환한 빛의 바다로부터 마주 부르며 대답했다.

⁕

잠에서 깨자 새들이 들판과 지붕 위에서 지저귀고 있었다. 테나는 일어나 앉으며 나지막한 서향 창문의 일그러진 창유리에

비친 아침 빛을 보았다. 마음속에 무슨 일인가가 일어났다. 씨앗이라고 할까 희미한 빛이라고 할까, 들여다보거나 생각해 보기엔 너무나 작고 기묘한 어떤 것이었다. 테루는 아직 자고 있었다. 테나는 아이 옆에 앉아 창문 밖으로 구름과 햇살을 바라보며 친딸 능금을 생각했다. 그리고 능금이 아기였을 적을 떠올려 보았다. 그저 아주 어렴풋한 느낌으로, 돌아서면 곧 사라지는 기억이다. 웃느라고 흔들리는 작고 통통한 몸, 바람에 나부끼는 성근 머리카락……. 그리고 둘째 아이는 농담 삼아서 '불티'라 불렀다. 부싯돌한테서 나왔기 때문이다. 테나는 아들의 참 이름을 몰랐다. 불티는 능금이 건강한 것만큼이나 병약한 아이였다. 일찍 태어난 데다 아주 작았고, 두 달 때는 후두염으로 거의 죽을 뻔했다. 그 후로 이태 동안은 갓 깐 참새를 기르는 것 같았고, 다음 날 아침까지 아이가 살아 있을지도 자신할 수 없는 나날이었다. 그러나 그 애는 버텼다, 작은 불티는 꺼지지 않았다. 그리고 자라나서, 끊임없이 움직이고 몰아 대는 성마른 사내애가 되었다. 농장에는 아무 쓸모가 없었다. 그 애는 동물이나 식물, 사람들을 진득이 참아내지 못하고, 즐거움이나 애정을 주고받거나 지식을 얻기 위해서가 아니라 오로지 자기 필요를 채우기 위해서만 말을 했다.

능금이 열세 살, 불티가 열한 살이었을 때 오지언이 방랑길에 문득 들렀다. 오지언은 그때 계곡이 시작되는 곳에 있는 카헤다의 샘에서 능금에게 이름을 주었다. 아름다웠던 그 애는 그 푸른 샘 속을 걸어 아이에서 어른 여자가 되었고, 오지언은 능금에게 '헤이요헤'라는 참 이름을 주었다. 그는 하루 이틀쯤 참나무 농장에 머물렀는데, 그때 소년에게 같이 숲 속을 조금 거닐지 않겠냐고 물었다. 불티는 고개를 젓기만 했다.

"할 수 있다면 뭘 하려느냐?"

현자가 묻자, 소년은 아버지나 어머니에게 결코 말할 수 없던 것을 말했다.

"바다로 갈래요."

그래서 3년이 지나 너도밤나무가 그에게 참 이름을 준 후에, 불티는 뱃사람이 되어 계곡 하구로부터 오래네아와 북해브너까지 교역하는 상선을 타고 나갔다. 가끔씩은 농장에 돌아왔지만 자주 오지는 않았고 오래 머문 적도 없었다. 아버지가 죽으면 농장이 그의 재산이 될 터인데도 그랬다. 불티는 테나를 닮아 피부가 희었고, 부싯돌처럼 키가 훤칠하고 얼굴이 좁다랬다. 그는 부모에게 자신의 참 이름을 말한 적이 없었다. 영영 아무에게도 말 안 할지도 몰랐다. 테나는 이미 3년째 아들을 보지 못했다. 그가 아버지의 죽음을 아는지 모르는지도 몰랐다. 어쩌면 물에 빠져 죽었을지도 모르는 일이지만, 그녀는 그렇지 않을 거라고 생각했다. 그는 자기 생명의 불꽃을 바다 건너, 폭풍을 헤치고 운반해 갈 것이다.

불티, 튀는 불꽃. 지금 테나의 마음속에 있는 것이 바로 그런 것이었다. 형체가 분명한 어떤 확신 같은 것. 어떤 변화, 새로운 것. 테나는 그것이 무엇인지 물으려 하지 않았다. 그것은 물어서 되는 게 아니다. 참 이름은 묻는 게 아니었다. 그것은 그저 주어지든가 주어지지 않는 것이다.

테나는 일어나서 옷을 입었다. 이른 시간이었지만 날이 따뜻했으므로 불은 피우지 않았다. 그녀는 우유 한 잔을 들고 문간에 앉아 바다로부터 점점 걷혀 가는 곤트 산의 그림자를 바라보았다. 바람에 씻긴 이곳 바위 벼랑 위 치고는 몹시도 미약한 실바람이 불었고, 그 산들바람엔 한여름의 느낌, 부드럽고 풍요로운 초원의 냄새가 실려 있었다. 대기 중에 어떤 달콤함이, 어떤 변화가 있었다.

"모든 게 바뀌었다!"

노인은 죽어 가면서 기쁨에 차서 속삭였다. 그녀의 손에 자기 손을 올려놓은 채, 그녀에게 선물을, 자신의 이름을 주고, 그 이름을 멀리 떠나보냈다.

"에이할!"

테나는 자그맣게 불렀다. 염소 몇 마리가 응답하듯 매 하고 울었다. 녀석들은 젖 짜는 헛간 뒤에서 히스가 오기를 기다리고 있었다.

"매."

한 놈이 울자, 다른 놈이 더 굵은 금속성 소리로 울었다.

"메헤헤! 메헤헤!"

"만사 망치려면 염소를 믿으라지." 부싯돌은 그렇게 말하곤 했다. 양치기였던 부싯돌은 염소를 싫어했다. 그러나 새매는 어렸을 때 이 산을 넘나드는 염소치기였다.

테나는 안으로 들어갔다. 그리고 테루가 잠든 이를 지켜보고 서 있는 걸 발견했다. 아이에게 팔을 둘렀더니, 보통 만지거나 귀여워해 주는 것을 피하든가 반응이 없던 테루가 이번엔 받아들였고 테나에게 약간 기대기까지 하는 듯했다.

게드는 여전히 축 늘어져 잠에 완전히 빠져 있었다. 밤 사이에 얼굴이 달라져서 네 개의 하얀 상처가 선명하게 두드러져 보였다.

"불에 뎄나요?"

테루가 작게 물었다.

테나는 바로 대답하지 않았다. 그 상처들이 무엇인지는 테나도 몰랐다. 그녀는 오래전 아투안의 미궁 벽화실에서 그를 조롱하며 물은 적이 있었다. "용이 그랬나?" 그러자 게드는 심각하게 대꾸했다. "용은 아니라오. 이름 없는 존재들의 친척 중 하나죠. 하지만 난 그의 이름을 알았지요……." 테나가 아는 건 그게 다였다. 그러나 '불에 덴다'는 게 이 아이에게 어떤 의미인지는 알고 있었다.

"그래."

테루는 계속해서 게드를 쳐다보았다. 시력을 잃지 않은 한쪽 눈으로 집중하느라 목을 한껏 뺀 채였는데, 그 때문에 아이는 작은 새, 무슨 참새나 콩새처럼 보였다.

"자, 가자, 아기 콩새, 작은 새야. 이 사람은 자야 해. 너는 복숭아를 먹어야 하고. 오늘 아침에도 익은 복숭아가 있을까?"

테루는 알아보려고 종종걸음치며 뛰어나갔고 테나는 아이를 뒤따랐다.

복숭아를 씹으면서, 아이는 어제 복숭아 씨앗을 심어 놓은 자리를 유심히 살폈다. 거기에 자라난 게 아무것도 없자 아이는 눈에 띄게 실망했지만 아무 말도 하지 않았다.

"물을 주렴."

테나가 말했다.

*

오전이 절반쯤 지나 이끼 아줌마가 도착했다. 그녀는 마녀인 동시에 여러 가지 솜씨가 좋은 여자였는데, 그 재주들 중에 하나가 '낭떠러지 풀밭'에 나는 골풀을 써서 바구니를 짜는 거였다. 테나는 이끼에게 그 재주를 가르쳐 달라고 부탁해 놓았다. 아투안에서, 아이였던 테나는 배우는 법을 배웠다. 곤트에서는 외지인으로서 사람들이 가르치기를 좋아한다는 사실을 깨달았다. 테나는 가르침을 받는 법과 더불어 가르침 받음으로써 받아들여지는 법을 배웠고, 그로써 그녀의 이질적인 면은 관대하게 용인되었다.

오지언은 자기가 지닌 지식을 테나에게 가르쳤다. 그리고 나중에는 부싯돌이 그의 지식을 가르쳤다. 배우는 것은 테나의 평생 습관이었다. 배워야 할 것은 항상 무궁무진했다. 그것은 그녀가 견습 무녀나 현자의 제자였을 때 생각했던 것보다도 훨씬 더 많은 듯했다.

골풀들은 이미 물에 담가 축축하게 해 놓았으므로 오늘 아침에는 쪼개는 일을 할 참이었다. 정확하게 해야 하지만 복잡한 일은 아니었기 때문에 다른 데 신경 쓸 여유가 많았다.

젖은 골풀을 담은 그릇과 갈라서 놓을 깔개를 양쪽에 놓고 층계참에 앉아서, 테나가 말했다.

"이끼 아줌마, 아줌마는 어떤 사람이 마법사인지 아닌지 어떻게 알아요?"

이끼는 흔해빠진 격언을 인용하며 알쏭달쏭하게 에둘러 말했다.

"깊은 못은 깊은 못을 이해하지요. 타고난 것은 스스로 말을 할 것이고요."

그러고는 궁전 바닥에서 아주 작은 머리카락 끄트러기 하나를 집어 굴로 달아난 개미 이야기를 했다. 밤이 되자 땅 밑 개미굴이 별처럼 환하게 달아올랐다. 그 머리카락은 위대한 현자인 브로스트의 머리에서 나온 것이었기 때문이다. 그러나 지혜로운 자들만이 그 빛나는 개미굴을 볼 수 있었다. 평범한 눈에는 온통 깜깜하기만 했다.

"그러면 훈련을 받아야 하겠네요."

테나가 말했다. 이끼의 종잡기 힘든 대답에는 요점이 있는 것 같기도 하고 없는 것 같기도 했다.

"어떤 사람들은 그 재능을 갖고 태어난다우. 자기 자신이 모르더라도 말이지. 재능은 멀쩡히 있는 거예요. 땅속 구멍에 있는 마법사의 머리카락처럼 빛이 난다우."

"그래요. 그런 걸 본 적이 있어요."

테나가 말했다. 그녀는 골풀 하나를 깔끔하게 쪼개고 또 한 번 쪼갠 뒤 깔개 위에 놓았다.

"그러면 어떤 사람이 마법사가 아닐 때는 그걸 어떻게 알죠?"

"거기엔 그게 없어요. 없단 말이우, 아씨. 힘이 말예요. 보시우, 내 머리에 눈이 달렸으니 아씨한테 눈이 있는 줄 알 수 있지요, 그렇지요? 그리고 아씨가 장님이라도 나는 그걸 안다우. 또 아씨가 만약에 외눈이더라도, 그러니까 그 꼬맹이처럼 외눈이거나 아니면 눈이 세 개라 하더라도 나는 그걸 알 거예요, 안 그러우? 하지만 내게 볼 수 있는 눈이 없다면, 말해 줄 때까지는 아씨의 눈이 몇 개인지 모르겠지요. 그런데 나는 눈이 있다우. 나는 봐요, 안단 말이우. 세 번째 눈으로!"

이끼는 자기 이마를 만지고는 달걀 위에서 으스대는 암탉처럼 노골적으로 시끄럽게 쿡쿡 웃었다. 그녀는 자기가 하고 싶었던 말을 해 줄 단어들을 찾았다고 좋아라 했다. 이끼의 이해할 수 없는 면이나 수수께끼 같은 말들 대부분이 실은 그저 생각이나 말이 똑 떨어지게 정리되지 못해서 그런 것뿐임을 테나는 점차 깨닫게 되었다. 이끼에게 논리적으로 생각하는 법을 가르쳐 준 사람은 아무도 없었다. 이끼가 하는 말에 귀 기울인 사람도 아예 없었다. 사람들이 그녀에게 기대하고 요구한 것은 온통 뒤죽박죽이고 아리송한 것, 알아들을 수 없는 웅얼거림뿐이었다. 이끼는 마녀였다. 의미가 뚜렷한 말 같은 것과는 아무 상관 없어야 했다.

"이해하겠어요."

테나가 말했다.

"그러면……, 이건 아줌마가 대답하기 싫어 할 질문일지도 모르겠는데……, 어떤 사람을 그 세 번째 눈으로, 힘을 이용해서 쳐다볼 때 그들의 힘이 보이나요, 아니면 보이지 않나요?"

"아는 것에 더 가깝겠지. 본다는 건 설명하자고 하는 얘기예요. 내가 아씨를 보는 것이나 이 풀을 보는 것, 저기 산을 보는 것과는 다르다우. 그건 아는 거예요. 아씨에게는 있고 머리가 텅 빈 저 딱한 히스에게는 없는 것이 무엇인지 내가 알잖우? 나는 그 귀여운 아이에게는 있고 저쪽에 있는 남자에게 없는 것이 무언지도 알지요. 나는 안다우, 그게……"

이끼는 더 이상 말을 펼치지 못했다. 그녀는 웅얼거리다가 내뱉듯이 말했다.

"머리핀만 한 가치밖에 없는 마녀라도 다른 마녀를 알아본단 말이우!"

이끼는 답답하다는 듯 마침내 이렇게 툭 털어놓아 결론을 지었다.

"당신들은 서로를 알아보는군요."

이끼가 고개를 끄덕였다.

"그래, 그거예요. 바로 그 말이우. 알아본다는 거지."

"그리고 마법사는 아줌마의 힘을 알아볼 테고요, 아줌마가 여자 마술사라는 걸……."

그러나 이끼는 테나를 보며 히죽 웃었다. 거미줄처럼 뒤엉킨 주름살 속에서 검은 동굴이 입을 벌리는 것 같았다.

"아씨, 그 말은 남자가, 그러니까 마법의 힘을 지닌 남자가 알아보느냐는 건가요? 힘을 지닌 남자가 뭐 하자고 우리를 신경 쓰겠우?"

"그러나 오지언은……."

"오지언 나리께선 상냥하셨지."

이끼가 빈정거리는 티 없이 말했다.

그들은 한동안 아무 말 없이 골풀을 쪼갰다.

"엄지손가락 베지 않게 조심하시우."

"오지언은 나를 가르치셨죠. 내가 계집애가 아닌 것처럼 말예요. 새매와 마찬가지로 당신의 제자인 양 가르치셨어요. 그분은 나에게 창조의 언어를 가르쳐 주었지요, 이끼. 내가 뭘 물어보든 가르쳐 주셨어요."

"그분 같은 양반도 없었지."

"가르침을 받지 않으려고 한 건 나였어요. 난 그분을 떠났죠. 그분의 책들을 가지고 내가 뭘 할 수 있었겠어요? 그것들이 나에게 무슨 소용이 있었겠냐고요? 나는 인생을 누리고 싶었고, 남편을 원했고, 아이들을 원했어요. 내 삶을 원했다고요."

테나는 손톱으로 잽싸고 깔끔하게 풀을 쪼갰다.

"그래서 난 그걸 차지했죠."

"오른손으로 집어서, 왼손으로 놓으시구려."

마녀가 말했다.

"글쎄요, 아씨, 누가 알겠우? 누가 알겠냐고요. 남자를 그리워했다가 지독한 말썽을 빚은 거야 나도 한 번이 아니라우. 하지만 결혼을 바란 적은 없었어요, 절대로! 아니지, 아니고말고. 그건 나랑 상관이 없으니까."

"왜 상관 없죠?"

테나가 다그쳤다.

이끼가 후퇴하며 짤막하게 반문했다.

"아니 대체 어떤 남자가 마녀랑 결혼하겠우?"

그러고 나서 새김질 거리를 옮기는 양처럼 옆으로 비스듬히 씹는 동작을 하면서 말했다.

"그리고 어떤 마녀가 남자와 결혼하겠우?"

그들은 다시 풀을 쪼갰다.

"남자가 어떻다는 거죠?"

테나가 조심스럽게 물었다.

신중하게 목소리를 깔면서 이끼가 대답했다.

"모르겠우, 아씨. 그 문제는 나도 생각해 봤다우. 종종 생각했지. 내가 할 수 있는 제일 괜찮은 표현은 이래요. 남자란 껍데기를 둘러쓰고 있다는 거예요. 알잖우, 껍데기 안에 든 땅콩처럼 말이우."

이끼는 물에 젖은 길고 구부정한 손가락을 들어서 호두 열매를 집은 시늉을 했다.

"딱딱하고 강하지요, 그 껍데기는. 그리고 그 속에는 자기 자신이 꽉 차 있지. 대단한 남자라는 알맹이가, 남자의 자기 자신이 가득 차 있다우. 그리고 그게 다라우. 거기에 있는 건 그게 다죠. 속에 든 건 온통 그 자신이고 다른 건 아무것도 없어요."

테나는 잠시 생각에 빠졌다가 이윽고 물었다.

"하지만 만약 그가 마법사라면……"

"그러면 속에 든 게 온통 그의 힘뿐이죠. 그의 힘이 그 사람 아니겠우? 알잖우. 마법사라는 건 그런 식이우. 그리고 그게 다지. 힘이 사라지면, 사람도 끝장이라우. 텅 비는 거죠."

이끼는 보이지 않는 호두 열매를 깨뜨려 껍데기를 던져 버렸다.

"아무것도 없지."

"그러면 여자는요?"

"오, 글쎄요, 아씨. 여자란 완전히 다른 거라우. 여자의 시작과 끝을 누가 알겠우? 들어 봐요, 아씨. 나는 뿌리가 있다우. 이 섬보다도 더 깊은 뿌리가 있지. 바다보다도 깊고 땅이 솟아오른 것보다도 더 오래된 뿌리예요. 난 그 어둠 속으로 돌아간다우."

붉은 눈언저리에 둘러싸인 이끼의 눈동자가 기묘한 광채를 띠었고, 목소리는 악기 소리처럼 울렸다.

"어둠 속으로 돌아간다고요! 달보다도 먼저 나는 있었지. 아무도 몰라요, 아무도 몰라. 아무도 내가 누구인지, 여자가 뭔지 말할 수 없지. 힘 있는 여자가 뭔지, 여자의 힘이 무엇인지 말할 수 없다우. 그 힘은 나무뿌리보다도 깊고 섬의 뿌리보다도 깊어요. 창조보다도 오래되었고 달보다도 오래된 힘이우. 누가 감히 어둠에 대해 묻겠우? 누가 어둠에게 이름을 묻겠냐고요?"

늙은 여자는 주문처럼 읊어 대는 자기 말에 도취하여 몸을 흔들면서 노래하듯 말을 이었다. 그러나 테나는 똑바로 앉아서 엄지손가락 손톱으로 골풀 가운데를 쪼갰다.

"내가 묻죠."

그녀는 또 한 가닥을 쪼개면서 말했다.

"난 어둠 속에서 충분히 오래 살았답니다."

✻

테나는 새매가 여전히 잠들어 있는지 자주자주 들여다보았다. 방금도 그렇게 했다. 다시 이끼 옆에 와 앉았지만 하던 얘기로 돌아가고 싶지는 않았다. 늙은 여자가 부루퉁하니 가라앉아 있었던 것이다.

"오늘 아침 일어나니까, 아, 새로운 바람이 부는구나 싶은 기분이 들었어요. 뭔가 바뀐 느낌이요. 아마 날씨 때문이겠죠. 아줌마도 그런 기분 아니었어요?"

그러나 이끼는 그렇다 아니다 대답하지 않았다.

"이곳 큰벼랑 위로는 온갖 바람이 분다우. 어떤 바람은 좋고, 어떤 바람은 몹쓸 바람이고. 구름을 품은 바람, 좋은 날씨를 품은 바람, 또 들을 수 있는 자들에게 새 소식을 가져오는 바람도 있지요. 그러나 귀 기울여 들으려 하지 않는 사람들은 그걸 들을 수가 없다우. 내가 뭐라고 그걸 알겠우? 마법사한테 배운 적도 없고 책을 가지고 공부한 적도 없는 늙은 여자가? 내가 아는 거라곤 모두 땅속에, 어두운 땅속에 있어요. 발밑에 있지, 뽐내는 사람들 발밑에. 거만한 공경들과 마법사들의 발밑에 말이우. 배운 사람들이 뭐 하자고 내려다보겠우? 늙고 마술이나 하는 여자가 뭘 안다고?"

이 사람과 틀어지면 만만치 않겠다고 테나는 생각했다. 지금은 까다로운 친구였다.

골풀 한 줄기를 집으며 테나가 말했다.

"아줌마, 나는 여자들 사이에서 자랐어요. 여자만 있는 데서요. 아주 먼 동쪽 카르그 땅, 아투안에서였죠. 그 황량한 곳에서 무녀로 키운답시고 사람들이 어린 나를 가족들에게서 빼앗아 갔어요. 난 그곳 지명이 뭔지 몰라요. 우리는 모두 우리 말로 그냥 '거기', '그곳'이라고만 불렀거든요. 나는 그 묘역 이외에 다른 장소를 몰랐어요. 묘역을 지키는 병정들이 몇 있기는 했지만 그들도 담장 안쪽으로는 들어올 수 없었어요. 그리고 우리는 담장 밖으로 나갈 수 없었죠. 온통 나이 들고 젊은 여자들이 무리를 지어서 우리를 지키는 환관들과 함께 남자들을 멀리하고 살았어요."

"방금 말한 사람들이 뭔가요?"

"환관요?"

테나는 아무 생각 없이 카르그 말을 썼던 것이다. 그녀는 고쳐 말했다.

"거세된 남자들요."

마녀가 멍하니 쳐다보다가 "세크!" 하고 말하면서 악을 물리치는 손짓을 했다. 그러곤 입술을 빨았다. 스스로도 자신의 분노에 놀란 것이다.

"그중 한 명은 거기서 나에게 거의 어머니나 다름없었어요……. 이해하겠어요, 아줌마? 나는 어른이 될 때까지 한번도 남자를 본 적이 없었던 거예요. 어린 여자, 늙은 여자들뿐이었죠. 게다가 나는 여자란 어떤 존재들인가도 몰랐어요. 내가 아는 건 오직 여자뿐이었으니까요. 뱃사람들이나 병사들, 그리고 로크 섬의 마법사들 속에서 사는 남자들처럼요. 그들도 마찬가지로 남자가 어떤 존재인지 모를 거예요. 여자와 한번도 말해보지 않았는데 어떻게 자신들에 대해 제대로 알 수 있겠어요?"

"남자들을 데려가서 숫양이나 숫염소처럼……, 그렇게, 거세하는 칼로 그러는 건가요?"

이끼가 물었다. 두려움, 섬뜩함, 그리고 언뜻 비쳐 보인 복수의 빛이 분노와 이성을 모두 덮어 버렸다. 이끼는 거세남 얘기 말고는 어떤 화제도 따라가지 않으려고 했다.

테나가 해 줄 수 있는 얘기는 적었다. 그녀는 자기가 그런 문제들에 대해 생각해 본 적이 한번도 없음을 깨달았다. 아투안에서 어린 여자 아이였을 적에 거기엔 거세된 남자들이 있었다. 그리고 그중 하나가 그녀를 따뜻하게 아껴 주었고, 그녀도 그를 좋아했다. 그리고 그 사람으로부터 달아나기 위해 그를 죽였다. 그 뒤 그녀는 군도로 왔고 여기엔 거세남 같은 것은 없었다. 그래서 그들을 잊어버렸으며, 마난의 시신과 함께 그들을 어둠 속에 묻어 버렸다.

그녀는 자세한 내용을 알고 싶어 하는 이끼의 바람을 들어주려고 노력했다.

"내 생각엔 사람들이 어린 소년들을 데려다가……."

테나는 말을 멈췄다. 그녀의 손도 움직임을 멈췄다.

"테루처럼 그렇게."

한참 뜸을 들였다가 그녀는 말했다.

"어린애를 뭐에다 썼겠어요? 뭣 하러 거기 뒀겠어요? 이용한 거죠. 몹쓸 짓을 하고, 거세하고……. 들어요, 이끼. 내가 그 어둠의 묘역에 살았을 때, 거기서 사람들이 한 짓이 그거예요. 그리고 내가 여기로 왔을 때, 난 빛 속으로 나왔다고 생각했지요. 난 진정한 언어를 배웠어요. 그리고 남편을 얻고, 아이를 갖고, 잘 살았어요. 광명천지에서요. 그런데 그 광명천지에서 그놈들이 그런 짓을 했어요……, 그 아이에게. 강 옆의 풀밭에서. 오지언이 내 딸에게 이름 지어 준 그 샘에서 발원한 강가에서 말이에요. 밝은 태양 아래서. 난 내가 살아갈 수 있는 곳이 어딘지 찾으려 애쓰고 있어요, 이끼. 내 말이 무슨 소린지 알겠어요? 내가 뭘 말하려고 하는지?"

"저런, 저런."

좀 더 나이 든 여자가 말했다. 그리고 잠시 후에 덧붙였다.

"아씨, 굳이 찾으려고 애쓰지 않아도 불행은 충분히 널린 법이라우."

그러고는 테나가 억센 골풀 한 줄기를 힘들여 쪼개느라 손을 떠는 걸 보고는 얼른 덧붙였다.

"엄지손가락 베지 않게 조심하시우, 아씨."

*

다음 날까지도 게드는 완전히 정신을 차리지 못했다. 재주는 썩 좋지만 지독히 지저분한 간병인인 이끼는 그에게 묽은 고기죽을 조금 떠먹이는 데 성공했다. 이끼가 말했다.

"거의 굶어죽을 지경이고, 물기가 다 빠져 꼿꼿하게 말랐어요. 어디 있었는지는 몰라도 제대로 먹을 것도 마실 것도 못 얻어먹었구먼."

그리고 다시 그를 살펴본 후에 말했다.

"이미 갈 데까지 간 것 같은데. 보시구려, 몸이 약해지면 꼭 필요한 건데도 물조차 목에 넘기지 못한다고요. 저렇게 죽어 간

아주 건강했던 남자를 알지. 단 며칠 만에, 그림자로 오그라드는 것처럼 말이우."

그러나 철저하고 가차 없는 인내심으로 이끼는 고기와 약초를 우려내 만든 음식 몇 숟가락을 그에게 먹였다.

"이제 알게 될 거예요. 너무 늦었우, 내 생각엔. 저 사람은 죽어 가고 있어요."

이끼는 안된 마음 대신에 흥미를 품고서 말했다. 게드는 그녀에게 아무것도 아니었다. 죽음은 하나의 별다른 일일 뿐이다. 아마 그녀는 이 마법사를 묻을 수 있을 것이다. 늙은 현자를 묻는 것은 사람들이 막는 바람에 자기 손으로 할 수 없었지만.

다음 날 테나가 손에 고약을 발라 주고 있을 때 게드가 깨어났다. 그는 칼레신의 등에 오랫동안 타고 있었던 게 분명했다. 강철 비늘을 단단히 움켜쥐고 있었던 탓에 손바닥은 살갗이 다 벗겨지고 손가락들 안쪽이 온통 얼기설기 베인 자국투성이였다. 잠들어 있는 동안에도 그는 이미 거기 없는 용을 놓치지 않으려는 것처럼 손을 그러쥐고 있었다. 그녀는 가만가만 그의 손가락들을 펼쳐서 씻고 상처에 고약을 발라야 했다. 그러는 동안 게드는 마치 공중에서 추락하기라도 하는 듯 억 소리를 치며 불쑥 손을 뻗어 냈다. 번쩍, 그가 눈을 떴다. 테나가 잔잔하게 달래자 마침내 그가 그녀를 바라보았다.

"테나."

게드는 웃음기 없이, 아무런 감정도 없이 순전히 그녀를 알아본다는 의식만으로 말했다. 그리고 그것은 달콤한 향기나 꽃처럼 테나에게 순수한 기쁨을 주었다. 자기 이름을 아는 남자 하나가 여전히 살아 있으니, 바로 여기 있는 이 남자였다.

테나는 몸을 숙여 게드의 볼에 입맞춤을 했다.

"그냥 누워 있어요. 이걸 끝내게 말예요."

그는 순순히 그 말에 따라 곧 잠 속에 빠져 들었다. 이번엔 손에서 힘을 빼고 편안히 펼치고 있었다.

나중에, 밤에 테루 옆에서 잠을 청하며 테나는 생각했다.

'전에는 한번도 그에게 입 맞춘 적이 없었는데.'

그리고 그 생각에 깜짝 놀랐다. 처음에는 믿을 수가 없었다. 설마, 안 지가 언젠데……? 무덤에서는 아니라 치고 그 후 함께 산속을 지나오는 동안……, 멀리보기 호를 타고 함께 해브너를 향해 항해할 때……, 그리고 그가 그녀를 이곳 곤트로 데려왔을 때도…….

없었다. 오지언 또한 그녀에게 입 맞춘 적이 없고 반대로 그녀가 오지언에게 입 맞춘 적도 없었다. 오지언은 그녀를 딸이라 부르며 아꼈지만 손은 대지 않았다. 그리고 테나는 누구의 손길도 닿지 않은 고독한 무녀이자 성스러운 존재로 자라서 누군가의 접촉을 바라지 않았다. 아니면 자신이 그걸 바란다는 것을 알지 못했다. 테나는 이마나 볼을 오지언의 펼친 손에 잠깐씩 기대곤 했고, 그러면 오지언은 그녀의 머리를 한 번, 아주 가볍게 쓰다듬거나 했을 뿐이었다.

그리고 게드에게는 그렇게 해 본 적조차 없었다.

'거기에 대해 생각해 본 적이 한번도 없었다니?'

테나는 미심쩍은 두려움을 품고서 스스로 물었다.

모를 일이었다. 그 문제에 대해 생각해 보려고 하자 어떤 두려움이, 죄의식 같은 느낌이 강하게 닥쳐왔다가는 아무 의미 없이 사라져 버렸다. 그녀의 입술은 그의 입술 근처 오른쪽 뺨의 까칠하고 마르고 차가운 살갗을 아주 약간 경험했고, 그 경험만이 중요했으며 의미가 있었다.

테나는 잠들었다. 그리고 어떤 목소리가 자신을 부르는 꿈을 꿨다. "테나! 테나!" 그 부름에 그녀는 바다 위 빛 속을 나는 바닷새처럼 날카로운 부르짖음으로 응답했다. 그러나 그녀가 어떤 이름을 불렀는지는 알 수 없었다.

*

새매는 이끼 아줌마의 기대를 무너뜨렸다. 그는 살아났다. 하루 이틀쯤 지나자 이끼도 새매가 살아난 것을 인정했다. 이끼는 염소 고기와 뿌리와 약초로 만든 묽은 죽을 그에게 먹였다. 그녀는 새매를 자기에게 기대게 한 뒤 자기 몸에서 나는 엄청난 냄새로 그를 에워싸고는 생기를 떠먹이며 투덜거렸다. 게드는 이끼를 알아보고 평소 이름으로 불렀으며, 그녀는 그가 새매라 불렸던 그 남자라는 걸 부정할 수 없으면서도 부정하고 싶어 했다. 이끼는 그를 좋아하지 않았다. 종종 "단단히 잘못됐어." 하고 말하곤 했다. 테나는 이 문제로 고민할 만큼 명민한 마녀에게 존중하는 마음을 가지면서도 그녀 스스로는 어떤 의심도 품지 않았고, 오직 그가 여기 있다는 기쁨과 그의 생명이 돌아오고 있다는 기쁨에 푹 젖었다.

"그가 자기 자신을 회복하면 알게 되겠죠."

테나는 이끼에게 그렇게 말했다.

"자기 자신이라고요!"

이끼가 그렇게 말하고는 손가락으로 호두껍데기를 깨서 떨어뜨리는 시늉을 했다.

게드는 이내 오지언에 대해 물었다. 테나는 그 질문을 두려워하고 있었다. 그녀는 그가 묻지 않을 거라고, 마법사라면 저절로 알게 되듯이 오지언의 죽음을 알고 있을 거라고 되뇌었고 그 생각을 믿어 의심치 않았다. 곤트 항과 르 알비의 마법사들조차 알았던 일이 아니던가? 그러나 나흘째 날 아침 테나가 가 보니 게드는 이미 일어나 있다가 그녀를 보고 말했다.

"여기는 오지언의 집이잖소."

"그래요, 에이할의 집이죠."

그녀는 아무렇지 않게 말하려고 애썼다. 아직도 그 현자의 참 이름을 말하는 것은 쉽지가 않았다. 게드가 그 이름을 아는지 테나는 몰랐지만, 벌써 알고 있었던 게 확실했다. 오지언이 말해 주었을지도 모르고 말할 필요가 없었는지도 몰랐다.

게드는 한동안 반응이 없다가 무감각하게 말했다.

"그러면 돌아가셨군."

"열흘 전에요."

그는 생각에 잠긴 것처럼, 뭔가를 생각해 내려는 것처럼 누운 채 앞을 바라보았다.

"내가 이곳에 온 게 언제요?"

테나는 그의 말을 알아듣기 위해 바짝 몸을 숙여야 했다.

"사흘 전이에요. 저녁때였죠."

"산에 다른 사람은 없었는데."

그러고 나서 게드는 고통이 아니면 참을 수 없이 괴로운 기억이 덮쳐 온 것처럼 몸을 움츠리고 후들후들 떨었다. 그는 인상을 쓰며 눈을 감고 깊은 숨을 들이쉬었다.

게드가 조금씩 기운을 되찾아 가는 동안 테나는 찌푸린 얼굴과 억눌린 숨, 움켜쥔 손에 익숙해졌다. 기운이 회복된 뒤에도 그는 긴장을 풀지 못했고 활기가 없었다.

게드는 문간 계단에 앉아서 여름 오후의 햇볕을 쬐었다. 침대에서 여기까지 나온 것만도 그로서는 최대한 멀리 움직인 것이었다. 그는 온종일 문지방에 앉아 하루가 저무는 걸 보았고, 콩밭에서 돌아와 집 모퉁이를 돌아 나온 테나는 그런 그를 지켜보았다. 게드는 여전히 다 타 버린 재처럼 그늘진 모습이었다. 머리카락만 희끗희끗한 것이 아니라 살갗도 뼈대도 잿빛이 되어 버린 것 같고 그 외에 눈에 띄는 것은 아무것도 없었다. 눈에도 아무 광채가 없었다. 그러나 이 그림자 같은, 재 같은 남자는 테나가 난생처음 얼굴을 보았던 그 남자, 자신의 힘으로 빚어낸 광휘에 휩싸여 있던 그 남자와 같은 사람이었다. 매부리코에 멋진 입매를 지닌 강인한 얼굴의 주인공. 잘생긴 남자. 그는 언제나 당당하고 멋진 남자였다.

테나가 게드에게 다가가 말을 걸었다.

"당신에겐 햇빛이 필요해요."

그는 고개를 끄덕였다. 그러나 넉넉한 여름의 온기 속에 앉아 있으면서도 양손은 꾹 움켜쥔 채였다.

함께 있을 때면 새매가 너무나 말이 없어서, 테나는 전에도 그랬듯이 자기가 함께 있는 것이 불편한지도 모르겠다고 생각했다. 결국, 이제 그는 대현자였다. 테나는 그걸 잊어버리고 있었다. 그리고 지금은 그들이 아투안의 산속을 걷고 멀리보기 호에 올라 동쪽 바다를 가로질러 함께 여행했던 그때로부터 이미 25년이 지난 뒤였다.

"멀리보기 호는 어디 있죠?"

테나는 갑자기 떠오른 생각에 그렇게 묻고 나서 스스로 놀랐고 또 생각했다.

바보같으니라고! 그 모든 세월은 지나간 과거이고, 이 사람은 대현자인데. 이제 그 작은 배는 갖고 있지 않을 텐데.

"셀리더에 있소."

게드가 대답했다. 그의 얼굴이 그 한결같고 알 수 없는 비탄으로 굳어졌다.

영원처럼 오래전, 셀리더처럼 먼 곳에…….

"가장 먼 섬."

그녀가 말했다. 반쯤은 질문이었다.

"머나먼 서쪽이지요."

그가 대답했다.

*

그들은 저녁 식사를 끝낸 뒤에도 그대로 식탁에 앉아 있었다. 테루는 놀러 나가고 없었다.

"그러면 셀리더에서 온 건가요, 칼레신을 타고?"

테나가 용의 이름을 다시 입에 올렸을 때, 그것은 이번에도 스스로 말했다. 그녀의 입술로 하여금 그 이름의 모양과 소리를 빚게 하고 그녀의 숨을 부드러운 불길로 만들었다.

그 이름에 게드는 테나를 쳐다보았다. 그 한 번의 강렬한 시선으로 그녀는 게드가 평소에 자기와 눈을 잘 마주치지 않았다는 걸 깨달았다. 게드는 고개를 끄덕였다. 그러고 나서 애써 정직하게 자기의 말을 고쳐 덧붙였다.

“셀리더에서 로크로, 그리고 다시 로크에서 곤트로 왔지요.”

사천 리? 사만 리? 그녀는 알 수 없었다. 그녀는 해브너의 보물들 속에서 커다란 지도를 본 적이 있었지만 숫자나 거리는 들어 보지 못했다. ‘셀리더처럼 먼 곳…….’ 그리고 용의 비행이라는 걸 어떤 단위로 어림할 수 있겠는가?

둘만 있는 자리였기에 테나는 그의 참 이름을 써서 불렀다.

“게드, 나는 당신이 엄청난 고통과 위험을 겪었다는 걸 알겠어요. 그리고 당신이 원하지 않는다면, 말할 수 없는 것이라면 나에게 말해서는 안 되겠지요. 하지만 내가 안다면, 그것에 대해 뭔가 안다면 아마 당신에게 좀 더 도움이 될 거예요. 그러고 싶어요. 그리고 곧 로크에서 당신을 찾으러 사람들이 오거나 대현자를 위해 배를 보내겠지요. 나도 놀랐지만, 당신을 위해서라면 용을 보낼 수도 있을 거예요! 그러면 당신은 또다시 가 버리겠죠. 그리고 우린 얘기 한마디 못 나눌 테고요.”

말하는 동안 테나는 자기 목소리와 단어들이 틀렸다는 생각에 손을 움켜쥐었다. 용을 갖고 농담을 하다니……, 잔소리하는 마누라처럼 푸념을 늘어놓고 있잖아?

게드는 언짢은 듯 자신을 억누르고 식탁만 내려다보았다. 마치 들판에서 고달픈 하루를 보내고 돌아와 바가지를 긁히게 된 농부 같았다.

"로크에서는 아무도 오지 않을 것 같소."

그 말을 하는 것만도 그는 무척 힘들어했고, 잠시 뜸을 들인 후에 말을 이었다.

"나에게 시간을 줘요."

테나가 보기에 그가 하려는 말은 그뿐이었으므로 이렇게 대답했다.

"그래요, 물론이죠. 미안해요."

그러면서 일어나 식탁을 치우려고 하는데 그가 중얼거렸다. 여전히 시선을 내리깐 채였다.

"내겐 시간이 있어, 이제."

그러고는 자기도 자리에서 일어나 접시를 개수대로 가져다 놓고 식탁을 깨끗이 치웠다. 테나가 음식을 치우는 동안 그는 설거지를 했다. 그 점은 그녀에게 흥미로운 것이었다. 그녀는 내심 새매를 부싯돌과 비교하고 있었다. 하지만 부싯돌은 일평생 접시 한 장 닦은 적이 없었다. 그건 여자들의 일이었다. 그러나 게드와 오지언은 독신자들이었으며 여자 없이 살았다. 게드가 살았던 곳은 어디나 여자들이 없었다. 그래서 그는 '여자들의 일'이라는 걸 했고, 그에 대해 별로 고민이 없었다. '게드가 그 일에 대해 생각했다면, 행주질에 체면이 달려 있다는 게 무서워지기 시작했다면 정말 딱한 일이 되었을 거야.' 테나는 생각했다.

로크에서는 아무도 그를 찾으러 오지 않았다. 게드와 테나는 대화를 나누었어도 늘 돛에 마법의 바람을 안고 달렸던 그 배 이야기가 아니면 배 이야기를 입에 담지 않았다. 그러나 하루하루 날이 가도 여전히 그를 찾는 전갈이나 신호가 없었다. 테나가 보기에 사람들이 대현자를 이렇게 오랫동안 성가시게 하지 않고 내버려 둔다는 건 이상한 일이었다. 게드 스스로 아무도 찾아오지 못하게끔 금한 것이 분명했다. 아니면 자신의 모습을 마법으로 숨긴 까닭에, 사람들이 그가 어디로 갔는지 몰라 찾아올 수 없는 건지도 몰랐다. 마을 사람들도 그를 이상하게 여긴다거나 신경 쓰는 일이 거의 없었다.

르 알비 영주의 저택에서 아무도 오지 않은 건 그렇게 놀랄 일이 아니었다. 그 집의 주인들과 오지언은 사이가 좋았던 적이 없었다. 마을에 도는 얘기에 의하면 그 집 여자들은 흑마술에 재주가 능하다고 했다. 사람들 말에 따르면 하나는 북쪽의 영주와 결혼했는데 영주가 산 채로 그녀를 돌 밑에 묻었다고 했고, 또 다른 여자는 뱃속에서 아직 태어나지도 않은 아이를 주물러서 뭔가 힘 있는 존재로 만들려 했는데 실제로 아이는 태어나자마자 말을 했지만 몸에 뼈가 하나도 없었다고 했다. 마을의 산파는 이렇게 말했다.

“살가죽으로 만든 작은 자루 같더라고. 눈이 달리고 소리를 내는 작은 자루 말야. 그 애는 전혀 젖을 빨지 않고 대신에 무슨 이상한 말로 말을 하는 거야. 그러고는 죽었지…….”

그런 얘기들의 진상이 뭐든 간에, 르 알비의 영주는 언제나 외떨어져 있었다. 테나가 맨 처음 르 알비에 왔을 때 현자 새매의 동반자이자 현자 오지언의 보살핌을 받는 자, 에레삭베의 고리를 해브너로 가져온 이로서 등장했다면 그 대저택에 머물러 달라는 청을 들었을지도 모른다. 충분히 그럴 법하다. 하지만 테나는 그러지 않았다. 그녀는 자기가 좋은 대로 마을의 직조공 ‘부채’가 소유한 작은 오두막집에서 혼자 살았다. 그리고 아주 가끔씩만 먼발치에서 대저택의 사람들을 보았다. 이끼가 얘기해 준 바에 따르면 저택에는 이제 안주인이 없고 오로지 몹시 늙은 영주와 그 손자, 그리고 로크의 학교에서 고용해 온 ‘사시나무’라고 불리는 젊은 마법사만 산다고 했다.

오지언이 이끼 아줌마의 부적을 손에 쥔 채 산길 옆 너도밤나무 아래에 묻힌 이후로 테나는 사시나무를 본 적이 없었다. 어스시의 대현자가 자기 마을에 있다는 걸 사시나무가 모른다는 것은 좀 이상했다. 아니면 알고 있더라도 무슨 이유에서인가 멀리하는 것이리라. 그리고 역시 오지언을 묻으러 왔던 곤트 항의 마법사 또한 그 후론 코빼기도 비치지 않았다. 설사 그 마법사가 게드가 여기 있는 줄은 모른다 할지라도 테나가 누구라는 것은 분명히 알고 있는데 말이다. 팔에 에레삭베의 고리를 찼던 백색의 숙녀, 평화의 룬을 완전하게 한 사람을……, 그게 얼마나 오래전 얘기냐, 이 아줌마야! 테나는 스스로에게 말했다. 자존심이 상한 모양이지?

모든 걸 다 차치하더라도, 그들에게 오지언의 참 이름을 말해준 이는 바로 그녀였다. 그들은 테나에게 일종의 예의를 빚진 것이나 다름없었다.

하지만 마법사들이란, 그런 마법사들은, 정중한 예의와는 아무 상관이 없었다. 그들은 권능한 사람들이었다. 그들이 상대하는 것은 오로지 힘이다. 하지만 지금 그녀에게 무슨 힘이 있는가? 무슨 힘을 가졌던 적이라도 있는가? 어린 소녀였을 때, 무녀였을 때 테나는 그릇이었다. 그 어두운 곳의 힘이 그녀를 통해 내달렸고, 그녀를 이용했으며, 텅 빈 채 누구의 손길도 닿을 수 없게 했더랬다. 젊은 여자였을 때에는 힘 있는 남자에게서 강력한 지식을 가르침 받다가 그것을 내던져 버리고 외면한 채 건드리지 않았다. 성인 여자로서 테나는 선택을 했고, 여자의 힘을, 여자가 여자인 동안 지니는 힘들을 가졌다. 그리고 그 시절은 지나 버렸다. 아내 노릇이나 엄마 노릇은 끝난 것이다. 그녀에게 남은 것은 하나도 없다. 무슨 힘이 있어서 누가 알아볼 수 있단 말인가?

그러나 용은 그녀에게 말을 걸었다.

"나는 칼레신이다."

그 말에 그녀는 대답했다.

"나는 테나요."

그 어두운 곳, 미궁 속에 있었을 때 테나는 게드에게 물었더랬다. "용주라는 게 뭐지?" 그의 힘을 부정하고 자신의 힘을 인정하게 만들려고 애쓰면서. 게드는 줄곧 그녀의 벽을 거두게 만든 그 꾸밈없는 충실함으로 답했다. "용이 말을 거는 자요."

즉 테나는 용이 말을 거는 여자였다. 자그마한 서향 창문 밑을 거닐었을 때, 마음속에 느낀 새로움이 이것이었을까? 그 숨겨져 있던 지식, 빛의 씨앗이 이것일까?

식탁에서 짤막한 대화를 나누고 며칠 후에, 테나는 오지언의 텃밭에서 양파들을 살리려고 김을 매고 있었다. 여름에 성한 잡초들을 피하기 위해 오지언이 봄에 심어 둔 것들이었다. 염소들이 못 들어오게 막아 놓은 높다란 울타리 문 안쪽에서 지켜보던 게드가 테나가 일하는 고랑의 반대편 끝에서부터 잡초를 뽑기 시작했다. 하지만 그것도 잠시, 그는 곧 물러나 앉아 자기 양손을 내려다보았다.

"손이 나을 시간을 좀 줘요."

테나가 상냥하게 말했다.

게드는 고개를 끄덕였다.

다음 줄에 심긴, 키 큰 버팀대에 잡아맨 콩 줄기에는 꽃들이 피어 있었다. 콩꽃 냄새가 아주 달콤했다. 게드는 가느다란 팔을 무릎 위에 두고, 햇빛을 받고 있는 뒤엉킨 덩굴과 꽃들과 콩 꼬투리들을 물끄러미 바라보았다. 테나가 일손을 멈추지 않으며 말했다.

"에이할이 돌아가실 때 이러셨어요. '모든 게 바뀌었다…….' 그래서 그분이 돌아가신 후 슬프고 비탄에 잠겼지만, 뭔가가 슬픔을 거둬 가더라고요. 뭔가가 태어나려 하고 있어요. 자유롭게 풀려나려는 참이에요. 나는 꿈속에서, 그리고 잠에서 깨자마자 즉시 뭔가가 달라졌다는 것을 깨달았죠."

"그래요."

게드가 말했다.

"하나의 악이 종말을 맞았다오. 그리고……."

그러고는 한참 동안 침묵하다가 새롭게 말을 시작했다. 눈은 테나를 바라보지 않았지만 그의 목소리는 이제야 비로소 그녀가 기억하는 대로의, 편안하고 조용한 음성이 되었다. 메마른 무뚝뚝한 곤트 억양도 그대로였다.

"테나, 우리가 처음으로 해브너에 갔던 날을 기억하오?"

'잊을 리 있겠어요?' 그녀의 마음은 그렇게 말했지만, 그를 다시 침묵 속으로 내몰까 두려워 아무 말도 하지 않았다.

"우리는 멀리보기 호를 몰아서 부두에 닿았지. 부두의 계단들은 대리석이었소. 그리고 사람들, 그 온갖 사람들……. 당신은 팔을 들어 그들에게 고리를 보여 주었소……."

'당신의 손을 잡고서요. 나는 말할 수 없이 겁에 질려 있었죠. 그 얼굴들과 목소리들, 갖가지 색깔, 탑과 깃발과 표지들, 금은과 악기 소리……, 내가 아는 사람이라곤 오로지 당신뿐이었고요. 온 세상에 내가 아는 거라곤 당신뿐이었어요, 거기 내 옆에서 걸어가던 당신…….'

"왕의 집을 지키는 청지기들은 인파가 들끓는 거리를 지나 우리를 에레삭베 탑 아래로 데려갔지요. 우리는 그 높은 계단들을 올랐소, 오직 우리 둘이서만. 기억하오?"

테나는 고개를 끄덕였다. 그녀는 잡초를 뽑은 흙 위에 손을 올려놓고 까슬까슬하고 서늘한 감촉을 느꼈다.

"나는 문을 열었소. 문은 무겁고 처음엔 꿈쩍도 하지 않았지. 그리고 우리는 안으로 들어갔소. 기억나요?"

그는 마치 확인하려고 묻는 듯했다. 정말 일어난 일이었나? 내 기억이 맞나?

"크고 높은 방이었죠. 내가 먹힘을 당했던 묘역의 대관을 떠올리게 하더군요. 하지만 그건 단지 천장이 너무 높았기 때문이었어요. 탑의 아주 높은 곳에 있는 창문들로부터 빛이 내리비쳤죠. 햇빛의 선들이 마치 칼처럼 가로놓여 있었어요."

"그 왕좌도……."

"그래요, 그 왕좌도 온통 금빛에 주홍빛이었죠. 하지만 비어 있었어요. 아투안의 대관에 있는 옥좌처럼요."

"이제는 아니오."

그는 양파의 파란 순들 너머로 테나를 바라보았다. 그의 얼굴은 마치 붙잡을 수 없는 행복을 말하는 것처럼 긴장되어 있었고 뭔가를 꿈꾸는 듯했다.

"해브너에 왕이 있어요. 세상의 중심에. 예언은 이루어졌소. 룬은 고쳐졌고 이제 세상은 완전해요. 평화의 날들이 왔지요. 그는……."

게드는 말을 멈추고는 양 주먹을 움켜쥐며 내려다보았다.

"그는 나를 죽음에서 삶으로 데려왔어요. 인라드의 아렌이. 노래로 불려질 레반넨이 말이오. 그는 자신의 참 이름, 어스시의 왕 레반넨이라는 이름을 가졌소."

테나는 무릎을 꿇고 그를 바라보며 물었다.

"그렇다면 기뻐할 일이군요? 빛 속으로 나온 거지요?"

게드는 대답하지 않았다.

'해브너에 왕이라고.'

그녀는 생각하고 다시 소리 내어 말했다.

"해브너에 왕이!"

테나의 마음속에 그 아름다웠던 도시의 모습이 떠올랐다. 드넓은 길, 대리석 탑들, 타일을 깐 청동 지붕과 하얀 돛을 단 항구의 배들, 햇빛이 칼날처럼 떨어지던, 불가사의할 만큼 놀라운 왕좌의 방, 그곳을 지키던 부와 위엄과 조화와 질서. 그 빛나는 핵심으로부터 질서가 퍼져 나가는 것을 테나는 보았다. 물 위로 퍼지는 완벽한 파문처럼, 거침없이 뻗은 포장도로나 바람을 맞으며 달리는 돛배처럼. 그렇게 가야 할 길을 가며 질서는 평화를 전하리라.

"참으로 장하세요, 소중한 벗이여."

게드는 그녀의 말을 막으려는 듯한 몸짓을 하더니 고개를 돌리고 손으로 자기 입을 틀어막았다. 테나는 그의 눈물을 차마 볼 수 없었다. 그녀는 다시 몸을 숙이고 일했다. 잡초 하나를 뽑고, 또 하나를 뽑자, 완강하게 박힌 뿌리가 끊어졌다. 그녀는 손으로 거친 흙 속을 파헤치며 어두운 땅속에서 잡초 뿌리를 찾아내려고 애썼다.

"고하."

문가에서 들리는 테루의 가냘프게 갈라진 목소리를 듣고 테나는 주위를 둘러봤다. 아이의 반쪽 얼굴이 보이는 눈과 먼 눈으로 그녀를 똑바로 바라보고 있었다. 테나는 생각했다. 테루한테 해브너에 왕이 있다고 말해 줄까?

그녀는 일어서서 문으로 갔다. 테루가 조금이라도 편하게 말할 수 있게 해 주기 위해서였다. 너도밤나무 말로는 아이가 불 속에 정신을 잃고 누워 있었을 때 불을 들이마셨다고 했다. "그 애의 목소리는 불에 타 사라졌어요." 그는 그렇게 설명했다.

테루가 조그맣게 말했다.

"홀짝이를 보고 있었는데요, 양골담초 목장에서 달아났어요. 염소가 안 보여요."

그것은 그 애가 지금까지 했던 말 중 가장 긴 얘기였다. 테루는 뛰어온 데다 울지 않으려고 애쓰느라 몸을 떨었다. 테나는 자신을 다그쳤다.

'우리 모두가 한꺼번에 울 수는 없어! 바보같이, 어떻게 참을 수 있지?'

"새매!"

그녀가 돌아서며 말했다.

"염소 한 마리가 달아났어요."

게드는 바로 일어서서 문으로 가며 말했다.

"시냇가 냉장 오두막을 뒤져 보자."

그는 그 애의 끔찍한 상처를 보지 못한 것처럼, 아예 그 애가 눈에 보이지 않는 것처럼 테루를 보았다. 염소 한 마리를 잃어버리고, 꼭 찾고 싶어 하는 아이다. 그 염소는 그가 본 그 염소였다.

"아니면 마을의 가축들과 어울리러 간 걸 테지."

테루는 벌써 시냇가 오두막으로 달려가고 있었다.

"저 애가 당신 딸이오?"

게드가 테나에게 물었다. 그는 지금까지 아이에 대해 한마디도 한 적이 없었다. 그리고 테나는 잠깐 동안 '이 사람은 진짜 별종이구나.' 하는 생각밖에 들지 않았다.

"아니요, 내 손녀딸도 아니고요. 하지만 내 애예요."

무엇이 그녀가 다시 그를 놀리고 비웃을 수 있게 한 걸까?

게드가 문 밖으로 나섰을 때 마침 홀짝이가 흰색과 갈색으로 번쩍이는 번개처럼 맹렬하게 그들을 향해 달려오고 있었다. 멀찌감치 뒤에서 테루가 쫓아왔다.

"여!"

게드가 냅다 소리치며 펄쩍 뛰어 염소 앞을 가로막더니 열려 있는 문 쪽으로, 테나의 팔 쪽으로 똑바로 몰아 보냈다. 그녀는 가까스로 홀짝이의 풀린 가죽 목띠를 붙잡았다. 단숨에 양처럼 온순해진 염소는 꼼짝하지 않고 멈춰 서서, 노르스름한 한쪽 눈으로는 테나를 바라보고 다른 쪽 눈으로는 줄지은 양파를 쳐다보았다.

"나가라."

테나는 홀짝이를 염소에겐 천국인 그곳에서 원래 있어야 할 잔인한 목장으로 이끌었다.

게드는 테루만큼, 아니 그보다 더 심하게 숨을 헐떡이며 땅바닥에 주저앉았다. 힘겹게 숨을 몰아쉬는 그는 눈에 띄게 어지러워했다. 그러나 최소한 눈물은 없었다. 뭔가를 망치려면 염소를 믿으랬지.

"히스가 너더러 홀짝이를 지키라고 하는 게 아니었는데."

테나가 테루에게 말했다.

"아무도 홀짝이를 지킬 수 없어. 홀짝이가 다시 달아나거든 히스한테 말하고 걱정하지 마라. 됐지?"

테루는 고개를 끄덕였다. 아이는 게드를 쳐다보고 있었다. 그 애는 좀처럼 사람들을 보는 일이 없었고 남자를 바라보는 일은 더더욱 없어서 봐 봤자 흘끗 쳐다보는 정도였다. 그러나 테루는 그를 빤히 응시했고 참새처럼 목을 쫑긋 세웠다. 아이에게 영웅이 생기게 된 것일까?

나빠짐

한 달이 훌쩍 지나 하지를 넘겼다. 그러나 서쪽을 바라보는 큰벼랑 위는 여전히 저녁이 길었다. 테루는 이끼 아줌마와 함께 하루 종일 약초를 캐러 다니다가 늦게 돌아왔다. 몹시 지쳐 뭘 먹지도 못할 지경이었다. 테나는 아이를 침대로 밀어 넣고 옆에 앉아 노래를 불러 주었다. 테루는 지나치게 지치면 쉽사리 잠들지 못하고 꼼짝 못하는 짐승처럼 침대에 웅크린 채 헛것들을 빤히 쳐다보고 있다가, 결국 잠자는 것도 아니고 깨어 있는 것도 아닌 가위눌림 상태에 빠져 어찌할 수 없게 되어 버리곤 했다. 테나는 아이를 안고 노래를 불러 주면 그렇게 되는 일을 막을 수 있다는 걸 알았다. 가운뎃계곡 농부의 아내로서 배운 노래들이 바닥나면 아투안 무덤에서 어린 무녀였을 때 배운 한없이 긴 카르그 성가를 부르며, 이름 없는 힘들과 이제는 지진의 먼지와 잔해들로 가득 찬 빈 옥좌에 바치던 단조로운 소리와 감미로운 넋두리로 테루를 얼렀다. 이 노래들에서는 노래 자체의 힘 말고는 아무것도 느껴지지 않았다. 그리고 그녀는 자기가 태어난 나라의 말로 노래하는 게 좋았다. 비록 그 노래들이 아투안의 한 어머니가 한 어린아이에게, 즉 그녀의 어머니가 그녀에게 불러주던 것임은 알지는 못했지만…….

테루는 마침내 깊이 잠들었다. 그녀는 아이를 무릎에서 침대로 살짝 내려놓고 확실히 잠들었는지 보려고 잠시 기다렸다. 그리고 나서, 주위를 슬쩍 둘러보아 혼자 있다는 것을 확인하고는 거의 떳떳하지 못해 보일 만큼 잽싸게, 의식을 치르는 기쁨과 크나큰 즐거움을 품고 가늘고 하얀 손을 아이의 옆얼굴에 갖다 대었다. 불길이 눈과 뺨을 먹어 치우고 두껍고 노골적인 상처를 남겨 놓은 곳이었다. 테나의 손 아래로 그 모든 것이 사라졌다. 테루의 살갗에는 흠이 없었고 여느 어린아이처럼 둥글고 부드러운 잠든 얼굴이 되었다. 마치 그녀의 손길이 그것을 되돌려준 것 같았다.

가볍게, 마지못해하며 테나는 손바닥을 들어 올리고 돌이킬 수 없는 손상, 결코 완전해지지 않을 치유를 보았다.

그녀는 몸을 굽혀 그 상처에 입 맞추고는 조용히 일어서서 집 밖으로 나왔다.

해가 드넓은 진주 빛 아지랑이로 바뀌고 있었다. 주위엔 아무도 없었다. 새매는 아마 숲 속에 있을 것이다. 그는 오지언의 무덤을 찾아가 조용한 너도밤나무 아래에서 시간을 보내기 시작했고, 좀 더 기운을 차리면서는 오지언이 좋아했던 숲길을 돌아다녔다. 먹는 것에는 도무지 관심이 없었다. 테나가 제발 먹으라고 부탁해야만 했다. 그는 사람과 어울리는 것을 피하며 오로지 혼자 있을 궁리만 했다. 테루는 어디라도 새매를 쫓아다니려고 했지만, 그 아이도 그나 마찬가지로 말이 없었으므로 그다지 성가시지 않았다. 그러나 그는 불안해했고, 결국엔 아이를 집으로 보내고는 혼자서 멀리 테나가 모르는 외진 곳까지 걸어가곤 했다. 그러고는 느지막이 돌아와 몸을 내던지듯 쓰러져 잠들었다가, 곧잘 테나나 아이가 일어나기도 전에 다시 나가 버렸다. 그래서 테나는 그가 가져갈 빵과 고기를 미리 남겨 놓곤 했다.

테나는 이제 풀밭 길을 따라 돌아오는 게드를 발견했다. 오지언이 마지막으로 그 길을 걷는 것을 거들었을 때에는 너무나 멀고 힘들었던 길이다. 게드는 꾸준한 걸음으로 빛나는 하늘과 바람에 고개 숙인 풀들 사이를 걸어 돌아왔다. 그는 돌처럼 단단한 자신의 완고한 슬픔에 갇혀 있었다.

거리가 좀 남았을 때 테나가 물었다.

"집 근처에 있을 건가요? 테루는 자요. 좀 걷고 싶어서요."

"그래요. 가 봐요."

새매가 말했다. 테나는 여자들을 지배하는 중요한 일들에 대한 남자의 무심함을 생각하면서 걸어갔다. 누군가는 잠든 아이 근처에 있어야 한다. 한 사람의 자유는 다른 사람의 부자유를 뜻했다. 그렇지 않으면 어떤 끊임없는 변화, 움직이는 균형은 이루어지지 않았다. 그녀가 지금 하고 있는 것처럼 두 다리로, 한 다리 다음에 다른 다리로, 그 놀라운 기술을 실천하며 앞으로 걸어 나가는 이런 것은. 하지만 깊어 가는 하늘의 색조와 계속해서 불어오는 부드러운 바람에 곧 생각이 바뀌었다. 그녀는 은유가 아니라 실제로 걷고 있었고 마침내 사암 절벽에 이르렀다. 거기서 테나는 멈춰 섰고, 잔잔한 장밋빛 아지랑이 너머로 꺼져 가는 해를 지켜보았다.

그녀는 꿇어앉아 처음엔 눈으로, 그러고 나선 손끝으로 더듬어 절벽 끝에서 아주 약간 비껴 난 곳 바위 위에 새겨진, 기다랗고 얕으며 희미한 홈을 찾았다. 그것은 칼레신의 꼬리가 남긴 흔적이었다. 황혼이 내려앉은 만을 꿈꾸듯 응시하며 테나는 손가락으로 몇 번이고 그 흔적을 더듬어 만졌다. 이번엔 그 이름이 입 안에서 화끈거리는 대신 입술 밖으로 부드럽고 높고 쉰 소리를 내며 끌려 나왔다.

"칼레신……."

테나는 동쪽을 바라보았다. 숲 위로 보이는 곤트 산 꼭대기는 불그스름했고 그 아래 이곳은 이미 져 버린 빛을 반사하고 있었다. 그녀가 바라보는 동안 그 색은 바래었다. 그녀가 먼 곳에 눈길을 주다가 다시 뒤돌아보았을 때 산꼭대기는 잿빛으로 희미했고 숲이 우거진 비탈은 캄캄해져 있었다.

그녀는 저녁 별들을 기다렸다. 그리고 안개 위로 별이 빛날 때 천천히 집을 향해 발걸음을 옮겼다.

집, 아니, 집이 아니다. 왜 그녀는 자신의 농장이 아니라 여기 오지언의 집에서, 자신의 과수원과 가축들이 아닌 오지언의 염소와 양파를 돌보고 있는 것일까? "기다려라." 그는 그렇게 말했고, 그래서 그녀는 기다렸다. 그러자 용이 왔다. 그리고 게드는 이제 괜찮았다. 충분히 괜찮았다. 그녀는 자신의 역할을 다 했다. 그녀는 이 집을 지켰다. 이젠 더 이상 있을 필요가 없었다. 떠나야 할 시간이었다.

그러나 테나는 이 높은 바위 벼랑을, 매의 둥지를 떠나서 다시 낮은 지대로, 편안한 농지와 바람 없는 내륙으로 떠날 생각을 차마 할 수 없었다. 그 생각을 하면 가슴이 내려앉고 우울해졌다. 그 작은 서향 창문 아래에서 그녀는 무슨 꿈을 꾸었더랬나? 여기 그녀에게 온 것은 어떤 용이었을까?

집 문은 여느 때처럼 채광과 통풍을 위해 열려 있었다. 새매가 등불이나 화롯불도 켜지 않고 청소한 화덕 옆 앉은뱅이 의자에 앉아 있었다. 그는 곧잘 거기에 앉았다. 그가 소년이었을 적에 이곳에서 오지언과 함께한 짧은 도제 시절에는 그곳이 그의 자리였을 거라고 테나는 생각했다. 그곳은 테나가 오지언의 학생이었을 때 겨우내 앉곤 하던 자리였다.

게드는 테나가 들어오는 것을 보았지만 그의 눈길은 문간이 아니라 그 옆 오른쪽, 문 뒤의 어두운 구석에 머물러 있었다. 오지언의 지팡이가 거기 서 있었다. 참나무 막대기라 묵직하고 손잡이 부분이 부드럽게 닳은 그 지팡이는 키가 그 임자와 비슷했다. 테루가 그 옆에 개암나무 가지와 오리나무 막대기를 세워 두었다. 르 알비를 향해 걸어올 때 테나가 다듬은 것이다.

'그의 지팡이, 마법사의 지팡이, 오지언이 그에게 준 그 주목 지팡이는 어디 있지?'

테나는 동시에 또 다른 생각을 떠올렸다.

'왜 지금까지 그 생각을 못 했을까?'

집 안은 어둡고 바람이 잘 통하지 않았다. 테나는 마음이 무거웠다. 그가 여기 머무르는 것은 자신과 얘기를 나누기 위한 것이라고 생각해 왔지만, 그가 눈앞에 앉아 있는 지금 그녀는 아무 할 말이 없었고 그 또한 그런 듯했다.

"쭉 생각하고 있었어요."

그녀가 참나무 찬장 위에 있는 접시 네 장을 가지런하게 정돈하며 마침내 입을 열었다.

"이제 내 농장으로 돌아갈 시간이라는 생각을요."

게드는 아무 말이 없었다. 아마도 고개를 끄덕였겠지만, 그녀는 등을 돌린 채였다.

갑자기 피곤이 몰려와 테나는 눕고 싶었다. 그러나 그가 집 앞에 앉아 있는 데다 날도 완전히 저물기 전이었다. 남자 앞에서 옷을 벗을 수는 없었다. 수치심 때문에 그녀는 화가 났다. 테나가 잠시 나가 있어 달라고 막 요구하려는데, 게드가 목청을 가다듬으며 머뭇머뭇 말했다.

"책……, 오지언의 책들 말이오. 룬 문자 책들과 두 권의 전승책, 그걸 같이 가져가겠소?"

"내가요?"

"당신이 그의 마지막 학생이었으니까."

테나는 화로로 다가와 게드 맞은편 오지언의 삼발이 의자에 앉았다.

"하드 어 룬 문자들을 쓰는 법을 배우긴 했지만 거의 까먹었을 거예요, 틀림없이. 그분이 나에게 용들이 쓰는 말을 조금 가르쳐 주시긴 했지만 그것들 빼곤 전혀 아는 게 없어요. 나는 제대로 배우지 않았고 마법사가 되지도 못했어요. 당신도 알다시피 난 결혼을 했죠. 오지언이 지혜의 책들을 농부 아낙에게 남겨 주었겠어요?"

잠깐 뜸을 들이던 게드가 무덤덤하게 말했다.

"그러면, 그분이 그 책들을 아무한테도 물려주지 않은 거요?"

"당신에게 남기셨죠, 당연히."

새매는 말이 없었다.

"당신이야말로 그분의 마지막 제자였고 자랑거리였으며 친구였어요. 오지언은 한번도 그런 말을 하신 적이 없지만, 당연히 그 책들은 당신이 가져야 해요."

"내가 그것들과 무슨 상관이 있기에?"

테나는 땅거미로 어두워진 그의 얼굴을 응시했다. 서쪽 창문이 방을 가로질러 희미하게 반짝이고 있었다. 그의 목소리에 담긴 음울하면서도 쌀쌀맞은, 뭐라 표현할 수 없는 분노가 테나를 화나게 했다.

"대현자인 당신이 나에게 묻는 거예요? 게드, 당신은 날 지금보다 더 바보 취급 하려고 하나요?"

그러자 그가 일어섰다. 그의 목소리가 떨렸다.

"하지만 정말, 정말 모르겠소? 모든 게 끝났어요. 사라졌단 말이오!"

테나는 빤히 쳐다보며 앉아 그의 얼굴을 보려고 애썼다.

"내겐 아무 힘도 없어요, 조금도 없소. 내 힘을 주어 버렸지. 다 써 버렸소. 내가 가진 모든 것을. 닫기 위해서……, 그렇게 해서……, 그렇게 해서 그 일은 이루어졌소. 이루어진 거요."

테나는 게드가 말하는 것을 부인하고 싶었지만 할 수 없었다.

"얼마 안 되는 물을 쏟아 붓듯이, 물 한 잔을 모래 위에 붓듯이 말이오, 그 메마른 땅에 부었지. 난 그래야 했소. 하지만 이제 난 마실 물이 없어요. 그리고 뭐가, 그걸로 뭐가 달라지겠소? 그깟 물 한 잔으로 사막에 무슨 변화가 있겠소? 사막이 사라지겠소? 아아, 들어 봐요! 저 문 뒤에서 그것이 나에게 속삭이곤 했다오. 들어요, 들으란 말이오! 그리고 젊었을 때 나는 그 메마른 땅으로 들어갔소. 거기서 그것을 만나, 그것이 되었고, 내 죽음과 결혼했소. 그것이 나에게 생명을 주었죠. 물을 주었소, 생명의 물을 말이오. 나는 분수이자 샘이었으며, 흐르고 나누어 주었소. 하지만 더 이상 샘은 흐르지 않소. 결국 내가 가진 모든 것은 한 잔의 물이었고, 나는 그걸 모래 위에, 메마른 강바닥에, 어둠 속 바위 위에 쏟아 부은 것이오. 그렇게 그건 사라졌소. 끝났어. 끝났어요."

그녀는 오지언과 게드를 통해 그가 말하는 땅이 무엇인지 충분히 알고 있었다. 또한 설령 그가 은유적으로 말한 것이라 해도 그것들이 그가 아는 대로의 진실 그 자체임도 충분히 알 수 있었다. 그녀는 그리고 그것이 진실이든 아니든 그의 말을 부인해야 한다는 것도 알았다.

"시간을 가져야 해요, 게드. 죽음으로부터 되돌아오는 건 긴 여행임에 틀림없어요. 용의 등에 타고 온다 하더라도 말이죠. 시간이 걸리는 일일 거예요. 시간과 고요, 침묵, 평온이 필요해요. 당신은 다쳤을 뿐이에요. 앞으로 나을 거고요."

오랫동안 게드는 말없이 서 있었다. 그녀는 옳게 말했으며 그를 약간이나마 위로한 줄 알았다. 그러나 이윽고 그는 이렇게 말했다.

"그 아이처럼 말이오?"

칼날처럼 너무나 예리한 말이라 테나는 그것이 자기 몸을 깊숙이 찌르는 것조차 느끼지 못했다.

그가 변함없이 나지막하고 메마른 음성으로 말했다.

"나는 모르겠소. 왜 당신이 그 애를 데려왔는지. 결코 나을 수 없다는 것을 알면서도 말이오. 그 애의 삶이 어떨지 알면서도. 난 그 아이가 우리가 살아온 이 시대의 한 부분이라고 생각해요. 어두운 때, 폐허의 시간, 종말의 때 말이오. 내가 나의 적과 맞서러 가던 무렵에 당신은 그 애를 데려온 듯하군요. 당신이 할 수 있는 건 그것뿐이었으니까. 그리하여 우리는 악을 이겨낸 승리의 전리품들과 함께 새로운 시대를 살아가야만 하지. 당신은 당신의 불에 덴 아이와 함께, 나는 아무것도 없이."

조용한 음성 속에는 한결같은 절망이 있었다.

테나는 문 오른쪽 어두운 곳에 있는 마법사의 지팡이를 보려고 돌아섰다. 그러나 거기엔 어떠한 빛도 없었다. 안과 밖이 온통 캄캄했다. 열린 문을 통해 높다랗게 뜬 희미한 한 쌍의 별이 보였다. 테나는 그 별들을 바라보았다. 무슨 별인지 궁금해졌다. 일어서서 탁상을 더듬어 지나 문가로 나갔다. 안개가 피어올라

별이 몇 개 보이지 않았다. 문 안쪽에서 보이는 별들 중 하나는 새하얀 여름 별이었다. 아투안에서 그녀의 모국어로 테하누라 불리던 별이다. 또 하나는 뭔지 알 수 없었다. 테나는 하드 어로 테하누를 무어라 부르는지 몰랐다. 또 그것의 참 이름이 무엇인지, 용들이 뭐라 부르는지도. 그녀는 단지 자신의 어머니가 부르던 이름만 알 뿐이었다. 테하누, 테하누. 테나, 테나…….

문간에서 돌아서지 않은 채 테나가 말했다.

"게드, 누가 당신을 돌봤나요? 어렸을 적에 말예요."

게드가 옆으로 와서 섰다. 그리고 역시 안개 낀 수평선과 별들과 자신들의 머리 위로 치솟은 검은 산의 거대한 몸뚱이를 바라보았다.

"쭉 돌봐 준 사람은 아무도 없었소. 어머니는 내가 아기였을 때 돌아가셨지. 형들이 있었지만 기억나지 않아요. 대장장이였던 아버지도 계셨소. 그리고 이모님이 있었지. 열 그루 오리나무 마을의 마녀였다오."

"이끼 아줌마 같은……."

"더 젊었어요. 이모님은 약간의 힘을 지니고 있었소."

"그분 이름이 뭐였나요?"

"기억나지 않소."

게드는 느릿느릿 대답했다.

잠시 후 그가 말했다.

"이모님은 나에게 이름들을 가르쳐 주었다오. 송골매, 나그네매, 독수리, 물수리, 참매, 새매……."

"저 별은 뭐라고 부르죠? 저기 높이 떠 있는 흰 별 말이에요."

"'백조의 심장'이오."

그가 별을 올려다보며 말했다.

"열 그루 오리나무 마을에선 '화살'이라고 불렀소."

그러나 그는 창조의 언어, 또는 매나 송골매, 새매에 대해 가르쳤던 마녀가 알려 준 참 이름들을 말하지는 않았다.

"안에서 내가 말한 건……, 틀렸소."

그가 나지막이 말했다.

"난 말을 말아야 해. 용서하시오."

"당신이 말을 않겠다면, 내가 옆에 있지 말아야지 어쩌겠어요?"

테나는 그에게 돌아섰다. 그녀는 화를 내며 말했다.

"왜 당신은 자기 생각만 하는 건가요? 언제나 자신만을? 잠깐 밖으로 좀 나가 있어요. 난 눕고 싶어요."

당황한 게드는 사과의 말을 웅얼거리며 문밖으로 나갔다. 테나는 곧장 골방으로 가서 옷을 벗고 침대 속으로 들어가 테루의 부드러운 목덜미의 달콤한 온기 속에 얼굴을 묻었다.

"그 애의 삶이 어떨지 알면서……."

게드로 인한 분노가, 그가 얘기한 진실에 대한 어리석은 부정이, 실망감과 함께 치솟아 올랐다. 종달새는 열 번도 넘게 할 수 있는 게 아무것도 없다고 하면서도 테나가 그 화상을 치료할 수 있기를 바랐다. 그리고 테나 자신은 오지언조차 치료할 수 없는 상처라고 말해 놓고도 게드가 테루를 치료할 수 있기를 바랐다. 게드가 그 상처에 손을 얹어 줄 테고 그러면 치유되어 건강해질 거라고, 보이지 않는 눈이 뜨이고, 곱은 손이 부드러워지고, 파괴된 인생이 고쳐질 거라고 믿었다.

"그 애의 삶이 어떨지 알면서……."

외면한 얼굴들, 악을 거부하는 몸짓들, 공포와 호기심, 메스꺼운 동정과 지분거리는 위협, 왜냐하면 해악은 해악을 불러들이니까……, 그리고 결코 어떤 남자도 껴안아 주지 않겠지. 결코 그 누구도 이 애를 안지 않으리라. 자신을 빼곤 그 누구도. 아, 그가 옳았다. 이 애는 죽었어야 했다. 죽어야 한다고. 이 애가 메마른 땅으로 가게 내버려 뒀어야 해. 그녀와 종달새와 담쟁이는 쓸데없는 참견쟁이 늙은 아줌마들이며, 나약한 마음으로 잔인한 짓을 한 것이다. 게드는 옳았다, 항상 옳았다. 그리고 그때, 자신들의 욕구와 오락을 위해 테루를 이용한 남자들, 아이가 이용당하는 걸 참은 여자, 그들도 정말로 옳아서 이 애가 까무러치도록 때리고 불 속으로 밀어 넣어 태워 죽이려고 했던 거다. 단지 그들은 철저하게 하지 못했을 뿐이다. 그들은 배짱이 모자라 아이에게 약간의 생명을 남겨 두었다. 그것이 잘못이었다. 그리고 그녀, 테나가 한 일은 모두 틀렸다. 그녀는 어린아이였을 때 어두운 힘들에게 바쳐졌다. 그것들에게 먹혔고, 그럼으로써 고통받았다. 바다를 건너 다른 언어를 배우고, 한 남자의 아내가 되고, 아이들의 어머니가 되는 것으로써, 그렇게 자신의 삶을 살아가는 것으로써, 그녀는 그것들의 종이자 먹을거리이며 필요와 오락을 위해 쓰이는 소유물이었던 과거의 자신이 아닌 다른 무언가가 한번쯤은 될 수 있으리라고 생각했던 것일까? 파괴된 것을, 그녀는 아이에게서 파괴된 것을 끌어낸 것이다. 그녀 자신에게서 파괴된 것, 자신의 악의 몸뚱이의 일부분을.

아이의 머리카락은 섬세하고 따뜻했으며 달콤한 냄새가 났다. 그 애는 테나의 따뜻한 팔 속에 몸을 말고 꿈을 꾸며 누워 있었다. 아이에게 무슨 죄가 있겠는가? 아이는 학대받았고, 돌이킬 수 없을 정도로 학대받았지만 아이의 잘못은 아니었다. 지지 않아, 지지 않아, 지지 않는다고. 테나는 아이를 안고 가만히 누워 꿈속에서 보았던 빛을 떠올렸다. 밝은 하늘의 심연, 용의 이름, 별의 이름, 백조의 심장, 화살, 테하누.

*

테나는 좋은 털을 얻기 위해 검은 염소를 빗질하고 있었다.

그걸로 실을 자은 뒤 뜨개질하는 사람을 써서 비단처럼 고운 곤트 섬의 모직 천을 짤 작정이었다. 늙은 염소는 지금껏 천 번은 빗질을 겪었는데, 빗질을 좋아해서 철사로 된 빗살을 넣었다 당기는 것에 몸뚱이를 비스듬히 기대어 몸을 맡기고 있었다. 흑회색 털은 부드럽고 탁한 빛 뭉텅이로 빠져나와 이윽고 테나는 그것으로 그물 자루를 가득 채웠다. 그녀는 고맙다는 표시로 염소의 귀 언저리에 달라붙은 것들을 떼 준 뒤 사근사근하게 옆구리를 쳐 주었다.

"매애!"

염소는 한 차례 울고 종종걸음으로 사라졌다. 테나는 울타리 밖으로 나와 집 앞으로 가면서, 목장을 흘끗 건너다보아 테루가 여전히 거기서 놀고 있는지 확인했다.

이끼가 아이에게 풀 바구니 짜는 법을 보여 주었는데, 불구가 된 손만큼이나 모양새가 없기는 했지만 차츰 요령을 터득하는 중이었다. 아이는 무릎에 일감을 놓고 목장 풀밭에 앉아 있었지만 일하고 있지는 않았다. 아이는 새매를 지켜보고 있었다.

그는 꽤 멀찌감치 떨어진 절벽 가장자리에 서 있었다. 등을 돌리고 있어서 누군가가 자신을 보고 있다는 것도 몰랐다. 새 한 마리를 주시하고 있었기 때문이다. 어린 황조롱이였다. 그놈은 제자리를 맴돌며 어렴풋이 감지한 풀밭의 작은 먹잇감들을 노리고 있었다. 날개를 퍼덕거리며 공중에 머무르며, 들쥐나 생쥐가 튀어나와 겁에 질린 채 보금자리로 돌진하기를 기다렸다. 남자는 뭔가에 정신이 팔린 것처럼 굶주린 눈으로 새를 바라보았다. 그는 천천히 팔뚝과 같은 높이로 오른손을 들어 올리고 뭐라 말한 듯했지만, 바람이 그의 말들을 멀리 실어 갔다. 황조롱이가 높고 거칠고 새된 소리로 울부짖으며 방향을 바꾸더니 숲을 향해 쏜살같이 날아갔다.

남자는 팔을 내리고 꼼짝하지 않고 선 채 그 새를 쳐다보았다. 아이와 여자도 움직이지 않았다. 오로지 새만이, 자유롭게 날아갔다.

"그는 한때 매의 모습으로, 나그네 매가 되어서 나를 찾아 온 적이 있단다."

어느 겨울날, 오지언은 불가에 앉아 이렇게 말했다. 그는 테나에게 바꾸기 주문, 변형들, 곰이 되어 버린 마법사 보르저의 얘기를 들려 주고 있었다.

"북서쪽에서 나에게, 내 팔목으로 날아왔지. 나는 그를 이 불 옆으로 데려왔다. 그는 말을 하지 못했어. 나는 그를 알고 있었기에 도울 수가 있었지. 그는 매의 모습을 벗어 버리고 다시 사람이 되었다. 하지만 그에겐 언제나 매 같은 구석이 있었지. 그의 마을에선 새매라고 불렀단다. 야생의 매들이 그의 말을 듣고 날아오곤 했거든. 우리는 누구냐? 사람이 된다는 건 무엇일까?

그가 자신의 이름을 갖기 전, 지식을 갖기 전, 힘을 갖기 전에도 그 매는 그의 내부에 있었다. 그리고 한 사람의 남자, 마법사, 그 이상의 것이 있었지……. 그는 우리가 이름 붙일 수 없는 사람이다. 그리고 우리 모두가 그렇지."

소녀는 화롯가에 앉아 불을 바라보며 그 얘기를 들었고, 매를 보았다. 그녀는 그 남자를 보았다. 그에게, 그의 말에, 그의 부름에, 날갯짓하며 날아와 단단한 발톱으로 그의 팔을 움켜쥐는 새들을 보았다. 그리고 자기 자신이 바로 그 매, 그 야생의 새임을 알았다.

생쥐들

가운뎃계곡의 농장으로 오지언의 전갈을 가져왔던 도회지 사람, 그 양 장사꾼이 어느 날 오후 현자의 집에 나타났다.

"이제 오지언 님도 돌아가셨는데, 염소들을 팔지 그래요?"

"그럴까 봐요."

테나가 분명치 않게 말했다. 그녀는 사실 르 알비에 계속 머문다면 어떻게 해 나가야 할지 고민하고 있었다. 다른 마법사들과 마찬가지로, 오지언은 자기 기술과 힘을 써서 일하는 대가로 곤트 주민 누구에게서든 도움을 받을 수 있었다. 마법사의 호의를 사는 일은 꽤 괜찮은 흥정이었으므로 부탁만 하면 사람들은 기꺼이 그가 필요로 하는 것을 줄 터였다. 다만 오지언은 결코 부탁할 필요가 없었다. 오히려 사람들이 성심껏 그의 집 층계참에 놓아둔 여분의 음식과 의복과 연장들과 가축과 온갖 생필품들과 장식품들을 도로 남들에게 나누어 주어야 했다.

"내가 이것들로 뭘 하겠니?"

오지언은 꼬꼬댁거리는 닭이며 길쭉한 벽걸이 융단, 무절임 단지를 한 아름 들고 서서 당혹스럽게 묻곤 했다.

그러나 테나는 가운뎃계곡에 자기 집 살림을 두고 왔다. 갑자기 떠날 당시에는 여기서 얼마나 오래 머물게 될지 몰랐으므로 부싯돌의 재산인 상아 조각 일곱 개도 가져오지 않았다. 또 그 돈을 가져왔더라도 이 마을에선 땅이나 가축을 사거나, 곤트의 소영주들이나 부유한 농부에게 펠라위 털이며 로바네리의 비단을 팔아 보려고 곤트 항에서 올라온 상인들과 거래하는 데 말고는 별 소용이 없을 터였다. 부싯돌의 농장엔 그녀와 테루가 먹고 사는 데 필요한 모든 게 있었다. 하지만 오지언의 일곱 마리 염소와 콩밭, 양파 밭은 생계를 위한 것이라기보다 그저 낙이었다. 테나는 오지언의 식료품 저장고와 마을 사람들이 오지언을 생각해서 그녀에게 선사하는 것들, 그리고 이끼 아줌마의 후한 인심에 기대어 살아가고 있었다. 어저께 마녀는 이렇게 말했다.

"아씨, 목에 고리 무늬가 있는 우리 집 암탉이 낳은 알에서 병아리가 나왔다우. 그것들이 가치작거리기 시작하면 두세 마리쯤 가져오리다. 오지언 현자께서는 닭들이 너무 시끄럽고 주책없다며 키우려고 하지 않으셨지요. 하지만 문 앞에 병아리 없는 집이 어디 있습디까?"

사실 이끼의 암탉은 현관문을 제멋대로 드나들며 침대에서 잠을 자는 등, 상상할 수 없을 만큼 어둡고 매캐하게 악취를 풍기는 이끼의 방 냄새를 더 진하게 만드는 녀석이었다.

"밤색이랑 흰색이 섞인 한 살배기 암염소가 있어요, 젖 염소로 좋을 거예요."

테나는 뾰족한 얼굴의 남자에게 그렇게 말했다.

"몽땅 다 사려는 건데요. 봐서요. 다섯 마린가 여섯 마리가 전부죠, 그렇죠?"

"모두 여섯 마리예요. 한번 보려면 저 위 목장으로 가세요."

"그러죠."

그러나 양 장사꾼은 움직일 생각이 없어 보였다. 물론 양쪽 다 별로 열성적이지 않았던 것이다.

"큰 배가 들어온 걸 보셨죠?"

오지언의 집은 북서쪽을 바라보고 있기 때문에 만 입구에 있는 바위투성이 곶인 '창칼벼랑'밖에는 보이지 않았다. 그러나 마을 몇 곳에서는 곤트 항을 향해 이리저리 뻗은 가파른 길이 내려다보이고 선창과 부두 전체가 한눈에 들어왔다. 배 구경은 르 알비의 일상사였다. 보통 두세 명의 늙은이들이, 비록 평생 한 번도 곤트 항을 향해 갈지자로 내려가는 60리 길을 가 본 적이 없을지라도, 전망이 제일 좋은 대장간 뒤 의자를 지키고 앉아 배가 들고 나는 색다르면서도 친숙한 장관을 구경하는 일로 낙을 삼았다.

"해브너에서 왔다고 대장장이네 애녀석이 그러더군요. 철괴를 흥정하려고 항구에 내려갔더래요. 어젯밤 늦게 올라왔더라고요. 해브너 대항에서 온 무지 큰 배랍디다."

아마 그는 테나가 염소 값에 신경 쓰지 못하게 하려고 떠드는 것이리라. 어쩌면 눈에 어린 교활한 표정은 단순히 눈 모양이 그래서일지도 몰랐다. 그러나 해브너 대항과 곤트 사이에 교역은 드물었다. 곤트는 가난하고 멀리 떨어진 섬이며, 특산물이라고는 마법사와 해적, 염소가 고작이었다. 게다가 '큰 배'라는 말 속엔 왠지 몰라도 그녀를 불편하게 하는, 경계심을 일깨우는 뭔가가 있었다.

양 장사꾼은 곁눈질을 하며 말을 이었다.

"그 녀석 말로는 사람들이 해브너에 이제 왕이 있다고 하더래요."

"잘된 일이네요."

테나의 말에 도회지 사람은 고개를 끄덕였다.

"외국의 쓰레기들이 못 들어오게 하겠죠."

테나는 싹싹하게 그녀의 이국적인 머리를 끄덕였다.

"하지만 항구 사람들 중엔 반갑지 않게 생각할 사람도 있을 걸요, 아마."

양 장사꾼이 말한 것은 곤트의 해적 선장들을 가리키는 것이었다. 지난 몇 년간 북동 해역에서는 곤트 해적들의 지배력이 날로 커져서, 옛날부터 늘 있어 온 군도 중심 섬들과의 교역이 허다히 방해를 받고 취소될 지경에 이르렀다. 이 때문에 해적을 제외한 곤트 사람 모두가 가난해졌지만, 그럼에도 대부분의 곤트 사내들의 눈에는 해적이 영웅으로 비치게 되었다. 테나도 아는 바 그녀의 아들은 해적선의 선원인 것이다. 그리고 그편이 착실한 상선 위에 있는 것보다 더 안전할 터였다. "청어보다는 상어가 낫다."고들 하듯 말이다.

"무슨 일이 됐든 좋아하지 않는 사람들이 있게 마련이죠."

암묵적인 대화의 규칙에 따라 테나는 곧바로 그렇게 대답했지만, 그 덕분에 조바심이 일어 자리에서 일어섰다.

"염소들을 보여 드리죠. 자세히 살펴봐도 돼요. 우리가 몽땅 팔지 어떤 놈을 팔지 모르겠군요."

그러고는 그 남자를 양골담초가 자라는 목장으로 데려가 거기다 내버려 두었다. 테나는 그가 싫었다. 한 번, 아니 두 번이나 나쁜 소식을 가져온 게 그의 잘못은 아니겠지만, 아무튼 눈알을 굴려 대는 사람과는 같이 있고 싶지 않았다. 테나는 그에게 오지언의 염소들을 팔지 않을 터였다. 훌짝이조차도.

양 장사꾼이 흥정 없이 떠난 후 비로소 테나는 자신이 불안해하고 있다는 걸 알았다. 그녀는 "우리가 팔지 어떨지 모르겠군요." 하고 말했다. '나'라고 하지 않고 '우리'라고 한 것은 어리석은 일이었다. 남자가 여자와 흥정하게 될 경우, 특히 여자가 제안을 거절할 때에 곧잘 그러듯 그 사내가 새매를 불러 달라고 청한 것도 아니고, 아예 그를 입에 올리지조차 않았는데 말이다.

테나는 마을 사람들이 새매를 앞에서나 뒤에서 어떻게 대하는지 몰랐다. 오지언은 초연하고 말이 없었으며 어떤 면에선 두려운 존재였지만 그들의 현자였고 같은 마을 사람이었다. 아마 사람들은 새매의 이름도 자랑스러워할 것이다. 한동안 르 알비에 살았고, '아흔 섬'에서 용을 우롱했으며, 어딘가에서 에레삭베의 고리를 가져오는 기적을 행한 대현자로서 말이다. 그러나 그들은 그를 몰랐다. 그 역시 그들을 몰랐다. 이곳에 온 후로 게드는 마을에 들르는 법 없이 오직 숲으로만, 인적 없는 야생지로만 갔다. 테나는 그 점에 대해 지금껏 생각해 본 적이 없었지만, 그가 테루만큼이나 마을 사람들을 피하는 것은 확실했다.

사람들이 그에 대해 수군거릴 게 분명했다. 그것이 마을이란 것이고, 사람들은 입이 근질거리게 마련이니까. 그러나 마법사와 현자들이 하는 일에 대한 잡담은 멀리 가지 못한다. 그 문제들은 너무나 신비스럽고, 힘 있는 자들의 삶이란 너무나 기묘하며 그들의 삶과 동떨어져 있기 때문이다. "내버려 둬." 가운뎃게

곡에서는 누군가 마을을 방문한 날씨술사나 자기네 마법사인 너도밤나무에 대해 함부로 추측하면, 마을 사람들이 그렇게 말하곤 했다. "내버려 둬. 우리하고는 다른 사람이라고."

테나의 경우, 그토록 권능한 남자를 간호하고 돌보느라 이곳에 머물러야 했던 것은 사람들이 왈가왈부할 문제가 아니었다. 이 또한 "내버려 둬."에 속하는 경우였다. 테나는 예전에 이 마을에 별로 오래 머물러 있지 않았다. 그들은 테나에게 다정하게 대한 것도 쌀쌀맞게 내친 것도 아니었다. 테나는 한때 직조공인 '부채'의 오두막에 살았고, 늙은 현자가 그녀의 후견인이었으며, 그가 도회지 사람을 시켜 산을 빙 둘러 내려가서 전갈하게 한 상대이기도 했다. 여기까지는 조금도 언짢을 일이 없었다. 그러나 그 다음에 테나가 보기에도 흉측한 아이와 함께 왔다. 대낮에 그런 아이를 데리고 길을 가다니? 여자가 마법사의 학생이 되고, 마법사의 간병인 노릇을 하다니? 분명 마녀 냄새가 나는 일이고, 또 외국 사람 같은 일이었다. 그러나 테나는 한편으로는 저 아래 가운뎃계곡에서 부유한 농부의 아낙이었다. 비록 남편이 죽은 과부 신세이긴 해도……. 글쎄, 마녀 패거리가 하는 일을 누가 이해하겠어? 놔둬, 내버려 두는 게 낫다고…….

테나는 정원 울타리를 지나오던 어스시의 대현자와 마주쳤다. 그녀가 말했다.

"사람들이 그러는데, 해브너의 도시에서 배가 왔대요."

그는 우뚝 멈췄다. 그러곤 재빨리 정신을 차려 움직이기 시작했는데 바로 달아나기 위해 몸을 돌리는 동작이었다. 그는 매를 피하려는 쥐처럼 튀어 달아나려고 했다.

"게드! 왜 그래요?"

"안 돼, 난 만날 수 없소."

"누구를요?"

"그가 보낸 사람들을. 왕이 보낸 사람들 말이오."

게드의 얼굴은 처음 이곳에 왔을 때처럼 잿빛이 되어 있었다. 그는 두리번거리며 숨을 곳을 찾았다.

그의 두려움이 너무나 절박하고 속수무책으로 보여서 테나는 어떻게 그를 구해 주나 하는 생각밖에 안 들었다.

"꼭 만날 필요는 없어요. 누가 오면 내가 보내 버릴게요. 이제 집으로 가요. 하루 종일 아무것도 안 먹었잖아요."

"거기 누가 있던데."

"읍내 사람이에요, 염소 값을 매기러 와 있었어요. 내가 벌써 보냈어요. 자!"

그제야 게드는 순순히 따랐고, 테나는 집 안에 들어서자마자 문을 닫았다.

"그 사람들이 당신을 해칠 리는 없잖아요, 게드. 설마 해코지를 하려고 그러겠어요?"

게드는 탁자에 앉아 느릿느릿 머리를 저었다.

"아니, 그런 게 아니오."

"당신이 여기 와 있는 줄 그 사람들이 아나요?"

"모르겠소."

"뭐가 그렇게 무서워요?"

테나는 다그치는 대신 다소 이성적인 설득력을 갖추어 물어 보았다.

게드는 손으로 얼굴을 가리고 관자놀이와 이마를 문질렀다. 눈은 밑을 보았다.

"나는……, 이제는 아니오……."

그가 할 수 있는 말은 그것뿐이었다.

테나는 게드를 진정시켰다.

"됐어요. 이제 괜찮아요."

손을 대어 토닥일 수는 없었다. 불쌍하게 여기는 티를 낸다면 굴욕감이 더 심해질 뿐이리라. 테나는 게드에게 화가 났다. 그것은 그를 위한 분노였다.

"당신이 어디 있든, 당신이 누구든, 당신이 뭘 하든 말든 그들이 상관할 바 아니죠! 그 사람들이 뭔가 캐러 온다 해도 호기심만 싸안고 떠나게 될 거예요."

이것은 종달새가 입버릇처럼 하던 말이었다. 테나는 평범하고 지각 있는 여자인 그 친구가 가슴이 에이도록 그리웠다.

"어쨌든 그 배는 당신과 아무 상관 없을지도 몰라요. 어쩌면 해적들의 본거지를 추적하려는 것일지도 모르죠. 왕이 그 일을 할 만큼 가까이 있다는 것도 좋은 일일 거예요……. 식기장 뒤에 포도주 두어 병이 있더군요. 오지언이 거기 둔 지 얼마나 오래됐는지 모르겠네요. 우리 둘 다 포도주 한잔하는 게 도움이 될 거예요. 그리고 빵과 치즈도 조금 듭시다. 꼬마 애는 저녁 먹고 히스랑 같이 개구리를 잡으러 갔어요. 야식은 개구리 다리가 될지도 모르겠네. 하지만 지금은 빵과 치즈랍니다. 포도주하고. 대체 어디서 난 술일까요? 누가 그걸 오지언에게 가져왔을까, 얼마나 오래됐을까요?"

이렇게 테나가 수다스러운 여자들처럼 쉴 새 없이 재잘거린 덕분에 게드는 무슨 대답을 하거나 침묵으로 오해를 살 필요 없이 마침내 모멸적인 상황을 면할 수 있었다. 그는 음식을 조금 먹고 오래 묵어 부드러운 적포도주 한 잔을 마셨다.

그가 말했다.

"난 떠나는 게 좋겠소, 테나. 지금의 내가 누구인지 알게 될 때까지요."

"어디로 간다는 거죠?"

"산 위로."

"방랑을 하려고요, 오지언처럼?"

테나는 게드를 쳐다보았다. 아투안에서 함께 길을 걸으며 그를 놀리던 일이 떠올랐다. "마법사들은 자주 구걸을 하나요?"

그러자 게드는 이렇게 대답했더랬다. "그래요, 하지만 대신 뭔가를 주려고 노력하죠."

테나는 게드의 잔을 채워 주며 조심스럽게 물었다.

"당분간 날씨술사나 물건 찾기 마술사로 살면 안 되나요?"

게드는 머리를 저었다. 포도주를 마시고는 다른 곳으로 시선을 돌렸다.

"안 돼요. 아무것도 안 돼, 그 어떤 것도."

테나는 그의 말이 믿기지 않았다. 항의하고 부정하며, 어떻게 그럴 수 있냐고, 어떻게 그렇게 말할 수 있냐고 따지고 싶었다. 어떻게 당신이 알았던 모든 걸 잊어버린 것처럼 그럴 수 있지? 오지언에게서, 로크에서, 여행을 통해 배운 그 모든 것을 잊어버린 것처럼……? 그 말들과 이름들과 당신의 능력으로 이루어진 일들을 잊어버릴 수는 없어. 당신은 배웠잖아, 힘을 얻었으면서……! 하지만 이 모든 말을 참고서, 테나는 그저 나지막이 중얼거렸다.

"이해가 안 되네요. 어떻게 그렇게 완전히……."

"한 잔의 물이라오."

게드가 자기 잔을 쏟아 부을 것처럼 약간 기울였다. 그리고 잠시 후 말을 이었다.

"내가 이해 못 할 일은 왜 그가 나를 데리고 나왔는가 하는 거라오. 젊은이의 친절은 잔인하지……. 그래서 나는 여기 있게 되었고, 그곳으로 돌아갈 때까지 어떻게든 살아야만 하는 거요."

테나는 게드가 무슨 소리를 하는 건지 확실히는 몰랐지만 그 말에 어린 원망하고 푸념하는 어조에는 깜짝 놀랐고 화가 났다. 게드가! 그녀는 딱딱하게 말했다.

"당신을 여기로 데려온 건 칼레신이었어요."

문이 닫혀 있고 작은 서쪽 창문만 늦은 오후의 빛을 들여보내고 있었기 때문에 집 안은 어두웠다. 그녀는 게드의 표정을 읽을 수 없었다. 그러나 이윽고 그는 그늘진 미소를 지으며 그녀에게 잔을 들어 보이고는 포도주를 마셨다.

"이 포도주는 어떤 거상이나 해적이 오지언께 가져온 게 틀림없소. 이에 견줄 만한 건 마셔 본 적이 없어요. 해브너에서조차 말이오."

그는 손 안에서 땅딸막한 잔을 돌리며 내려다보았다.

"나는 이름을 바꾸고 산을 넘어서 내가 왔던 아르 강 하구와 동쪽 숲의 성읍들을 찾아갈 거요. 건초를 만들 무렵이지요. 건초 만들 때하고 추수 때는 항상 일손이 필요하니까."

그녀는 뭐라고 답해야 할지 몰랐다. 지금처럼 허약하고 병든 것 같은 몰골로 일을 얻으려면 오로지 사람들의 동정심이나 아니면 무자비함에 기대야 할 것이다. 그리고 일을 얻는다 하더라도 해낼 수 있을 리가 없었다.

"길이 옛날 같지 않아요. 벌써 몇 년째 어디를 가든 도둑과 강도들이 있다고요. 외국 출신 쓰레기들이라고 그 도회지 사람이 그러더군요. 요새는 혼자 다니는 게 안전하지 못해요."

게드가 이 얘기를 어떻게 받아들이는지 보려고 어둑한 빛 속에서 그의 표정을 살피는 동안, 그녀는 한번도 인간을 두려워해 본 적이 없다는 것이 어떤 것인지, 두려워하는 법을 배워야 한다는 게 어떤 것인지 몹시 궁금해졌다.

"오지언은 상관하지 않으셨소……."

게드가 말을 꺼내려다 멈췄다. 오지언이 현자였던 것을 떠올린 것이다. 테나가 말했다.

"섬 남쪽으로 내려가면 가축들이 많아요. 양도 치고 염소도 치고 소도 있지요. 긴 춤 축제 전에 산 위로 몰고 올라가서 비가 올 때까지 풀을 뜯기죠. 그러니 항상 일손이 필요해요."

그녀는 포도주를 한입 가득 들이켰다. 포도주는 입속에서 용의 이름처럼 느껴졌다.

"하지만 여기 그냥 머물러 있으면 왜 안 되죠?"

"오지언의 집에는 있을 수 없어요. 그들이 첫 번째로 찾아올 곳이오."

"흠, 그들이 오면요? 그들이 당신에게서 뭘 바라는데요?"

"예전의 나를 바라지."

그 목소리가 어찌나 처참한지 테나는 한기를 느꼈다.

테나는 말없이, 강력한 힘을 지니는 것, 먹힌 자이며 아투안 무덤의 유일 무녀가 되는 게 어떤 일이었는지, 그러고 나서 그것들을 잃어버리고 내동댕이친 채 오로지 테나가, 그녀 자신이 되는 게 어떤 일이었는지 떠올려 보려고 애썼다. 그리고 한창때 남편과 아이들을 가진 여자였다가 늙고 힘없는 과부가 되어 그 모든 것을 잃었을 때 어떤 기분이었는지도 생각했다. 그러나 그렇게 해 보아도 수치심과 굴욕감으로 번민하는 게드를 이해할 것 같지 않았다. 아마도 남자들만이 느끼는 감정이리라. 여자들은 굴욕에 익숙해져 있었다.

어쩌면 이끼 아줌마가 옳은지도 몰랐다. 알맹이가 빠져나가 버리면 텅 빈 껍질만 남는 것인지도.

'마녀들이 하는 생각이야.' 테나는 생각했다. 그리고 부드러우면서도 목 안을 태우는 듯한 포도주 탓에 생각과 말이 둘 다 빨라져, 그녀는 게드의 생각이나 자기 생각을 모두 전환하고자 이렇게 말했다.

"이거 알아요? 나는 이런 생각들을 했더랬어요. 오지언이 나를 가르치시던 무렵에 나는 공부를 계속하지 않고 대신에 자진해서 나의 농부를 찾아내어 결혼했죠. 그때 생각했어요, 내 결혼식 날 말예요. '게드가 이 소식을 들으면 화를 낼 거야!'"

그녀는 말하면서 웃음을 터뜨렸다.

"그랬소."

테나는 게드의 다음 말을 기다렸다.

"나는 실망했소."

"화가 났겠죠."

"화가 났소."

그는 테나의 잔에 포도주를 가득 따랐다.

"그때 나에겐 힘을 알아보는 능력이 있었어요. 그리고 당신, 당신은 그 무시무시한 곳에서, 미궁 속에서, 어둠 가운데서 빛을 내고 있었소……."

"글쎄요, 그러면 말해 봐요. 내 힘과 오지언이 나에게 가르치려고 한 지식으로 내가 뭘 해야 했을까요?"

"사용해야죠."

"어떻게요?"

"마법의 기예를 사용하는 것처럼."

"누가?"

"마법사들이."

게드가 약간 괴로워하며 말했다.

"마법이란 기술인가요? 마법사들과 현자들이 가진 기예를 뜻하나요?"

"그 외에 다른 무엇을 뜻하겠소?"

"그게 전부일까요?"

게드는 곰곰이 생각에 빠졌고, 한두 번 그녀를 흘끗거렸다.

테나가 말했다.

"오지언이 여기서, 거기 화로 앞에서 나에게 옛 언어의 단어들을 가르쳤을 때, 그것들은 그의 입속에서만큼이나 내 입속에서 쉽고도 어려웠어요. 그건 흡사 내가 엄마 뱃속에서 쓰던 언어를 배우는 것과 같았죠. 하지만 그 나머지, 옛 가르침과 힘의 룬 문자들, 주문, 규칙, 힘을 일으키는 것들은 모두 나에게 쓸모없는 것이었어요. 누군가 다른 이의 언어였던 거죠. 나는 이렇게 생각하곤 했어요. 나는 창과 칼, 깃털 장식이랑 온갖 장식품으로 치장한 전사처럼 차려입을 수도 있어. 하지만 안 어울릴 거야, 그렇지 않겠어? 내가 그 칼로 뭘 하지? 그게 나를 영웅으로 만들까? 나는 어울리지 않는 옷을 걸친 사람이 될 거고, 그게 다야. 걷기도 힘들 거라고."

그녀는 포도주를 조금 홀짝거리고 다시 말했다.

"그래서 난 그걸 벗어 버렸어요. 그리고 내게 맞는 옷을 걸쳤지요."

"당신이 떠났을 때 스승님이 뭐라고 하셨소?"

"오지언이 보통 뭐라고 하셨던가요?"

이 말에 그 그늘진 미소가 다시 떠올랐다. 그는 아무 말도 하지 않았다.

테나는 고개를 끄덕였다.

잠시 뜸을 들였다가 그녀는 좀 더 부드럽게 말을 이었다.

"그분이 나를 돌본 건 당신이 데려다 준 사람이었기 때문이에요. 오지언은 당신 이후론 어떤 제자도 원하지 않으셨어요. 당신이 데리고 와 부탁하지 않았다면 절대로 여자애를 맡으려고 하지 않으셨을걸요. 하지만 그분은 나를 아끼셨어요. 나에게는 영예로운 일이었지요. 나도 오지언을 사랑했고 공경했어요. 하지만 오지언은 내가 원하는 것을 줄 수 없었고, 나는 그분이 주려는 것을 받을 수가 없었죠. 그분도 그걸 알았어요. 하지만 게드, 오지언이 테루를 보았을 땐 문제가 달랐어요. 바로 돌아가시기 전날이었죠. 당신 말처럼, 이끼의 말처럼 힘은 힘을 알아보죠. 나는 오지언이 그 애한테서 뭘 보았는지는 모르겠어요. 하지만 '그 애를 가르쳐라!'라고 하셨어요. 그리고 말씀하시길……."

게드는 기다렸다.

"'사람들이 그 애를 두려워할 거다.' 이러셨어요. '그 애에게 모든 걸 가르쳐라! 로크 섬에서 말고.' 나는 그분의 말이 무슨 뜻인지 모르겠어요. 어떻게 알 수 있겠어요? 내가 그분과 함께 이곳에 계속 살았더라면 무슨 소리인지 알았을 테고 그 애를 가르칠 수 있었겠죠. 하지만 나는 이렇게 생각했어요. 게드가 올 거야, 그는 알 거야. 게드는 내 상처 입은 아이, 그 애한테 뭘 가르쳐야 하고 그 애가 뭘 알고 싶어 하는지 알 거야."

"나는 모르오."

게드가 아주 나지막한 목소리로 말했다.

“내가 그 아이 속에서……, 본 건…… 오로지 잘못되었다는 것뿐이오. 악한 일 말이오.”

그는 포도주를 마셨다.

“난 그 애에게 줄 것이 아무것도 없어요.”

살짝 긁는 듯 문 두드리는 소리가 났다. 게드는 화들짝 놀라서 아까와 마찬가지로 무기력하게 몸을 돌려 숨으려고 들었다.

테나가 문으로 가서 빠끔히 열었더니 누군지 얼굴이 보이기도 전에 이끼 아줌마의 냄새가 풍겼다.

“마을에 온 남자들 말이우.”

늙은 여자는 연극을 하듯 조그맣게 속삭였다.

“온갖 그럴듯해 보이는 사람들이 항구에서 올라왔다우. 해브너 시에서 큰 배를 타고 온 거라던데요. 대마법사를 찾아서 왔다나.”

“새매는 그들을 만나고 싶지 않대요.”

테나가 힘없이 말했다. 그녀는 어떻게 할지 몰랐다.

“나야 감히 안 된다고는 말 못 한다우.”

그리고 마녀는 잠시 말을 멈추고 상황을 헤아린 후에 다시 말했다.

“그러면, 그 사람은 어디 있나요?”

“여깁니다.”

새매가 문을 제대로 열며 말했다. 이끼는 그를 훑어보기만 하고 아무 말도 하지 않았다.

"그 사람들이 내가 어디 있는지 압니까?"

"나는 아무 말도 안 했우."

"그들이 오더라도 그냥 보내 버리면 돼요. 어쨌든 당신은 대현자잖아요……."

테나가 말했지만, 새매도 이끼도 주의를 기울이지 않았다. 이끼가 말했다.

"그이들이 우리 집엔 오지 않을 거예요. 오시구려, 그럴 맘이 있다면."

새매는 이끼를 따라가며 테나를 슬쩍 쳐다보았지만 무슨 말은 하지 않았다.

"하지만 내가 그 사람들에게 뭐라고 하죠?"

테나가 다그치자 마녀가 말했다.

"아무 말 마시우, 아씨."

*

히스와 테루가 망태기에 죽은 개구리 일곱 마리를 담아 갖고 늪에서 돌아와, 테나는 사냥꾼들의 멋진 야식을 위해 개구리 다리를 자르고 껍질을 벗기느라 부산을 떨었다. 그 일이 막 끝난 참에 밖에서 목소리가 들렸고, 열린 문으로 내다보니 사람들이

서 있었다. 모자를 쓰고 온몸에 금을 둘러 번쩍거리는 남자들이었다.

"고하 님이십니까?"

정중한 목소리가 말했다.

"들어와요!"

그녀가 말했다.

그들은 안으로 들어섰다. 모두 다섯 명이었지만 낮은 천장 탓에 그 두 배는 되는 느낌이었고, 하나같이 훤칠하고 위엄이 있었다. 그들은 주위를 둘러보았고 테나도 그들을 따라 고개를 돌렸다.

그들은 길고 날카로운 칼을 쥔 채 식탁 앞에 선 중년 여인을 새삼 쳐다보았다. 식탁 위에는 도마가 있고, 한쪽에 껍질이 벗겨진 푸르딩딩한 허연 다리들이 소복이 쌓여 있었다. 다른 쪽엔 통통하게 살이 오른 죽은 개구리들이 피를 흘리며 누워 있었다. 문 뒤의 어둠 속에 숨어 있던 뭔가는 알고 보니 어린애였지만 흉측한 기형에다 얼굴이 반쪽뿐이고 손이 곱은 아이였다. 하나뿐인 창문 밑 벽이 움푹 팬 곳에 놓인 침대에서는 덩치 크고 뼈대가 굵직한 젊은 여자가 입을 쩍 벌린 채 눈이 휘둥그레서 그들을 쳐다보았다. 젊은 여자의 손은 피와 진흙투성이고 젖은 치마에서는 웅덩이 냄새가 풍겼다. 그녀는 손님들이 자신을 보는 것을 알자 치맛자락에 얼굴을 숨기려고 했는데 그 바람에 다리가 장딴지까지 드러났다.

이윽고 그 처녀와 아이에게서 시선을 거둔 그들은 시선을 줄 만한 사람이라곤 죽은 개구리 더미 옆에 있는 여자밖에 없음을 알았다.

"고하 님."

그들 중 하나가 입을 열었다.

"그렇게 불리지요."

테나가 대답했다.

"저희는 해브너에서 왕의 명령을 받고 왔습니다."

그 정중한 목소리가 말했다. 번쩍거리는 장신구 때문에 얼굴을 똑똑히 볼 수 없었다.

"저희는 대현자이신 곤트의 새매 님을 찾고 있습니다. 레반넨 왕께선 가을로 접어들 무렵 즉위할 예정이오며, 그분의 주인이자 친구이신 대현자께서 허락만 하시면 함께 대관식을 준비하고 대현자의 손으로 왕관을 씌워 주시길 간절히 바라고 계십니다."

남자는 궁중의 귀부인에게 하듯 한결같은 격식을 차리며 또박또박 말을 이었다. 그는 수수한 가죽 바지에 고운 베로 지은 윗옷을 입었다. 곤트 항에서 여기까지 올라오느라 먼지를 타긴 했지만, 목둘레에 금실 수가 놓인 훌륭한 옷이었다.

"그 사람은 여기 없어요."

테나가 말했다.

마을에서 온 두세 명의 사내아이들이 문 안을 빤히 들여다보다가 물러서더니, 다시 들여다보고는 왁자지껄 떠들어 대며 흩어졌다.

"아마도 고하 님께서 그분이 어디에 계신지 말씀해 주실 수 있을 듯합니다만."

"그럴 수 없어요."

테나는 그들 모두를 똑바로 바라보았다. 처음 그들과 마주했을 때 느꼈던 두려움은 가라앉았다. 처음엔 새매의 공포에 전염되었든지 아니면 그저 낯선 사람들을 만난다는 실없는 당혹감 때문에 긴장했던 것이다. 그러나 그녀는 오지언의 집에 서 있었고, 오지언이 대단한 사람들을 겁낸 적이 한번도 없는 까닭을 잘 알고 있었다.

"먼 길 오느라 고단하시겠군요. 좀 앉으시겠어요? 포도주가 있어요. 잔은 씻어야겠네요."

테나는 도마를 찬장 위로 옮긴 후 개구리 다리들을 보관 선반에 넣었다. 나머지는 히스가 직조공 부채네 돼지들에게 갖다 줄 밥찌꺼기 넣는 들통에 쓸어 넣었다. 그리고 대야 물에 손과 칼을 씻고는 다시 깨끗한 물을 부어 그녀와 새매가 사용한 잔 두 개를 부셨다. 찬장에 잔이 하나 더 있었고, 손잡이 없는 사기 잔도 두 개 있었다. 그녀는 그것들을 탁자 위에 놓고 방문객들에게 줄 포도주를 따랐다. 병 속에는 딱 한 잔씩 돌릴 만큼이 남아 있었다. 그들은 시선을 주고받더니 앉는 것을 사양했다. 의자가 부족하다는 핑계였다. 그러나 관습에 따라 테나가 주는 것은 받아들여야 했다. 그들은 한 명씩 차례로 예의 바르게 중얼거리며 그녀에게서 유리잔과 사기잔을 받아 들었다. 그리고 사의를 표한 뒤 들이켰다.

"세상에!"

한 사람이 감탄했다. 눈이 동그란 또 다른 이가 말했다.

"안드라드 산이군요. '마지막 추수'일까요."

세 번째 사람이 머리를 젓고는 엄숙하게 단정했다.

"맞아, 안드라드 포도주야. 하지만 '용의 해'에 난 것일세."

네 번째 사람이 고개를 끄덕이고는 경건하게 다시 한 모금을 마셨다.

맨 처음에 말을 걸었던 다섯 번째 남자가 다시 한번 테나를 기리며 사기잔을 들어 올리더니 말했다.

"우리를 왕의 포도주로 예우해 주셨습니다, 부인."

"그건 오지언의 술입니다. 이 집은 오지언의 집이었죠. 지금은 에이할의 집이고요. 알고 계셨습니까, 손님들?"

"그렇습니다, 부인. 왕께서 우리를 이 집으로 보내실 때 대현자께서 이곳에 와 있을 거라 믿고 계셨습니다. 그리고 그분의 스승께서 돌아가셨다는 말이 로크 섬과 해브너에 전해졌을 때는 더욱 확신하셨지요. 그러나 로크에서 대현자를 실어 간 것은 용이었습니다. 그 후론 로크 섬이나 왕께 그분의 소식이 전해지지 않았지요. 왕께선 그것을 아주 마음에 걸려 하셨고, 우리 모두 대현자께서 이곳에 잘 계시는지 몹시 궁금해하고 있습니다. 그분이 이곳에 안 오셨나요, 부인?"

"나는 말할 수 없어요."

테나는 대답했지만, 그것은 궁색한 얼버무림을 되풀이하는 것이었고, 남자들도 그렇게 생각한다는 걸 알 수 있었다. 그녀는 자세를 꼿꼿이 하고 식탁 뒤에 섰다.

"내 말은 말하지 않겠다는 뜻이에요. 만약 대현자께서 원한다면, 이곳으로 오겠지요. 그분이 누구도 자신을 찾아내지 않기를 바란다면 당신들은 그를 찾지 못할 겁니다. 그대들도 분명 그분의 뜻을 거스르면서까지 찾지는 않겠지요."

가장 나이가 많고 제일 키 큰 남자가 말했다.

"왕의 뜻이 곧 우리들의 뜻입니다."

처음 말을 꺼냈던 사람이 좀 더 달래듯이 말했다.

"우리는 단지 심부름꾼일 뿐입니다. 왕과 대현자 사이의 일은 그분들의 일이지요. 우리는 단지 전언을 전하고 답변을 가져갈 방도를 구할 뿐입니다."

"가능한 한, 당신들의 전언이 그분에게 닿도록 해 보지요."

"그리고 답변도 받아 주시겠지요?"

제일 나이 많은 남자가 다그쳤다.

그녀가 아무 말이 없자 첫 번째로 말을 꺼냈던 이가 다시 말했다.

"우리는 르 알비 영주의 집에 며칠 머물 예정입니다. 영주께서 우리 배가 도착했다는 소리를 듣고 호의를 베푸셨지요."

왜 그런지는 몰라도 테나는 뭔가 함정이 있다는, 올가미가 죄어 온다는 느낌을 받았다. 새매의 연약함과 힘을 잃은 무력감에 물든 것이다. 혼란스러워진 그녀는 평범한 아낙네이고 중년의 가정주부인 자신의 겉모습을 방어물로 이용했다. 그러나 그것이 겉모습뿐일까? 그녀의 모습은 사실 그대로였고, 이러한 문제는 마법사들의 변장이나 모양 바꾸기보다도 더 미묘한 것이었다. 테나는 고개를 푹 숙인 채 말했다.

"그편이 귀족 분들에겐 더 안락할 거예요. 나이 드신 현자께서 그랬듯 우리는 여기서 아주 소박하게 살아가고 있답니다."

"안드라드 산 포도주를 마시면서 말씀이죠."

포도주가 언제 것인지 맞혔던, 밝은 눈동자의 잘생긴 남자가 매력적인 미소를 지으며 말했다. 테나는 자기 역할을 다하여 계속 머리를 숙이고 있었다. 그러나 그들이 작별 인사를 하고 줄지어 집을 나가는 순간 그녀는 깨달았다. 자신이 어떤 사람처럼 보이든, 결국에 그들은 그녀가 고리의 테나라는 것을 알아낼 터였다. 더불어 그녀가 대현자와 아는 사이임을 밝힐 터이고, 정말로 새매를 찾아내기로 마음먹었다면 그녀를 통해 찾아내려 할 것이다.

그들이 가 버리자 테나는 푹 한숨을 내쉬었다. 히스 역시 그랬고, 그러고 나서야 내내 헤벌리고 있던 입을 마침내 다물었다.

"절대로 그렇게 되게 하지 않겠어."

테나는 낮고 충분히 만족한 어조로 말하고서 밖으로 나가 염소들이 어디로 갔나 살펴보았다.

테루도 문 뒤의 어둑어둑한 곳에서 나왔다. 테루는 거기서 오지언의 지팡이와 테나의 오리나무 막대기, 자신의 개암나무 가지를 방벽 삼아 낯선 사람들을 피해 숨어 있었다. 사람들이 보지 못하게 망가진 반쪽 얼굴을 어깨 쪽으로 수그리고 있었던 탓에 이제 거의 하지 않게 된 그 뻣뻣한 옆걸음이 다시 나왔다.

테나는 아이에게로 가서 무릎을 꿇고 껴안았다.

"테루야, 그 사람들은 너를 해치지 않아. 너를 해칠 생각으로 온 게 아니야."

아이는 그녀를 보려고 하지 않았다. 마치 나무토막인 양 뻣뻣하게 굳어 테나가 자기를 껴안고 있도록 내버려 두었다.

"네가 그 사람들을 다시는 이 집에 들여놓지 말라고 하면 그렇게 하마."

잠시 후에 아이는 조금 움직거렸고 거칠고 탁한 목소리로 물었다.

"저 사람들 새매한테 뭘 하려고 해요?"

"아무것도. 아무런 나쁜 짓도! 그들은……, 새매에게 경의를 표하려고 온 거야."

그러나 동시에 그녀는 경의를 표하려는 그들의 시도가 게드에게 무슨 짓을 하게 될지 깨닫기 시작했다. 그가 잃어버린 것을 부인하고, 자신이 잃어버린 것을 향한 그의 비탄을 부인하고, 더 이상 그가 할 수 없는 역할을 수행하도록 다그칠 터였다.

테나의 품에서 놓여나자, 테루는 벽장으로 가서 오지언의 빗자루를 가지고 왔다. 아이는 해브너에서 온 남자들이 서 있던 바닥을 낑낑대며 쓸어 냈고, 발자국의 먼지까지도 문 밖 층계 밑으로 쓸어 날려 버렸다.

아이를 바라보며 테나는 마음을 다잡았다.

그녀는 오지언의 위대한 책 세 권을 놓아둔 선반으로 가서 그 안을 샅샅이 뒤졌다. 몇 개의 거위 깃털 펜과 반쯤 말라 버린 잉크 병을 찾아냈지만 종이나 양피지는 한 장도 없었다. 그처럼 신성한 책에 손상을 가하는 것이 몹시 안타까웠지만, 그녀는 작정하고 손을 댔다. 그리고 룬 책의 끄트머리 빈 면에서 가느다랗게 종이 조각을 찢어 냈다. 테나는 책상에 앉아 펜에 잉크를 묻히고 글을 썼다. 잉크도 말들도 쉽사리 나오지 않았다. 25년 전 어깨 너머로 오지언이 지켜보는 가운데 하드 어의 룬들과 권능한 룬 문자들을 배우며 바로 이 책상에 앉았던 후로는 뭔가를 써 본 일이 거의 없었다. 그녀는 이렇게 썼다.

가운뎃계곡 참나무 농장의 맑은냇물에게 가세요.

고하가 뜰과 양들을 돌보라고 보냈다고 해요.

그 글은 쓰는 것만큼이나 읽는 데도 오랜 시간이 걸렸다. 이제 빗질을 끝낸 테루가 열심히 그 모습을 지켜보고 있었다.

테나는 한마디를 덧붙였다.

오늘 밤 떠나세요.

"히스 어디 있니?"

테나는 종이를 한 번 접고 또 한 번 접으며 아이에게 물었다.

"그 애가 이걸 이끼 아줌마네 집에 가져갔으면 좋겠는데."

직접 새매를 보러 가고 싶은 마음이 간절했지만, 혹시라도 그들이 지켜보고 있다면 그에게로 이끄는 꼴이 될 터이기에 감히 그럴 수는 없었다.

"내가 갈게요."

테루가 속삭이는 듯한 소리로 말했다.

테나는 테루를 지그시 바라보았다.

"혼자 가야 한단다, 테루. 마을을 지나서 말이야."

그러나 아이는 고개를 끄덕였다.

"새매한테 전해 주기만 하면 돼!"

아이는 다시 고개를 끄덕였다.

테나는 종이를 테루의 주머니에 쑤셔 넣고는 껴안고 입을 맞춘 다음에 놓아주었다. 테루는 바로 출발했다. 기는 듯 옆걸음 치는 걸음이 아니라 자유롭게 날듯이 달렸다. 테나는 아이가 어두운 문가를 벗어나 저녁 빛 속으로 사라지는 것을 보며, 새처럼, 용처럼, 여느 아이처럼 자유롭게 나는구나 생각했다.

매

테루는 새매의 응답을 갖고 금방 돌아왔다.

"오늘 밤에 떠난대요."

테나는 그 대답에 만족했고, 새매가 그녀의 계획을 받아들였으며 그가 두려워하는 왕의 심부름꾼들과 전언들로부터 확실하게 멀어지게 되리라는 것에 마음이 놓였다. 하지만 그 마음은 히스와 테루에게 개구리 다리를 푸짐하게 먹이고 테루를 침대에 눕혀 노래를 불러 주기도 전에 가셔 버렸고, 등도 화롯불도 없이 혼자 앉아 있으려니 가슴이 내려앉기 시작했다. 그가 가 버렸다. 그는 쇠약하고 당황해 있었으며, 안절부절못하고, 친구가 필요했다. 그리고 그녀는 새매를 그의 친구였던, 그의 친구가 되기를 바랐던 사람들로부터 멀리 보내 버렸다. 그는 떠났고, 그녀는 눌러앉아 그의 족적으로부터 사냥개들을 떨어뜨려 놓고 최소한 그들이 곤트에 계속 머물지 해브너로 되돌아갈지 알아내야 했다.

새매의 두려움과, 그것에 순순히 따랐다는 것이 너무나 부조리한 일로 보이기 시작했다. 그래서 그가 정말 떠난다는 것 또한 똑같이 합리적이지 못한, 말도 안 되는 일로 여겨졌다. 그는 자신의 지혜를 동원해 이끼의 집에 그냥 숨어 있을 수도 있다. 그곳은 왕이 온 어스시를 다 뒤지고 나서야 눈길을 줄 만한 장소였다. 그러니 왕의 사람들이 떠날 때까지 거기에 머무는 게 훨씬 나을 터였다. 그러고 나면 새매는 원래대로 여기 오지언의 집으로 돌아올 수 있을 것이다. 그러면 일은 예전처럼 돌아갈 것이고, 그녀는 새매가 힘을 되찾을 때까지 돌보아 주고, 그는 함께 있다는 소중한 느낌을 그녀에게 줄 터였다.

문간에 뜬 별들을 배경으로 그림자 하나가 나타났다.

"이런! 깼우?"

이끼 아줌마가 들어왔다.

"갔우, 그이는 갔다우."

이끼는 뭔가 음모를 꾸미는 것처럼 신이 나서 말했다.

"오래된 숲길로 갔다우. 그러니까 내일쯤이면 참나무 샘을 지나 가운뎃계곡 길에 가겠지."

"잘됐군요."

테나가 말했다.

이끼는 평소보다 대담하게 멋대로 자리를 차고앉았다.

"가는 동안 먹으라고 빵이랑 치즈 조각을 조금 주었지."

"고마워요, 이끼. 친절하시네요."

"고하 아씨."

어둠 속에서 이끼의 목소리는 노래하고 주문을 욀 때처럼 단조롭게 울렸다.

"말하고 싶은 게 하나 있다우, 아씨. 내가 아는 만큼만이지만요. 왜냐면 아씨는 대단한 양반들 사이에서 산 적이 있고, 아씨 자신도 그이들 중 하나였으니까 말이지. 그 생각을 하면 말문이 막히거든요. 그렇지만 룬 문자들이며 옛 언어에 대한 지식, 현명한 사람들과 외국 땅에서 배운 모든 지식들을 다 알아도 아씨가 전혀 짐작도 못하는 게 있다는 것을 난 안다우."

"그렇죠, 이끼."

"응, 글쎄, 그래서 말이우. 그래 우리가 어떻게 마녀가 마녀를 알아보고, 힘이 힘을 알아보는지 얘기할 때 내가 말했죠. 지금 가 버린 그 사람 말이우……, 그이가 옛날에 뭐였는지 몰라도 지금은 아무것도 아니라고 말이우. 그래도 아씨는 계속 아니라고 그랬지요……. 하지만 내가 옳았지, 안 그래요?"

"그래요."

"그래요. 내가 옳았다우."

"새매 자신이 그렇게 말하더군요."

"물론 그랬겠지. 그 양반은 끝이 어찌될지 모르는 한 이게 저거다, 저게 이거다 떠들거나 거짓말하지 않으니, 내가 대신 말하는 거라우. 그 사람은 소도 없이 수레를 몰려고 하는 사람이 아니니까. 하지만 까놓고 말해 그이가 가서 다행이우. 그러지 않았다면, 계속 안 가고 그랬더라면 이제 그 때문에 또 다른 문제가 생겼을 테니까요."

테나는 소 없이 수레를 끌려고 하는 것을 상상해 보는 것 말고는 이끼가 하는 얘기를 종잡을 수 없었다.

"나는 새매가 왜 그렇게 겁을 내는지 모르겠어요. 글쎄, 부분적으론 알지만 이해를 못 하겠어요, 왜 그렇게 수치스러워하는지. 자기가 죽었으면 좋았을걸 하고 생각한다는 건 알겠어요. 그리고 산다는 것에 대해 내가 이해하고 있는 건, 해야 할 일이 있고 그걸 할 수 있다는 그런 정도뿐이라는 것도요. 그게 낙이고 영화고 모든 것이죠. 그 일을 할 수 없다면, 또는 그 일을 빼앗긴다면 무슨 보람이 있죠? 누구나 뭔가가 있어야 하죠……."

이끼는 지혜로운 말을 듣는 것처럼 귀 기울이며 고개를 끄덕였지만, 잠깐 아뭇소리 없다가 이렇게 말했다.

"나이 먹은 남자가 열다섯 살짜리 소년이 된다는 건 묘한 일이지, 정말!"

테나는 '이끼, 지금 무슨 소리를 하는 거예요?'라고 말할 뻔했지만, 뭔가가 그녀의 말을 가로막았다. 그녀는 게드가 산허리를 떠돌다 집으로 돌아오는 소리에 자신이 귀 기울이고 있었던 것을 깨달았고, 그리하여 자신이 그의 음성에 귀 기울이고 있었음을, 그가 없다는 데 몸이 저리도록 아쉬움을 느낀다는 사실을 깨달았다. 그녀는 불현듯 마녀를 쳐다보았다. 빈 벽난로 옆 오지언의 의자에 자리를 잡고 앉은 그녀는 보기 흉한 검은 덩어리 같았다.

"아!"

그리고 수많은 생각이 갑자기 한꺼번에 몰려들었다.

"그래서였구나……, 그래서 내가 한번도……."

한참을 침묵한 후에 테나가 말했다.

"그들은……, 마법사들은……, 그건 주문인가요?"

"그럼요, 물론이죠, 아씨."

이끼가 말했다.

"스스로 마술을 거는 거라우. 어떤 이들은 일종의 거래를 하는 거라고 말할 거예요. 서약이니 뭐니 해서 결혼을 물리치고 그로써 힘을 얻는다든가 하는 식으로 말이우. 하지만 나한테 그건 뭔가 잘못된 구석이 있지 싶다우, 진짜 마녀라면 옛 힘들과 필요 이상으로 거래하지 않거든. 늙은 현자께선, 그분은 내게 말씀하시길 마법사들은 절대로 그런 일을 하지 않는다고 하셨지만서도, 내 비록 그러는 마녀들을 몇몇 알지만 그런다고 무슨 큰 탈은 나지 않았다우."

"나를 기른 사람들은 그런 일을 했어요, 동정을 지키기로 약속하고요."

"아, 맞다, 남자가 하나도 없었다고 아씨가 말해 줬지요. 그리고 그들을 거세한다고요. 끔찍해라!"

"하지만 왜, 왜……, 왜 내가 생각조차 못했을까……."

마녀가 소리 내어 웃었다.

"그게 그들의 힘이니까요, 아씨. 생각 못해요! 할 수가 없죠! 그리고 일단 주문을 건 다음에는 그들 자신도 어쩔 수 없어요. 어떻게 감히? 힘을 포기하겠어요? 그럴 리 없죠, 안 그러우? 그럴 리 없다고요. 주는 만큼 받는 법이지. 그건 무슨 일에나 틀림없는 진실이라우. 그들도 알지, 남자 마술사들, 힘을 가진 남자들도 말이우. 누구보다 잘 알지. 하지만 아씨도 알겠죠? 설사 하늘에서 해를 불러 내릴 수 있더라도, 남자가 남자 아닌 존재가 되는 건 불편한 일이라고요. 그래서 그들은 구속의 주문들로 그걸 마음 밖으로 바로 쫓아 버려요. 정말로 그런다니까. 이렇게 악한 시절에도, 주문이며 뭐며가 다 빗나가고 안 되고 그래도, 아직까지 마법사가 그 주문을 깨뜨렸단 얘긴 못 들었다우. 자기 힘을 써서 육체의 욕정을 달래는 것 말이우. 제일 형편없는 작자라도 감히 못해요. 물론 헛것을 만들어 내는 자야 있겠지만 자기 자신만 놀리는 짓이지. 그리고 마술 땜장이나 뭐 그런 시시한 패거리들 중에 주문을 써서 시골 여자들을 꼬드겨 보려고 하는 남자 마술사도 더러는 있지만, 내가 아는 한 그런 주문들이 많지는 않아요. 그러니까, 하나의 힘은 다른 힘만큼이나 대단한 것이고 저마다 자기 길을 가는 거라우. 내 보기엔 그래요."

테나는 홀린 듯이 앉아 있었다. 이윽고 그녀가 입을 열었다.

"그들은 스스로를 따로 떼어 놓는군요."

"그렇지. 마법사는 그래야 한다오."

"아줌마는 안 그러잖아요."

"나? 난 겨우 늙어빠진 마녀일 뿐이라우, 아씨."

"얼마나 되셨는데요?"

잠깐 있다 어둠 속에서 이끼의 목소리가 약간 웃음기를 머금고 말했다.

"문젯거리에 얽히지 않을 만큼은 충분히 늙었지."

"하지만 말했잖아요……, 동정녀는 아니었다고."

"그게 뭔가요, 아씨?"

"마법사 같은 거요."

"오, 아니었지. 아니, 아니요! 볼 만한 건 하나도 없었지만서도 그런 걸 쳐다볼 방법이야 있었지요……, 마술은 아니에요. 아시죠, 아씨? 당신은 내 말뜻을 알 거요……. 쳐다보는 법이 있고 그러면 남자가 내 주위를 맴돌곤 했다우, 하루 이틀이나 사흘내로 와서 맴돌게 되지요, 까마귀는 조만간 까악거릴 게 분명치 않겠우? 와서들 그러지, '개가 옴에 걸려 치료가 필요한데요.', '할머니가 편찮으신데 차가 필요하군요.' 하지만 나는 그들에게 진짜로 뭐가 필요한지 알았고, 봐서 내 마음에 들면 그들은 필요로 했던 걸 가질 수 있었지요. 그리고 사랑, 사랑에 대해서라면……, 난 그런 사람이 아니우. 아씨도 알듯이, 그러는 마녀가 있긴 해도, 내 말하건대 그들은 자기 재주에 먹칠하는 거예요. 나는 보수를 얻으려고 기술을 쓰지만 기쁨은 애정에서 얻어요, 내가 말하고자 하는 건 바로 그거라우. 그렇다고 해서 그게 그저 즐겁기만 한 건 아니지. 나는 오래전 아주 옛날에 한 남자한테 폭 빠져 있었우. 그는 얼굴은 잘생겼지만 차갑고 무정한 남자였어요. 일찍 죽었지. 여기에 살려고 돌아온 도회지 청년의 아비였다우. 그를 알지요? 아아, 나는 그 남자한테 홀딱 반해 있었던 탓에 내 재주를 써먹었죠. 그한테 수많은 주문을 쏟아 부었지만 모두 소용없었다우. 순무에는 수액 한 방울 돌지 않았어요……. 그리고 애당초 내가 소녀였을 때 이곳 르 알비로 온 것은 곤트 항에서 한 남자랑 말썽이 났기 때문이었우. 하지만 거기에 대해선 말할 수 없어요, 그들은 부자고 대단한 사람들이었으니까. 힘을 가진 건 그들이었지 내가 아니었다고! 그들은 아들이 나같이 볼 것 없는 계집애랑 엮이는 걸 바라지 않았죠. 나를 더러운 암캐라고 불렀어요. 그리고 내가 여기로 달아나지 않았다면 고양이 죽이듯 쉽게 나를 죽여 버렸을 거요. 하지만 아, 나는 그 소년을 좋아했죠. 그의 둥글고 부드러운 팔다리, 크고 검은 눈동자, 이토록 오랜 세월이 지난 후에도 그 모습이 그저 눈앞에 삼삼하다우……."

그들은 오랫동안 말없이 어둠 속에 앉아 있었다.

"이끼 아줌마, 당신한테 남자가 있었을 때 힘을 포기해야 했나요?"

"전혀 아니었죠."

마녀는 흡족해하며 대답했다.

"하지만 아줌마는 주지 않으면 얻지 못한다고 했어요. 그러면 남자들의 경우와 여자들의 경우는 다른가요?"

"같은 게 뭐가 있나요, 아씨?"

"모르겠어요. 나한텐 우리가 차이점을 죄다 만들어 낸 다음에 다르다고 불평하는 것 같아요. 난 왜 마법 기술이, 왜 힘이 남자 마술사와 여자 마술사한테 달라야 하는지 이해할 수 없어요. 힘 자체가 다른 게 아니라면요. 아니면 기술일까요."

"남자는 내놓아 버린다우, 아씨. 여자는 받아들이고."

테나는 아무 대꾸도 안 했지만 만족하지는 않았다.

"우리의 힘은 하찮은 힘이지요, 겉으로 보기엔 그들의 힘보다 못해 보인다우. 하지만 그 힘은 뿌리가 깊어요. 온통 뿌리거든. 다 자란 검은딸기 덤불 같은 거지. 그리고 마법사의 힘이란 전나무와 같아서, 우람하고 훤칠하고 당당하긴 해도 폭풍이 불면 바로 쓰러지고 말아요. 어떤 것도 가시투성이 검은딸기를 죽이지는 못한다우."

이끼는 자신의 비교가 흡족해 암탉같이 쿡쿡거렸다. 그러곤 기운 차게 말했다.

"자, 그러니! 내 말대로 그이는 그이대로 알아서 하라고 하고 아씨는 상관하지 않는 게 좋아요. 그렇지 않으면 동네 사람들이 이러쿵저러쿵 떠들 거예요."

"떠들어요?"

"아씨는 평판이 좋은 여자잖우, 그리고 평판은 여자의 재산이지."

"여자의 재산이라……."

테나가 먼저처럼 멍하게 그 말을 되씹었다. 그러고는 되뇌었다.

"여자의 재산. 여자의 보배. 여자의 보물. 여자의 가치……."

테나는 가만 앉아 있을 수 없어서 일어나 등과 팔을 폈다.

"굴을 찾는 용들, 요새를 세우는 용들 같군요. 자기들의 보배를, 보물 창고를 안전하게 지키려고 하는……. 보물 위에 똬리를 틀고 잠들지요, 자기 보물을 간직하려고! 받고 받을 뿐 결코 내놓지 않아요!"

"좋은 평판의 가치를 알게 될 거요."

이끼가 딱딱하게 말했다.

"그것을 잃어버렸을 때 말이죠. 물론 평판이 다는 아니지. 하지만 한번 평판을 잃으면 그 손실을 메우기란 힘든 일이우."

"당신이라면 좋은 평판을 들으려고 마녀이기를 포기하겠어요, 이끼?"

"글쎄요."

이끼가 잠시 뜸을 들였다가 생각에 잠긴 채 말했다.

"그건 모르겠군요. 나한테는 그 재주 하나가 있고 다른 것은 없는가 보우."

테나는 다가가 이끼의 손을 잡았다. 깜짝 놀란 이끼는 일어서며 몸을 약간 뒤로 뺐다. 그러나 테나는 그녀를 끌어당겨 뺨에 입을 맞췄다.

늙은 여자가 한 손을 들어 머뭇머뭇 테나의 머리를 건드렸다. 딱 한 번, 이끼는 오지언이 하던 것처럼 테나의 머리를 쓰다듬었다. 그러고 나서 몸을 떼고는 그만 가 봐야 한다고 중얼거리며 떠나려다가 문 앞에 멈춰 서서 물었다.

"같이 있어 드릴까? 주위에 낯선 사람들이 있으니 말이우."

"괜찮아요. 나는 낯선 사람들에게 익숙하답니다."

테나가 말했다.

*

그날 밤 잠자리에 든 테나는 또다시 바람과 빛 가득한 크나큰 공간으로 들어갔다. 그러나 그 빛은 연기로 흐릿했고, 대기 자체가 불인 양 붉은색, 주황색, 호박색을 띠었다. 그 하나하나에 그녀는 있기도 하고 없기도 했다. 바람 위를 날고, 바람이 되고, 바람의 흩날림이 되고, 자유롭게 나아가는 힘이었다. 그녀를 부르는 목소리는 없었다.

아침에 테나는 층계참에 앉아 머리를 빗었다. 카르그 사람들은 대개 금발에 하얀 피부였지만, 그녀는 피부는 희어도 머리가 검었다. 머리카락은 아직도 까매서 새치 한 가닥 찾기가 힘들었다. 그녀는 오늘 빨래를 할 작정이었고, 물을 데우면서 조금 덜어내어 머리를 감았다. 게드는 갔으니 몸가짐을 조심할 필요가 없었다. 그녀는 햇빛에 머리를 말리며 빗질을 했다. 덥고 바람 부는 아침이었기에 빗을 따라 정전기가 일며 날리는 머리카락 끝에서 따다닥 소리가 났다.

어느 틈엔가 테루가 와서 뒤에 서서 지켜보고 있었다. 테나가 몸을 돌렸더니 아이는 뭔가에 홀딱 정신이 팔려 몸을 떨 정도로 열중해 있었다.

"왜 그러니, 아기 새야?"

"불이 날아다녀요. 하늘에 온통요!"

겁을 먹은 건지 신이 난 건지 분간이 안 가는 말투였다.

"그냥 머리카락에서 나온 정전기일 뿐이야."

테나는 그렇게 말하면서 약간 놀랐다. 테루가 웃고 있었던 것이다. 전에 아이가 웃는 것을 본 일이 있었나 싶었다. 성한 손과 불에 덴 손, 양손을 모두 뻗친 테루는 마치 테나의 풀어져 살랑이는 머리카락 주위로 날아다니는 뭔가를 만지며 따라가는 듯했다.

"불이 온통 날아다니네."

아이가 같은 소리를 내뱉고는 웃음을 터뜨렸다.

그때 테나는 처음으로 테루가 그녀를, 그리고 세상을 어떻게 보고 있을는지 스스로에게 물었고, 자신이 모른다는 것을 알았다. 불에 타 버려 한쪽 눈만 지닌 이가 무엇을 보는지는 알 수 없다는 것을. "사람들이 그 애를 두려워할 거다."라고 한 오지언의 말이 다시 떠올랐다. 그러나 테나는 아이가 전혀 무섭지 않았다. 대신 그녀는 정전기 불티가 날아오르라고 다시 신나게 머리를 빗었고, 또 한번 작고 목쉰 즐거운 웃음소리를 들었다.

그녀는 홑이불과 행주, 속옷과 여벌 치마, 그리고 테루의 치마들을 빨아서, 염소들이 울타리 친 목장 안에 있는 것을 확인한 다음 목초지의 마른 풀 위에 내려놓고, 기승을 부리는 늦여름 바람 탓에 돌들로 눌러 놓았다.

테루는 자라고 있었다. 분명 여덟 살쯤 되었을 것이고, 나이에 비하면 여전히 아주 작고 야위었지만, 요 몇 달 사이 마침내 상처가 완전히 아물고 아픔도 가시게 됨에 따라 아이는 뛰어다닐 수 있게 되었고 점점 먹성이 좋아졌다. 성장도 빨라져서 옷이 작아졌다. 이제는 종달새네 다섯 살배기 막내딸에게 물려받은 옷이 안 맞을 만큼 자랐다.

테나는 마을로 가서 직조공인 부채한테 들러 그동안 그의 돼지들을 위해 보내 준 밥찌꺼기들의 대가로 천을 좀 얻어 올 수 있을지 알아봐야겠다 싶었다. 테루를 위해 뭔가 옷을 만들어 주고 싶었다. 그리고 늙은 부채를 만나 보고 싶기도 했다. 오지언의 죽음과 게드의 병 때문에 그녀는 마을에서나 거기서 알고 지내던 사람들과 떨어져 있었다. 늘, 오지언과 게드는 테나가 알던 것, 어떻게 하는지 알던 것과 그녀가 살아가기로 선택한 세계들로부터 그녀를 멀리 떼어 놓았다. (테나는 테루가 히스와 함께 있는 것을 확인하고 읍내로 길을 나서며 생각했다.) 왕과 왕비들, 위대한 힘들과 통치, 여행과 모험의 세계가 아니라 결혼하고 아이들을 기르고 농장을 꾸리고 바느질하고 그릇 씻는 일 같은 평범한 일들을 하는 보통 사람들의 세계들로부터 말이다. 그녀는 이런 생각을 앙갚음 같은 것으로, 지금쯤 틀림없이 가운뎃계곡까지 절반쯤 갔을 게드에 대한 복수 같은 걸로 여겼다. 테나는 테루와 함께 잠을 잤던 작은 골짜기 근처 길 위에 있는 그를 그려 보았다. 머리가 희끗희끗하고 홀쭉한 남자가 혼자서 말없이, 주머니엔 마녀가 준 빵 반쪽을 넣고 가슴엔 비탄의 짐을 지고 가는 것을 그려 보았다. 그러고는 마음속으로 게드에게 말했다.

'이제 깨달을 때가 됐어요. 로크에서 배운 게 다가 아니라는 걸요!'

그녀가 마음속에서 게드에게 설교를 늘어놓고 있을 때 또 다른 그림이 그 속으로 들어왔다. 그때 길을 막고 섰던 남자들 중에 하나가 게드 옆에 있었다. 테나는 자기도 모르게 소리 내어 말했다.

"게드, 조심해요!"

게드는 막대기 하나 들 수 없는 몸이라 걱정이 됐다. 그녀가 본 것은 코밑에 수염이 난 덩치 큰 녀석이 아니라 패거리 중 다른 한 사람이었다. 젊은 축에 드는, 가죽 모자를 쓴 남자로 테루를 뚫어지게 바라보던 그자다.

테나는 예전에 여기 살 때 지내던 부채의 집 옆 작은 오두막을 올려다보았다. 그 오두막과 그녀 사이로 한 사내가 지나가고 있었다. 그녀가 계속해서 마음속에 그려 보며 기억하고 있던 남자, 가죽 모자를 쓴 남자였다. 그는 오두막을 지나고, 직조공의 집도 지나쳐 계속 걸어갔다. 그는 테나를 보지 못했다. 테나는 그가 멈추지 않고 마을 길을 걸어 올라가는 것을 지켜보았다. 그는 언덕길 모퉁이가 아니면 대저택으로 가는 중일 터였다.

이유를 생각할 겨를도 없이, 테나는 멀찌감치 떨어져서 그를 뒤따라가 어느 길로 도는지 살폈다. 그는 게드가 떠난 길 아래

쪽이 아니라 언덕 위에 있는 르 알비 영주의 영지로 향하고 있었다.

그러고 나서야 그녀는 돌아서서 늙은 부채네 집에 들렀다.

옷감 짜는 사람들이 대개 그렇듯 남의 눈에 거의 띄지 않고 살아가는 사람이긴 해도, 부채는 그 당시 나름의 조심스러운 방식으로 이 카르그 소녀를 상냥하게 대하고 보호해 주었다. '참 많은 사람들이 나를 상냥하게 보호해 주었구나!' 테나는 새삼 생각했다. 부채는 이제 거의 눈이 멀어서, 천 짜는 일은 그가 데리고 있는 도제가 도맡다시피 했다. 부채는 손님이 오는 것을 몹시 좋아했다. 그는 옷을 차려입고 그의 평소 이름이 유래한 물건 아래 낡은 무늬 의자에 앉아 있었다.

그것은 그림이 그려진 무척 커다란 부채로, 그 집의 보배였다. 이야기에 따르면 인심 후한 어느 해적이 위급한 상황에 처했을 때 그의 할아버지가 신속하게 돛을 꿰매 준 일로 얻은 선물이라고 했다. 그 부채는 벽 위에 펼쳐진 채로 전시되어 있었다. 정교하게 그려진, 장미 빛, 비취 빛, 담청빛의 화려한 옷을 입은 남녀의 모습이며 해브너 대항의 탑과 다리와 깃발들은 테나가 그 부채를 다시 보는 순간 모두 익숙하게 다가왔다. 르 알비를 방문한 손님들은 곧잘 그것을 보러 일부러 찾아오곤 했다. 한결같이 동의하는 바 그 부채야말로 이 고장에서 제일 멋진 물건이기 때문이었다.

테나는 부채에 대해 찬사를 늘어놓았다. 그게 노인을 즐겁게 해 준다는 것을 알고 있었고, 실제로도 그 부채는 몹시 아름다웠다. 그러자 노인이 말했다.

"네가 돌아다닌 곳을 통틀어도 이것만큼 대단한 건 보지 못했지, 응?"

"그럼요, 그럼요. 가운뎃계곡에도 이만 한 건 절대 없지요."

"네가 여기 내 오두막에 있을 적에 내가 이 부채의 다른 쪽을 보여 준 적이 있었니?"

"다른 쪽요? 아뇨."

그러자 노인은 부채를 내려야 한다고 고집했다. 그러나 그는 눈이 썩 시원치 못하고 의자에 올라갈 수 없었기 때문에, 그녀가 올라가서 우려에 찬 지시를 받으며 조심스럽게 압정을 뽑아 내려야 했다. 테나가 부채의 손에 부채를 내려놓자 그는 침침한 눈으로 그것을 자세히 들여다보았다. 그리고 부챗살이 자유롭게 움직이는지 확인하려고 반쯤 접었다가, 끝까지 접어 뒤집은 후 그녀에게 건넸다.

"천천히 펼쳐 보렴."

테나는 그렇게 했다. 부채의 접힌 부분이 꿈틀거리면서 용들이 움직였다. 노란 비단에 엷고 미세하게 그려진 희미한 빨간색과 파란색 용들이, 반대쪽 형상들이 조화를 이룬 것과 마찬가지로 구름과 산꼭대기 사이로 움직이며 모여들었다.

"그걸 햇빛 쪽으로 들어 보려무나."

늙은 부채가 말했다.

그대로 하자, 비단을 투과해 흐르는 빛 때문에 양쪽 면에 있는 두 개의 그림이 하나가 되었다. 구름과 산꼭대기들은 도시의 탑들이 되고, 남자와 여자들은 날개를 달았으며 용들은 인간의 눈으로 바라보았다.

"보이니?"

"보여요."

테나가 중얼거렸다.

"난 볼 수 없다, 이제는. 하지만 내 마음의 눈 속에 있지. 나는 이걸 많이 내보이지 않아."

"너무나 놀라워요."

"그걸 늙은 현자에게 보여 주려고 했지. 하지만 이런저런 까닭에 그러지 못했다."

테나가 부채를 빛 앞에서 한 번 더 돌려 보고 나서 전처럼 벽에 걸자, 용들은 어둠 속으로 숨었고 남자와 여자들은 대낮의 빛 속을 걸었다.

부채는 테나를 옆으로 데리고 나가 돼지들을 보여 주었다. 가을에 소시지로 만들기에 적당하게 살찐 멋진 한 쌍이었다. 그들은 밥찌꺼기를 운반하는 사람으로서 히스의 모자란 점들에 대해 얘기를 나눴다. 테나가 어린애 옷을 지을 옷감이 좀 필요하다고 말하자 부채는 좋아하면서 그녀를 위해 훌륭한 아마포를 넉넉하게 끊어 주었다. 그러는 동안 부채의 도제이자, 그의 기술과 함께 무뚝뚝한 면까지도 이어받은 듯한 젊은 여자는 내내 얼굴을 찡그린 채 널따란 베틀에 앉아 딸깍거렸다.

집으로 걸어오면서, 테나는 그 베틀에 테루가 앉은 모습을 상상해 보았다. 점잖은 삶이 될 터였다. 지루하고 반복적인 일이지만 천짜기는 존경할 만한 직업이고, 부채의 솜씨로 미루어볼 때 훌륭한 기술이었다. 그리고 사람들은 직조공들이란 약간 내성적이고 더러 결혼도 하지 않으며 사람도 그렇거니와 일 자체가 폐쇄적인 일이라고 여겼다. 그러나 그것은 어엿한 직업이다. 그리고 방 안에 앉아 베틀 앞에서 일하면 남들에게 얼굴을 보일 필요가 없을 것이다. 하지만 곱은 손은? 그 손으로 북을 돌리고, 베틀에 실을 걸 수 있을까?

그리고 그 애가 일생 동안 숨어 지내야 하는 걸까?

그러나 그 애가 무얼 하겠는가?

"그 애의 삶이 어떨지 알면서……."

테나는 다른 생각을 하기로 했다. 치마에 대해 생각했다. 종달새의 딸애들이 입던 치마는 손으로 짠 조잡한 직물로 지은 볼품없는 것이었다. 테나는 이 옷감을 반쯤 덜어 노란색 아니면 늪지에서 나는 붉은 꼭두서니 빛깔로 염색할 작정이었다. 나머지로는 낙낙한 앞치마나 주름 장식이 있는 하얀 겉옷을 만들 수 있겠지. 그 애는 어둠에 묻혀 베틀 앞에서 숨어 지내며, 결코 치마에 주름 장식을 해 보는 일이 없게 될까? 옷감은 그러고도 속옷 한 벌을 지을 만큼은 충분히 남을 테고, 마름질을 잘만 하면 앞치마를 한 장 더 만들 수도 있을 터였다.

"테루!"

테나는 집에 다가가며 아이를 불렀다. 그녀가 떠날 때 히스와 테루는 양골담초 목장에 있었다. 그녀는 다시 한번 부르며, 테루에게 옷감을 보여 주고 치마 얘기를 해 줄 생각을 했다. 히스가 냉장 오두막 쪽에서 홀짝이를 줄로 잡아끌면서 맹한 표정으로 나타났다.

"테루는 어디 있니?"

"당신이랑 같이요."

히스가 너무나 침착하게 말하는 바람에 테나는 아이를 찾아 주위를 둘러보고 나서야 그 애가 어디 있는지 히스가 모른다는 것과 단순히 희망사항을 말한 것뿐임을 이해했다.

"그 애를 어디다 내버려 뒀니?"

히스는 몰랐다. 그녀는 지금까지 한번도 테나를 낙심시킨 적이 없었다. 테루를 염소처럼 일정한 시야 안에 두고 돌봐야 한다는 걸 이해하고 있는 듯했다. 하지만 이제까지 테루 혼자만 그걸 이해하고 있었고, 그래서 스스로 히스의 눈 닿는 데 있었던 게 아닐까? 히스로부터 알아들을 만한 단서를 아무것도 얻지 못하면서 테나는 그런 생각이 들었고, 아이를 찾아 이름을 불렀지만 여전히 아무 대답도 들리지 않았다.

테나는 평소에 되도록 절벽 가장자리 쪽으로 가지 않았다. 여기 온 첫날에 그녀는 테루에게 절대로 혼자서는 집 아래의 가파른 초지나 그 북쪽의 깎아지른 낭떠러지에 가까이 가면 안 된다고 타일렀다. 한쪽 눈으로는 거리나 깊이를 확실하게 판단할 수 없기 때문이었다. 아이는 그 말에 따랐다. 그 애는 항상 순종했다. 그러나 아이들이란 잊어버리게 마련이다. 그런데도 그 애는 잊지 않았다. 하지만 모르는 사이에 절벽 가까이 갔을 수도 있었다. 아니, 테루는 분명히 이끼의 집으로 갔을 것이다. 그거다, 지난밤 혼자 거기에 가 봤으니까, 다시 간 거겠지. 그거야, 틀림없이.

그러나 아이는 거기 없었다. 이끼는 테루를 못 봤다고 했다.

"내가 그 애를 찾으리다. 그 애를 찾지요, 아씨."

그녀는 테나를 안심시켰다. 그러나 이끼는 테나의 바람처럼 아이를 찾아 숲길로 올라가는 게 아니라 머리를 묶으며 찾기 주문을 욀 준비를 했다.

테나는 아이의 이름을 부르고 또 부르며 다시 오지언의 집으로 달려 돌아왔다. 그리고 이번엔 집 아래쪽의 가파른 들판을 내려다보며 조약돌들 틈에서 쪼그려 앉아 놀고 있는 작은 형체가 보이기를 바랐다. 그러나 보이는 것이라곤 가파른 들판 끝에 주름처럼 물결치고 있는 어두컴컴한 바다뿐이었다. 그녀는 점점 어질어질하고 가슴이 답답해졌다.

테나는 오지언의 무덤으로 갔다가 그것을 조금 지나 위쪽 숲길로 가서 테루를 불렀다. 풀밭을 통과해 되돌아오는 동안, 먹이를 찾고 있는 황조롱이를 보았다. 게드가 녀석의 사냥하던 모습을 지켜보던 곳과 똑같은 장소였다. 이번에 녀석은 몸을 웅크렸다가 덥석 달려들더니 발톱에 작은 생물을 쥐고 날아올랐다. 황조롱이는 숲을 향해 빠르게 날아갔다. 자기 새끼한테 먹이를 주겠구나 하는 생각이 들었다. 갖가지 생각들이 테나의 마음속을 생생하고 확실하게 뚫고 지나가는 동안, 풀밭에 놓인, 이제 다 말라서 밤이 오기 전에 걷어야 하는 세탁물들을 지나쳤다. 그녀는 집과 냉장 오두막과 젖 짜는 헛간을 좀 더 주의깊게 뒤져야 했다. 이건 그녀의 잘못이었다. 그녀가 테루를 천 짜는 사람으로 만들어 어둠 속에서 일하며 존경받도록 멀리 가둬 버릴 생각을 했기 때문에 이런 일이 벌어진 것이다. 그때 오지언은 말했다. '그 애를 가르쳐라, 그 애에게 모든 것을 가르쳐라, 테나!' 그때 그녀는 고쳐질 수 없는 상처는 초월해야 한다는 것을 깨달았다. 그때 그 아이가 주어졌지만 그녀는 책임을 다하지 못하고 아이의 믿음을 저버렸으며 아이를 잃어버렸음을, 그 커다란 선물을 잃어버렸음을 깨달았다.

테나는 건물들을 구석구석 뒤지며 집으로 갔다. 그리고 골방과 다른 침대 주위를 다시 한번 돌아보았다. 입속이 모래처럼 말라 그녀는 물을 따랐다.

문 뒤에 있는 오지언의 지팡이와 길 가는 데 짚는 막대기들, 그 세 개의 나무 지팡이들이 어둠 속에서 움직이더니 그중 하나가 말을 했다.

"여기예요."

아이는 어두운 구석에 웅크리고 앉아 있었다. 그 애는 자기 자신의 몸속으로 잔뜩 오그라들어 작은 강아지보다도 작아 보였다. 머리를 어깨 사이에 수그리고 팔다리는 꼭꼭 잡아당긴 채 하나뿐인 눈은 감고 있었다.

"아기 새, 아기 참새야, 어린 꽃아, 왜 그러니? 무슨 일이야? 누가 너한테 무슨 짓을 했어?"

테나는 돌멩이처럼 꼭 닫히고 뻣뻣한 작은 몸뚱이를 붙잡아 팔에 안고 달랬다.

"어쩜 나를 그렇게 놀랠 수 있어? 어떻게 나를 피할 수가 있어? 아, 정말 속상해라!"

그녀가 흐느껴 울자 눈물이 아이의 얼굴에 떨어졌다.

"아아, 테루, 테루, 테루야, 나를 피하지 마라!"

단단히 얽힌 팔다리 사이로 전율이 지나가고 나서 느릿느릿 몸이 풀렸다. 테루가 몸을 움직이는가 싶더니 갑자기 테나에게 매달리며 얼굴을 테나의 가슴과 어깨 사이의 움푹한 곳에 처박았고, 점점 더 매달리더니 필사적으로 움켜쥘 정도가 되었다. 아이는 울지 않았다. 아이는 한번도 운 적이 없었다. 아마도 그 애의 눈물은 다 타 버려 없어진 듯했다. 아이에겐 아무것도 없었다. 그러나 길고 슬픔에 잠긴 흐느낌의 소리를 냈다.

테나는 아이를 껴안고 달래고 또 달랬다. 아주, 아주 천천히 필사적으로 움켜쥐었던 손이 느슨해졌다. 머리는 테나의 가슴을 베개로 하여 묻은 채였다.

"말해 주련?"

테나가 나지막이 중얼거리자 아이는 그 애만의 희미하고 거친 속삭임으로 대답했다.

"그 사람이 여기에 왔어요."

테나가 처음에 생각한 사람은 게드였다. 두려움으로 다급해진 그녀의 마음은 자기에게 '그 사람'이 누구인지 알아차리고 쓰게 웃었다. 테나는 그 생각을 지웠지만 의혹은 여전히 남아 있었다.

"누가 왔다고?"

아이는 대답하지 않는 대신 흠칫 몸을 떨었다.

"남자구나. 가죽 모자를 쓴 남자."

테나는 찬찬히 말했다.

테루가 고개를 한 번 까딱했다.

"우리가 길에서 본 그 남자지, 여기로 오는 길에."

무응답.

"네 명의 남자들……, 내가 화낸 사람들 말이야, 기억나? 그 사람은 그중 한 명이었어."

그 순간 테나는 낯선 사람들 사이에서는 항상 자신을 붙들고 불에 덴 쪽을 숨기며 얼굴을 처박는 테루가 그때는 그러지 않았던 것을 기억해 냈다.

"그 사람을 아니, 테루?"

"네."

"그때부터……, 네가 강 옆 천막에 살던 때부터?"

한 번의 끄덕임.

테나는 아이를 두른 팔에 힘을 주었다.

"그 사람이 여기 왔어?"

말을 하는 중에 그녀가 느꼈던 모든 두려움이 분노로, 불 지팡이처럼 몸 전체에 타오르는 격노로 바뀌었다. 그녀는 웃음 비슷한 소리를 냈다.

"하!"

그리고 그 순간 칼레신을, 칼레신이 어떻게 웃었던가를 기억했다.

그러나 그것은 한 인간이자 여자에게는 간단한 게 아니었다. 불은 억눌러져야 한다. 그리고 아이는 위로받아야 한다.

"그 사람이 너를 봤어?"

"난 숨었어요."

이윽고 테나는 테루의 머리를 쓰다듬으며 말했다.

"그는 결코 너를 건드리지 못해, 테루. 내 말을 이해하고 나를 믿으렴. 그는 다시는 너한테 손 하나 까딱 못해. 내가 너랑 있는 한, 나를 없애지 않는 한 다시는 너를 못 볼 거야. 알겠니, 내 귀엽고 소중한 예쁜아? 너는 그를 겁낼 필요 없다. 그를 겁내면 안 돼. 그는 네가 자기를 무서워했으면 해. 그는 너의 두려움을 먹고 사는 거야. 우린 그를 굶길 테다, 테루야. 그가 자기 자신을 먹어 치울 때까지 굶길 거야. 자기 양손을 뼈까지 집어삼켜 숨통이 콱 막힐 때까지 말이야……. 아아, 내 얘길 그냥 들으렴. 난 그냥 화가, 화가 났을 뿐이다……. 내가 빨갛니? 지금 곤트 여자처럼 빨개? 용처럼, 빨갛니?"

테나는 우스갯소리를 하려고 애썼다. 그러자 테루가 머리를 들어 올리고, 찌부러지고 떨리며 불에 먹힌 얼굴로 그녀의 얼굴을 올려다보며 말했다.

"응. 빨간 용이에요."

✳

그 남자가 이곳에 왔고, 이 근처에 머물면서 자기가 한 짓을 보러 어슬렁어슬렁 돌아다닐 거라는 생각, 어쩌면 더 심한 짓을 할 궁리를 할지도 모른다는 생각이 들 때마다 테나는 메스꺼움과 토하고 싶은 기분을 느꼈다. 그러나 그 욕지기는 분노와 싸우느라 다 타 버리고 말았다.

마침내 그들은 일어나서 씻었고, 테나는 무엇보다도 지금 당장 해결해야 할 문제는 허기라고 생각했다.

"난 배고파 죽겠다."

테나는 빵과 치즈, 기름과 약초에 절인 차가운 콩, 얇게 저민 양파, 말린 소시지를 잔뜩 차렸다. 테루는 많이 먹었고 테나는 엄청나게 먹었다.

식사를 깨끗이 먹어 치운 후에 테나가 말했다.

"테루, 당분간 나는 늘 네 옆에 있을 거고, 너도 나한테 꼭 붙어 있어야 해. 좋지? 그리고 우리 둘이 지금 이끼 아줌마의 집으로 가야 한다. 이끼가 너를 찾으려고 주문을 만들고 있었거든. 그러니 그걸 계속하느라 고생할 필요가 없다고 알려줘야 해."

테루는 딱 얼어붙었다. 아이는 열린 문간을 흘끗 쳐다보더니 거기서 멀찌감치 떨어져 몸을 움츠렸다.

"또, 빨래도 들여와야 해. 돌아오는 길에 말이야. 그리고 갔다 오면 내가 오늘 얻어 온 옷감을 보여 줄게. 치맛감이란다. 너한테 새 치마를 만들어 줄 거야. 빨간 치마를."

아이는 여전히 그 자리에 선 채 움츠러들어 있었다.

"우리가 숨으면, 테루야, 그에게 먹을 것을 주는 거야. 우리가 먹어야지. 그는 굶기고. 나랑 같이 가자."

바깥으로 나가는 문간의 장벽, 그것을 넘는 것은 테루에게 무시무시한 일이었다. 아이는 문으로부터 뒷걸음질치더니 얼굴을 숨기고 온몸을 떨며 비틀거렸다. 문간을 가로지르게 하는 건 잔인했고, 숨어 있는 곳에서 끌어내는 건 인정사정없는 일이었다. 그러나 테나는 가차 없이 말했다.

"어서!"

그러자 아이는 왔다.

그들은 손에 손을 잡고 들판을 가로질러 이끼의 집으로 걸어갔다. 한 번인가 두 번 테루는 억지로 얼굴을 들어 올려다보았다.

이끼는 그들을 보고도 놀라지 않았다. 그러나 주위를 경계하는 기묘한 표정이었다. 그녀는 테루에게 목에 고리 무늬가 있는 암탉이 깐 병아리가 있으니 들어가서 보고 마음에 드는 것으로 두 마리 고르라고 했다. 그러자 테루는 당장에 피난처로 사라졌다.

"쭉 집 안에 있었대요. 숨어서 말예요."

테나가 말했다.

"글쎄, 그랬우?"

이끼가 말했다.

"글쎄라뇨?"

테나가 거칠게 물었다. 테루는 괜히 숨었던 게 아니다.

"뭔가가……, 주변에 뭔가가 있다우."

마녀의 목소리에는 불길한 기색은 아니더라도 뭔가 불편한 기색이 있었다.

"주위에 얼씬거린 건 악당 놈들이에요!"

테나의 말에 이끼는 그녀를 쳐다보며 약간 뒤로 물러났다.

"아니, 지금요. 아씨, 아씨 주위에 불이 있어요. 머리 주위로 온통 번쩍이는 불이 있단 말이우. 나는 그 애를 찾기 위해 주문을 외웠는데, 제대로 안 됐어요. 어쨌거나 주문은 자기 길로 갔는데, 아직 그게 끝난 건지 아닌지 모르겠네. 난 당황스러워요. 엄청난 존재를 봤거든. 어린 여자애를 찾았건만 대신에 산들을 날아다니고 구름 속을 나는 그들을 봤어요. 그리고 지금 당신 주위에 그게 있네요. 마치 당신 머리카락이 불타오르는 것처럼. 뭐가 문제지요? 무슨 일이에요?"

"가죽 모자를 쓴 남자요."

테나가 말했다.

"젊은 남자요. 인물도 꽤 훤하죠. 조끼의 어깨솔기는 뜯어져 있고요. 주변에서 그런 사람을 본 적이 있나요?"

이끼는 고개를 끄덕였다.

"대저택에서 건초를 말릴 일꾼이 필요해서 사람들이 데려왔어요."

"당신한테 말한 적 있죠, 그 애가……."

테나가 마녀의 집을 흘끗 쳐다보았다.

"그 애가 원래 여자 하나랑 남자 둘하고 있었다고 했죠? 그치는 그 무리 중 하나예요."

"아씨 말은 그치들 중 한 명이……."

"그래요."

이끼는 나무로 만든 조각상인 양 뻣뻣하게 서 있었다. 마침내 그녀가 말했다.

"모르겠네. 난 내가 꽤 안다고 생각했는데. 그런데 아니네요. 어째서, 왜……, 왜 그 남자가 테루를 보러 오겠우?"

"만약 그가 아버지라면, 아이에 대한 권리를 주장하려고 왔겠죠."

"권리를 주장한다고요?"

"그 애가 자기 소유라고요."

테나는 한결같은 목소리로 말했다. 그러면서 그녀는 곤트 산의 꼭대기를 바라다보았다.

"하지만 아버지 같진 않아요. 아버지는 다른 한 명일 거예요. 가운뎃계곡 마을의 내 친구한테 와서는 아이가 '다쳤다'고 말한 사람요."

이끼는 여전히 갈팡질팡했고, 자신의 주술과 환영들과 테나의 분노와 혐오스러운 악이 임했다는 것에 겁을 먹고 있었다. 그녀는 처량하게 머리를 저었다.

"모르겠우. 내가 꽤 아는 줄 알았더니만. 어떻게 그자가 다시

왔지요?"

"잡아먹으려고 왔겠죠."

테나가 말했다.

"잡아먹으러 온 거예요. 다시는 그 애를 혼자 두지 않겠어요. 하지만 이끼 아줌마, 내일은요, 내일은 여기서 아침 일찍 한 시간쯤 아이를 지켜 달라고 부탁해야겠어요. 내가 영주의 저택에 다녀올 동안요. 그래 주겠어요?"

"물론이죠, 아씨. 당연하지. 당신이 원하다면 아이한테 숨기 주문을 걸 수도 있어요. 하지만……, 그 사람들이 거기 있지 않나요. 왕의 도시에서 온 높으신 양반들이……."

"뭐, 그러면, 그들은 평범한 사람들의 삶이 어떤지 구경할 수 있겠죠."

테나가 그렇게 말하자 이끼는 다시금 뒤로 물러섰다. 마치 바람을 맞은 불길에서 쏟아져 불어닥치는 불티들로부터 물러나듯이.

낱말 찾기

영주의 길쭉한 목초지에서 일꾼들이 풀을 말리느라 청명한 아침 그늘 속에 비탈을 가로질러 줄지어 풀 단을 쌓고 있었다. 풀 베는 사람들 중 세 명은 여자였고, 남자 둘 중 하나는 멀리서 봐도 소년임을 알아볼 수 있었으며 마지막 한 명은 구부정하고 머리가 반백인 노인이었다. 테나는 베어 들인 건초 줄을 따라 올라가서 여자 일꾼 하나에게 가죽 모자를 쓴 남자에 대해 물었다.

"아아, 계곡 하구를 끼고 올라온 남자요? 어디로 갔는지는 모르겠네요."

풀 베던 여자가 말했다. 또 다른 사람이 잠깐의 휴식을 반기며 건초 줄을 따라왔다. 그들 중에 가운뎃계곡에서 온 남자가 어디에 있는지, 왜 자신들과 함께 풀을 베지 않는지 아는 사람은 없었다. 머리가 희끗한 남자가 말했다.

"그런 치들은 진득이 눌러 있질 않아요. 노상 바뀌지. 댁이 아는 사람이오?"

"좋아서 알게 된 건 아니에요. 그치가 우리 집 근처에 숨어 있다가 아이를 깜짝 놀라게 했어요. 난 그 사람 이름도 몰라요."

"자길 '재주꾼'이라고 불러 달라던데요."

소년이 나서서 말했다. 다른 사람들은 테나를 쳐다보거나 아니면 시선을 돌린 채 아무 말도 하지 않았다. 그녀가 늙은 현자의 집에 있는 카르그 여자가 틀림없다는 것을 짐작하게 된 것이다. 이 사람들은 르 알비 영주의 소작인들로서 마을 사람들을 신용하지 않고 오지언과 상관 있는 일이라면 무엇이든 수상쩍게 여겼다. 그들은 큰 낫을 갈아 가지고 돌아서더니 다시 줄줄이 풀을 베는 일에 매달렸다. 테나는 산언덕 들판에 줄지어 선 호두나무들을 지나 길로 걸어 내려왔다.

그 위에 한 남자가 서서 기다리고 있었다. 가슴이 확 뛰어올랐다. 테나는 성큼성큼 걸어가 그와 마주했다.

대저택의 마법사인 사시나무였다. 그는 길 옆 나무 그늘 속에서 커다란 소나무 지팡이에 젠체하고 기대 서 있었다. 테나가 가까이 다가가자 그가 말을 걸었다.

"일거리를 찾나?"

"아뇨."

"영주님은 농장에 일손이 필요해. 뜨거운 날씨가 바뀌는 중이라 건초를 안으로 들여놔야 하거든."

부싯돌의 과부인 고하에게 건네는 얘기로 치면 경우에 맞지 않을 게 없었기에, 고하는 예의 바르게 대답했다.

"틀림없이 당신의 솜씨는 건초를 들여놓을 때까지 들판으로부터 오는 비구름의 방향을 바꿀 수 있을 테지요."

그러나 사시나무는 그녀가 오지언이 죽어 갈 때 자신의 참 이름을 말해 주고 지식을 전한 여자임을 알고 있었다. 그의 말은 분명한 경고인 동시에 듣기에 모욕적인, 교묘한 거짓이었다. 테나는 원래 그 남자 '재주꾼'이 어디에 있는지, 혹시 그가 알고 있는지 물어보려던 참이었다. 그러나 대신 이렇게 말했다.

"나는 여기의 감독관에게 건초를 만들려고 데려온 그 남자는 도둑놈일뿐더러 우리 마을을 떠날 때 더 나쁜 짓도 했으니 농장 주위에 얼씬거리게 해서는 안 된다고 말하려고 온 거예요. 하지만 벌써 고용해 버린 것 같네요."

테나는 태연하게 사시나무를 바라보았다. 마침내 그가 못내켜 애를 쓰며 대답했다.

"나는 일꾼들에 대해선 아무것도 모르오."

그녀는 오지언이 죽은 날 아침에 이 사람을 젊고 훤칠하며 잿빛 망토에 지팡이를 지닌 잘생긴 젊은이라고 생각했더랬다.

그러나 지금은 생각만큼 젊어 보이지 않았다. 아니면 아직 젊지만 웬일인지 마르고 축 처진 듯했다. 사시나무의 시선과 목소리는 이제 노골적으로 상대를 얕잡아 보았다. 테나는 고하의 목소리로 답했다.

"확실히 그렇군요. 실례하겠어요."

테나는 그와 문제를 일으키고 싶지 않았다. 그녀가 마을로 돌아서려는데 사시나무가 말했다.

"거기 서!"

그녀는 섰다.

"도둑놈일뿐더러 더 나쁜 짓을 했다고 말했지. 하지만 욕은 저속한 것이고 여자의 혓바닥이란 어떤 도둑보다도 더 고약해. 너는 여기 와서 농장의 일꾼들을 이간질하고 비방하고 헐뜯으려는 거지? 모든 마녀는 지나간 자리에 못된 씨앗들을 뿌리니까. 네가 마녀란 걸 내 모를 줄 알았나? 너한테 들러붙어 있는 그 더러운 마귀 새끼를 보았을 때, 그것이 어떻게 태어났고 무슨 목적으로 태어났는지 모를 거라 생각했어? 그자가 그 괴물을 끝장내려고 한 건 잘한 행동이야, 하지만 일을 깨끗하게 마무리했어야지. 너는 그 늙은 마법사의 시신 너머로 나에게 대들었지. 그때는 너를 벌하려던 것을 참았어. 오지언을 위해서, 그리고 다른 사람도 있으니까. 하지만 이제 너는 도를 넘었어, 그래서 경고하는데, 여자! 난 네가 이 영지에 발을 못 들여놓게 할 테다. 그리고 네가 내 뜻을 거스른다거나 또다시 함부로 나에게 그렇게 말하기라도 하면, 네 발꿈치에 개를 붙여서 르 알비에서 쫓아낼 거다. 바로 큰벼랑 밖으로 날려 버릴 거야. 내 말 알아들었나?"

"아니, 난 결코 당신 같은 작자들의 말은 이해 못해."

테나는 말했다. 그녀는 돌아서서 길을 내려가려고 발걸음을 떼었다.

무엇인가 쓸어 올리는 듯한 감각이 테나의 등뼈를 거꾸로 훑었고, 머리카락이 머리 위로 떠올랐다. 테나는 홱 돌아서서 마법사가 자신을 향해 지팡이를 뻗고 검은 번개가 그 주위로 몰려들며 그의 입술이 무어라 말하려고 벌어진 것을 보았다. 그 순간 생각했다.

'게드가 마법을 잃었기 때문에 모두 다 잃었을 거라 생각했어. 하지만 틀렸어!'

그때 예의 바른 어느 목소리가 말했다.

"흠, 흠. 여기서 뭣들 하시나?"

해브너에서 온 남자들 중 두 사람이 다른 쪽에 있는 벚나무 밭에서 길 위로 모습을 드러냈다. 그들은 마치 어느 마법사가 중년의 과부에게 저주를 거는 것을 막게 되어 유감이라는 듯 부드럽고 고상한 표정으로 사시나무를 보았다가 테나를 보았다. 그러나 그 표정은 액면 그대로는 아니었다.

"안녕하십니까, 고하 님."

금실로 수놓은 윗옷을 입은 남자가 말하더니 그녀에게 머리 숙여 인사했다.

눈동자가 밝은 또 다른 이도 미소를 띠며 마찬가지로 정중하게 인사했다.

"안녕하십니까, 고하 님. 고하 님은 왕과 마찬가지로 두려움 없이 공공연하게 참 이름을 지니신 분이신 줄 압니다. 그러나 곤트에 살고 계시니 곤트 이름을 쓰는 걸 더 좋아하시겠지요. 다만 저희가 고하 님의 공적을 아오니 경의를 표하도록 해 주십시오. 엘파란 이후로 어떤 여자도 끼어 본 일 없는 고리를 끼셨던 분이시니까요."

그는 세상에서 가장 자연스러운 일인 양 아무렇지 않게 한쪽 무릎을 꿇고 테나의 오른손을 아주 가볍게 잡아 그 손목에 이마를 대었다. 그런 다음 손을 놓고 일어서서는 그 편들어 주는 듯 다정한 미소를 지었다.

"아아!"

기분이 들뜬 테나는 바로 기운을 얻어 말했다.

"세상엔 온갖 종류의 힘들이 있군요! 고마워요."

마법사는 빤히 바라보면서 꼼짝하지 않고 서 있었다. 그는 저주하려던 입을 다물었고 지팡이를 물렸지만, 그의 지팡이 둘레와 눈동자 주위엔 아직까지 선명한 어둠이 있었다.

그녀는 자신이 '고리의 테나'라는 것을 사시나무가 이미 알고 있었는지 지금 막 안 것인지 몰랐다. 그건 중요하지 않았다. 사시나무의 증오심은 더 이상 커질 수 없을 정도였다. 여자라는 것이 테나의 죄이다. 사시나무의 눈에 그것은 수정할 수 없는 최악의 잘못이었다. 거기에는 어떤 벌도 충분치 않았다. 그는 테루에게 저질러진 짓을 알면서도 그것을 인정했다.

테나는 이제 좀 더 나이 든 남자에게 말했다.

"제가 진솔하고 정확하게 말씀드리지 않으면 여러분이 말씀하시는 왕에게나 지금 보여 주신 행동에 값하지 못할 것 같군요. 저는 그분 전하와 그 사자 분들께 사의를 표하겠습니다. 그러나 저 자신의 명예는 벗이 허락해 줄 때까지 침묵 속에 놓여 있습니다. 나는……, 나는 확신합니다, 귀한 분들, 때가 되면 그가 여러분께 어떤 대답이든 전해 드릴 거라고요. 단지 그 사람에게 시간을 주세요, 부탁합니다."

"물론입니다."

나이 든 남자가 그렇게 말했고 또 다른 이가 말했다.

"그분이 원하시는 만큼의 시간을 드리지요. 그리고 귀하신 숙녀님, 당신의 신뢰는 그 무엇보다 우리를 명예롭게 합니다."

테나는 이윽고 르 알비로 향하는 아래쪽 길로 갔다. 그녀는 사건의 충격과 반전으로 인하여 마음이 몹시 뒤흔들렸다. 마법사의 모진 증오와 자신의 성난 멸시, 자신을 해치려고 한 그의 의도와 힘을 갑작스럽게 깨닫고 두려움에 빠진 일, 그 두려움이 왕의 사절들이 제공한 피난처를 얻어 갑작스럽게 끝난 일……. 그들은 안식처 그 자체인 검과 왕좌의 탑, 정의와 질서의 중심으로부터 흰 돛을 올리고 항해해 온 이들이었다. 테나의 마음은 고마운 생각에 가득 차 힘이 솟았다. 왕좌엔 정말로 왕이 있었고, 평화의 룬 문자야말로 그의 왕관에 박힌 최고의 보석일 터였다.

테나는 둘 중 젊은 쪽 사내의 영리하고 다정한 인상이 마음에 들었고, 그가 왕비에게 하듯 무릎 꿇던 모습이며 윙크하는 듯한 미소가 기꺼웠다. 그녀는 몸을 돌려 뒤를 돌아보았다. 두 명의 사절들은 마법사 사시나무와 함께 대저택을 향해 걸어 올라가는 중이었다. 그들은 아무 일도 없었던 양 그와 더불어 유쾌하게 얘기를 나누고 있는 듯했다.

희망 어린 믿음의 들뜬 기분이 조금 가라앉았다. 그들은 분명 궁정의 조신들이었다. 다투거나 판단하거나 불만을 표하는 건 그들의 일이 아니었다. 그리고 사시나무는 마법사였으며, 그의 주인도 마법사였다. 그래도 역시 테나는 그들이 그렇게 편안하게 사시나무와 같이 걷고 얘기할 필요는 없다고 생각했다.

✳

해브너에서 온 남자들은 르 알비 영주의 거처에서 며칠을 머물렀다. 아마도 대현자가 마음을 바꾸고 그들에게 오길 바랐겠지만, 그를 찾지는 않았고 그가 있는 곳을 알려고 테나를 압박하지도 않았다. 마침내 그들이 떠나자 테나는 이제부터 어떻게 할지 마음을 정해야 한다고 스스로에게 말했다. 그녀에겐 여기 머물러야 할 아무런 실질적인 이유가 없었고, 떠나야 할 강력한 이유는 두 가지나 있었다. 사시나무와 재주꾼 둘 중 어느 쪽이든 그녀와 테루를 내버려 둘 거라 믿을 수가 없었다.

그러나 테나는 마음을 정하기가 어렵다는 것을 깨달았다. 간다고 생각하는 게 어려웠기 때문이다. 이제 르 알비를 떠나는 것은 오지언을 떠나는 것이고, 지금껏 그의 집을 지키며 양파들의 잡초를 뽑아 주고 있는 동안에는 그를 잃지 않고 간직할 수 있었던 만큼 이제 정말 그를 잃어버리는 것이었다.

'저 아래서는, 결코 하늘 꿈을 꾸지 않을 거야.'

칼레신이 왔던 이곳에서 그녀는 테나였다. 가운뎃계곡에서는 또다시 오로지 고하일 뿐이다. 그녀는 떠나는 걸 미루고 있었다. 스스로에겐 이렇게 말했다.

'내가 그 악당들을 겁내야 하나? 그들에게서 달아나야 해? 그게 그들이 바라는 일이지. 그자들 좋을 대로 내가 오고 가야겠어?'

또 이렇게도 말했다.

'일단 치즈 만드는 일만 끝내고 가자.'

그녀는 항상 테루를 곁에 두었다. 그렇게 여러 날이 흘렀다.

이끼가 얘깃거리를 가지고 왔다. 테나가 마법사 사시나무에 대해 물어보았던 것이다. 얘기를 다 털어놓지는 않고 그저 그자가 자기를 을러 댔다는 말만 했다. 그리고 사실 사시나무가 하려던 짓은 바로 그것이었을 것이다. 이끼는 평소 늙은 영주의 영지로부터 확실히 떨어져 지냈지만, 거기서 일이 어떻게 돌아가는지는 궁금해했고 당장에 그곳에서 일하는 몇몇 아는 얼굴들과 얘기할 기회를 마련했다. 이끼가 산파술을 배운 여자 하나랑, 상처를 치유하거나 뭔가를 찾는 일로 도움을 주었던 이들이었다. 이끼는 그들에게 대저택에 관한 얘기를 시켰다. 그들은 하나같이 사시나무를 끔찍이 싫어했기 때문에 그에 대해 언제라도 술술 이야기를 풀어놓을 태세였지만, 그들 이야기에서 반쯤은 앙심이나 겁 때문이라고 줄여 들어야 했다. 그렇더라도, 지어낸 이야기들 속에는 사실도 묻혀 있는 법이다. 이끼 자신의 말로 3년 전 사시나무가 올 때까지는 노영주의 손자인 젊은 도련님이 멀쩡했다고 했다. 비록 내성적이고 무뚝뚝한 남자로, 이끼의 표현대로 하면 '겁을 집어먹은' 듯한 사람이긴 해도 상태가 그리 나쁘지 않았다는 것이다. 그런데 그의 어머니가 죽었던 그 무렵에 늙은 영주는 로크에 사람을 보내어 마법사를 찾았다.

"뭣 때문이었겠우? 사오 리도 떨어지지 않은 곳에 오지언 님이 계셨는데? 그리고 대저택에 있는 사람들도 죄다 마술을 부리는 자들이었는데 말이우."

그리고 사시나무가 왔다. 그는 오지언에게 인사만 드리고는 더 이상 보는 일 없이 언제나 대저택에 머물렀다고 이끼가 말했다. 그 후로 영주의 손자는 점점 더 눈에 띄는 일이 뜸해졌고, 이제는 밤이고 낮이고 침대에 누워 있다고 했다.

"병든 아기처럼 바짝 쪼그라들었어."

몇 가지 볼일로 그 집에 있었던 여자 중에 한 명이 말했다. 그러나 "백 살은 먹었지. 넘었는지 조금 모자란지 몰라도 그쯤 될 거야."라고 하는 그 늙은 영주는 (이끼는 숫자를 겁내지도 않고 존중할 줄도 몰랐다.) 원기 왕성해지고 있다고 했다. "아주 쌩쌩해." 사람들의 말이었다. 대저택 내에서 시종은 모두 남자들뿐이었는데 그 하나가 어느 여자에게 말하기로, 늙은 영주는 영원히 살려고 마법사를 고용한 것이고, 그래서 마법사가 그 일을 하고 있으며, 남자 말에 따르면 손자의 생명을 줄여 그에게 먹이고 있다는 것이었다. 말을 전한 사람은 거기에서 어떤 악도 알아보지 못하고 이렇게 말했다. "영원히 살기를 바라지 않을 사람이 있나?"

"맙소사!"

테나가 깜짝 놀라며 이렇게 말했다.

"흉측한 얘기군요. 마을에서 사람들이 뭐라 안 하나요?"

이끼는 어깨를 으쓱했다. 그건 또다시 "내버려 둬." 하는 문제였다. 힘없는 사람들은 권력자들이 하는 일을 판단하지 않는 법이다. 그리고 그곳엔 둔하고 맹목적인 충성심이 뿌리박혀 있었다. 늙은 영주는 '그들의' 영주이자 르 알비의 영주였으며, 그가 하는 일은 그 누구도 상관할 수 없다……. 이끼는 분명하게 이것을 느꼈다. "위험한 건 꼭 끝이 나빠지지, 그런 속임수는 말이우." 하지만 그것이 사악하다고는 말하지 않았다.

그 남자, 재주꾼이 저택에 모습을 보였다는 낌새는 전혀 없었다. 그가 큰벼랑을 떠났다는 게 확실하기를 간절히 바라면서, 테나는 마을에서 면식 있는 한두 사람에게 그런 남자를 본 적이 있는지 물었지만 마뜩찮고 의심쩍은 대답밖에 얻지 못했다. 그들은 그녀의 일에 끼어들고 싶어하지 않았다. "내버려 둬……." 오직 늙은 부채만이 그녀를 친구이자 동리 사람으로 대해 주었다. 그것은 아마도 눈이 너무 흐릿해져 테루를 똑똑히 볼 수 없기 때문이었을 것이다.

테나는 이제 마을에 갈 때나 집에서 어느 정도 떨어질 것 같으면 꼭 아이와 동행했다.

테루는 이렇게 꼭 붙어 다니는 일에 넌더리를 내지 않았다. 그 애는 훨씬 더 어린 애가 그러듯 테나 옆에 바짝 붙어 같이 일을 하거나 놀면서 지냈다. 그 애의 놀이는 실뜨기가 아니면 바구니 짜기, 테나가 오지언의 선반 하나에서 찾아낸 작은 풀주머니 속에 든 두어 개의 뼈 형상들을 갖고 노는 것이었다. 거기엔 개나 양 같은 동물 조각이며 여자나 남자일 듯한 조각들이 들어 있었다. 테나가 보기에 그것들에는 어떤 힘이나 위험의 기미가 없었고, 이끼는 "그냥 장난감이라우." 하고 말했다. 그러나 테루에게 그것들은 대단한 마법이었다. 그 애는 한 번에 몇 시간이고 말 한마디 없이 몇 가지 이야기를 지어내 그것들을 움직였다. 아이는 놀 때 말을 하는 법이 없었다. 가끔은 사람과 동물을 위해서 돌을 쌓거나 진흙과 밀짚으로 오두막 같은 집을 짓기도 했다. 뼈 조각들은 항상 풀주머니 속에 담겨 아이의 주머니에 들어 있었다. 테루는 실 잣는 법을 배우는 중이었다. 불에 덴 손으로 실패를 잡고 다른 손으로 물렛가락을 돌릴 수 있었다. 거기서 지낸 후부터 때맞춰 염소들을 빗질해 주었는데, 이제 실로 자을 부드러운 염소 털이 한 포대는 좋이 모였다.

"하지만 나는 그 애를 가르치고 있어야 하는데."

테나가 고민에 빠져 생각했다.

"아이에게 '모든 것'을 가르치라고 오지언이 말씀하셨어. 그런데 내가 애한테 가르치고 있는 게 뭐지? 요리와 실 잣는 것?"

그러자 그녀의 마음속에 또 다른 부분이 고하의 목소리로 말했다.

'그것들이야말로 꼭 필요하고 존경받을 만한 진짜 기술들 아냐? 지혜란 모두 말뿐이잖아?'

그래도 여전히 그 문제는 고민스러웠고, 어느 날 오후 복숭아나무 그늘 아래에서 테루는 염소 털을 잡아당겨 손질해 부드럽게 풀어 주고 그녀는 빗질을 하고 있을 때, 테나가 말했다.

"테루야, 네가 사물들의 참 이름을 배울 때인 것 같구나. 모든 게 참 이름을 품고 있고, 행위와 말이 한 가지인 언어가 있어. 그 언어로 말하여 세고이는 저 까마득히 깊은 곳에서 섬들을 일으켜 세웠지. 그건 용들이 쓰는 말이란다."

아이는 말없이 귀를 기울였다.

테나는 빗을 내려놓고 땅바닥에서 작은 돌멩이 하나를 집어 올렸다.

"그 언어로 이것은 '톨크'야."

테루는 그녀가 하는 것을 지켜보다가 소리 없이 입 모양으로만 그 말, '톨크'를 따라했다. 그래서 입술이 오른쪽 상처 자국 옆으로 살짝 잡아당겨졌다.

그러나 테나의 손바닥에 놓인 돌은, 그냥 돌일 뿐이었다.

두 사람 다 조용히 있었다.

"아직은 아닌가 보네. 내가 지금 너한테 가르쳐야 하는 건 이게 아냐."

그녀는 돌을 땅바닥에 떨어뜨리고, 테루가 빗질하게 준비해 둔 한 줌의 흐릿한 잿빛 털과 빗을 집어들었다.

"아마 네가 참 이름을 가질 때, 그때일 거다. 지금은 아냐. 자, 들어 보렴. 지금은 이야기를 들려줄게. 지금은 네가 이야기들을 배울 때지. 군도의 이야기며 카르그 땅의 이야기들을 해 줄 거야. 내가 친구인 침묵의 에이할에게서 배운 이야기를 해 줬지? 이번엔 종달새 아줌마가 그 집 아이들과 우리 집 아이들을 위해 얘기해 줄 때 배운 얘기를 들려주마. 안다우르와 아바드에 관한 이야기야. 까마득히 오래전, 셀리더만큼 먼 곳에 나무꾼 안다우르가 혼자 산에 가서 나무를 했지. 하루는 깊은 숲 속에서 커다란 참나무를 베어 쓰러뜨렸는데 이 나무가 넘어가면서 사람 목소리로 외쳤단다……."

그날 오후는 두 사람 모두에게 즐거웠다.

그러나 잠자는 아이 옆에 누운 그날 밤, 테나는 잠을 이루지 못했다. 불안과 사소한 걱정거리들이 잇따라 신경을 건드렸다. 내가 목장 문에 빗장을 질렀나? 빗질 때문에 손이 아픈 건가, 아니면 관절염이 생겼나……. 그러고 나자 안절부절못하게 되고, 집 밖에서 소음이 들리는 것 같았다. 왜 개를 키우지 않았을까? 바보같이, 개를 안 데리고 있다니. 요즘 같은 때 여자 혼자 어린애 하나만 데리고 살려면 개를 길러야 하는데. 하지만 이건 오지언의 집이야! 어떤 자라도 여기에 나쁜 짓을 하려고 올 리 없어. 아니, 오지언은 죽었어, 돌아가셨다고. 저 숲 끝 나무 밑에 묻혀 있지. 그리고 아무도 오지 않을 거야. 새매도 가 버렸어, 도망쳤지. 새매조차도 가 버렸어. 그 유령처럼 아무 쓸모도 없는 남자도. 그는 죽은 사람을 억지로 살려 놓은 꼴이지. 그리고 나에게는 아무 힘이 없고 아무것도 할 수 없어. 내가 창조의 언어를 말하면 내 입속에서 죽어 버리고 말지, 아무 의미도 없이……. 돌멩이 같아. 나는 여자야, 약하고 어리석은 늙은 여자라고. 내가 하는 일은 모두 글렀어. 내가 만지는 것마다 재로, 껍질로, 돌로 변해 버려. 난 어둠의 창조물이고 어둠에 먹혔어. 오직 불만이 나를 깨끗이 씻어 낼 수 있어. 오직 불만이 나를 먹을 수, 먹어치워 버릴 수 있어, 이렇게…….

테나는 일어나 모국어로 소리 내어 외쳤다.

"저주가 뒤집힌다, 돌아가라!"

그러면서 오른팔을 들어 곧장 닫힌 문 쪽을 가리켰다. 그러고 나서 침대에서 벌떡 일어나 문으로 가 활짝 열어젖히고 구름 낀 밤을 향해 말했다.

"네놈은 너무 늦게 왔어, 사시나무! 나는 오래전에 먹혀 버렸다고. 가서 네 집이나 치워라!"

아무 대답도, 아무 소리도 없었지만, 옷이 아니면 머리카락이 타는 듯한 시큼하고 불쾌한 냄새가 희미하게 났다.

테나는 문을 닫고 오지언의 지팡이를 기대 세워 놓은 다음 테루가 잘 자고 있나 살펴보았다. 그녀는 그날 밤 잠을 자지 않았다.

아침에 테나는 테루를 데리고 마을로 가서 부채에게 그들이 잣고 있는 직조용 실이 쓸 만한지 물었다. 그러나 그건 집에서 멀리 떨어져 잠시나마 사람들 사이에 있기 위한 구실이었다. 늙은이는 기꺼이 그 실로 천을 짜 보자고 했고, 두 사람은 그림이 그려진 커다란 부채 아래서 이야기를 나누었다. 그러는 동안 부채의 도제는 얼굴을 찡그리고 베틀 앞에서 무섭게 딸깍거리는 소리를 냈다. 테나와 테루가 부채의 집을 뜰 때, 누군가가 그녀가 살았던 작은 오두막 귀퉁이로 슬쩍 숨어 들었다. 벌이나 등에 같은 뭔가가 테나의 목과 머리를 찔렀고, 번개가 불러 온 소나기처럼 사방에 후드득 빗방울 듣는 소리가 났지만 구름은 없었다. 돌멩이들이었다. 작은 돌멩이들이 땅바닥을 쳤다. 테루는 멈춰 서서 놀라고 당황해 주위를 두리번거렸다. 두세 명의 사내놈들이 오두막 뒤에서 달아났다. 반쯤은 숨고 반쯤은 모습을 드러낸 채 서로를 불러 대며 킬킬거렸다.

"가자."

테나가 꿋꿋하게 말했다. 그들은 오지언의 집을 향해 걸었다.

테나는 떨고 있었고, 걸어가면서 떨림은 더욱 심해졌다. 테루한테는 눈치 채이지 않으려고 애썼다. 아이는 근심스러워 보이기는 했지만 무슨 일이 일어났던 건지 이해하지 못해서 겁먹지는 않았다.

집에 들어서자마자 테나는 그들이 마을에 있는 동안 누군가가 집 안에 들어왔던 것을 알았다. 살과 털이 탄 냄새가 났다. 침대보가 어질러져 있었다.

어떻게 해야 하나 생각하려고 애쓰며, 테나는 자신이 주문에 걸렸다는 것을 알았다. 주문이 그녀를 기다리며 놓여 있었던 것이다. 떨림은 도무지 멎지 않았고 마음은 혼란스럽고 둔하여 결정을 내릴 수가 없었다. 생각할 수가 없었다. 그녀는 그 단어, 돌의 참 이름을 말했는데 그것이 그녀에게, 그녀의 얼굴에 던져졌다. 악의 얼굴, 무시무시한 얼굴로. 그녀는 감히 말할 수 있었던 것인데……, 이제는 말할 수가 없었다.

테나는 모국어로 생각했다.

'하드 어로 생각할 수 없어. 그러면 안 돼.'

카르그 어로는 생각을 할 수 있었다. 빠르지는 못했다. 그건 마치 어둠에서 탈출하고 어떻게 할지 생각하기 위해 오래전의 그녀였던 소녀 아르하에게 물어보는 것 같았다. 지난밤 아르하는 마법사의 저주를 되받아침으로써 그녀를 도왔다. 아르하는 테나와 고하가 아는 것을 거의 알지 못했지만 저주를 내리고 어둠 속에서 살고 침묵하는 법은 알고 있었다.

침묵하기. 그것은 어려웠다. 테나는 소리쳐 울고 싶었다. 이야기하고 싶었다. 이끼에게 가서 무슨 일이 일어났으며 왜 가야만 하는지 얘기하고, 최소한 작별 인사라도 하고 싶었다. 테나는 애를 써 가며 히스에게 말했다.

"염소들은 이제 네 거야, 히스."

이 말은 간신히 하드 어로 말했으므로 히스는 이해할 수 있을 터였지만 이해 못했다. 히스는 멀거니 바라보다가 웃음을 터뜨렸다.

"아, 저것들은 오지언 님의 염소들이에요!"

"그러면……, 너는……"

테나는 '그분을 위해 녀석들을 지켜 주렴.'이라고 말하려고 했지만, 지독한 욕지기가 속으로 몰려들면서 자기 목소리가 새된 소리로 이렇게 말하는 걸 들었다.

"천치, 얼빠진 년, 저능한, 계집년 같으니!"

히스는 멍하니 쳐다보며 웃음을 그쳤다. 테나는 손으로 자기 입을 덮었다. 그녀는 히스를 젖 짜는 헛간으로 데려가 숙성 중인 치즈들을 보도록 돌려세우고는 그것들과 히스를 이리저리 가리켰다. 마침내 히스는 흐리멍덩하게 고개를 끄덕였고 테나가 너무나 이상하게 행동했으므로 다시 헤헤거렸다.

테나는 테루를 향해 고개를 끄덕여 같이 가자고 말하고 집으로 갔다. 그곳의 불결한 냄새는 더욱 심해졌고 테루를 움츠러들게 했다.

테나는 짐과 여행 신발들을 꺼내 왔다. 그녀의 짐 속에는 여벌 치마와 속옷, 테루의 낡은 치마 두 벌과 반쯤 만들어진 새 치마와 남은 옷감을 넣었다. 그녀와 테루를 위해서 깎아 만든 물레 바퀴도 넣었다. 그리고 가는 길에 먹고 마실 약간의 음식과 옹기 물병을 넣었다. 테루의 짐 속에는 테루가 제일 좋아하는 바구니들, 풀주머니에 담긴 뼈 인간과 동물, 깃털들 몇 개, 이끼가 준 작은 마법 쥐, 땅콩과 건포도 주머니를 넣었다.

테나는 '복숭아나무에 물을 주렴.' 하고 말하고 싶었지만 입을 열 엄두가 나지 않았다. 그녀는 아이를 데리고 나가서 보여주었다. 테루는 조심스럽게 작은 싹에 물을 주었다.

그들은 말없이 신속하게 집을 청소하고 정돈했다.

물주전자를 선반 위에 올려놓던 테나는 선반 한쪽 끝에 놓인 세 권의 커다란 책, 오지언의 책을 보았다.

아르하가 보았을 때 그것들은 종이로 꽉 찬 가죽 상자들일 뿐 아무것도 아니었다.

그러나 테나는 그것들을 빤히 바라보면서 손가락 마디를 깨물며, 어떡해야 하나, 저걸 어떻게 옮기나 마음을 정하려고 애쓰며 인상을 썼다. 그녀는 그것들을 옮길 수 없었다. 그러나 그래야 했다. 저 책들이 여기 더럽혀진 집, 증오가 들어선 집에 있을 수는 없었다. 책들은 그의 것이었다. 오지언의 것. 게드의 것. 그녀의 것. 그 지식이었다. '그 애한테 모든 걸 가르쳐라!' 그녀는 마대 안에다 담아 가려고 했던 모직물과 털실을 꺼내고 차곡차곡 책들을 넣은 다음에 자루의 목 부분에 가죽끈으로 고리를 둘러 튼튼하게 묶었다. 그러고 나서 말했다.

"지금 가야 해, 테루."

그녀는 카르그 어로 말했지만 아이의 이름은 같았다. 아이의 이름은 카르그 어였고 불꽃, 타는 불꽃이었다. 그러자 아이는 아무 질문 없이 와서 자기의 작은 보물을 꾸린 가방을 등에 졌다.

그들은 걸을 때 쓰는 지팡이인 개암나무 가지와 오리나무 큰 가지를 집어 들었다. 오지언의 지팡이는 문 옆의 어두운 귀퉁이에 남겨 놓았다. 그들은 바다로부터 불어오는 바람 앞에 오두막 문을 활짝 열어 놓은 채로 떠났다.

*

동물적인 감각이 테나로 하여금 전에 지나왔던 들판과 언덕길을 피하게 인도했다. 그녀는 테루의 손을 잡고 가파른 절벽의 목초지 밑으로 지름길을 골라서, 곤트 항으로 갈지자로 뻗어 있는 짐마차 길로 향했다. 그녀는 사시나무를 만난다면 정신을 놓아 버리고 말 터임을 알고 있었고, 그가 가는 길목에서 기다리고 있을지도 모른다고 생각했다. 다행히 이 길은 아닌 듯했다.

내리막길을 한 마장쯤 간 후에야 그녀는 생각을 할 수 있었다. 그녀가 처음 생각한 것은 옳은 길을 택했다는 것이다. 하드어가 되돌아왔고, 조금 후에는 진정한 언어가 돌아왔기 때문이다. 그래서 몸을 굽혀 돌멩이 하나를 주워들고 손에 쥔 채 마음속으로 "톨크"라고 말했다. 그리고 돌멩이를 주머니 속에 넣었다. 그녀는 드넓은 대기층과 구름을 바라보고선 마음속으로 한

번 "칼레신"이라고 말했다. 그러자 깨끗한 공기처럼 정신이 맑게 개었다.

키 큰 풀로 뒤덮인 둑과 울퉁불퉁 튀어나온 바위들 옆에 기다랗게 패어 그늘진 곳으로 들어설 때 그녀는 조금 불안했다. 그 굽잇길을 나서자 밑으로 암청색의 만이 보였고 창칼벼랑 사이로 아름다운 배가 돛을 활짝 편 채 들어오는 것이 보였다. 테나는 지난번 그런 배에는 두려움을 느꼈지만 여기에는 아니었다. 그녀는 그 배와 만나러 길을 달려 내려가고 싶었다.

그럴 수는 없었다. 그들은 테루의 걸음걸이에 맞춰서 갔다. 두 달 전보다는 보조가 훨씬 나았고, 또한 내리막길을 가는 것이라 더 쉽기는 했다. 그러나 배는 그들을 만나러 달려오고 있었다. 돛에 마법의 바람이 실려 있었다. 배는 나는 백조처럼 만을 가로질러 왔다. 그리고 테나와 테루가 길의 다음 번 긴 굽이를 반쯤 내려오기도 전에 항구 안에 안착했다.

도시나 성읍은 어떤 규모건 테나에겐 매우 낯설었다. 그녀는 사람 많은 도회지에서 살아 본 적이 없었다. 어스시에서 가장 큰 도시 해브너를 본 적은 있지만 꼭 한 번 잠깐 보았을 뿐이다. 그리고 오래전 게드와 함께 곤트 항으로 배를 타고 와서도 시가지에서 묵지 않고 바로 큰벼랑으로 향하는 길을 올라갔더랬다. 그 외에 테나가 아는 하나뿐인 성읍은 계곡 하구에 있었다. 딸이 사는 나른하고 햇빛이 잘 드는 작은 항구 도시다. 거기선 안드라드 제도에서 온 상선 한 척도 대단한 사건으로 여겨지고, 주민들의 이야기는 대부분 말린 생선에 관한 것이다.

아이를 데리고 곤트 항의 시가지로 들어섰을 때, 해는 여전히 서쪽 바다 위에 떠 있었다. 테루는 투덜대지 않고 나가떨어지는 일도 없이 60리를 걸어왔지만 확실히 녹초가 되어 있었다. 테나 역시, 지난밤에 못 잔 데다 괴로움에 시달린 탓에 피곤했다. 게다가 오지언의 책들은 무거운 짐이었다. 길을 반쯤 내려와 책들을 등에 지는 배낭에 옮겨 넣고 음식과 옷들을 양털 포대에 넣었더니 한결 낫기는 했지만 근본적으로는 달라질 수 없었다. 그렇게 그들은 읍의 육지 쪽 문 바깥쪽 한갓진 곳에 있는 집들 사이로 터벅터벅 걸어갔다. 용을 조각한 두 개의 석상 사이로 난 길은 거기서 큰 거리로 바뀌었다. 문을 지키던 파수꾼 남자 하나가 그들을 눈여겨보았다. 테루는 화상 입은 얼굴을 어깨 쪽으로 수그리고 덴 손도 앞치마 뒤로 숨겼다.

"읍에 있는 어느 집에 가려는 모양이죠, 아주머니?"

파수꾼이 아이를 유심히 보며 물었다.

테나는 뭐라 답해야 할지 몰랐다. 그녀는 도시의 문 앞엔 파수꾼들이 있다는 것을 몰랐다. 통행료 징수인이나 여관 주인에게 지불할 것도 전혀 없었다. 곤트 항에 아는 이라고는 한 명도 없었다……, 방금 전 떠오른 그 마법사, 오지언을 묻으러 올라왔던 이를 빼고는. 그이 이름이 뭐였지? 그러나 테나는 그의 이름이 뭐였는지 몰랐다. 그녀는 히스처럼 입을 떡 벌린 채 그냥 서 있었다.

"가세요, 가요."

보초가 따분해져서 그렇게 말하고는 돌아섰다.

테나는 곶을 가로질러 남쪽으로 가는 길, 계곡 하구로 향하는 연안 길로 가려면 어떻게 가야 좋은지 묻고 싶었지만, 다시 파수꾼의 주의를 끌 뱃심은 없었다. 그랬다가는 그녀를 결국 부랑자나 마녀나 또는 파수꾼들과 용 석상들이 곤트 항에 발 들이지 못하게 막아야 할 대상으로 여기게 될 것 같았다. 그래서 테나와 테루는 용들 사이를 지나갔다. 테루는 용 조각을 보려고 고개를 조금 들어 올렸고, 돌바닥을 따라 터벅터벅 걸어가면서 점점 더 놀라고 어리둥절해하며 어쩔 줄 몰라했다. 테나에겐 이 세상의 어떤 사람이든 물건이든 곤트 항에 발을 들여놓지 못하는 건 없을 듯했다. 모든 것이 여기에 있었다. 키 큰 돌집들, 짐마차, 화물차, 짐수레, 소, 당나귀, 장터, 상점들, 떼지은 무리들, 사람들, 사람들……, 나아갈수록 사람들은 더 많아졌다. 테루는 테나의 손을 꼭 붙잡고 옆걸음질치며 머리카락으로 얼굴을 숨겼다. 테나도 테루의 손을 꼭 쥐었다.

그녀는 어떻게 여기에 머무를지 몰랐고, 그래서 할 수 있는 거라곤 지금 당장 남쪽으로 출발해서 해가 질 때까지 가는 것뿐이었고, 숲 속에서 야영할 수 있기를 바랐다. 테나는 가게 문을 닫고 있던, 넉넉한 흰 앞치마를 두르고 마음씨가 좋아 뵈는 여자 하나를 점찍고 길을 건너가면서 읍에서 남쪽으로 나가는 길을 물어봐야겠다고 마음먹었다. 그 여자의 착실하고 불그레한 얼굴은 충분히 싹싹해 보였지만, 테나가 말을 걸려고 용기를 내고 있는 참에 테루가 그녀의 손을 단단히 움켜잡으며 그녀 뒤에 몸을 숨기려는 듯했고, 올려다보니 가죽 모자를 쓴 바로 그 남자가 이쪽으로 내려오고 있는 것이 보였다. 그자도 동시에 테나를 보았다. 그가 멈춰 섰다.

테나는 테루의 팔을 붙들어서 반쯤은 끌고 반쯤은 들어 올리다시피 잡아당겼다.

"가자!"

그녀는 남자를 지나쳐 곧장 성큼성큼 걸어갔다. 일단 그를 뒤에 놓자 걸음을 좀 더 빨리해서 해 지는 바다의 흔들리는 불빛과 어둠, 가파른 길의 발치에 있는 부두와 선창으로 향하는 내리막길을 갔다. 테루는 그녀와 같이 달아나며, 불에 덴 후에 몰아쉬던 것 같은 가쁜 숨을 쉬었다.

키 큰 돛대가 붉고 노란 하늘을 배경으로 흔들렸다. 그 배는 돛을 감아 올린 채 노를 갖춘 큰 배 너머 석조 선창에 대어져 있었다.

테나는 뒤돌아보았다. 그자는 뒤에 붙어서 그들을 따라오고 있었다. 그는 서두르지도 않았다.

그녀는 선창으로 달렸지만, 조금 달리고 나자 테루가 비틀거리며 숨을 돌리지 못하는 바람에 더 이상 달릴 수 없었다. 테나는 아이를 들어 올렸고, 테루는 테나를 껴안고 어깨에 얼굴을 숨겼다. 그러나 테나도 그렇게 짐을 많이 지고는 거의 움직일 수가 없었다. 다리가 후들거렸다. 간신히 한 걸음 나아가고, 또 한 걸음, 또 한 걸음 나아갔다. 마침내 선창으로부터 배의 갑판에 오르는 작은 나무다리에 이르렀다. 테나는 나무다리의 난간에 손을 올렸다.

갑판 위에서 뱃사람 하나가 이쪽을 건너다보았다. 머리가 벗겨지고 깐깐해 뵈는 이였다.

"무슨 일이지요, 아주머니?"

"이게……, 이게 해브너에서 온 배인가요?"

"왕의 도시에서요, 맞습니다."

"나를 태워 주세요!"

"저런, 안 됩니다."

그가 웃으면서 말했지만 그의 눈동자가 움직였다. 그는 어느새 테나 옆에 다가선 사내를 바라보고 있었다.

"달아날 필요 없어."

재주꾼이 말했다.

"난 해를 끼치려는 게 아니야. 아줌마를 다치게 하고 싶지 않다고요. 이해를 못하는군. 내가 바로 저 애를 구해 달라고 사람을 찾으러 갔더랬잖아, 응? 그때 일은 정말로 유감스러워요. 나는 저 애랑 아줌마를 도와주려는 거예요."

그는 저항할 수 없는 이끌림에 테루를 건드리려는 것처럼 손을 내밀었다. 테나는 움직일 수 없었다. 그녀는 테루에게 다시는 그가 손대지 못하게 할 거라고 약속했다. 테나는 그 손이 겁먹어 움찔하는 아이 팔의 맨살을 건드리는 것을 보았다.

"여자 분을 어떻게 하려는 거지?"

다른 목소리가 말했다. 또 다른 뱃사람이 대머리 남자가 있던 자리를 차지하고 있었다. 젊은이였다. 테나는 순간적으로 그를 자기 아들로 생각했다.

재주꾼이 재빨리 말했다.

"이 여자가 애를……, 우리 애를 데려갔어요. 내 조카인데요. 우리 애예요. 이 여자가 애한테 주문을 걸어서 데리고 내뺀 거에요, 보세요……."

테나는 한마디도 할 수 없었다. 말들이 또다시 그녀에게서 사라지고, 빼앗겼다. 젊은 뱃사람은 그녀의 아들이 아니었다. 그의 얼굴은 여위고 단호했으며 맑은 눈을 지녔다. 테나가 그를 바라보자 말을 할 수 있었다.

"배에 태워 줘요. 제발!"

젊은이가 손을 내밀었다. 테나가 손을 잡자, 그는 선창에서 갑판 위로 그녀를 이끌었다.

"거기서 기다리시오."

젊은이는 재주꾼에게 그렇게 이른 다음 테나를 보고 말했다.

"같이 가시지요."

그러나 테나의 다리가 지탱하지 못했다. 그녀는 해브너에서 온 배의 갑판에 풀썩 주저앉으며 무거운 가방을 떨어뜨렸지만, 아이만은 놓치지 않았다.

"저 사람이 애를 데려가지 못하게 해요, 아, 그들이 아이를 차지하지 못하게 하라고요. 다시는, 다시는, 다시는 안 돼요!"

돌고래

테나는 아이를 꽉 움켜잡은 채 내놓으려고 하지 않았다. 배 위는 모두 남자들뿐이었다. 한참이 지나서야 그녀는 그들이 하는 말과 일어난 일, 지금 벌어지고 있는 일을 인식할 수 있게 되었다. 자기 아들로 착각했던 젊은이가 누구인지 알았을 때, 마치 그 느낌은 처음부터 알고는 있었지만 생각이 제대로 안 돌아갔던 것 같았다. 계속해서 아무것도 생각할 수 없었던 것이다.

젊은이는 선창에 내렸다가 배로 되돌아와 이제는 선교 근처에 서서 선장으로 보이는 머리가 희끗한 남자와 얘기하고 있었다. 젊은이는 테나를 슬쩍 쳐다보았다. 사람들은 그녀가 가로장과 대형 권양기 사이 갑판 구석에 테루와 같이 웅크리고 앉아 있도록 내버려 두었다. 길고긴 하루의 피로가 무서움을 이겼다. 아이는 테나에게 바짝 붙어서 자기의 작은 짐을 베개 삼고 망토를 담요 삼아 곤히 잠들었다.

테나가 천천히 일어나 서자마자 젊은이가 기다렸다는 듯 다가왔다. 그녀는 치마를 똑바로 펴고 머리카락을 뒤로 넘기려고 애썼다.

"나는 아투안의 테나예요."

젊은이는 가만히 서 있었다.

"당신은 왕이지요."

그는 정말 나이가 적어서 테나의 아들인 불티보다도 어렸다. 절대 스무 살도 안 됐을 것이다. 그러나 얼굴 표정은 전혀 어리지 않았다. 그의 눈 속에 있는 무언가를 보고 테나는 생각했다. '이 청년은 시련을 겪었어.'

"제 이름은 인라드의 레반넨입니다, 부인."

젊은이는 말하면서 머리 숙여 인사하려고 했고, 자칫하면 무릎까지 꿇을 참이었다. 테나는 얼른 그의 손을 잡았다. 그래서 그들은 서로 얼굴을 마주 보고 섰다.

"나에게는 그만둬요. 나도 안 할 거니까!"

젊은이는 놀란 표정으로 웃으며 테나의 손을 잡은 채 솔직하게 그녀를 유심히 바라보았다.

"제가 당신을 찾는 줄 어떻게 아셨습니까? 저에게 오는 중이었나요, 그리고 그때 그 남자가……?"

"아니, 아니에요. 나는 달아나고 있었어요……, 그에게서……, 악당들로부터. 집으로 가려고 했지요, 그뿐이에요."

"아투안으로요?"

"그럴 리가! 우리 농장으로요. 가운뎃계곡에 있는……, 여기 곤트, 여기에요."

테나도 웃음을 터뜨렸다. 속에 눈물이 담긴 웃음이었다. 이제는 눈물을 흘릴 수도 있고 울 수도 있을 터였다. 그녀는 왕의 손을 놓아주고 눈을 훔쳤다.

"가운뎃계곡이 어디에 있습니까?"

"남동쪽에요. 곶을 돌아가면 있어요. 계곡 하구가 그 항구죠."

"우리가 모셔다 드리지요."

그는 그렇게 제안할 수 있고 또 해 줄 수 있다는 것이 기쁜 듯했다.

테나는 웃으며 눈을 훔치고 승낙의 뜻으로 고개를 끄덕였다.

"한 잔의 포도주, 약간의 음식과 휴식, 댁의 아이를 위한 침대를 준비하겠습니다."

배의 선장이 옆에서 주의 깊게 듣고 있다가 명령을 내렸다. 테나의 기억으로는 아주 오래전에 본 것만 같은 그 대머리 선원이 앞으로 나섰다. 그는 테루를 안아 올리려고 했지만 테나가 가로막았다. 그가 아이를 건드리게 놔둘 수 없었다.

"내가 아이를 옮기겠어요."

그녀의 목소리는 날카롭게 긴장되어 있었다.

"계단이 있어요, 부인. 제가 하지요."

선원이 말했다. 그녀는 그가 친절하다는 것을 알았지만, 테루를 건드리게 할 수 없었다.

"내가 하지."

그 젊은이, 왕이 말하고는 그녀에게 허락을 구하는 눈짓을 보낸 뒤 무릎을 꿇고 잠든 아이를 끌어안아 승강구로 옮긴 뒤 조심스럽게 사닥다리를 내려갔다. 테나는 뒤따랐다.

그는 작은 선실의 침대에 서툴지만 부드럽게 아이를 내려놓았다. 그리고 망토로 아이를 덮어 주었다. 테나는 그가 그러도록 놔두었다.

어슴푸레한 만이 내다보이는 기다란 창문이 있는 커다란 선실에서, 왕은 테나에게 참나무 탁자 앞에 앉으라고 청했다. 그러고는 소년 선원이 가져온 쟁반을 받아 묵직한 유리잔에 적포도주를 따르고, 얇고 납작한 빵과 과일을 권했다.

테나는 포도주 맛을 보았다.

"훌륭해요, 용의 해의 것은 아니지만."

그는 여느 사내아이들처럼 놀라움을 그대로 드러내며 쳐다보았다.

"인라드 산이죠, 안드라드 제도 게 아니라."

그가 유순하게 말했다.

"아주 훌륭해요."

테나는 다시 한 모금 들면서 확실하게 말해 주었다. 그녀는 빵과자를 먹었다. 버터가 듬뿍 들어간 비스킷인데 감칠맛이 좋았지만 달지는 않았다. 초록빛과 호박빛을 머금은 포도알은 달고도 상큼했다. 음식과 포도주의 살아 있는 맛은 그 배를 정박시켜 놓은 밧줄들 같았다. 그것들은 다시 그녀를 세상에, 제정신에다 붙들어 매었다.

"나는 몹시 겁에 질려 있었어요."

그녀가 사과하는 몸짓으로 말했다.

"곧 다시 자신을 찾을 거예요. 어제는……, 아니 오늘, 오늘 아침엔 주, 주문이……, 걸려 있었어요……."

그 단어를 말하기는 거의 불가능할 지경이었고 그녀는 더듬거렸다.

"나에게 저, 저주가 내려져 있었죠. 그것이 내 말과 지혜를 빼앗아 간 것 같아요. 그래서 우리는 그것으로부터 도망쳤지요. 하지만 그 남자에게로 뛰어든 셈이었죠, 그자는……."

그녀는 자기 얘기에 귀를 기울이고 있는 젊은이를 절망적으로 바라보았다. 그의 의젓한 눈동자가 해야 할 얘기를 하도록 해 주었다.

"그는 아이를 불구로 만든 놈들 중 하나였어요. 그와 그 애의 부모들이 그랬죠. 그들은 아이를 괴롭히고 때리고 화상을 입혔어요. 이런 일들이 일어나고 있어요, 왕이여. 이런 일들이 아이들에게 일어나고 있단 말이죠. 그리고 그는 계속 아이를 따라왔어요, 그 애를 가지려고요. 그리고……."

그녀는 말을 멈추고 포도주를 들이켜며 향을 음미했다.

"그렇게 되어 나는 그에게서 당신에게로 도망친 거죠. 피난처로요."

그녀는 나지막하고 조각이 된 선실의 들보와, 윤기 나는 탁상, 은쟁반, 젊은이의 가늘고 평화로운 얼굴을 바라보았다. 그의 머리카락은 까맣고 부드러웠으며 살갗은 깨끗한 적갈색이었다. 옷을 잘 차려입었지만 수수했으며, 목걸이나 반지나 권위를 드러내는 표지들도 없었다. 그러나 그녀가 보기에 그는 왕이라면 응당 그래야 하는 태도로 바라보았다.

"그자를 놓아줘서 유감이군요. 하지만 다시 찾아낼 겁니다. 당신에게 주문을 건 사람은 누구입니까?"

"어떤 마법사예요."

그녀는 그 이름을 말하지 않으려고 했다. 그에 관한 아무것도 생각하고 싶지 않았다. 그것들을 모두 뒤로 돌리고 싶었다. 벌도 추적도 말고. 자기들끼리 미워하게 내버려 둬, 뒤에다 두고 잊어버리자고.

레반넨은 억지로 말하라고는 하지 않았지만 이렇게 물었다.

"당신의 농장에서는 그자들로부터 안전하겠습니까?"

"그럴 거예요. 내가 그렇게 지치지만 않았더라면, 그……, 그것 때문에 마음이 그렇게 혼란스러워져 생각할 수가 없게 되지만 않았더라도 재주꾼을 무서워하지 않았을 거예요. 그가 무슨 짓을 저지를 수 있겠어요? 사람들이 사방에 깔린 그 큰길에서? 난 그자로부터 도망치지 말았어야 했어요. 하지만 내가 느낄 수 있었던 것은 아이의 두려움뿐이었어요. 저 애는 너무나 작아서, 할 수 있었던 거라곤 그를 무서워하는 것뿐이었어요. 앞으로 그를 겁내지 않는 법을 배워야 해요. 내가 그걸 가르쳐야 하는데……."

테나는 정신이 산만해졌다. 생각들이 카르그 어로 머릿속에 떠올랐다. 지금 카르그 어로 말하고 있었나? 레반넨은 그녀가 좀 실성한 게 아닌가 생각할 터였다. 정신 나간 늙은 여자가 주절대고 있는 거겠지. 테나는 살그머니 그를 훔쳐보았다. 레반넨의 검은 눈동자는 그녀를 보고 있지 않았다. 그는 탁상 위에 낮게 드리워진 유리 등불 속 불꽃을, 작지만 흔들림 없이 타는 불꽃을 응시하고 있었다. 그의 얼굴은 젊은이의 얼굴이라기엔 너무나 슬펐다.

"그를 찾아온 거지요. 대현자. 새매요."

"게드 님을요."

왕이 희미한 미소를 지으며 테나를 보았다.

“당신과 그분과 저는 진짜 이름들을 띠고 살지요.”

“우리 둘은 그렇죠. 그러나 그는 오로지 당신과 나에게만이에요.”

레반넨이 고개를 끄덕였다.

“그는 시기하는 자들, 악한 뜻을 품은 자들로 인해 위험에 빠져 있어요. 그리고 아무런……, 아무런 방어막도 없어요, 지금은. 그걸 아나요?”

테나는 그보다 더 직설적으로 말할 수가 없었지만, 레반넨이 이렇게 응답했다.

“그분은 마법사로서의 힘이 사라졌다고 내게 말씀하셨어요. 나를, 그리고 우리 모두를 구한 행동에 다 써 버렸다고요. 하지만 믿기가 어려웠어요. 나는 그 말을 믿고 싶지 않았습니다.”

“나도 그랬어요. 하지만 정말이에요. 그래서 그는…….”

다시 그녀는 머뭇거리다가 이윽고 조심스럽게 말했다.

“상처가 나을 때까지 혼자 있고 싶어 해요.”

레반넨이 말했다.

“그분과 나는 어둠의 땅에, 메마른 땅에 함께 있었어요. 우리는 함께 죽었죠. 함께 거기의 산들을 넘었어요. 그 산들은 되돌아올 수 있답니다. 길이 있죠. 그분은 그걸 알았어요. 하지만 그 산들의 이름은 ‘고통’이었습니다. 그 돌들은……, 그 돌들은 상처를 내죠. 그리고 그 상처들은 치유되는 데 오래 걸리죠.”

그는 자신의 손을 내려다보았다. 그녀는 상처들을 움켜쥔 긁히고 갈라진 게드의 손을 떠올렸다. 상처들을 봉하며 막은 채 쥐고 있던 손을.

테나는 주머니 속의 작은 돌을 꼭 쥐었다. 그것은 그녀가 비탈길에서 집어 올린 단어였다.

"왜 그분이 저를 피하실까요?"

젊은이가 너무나 섭섭하여 소리쳤다. 그러고 나서 조용히 말했다.

"그분을 뵙고 싶었던 게 사실이에요. 하지만 그분이 바라지 않으신다면, 그걸로 끝이죠, 당연히."

테나는 그에게서 해브너에서 온 사자들이 지녔던 공손함과 예의 바름, 기품을 발견했고 그것을 좋게 보았다. 그녀는 그 가치를 알고 있었다. 그러나 젊은이에게 마음이 쏠린 것은 그가 슬퍼했기 때문이었다.

"틀림없이 그는 당신을 찾을 거예요. 그저 잠시 시간을 줘요. 그는 정말 심하게 상처 입었어요……, 모든 것을 빼앗겼잖아요. 하지만 당신 얘기를 할 때, 당신 이름을 입에 올렸을 때, 아, 그 한순간만은 예전의 그가 비쳐 보이더군요, 자부심으로 가득 차서…… 앞으로 다시 그런 예전 모습으로 돌아가겠지만요."

"자부심이라고요?"

레반넨이 놀란 듯이 따라했다.

"그래요. 물론, 자부심이요. 그 사람 말고 누가 그렇게 자부심이 높겠어요?"

"나는 항상 그분에 대해서 생각하기를……, 너무나 인내심 강한 분이라 여겼는데요."

레반넨이 말하고 나서 그 어울리지 않는 표현에 웃고 말았다. 테나가 말했다.

"지금은 전혀 인내심이 없어요. 그리고 터무니없을 만큼 자신에게 가혹해요. 우리가 해 줄 수 있는 일은 없는 것 같아요, 그가 제 갈 길을 가서 막다른 지경에 이르러 정신을 차리게끔 가만히 놔둬 주는 것 말고는요. 곤트 사람들이 말하듯 말이죠……."

갑자기 테나는 자기 자신이 막다른 지경에 처했다. 너무나 피곤해 속이 메스꺼울 정도였다.

"이제 쉬어야 할 것 같아요."

레반넨은 바로 일어섰다.

"테나 부인, 당신은 적에서 도망쳐 또 다른 적을 만났다고 말씀하셨죠. 하지만 전 한 친구를 찾아서 왔다가 또 다른 친구를 찾았습니다."

그녀는 그의 재치와 상냥함에 웃어 주었다. 정말로 멋진 청년이라 생각했다.

*

테나가 잠에서 깨자 배에는 온통 활기가 넘쳤다. 목재들이 삐걱거리고 끼익거리는 소리, 머리 위로 달려가는 쿵쿵거리는 발소리, 돛 천이 펄럭거리는 소리, 뱃사람들의 외침. 테루는 힘들게 깨어났고 깬 뒤에도 정신이 멍했다. 열이 있는 듯했지만, 그 애는 항상 몸이 뜨거워서 테나는 아이한테 열이 있는 건지 아닌지 판단하기가 어려웠다. 이 연약한 아이를 끌고 60리나 걸어온 일이 미안하고 어제 일어난 일 전부가 미안한 나머지 테나는 아이의 기분을 북돋워 주려고 이야기를 해 주었다. 지금 배에 타고 가는 중이고 진짜 임금님이 이 배에 같이 타고 있다, 그리고 이 작은 방이 바로 임금님의 방이라는 등의 이야기였다. 배는 그들을 집으로, 농장으로 데려다 주는 중이고 집에선 종달새 아줌마가 기다리고 있을 것이며 아마 새매도 있을 거라고 했다. 그러나 그 얘기조차도 테루의 흥미를 일깨우지 못했다. 아이는 멍하고 둔한 상태에 빠져 아무 말이 없었다.

아이의 작고 가느다란 팔에서 테나는 손자국을 보았다. 멍이 들도록 그러쥔 네 개의 손가락 자국, 빨갛게 표가 난 손자국이다. 그러나 재주꾼은 그 애를 움켜잡지 않았고 단지 건드리기만 했다. 테나는 아이에게 결코 다시는 그자가 못 건드리게 할 거라고 약속하며 말했더랬다. 약속은 깨졌다. 테나의 말은 아무 의미가 없었다. 막무가내의 폭력 앞에 어떤 말이 의미 있을까?

테나는 몸을 굽혀 테루의 팔에 난 흔적에 입을 맞췄다.

"네 빨간 치마를 끝낼 시간이 있었더라면 좋았을걸. 임금님이 보셨으면 좋았을 텐데. 그렇지만 배 위에선 제일 좋은 옷을 입는 게 아닌가 봐, 임금님이라도 말이야."

테루는 침대 위에 앉아 머리를 수그린 채 아무 대답 하지 않았다. 테나는 아이의 머리를 빗겼다. 이제 머리카락 숱이 꽤 많아져서 부드러운 검은색 커튼처럼 머리의 화상 흉터를 덮어 가렸다.

"배고프니, 아기 새야? 어젯밤엔 저녁도 못 먹었지. 임금님이 우리한테 아침을 줄 거야. 어젯밤에 난 빵과자랑 포도를 대접받았단다."

아무 반응 없었다.

테나가 방을 나설 시간이라고 말하자 테루는 순순히 따랐다. 갑판 위에 올라가자 아이는 머리를 푹 숙이고 움츠린 채 서 있었다. 아침 바람을 가득 실은 하얀 돛도 올려다보지 않고, 반짝이는 바닷물도, 크고 장엄한 숲과 절벽, 하늘로 향한 산꼭대기를 품은 곤트 산도 바라보지 않았다. 테루는 레반넨이 말을 걸어도 쳐다보지 않았다.

테나가 아이 옆에 무릎을 꿇고는 부드럽게 말했다.

"테루야, 임금님이 말씀하시면 대답을 해야지."

아이는 가만히 있었다.

테루를 보는 레반넨의 표정은 읽기 어려웠다. 가면이겠지, 아마도. 심한 불쾌감이나 충격을 감추려는 예의 바른 가면. 그러나 그의 검은 눈동자에는 흔들림이 없었다. 레반넨은 아주 살짝 아이의 팔을 건드리며 이렇게 말했다.

"바다 한가운데서 잠을 깬 건 처음이지?"

테루는 과일에만 조금 입을 댔다. 테나가 선실로 돌아가고 싶으냐고 묻자 아이는 고개를 끄덕였다. 테나는 할 수 없이 아이를 침상에 웅크려 있게 놔두고 갑판 위로 되돌아왔다.

배는 창칼벼랑 사이를 지나고 있었다. 탑처럼 솟은 으스스한 절벽들은 돛 위로 몸을 기울인 듯했다. 높은 절벽 위 제비의 진흙 둥지처럼 작은 요새에서 파수를 서던 활잡이들이 갑판에 있는 사람들을 굽어보았고, 선원들이 그쪽을 향해 기운차게 소리쳤다.

"왕이 나가신다!"

그렇게 외치자, 정상으로부터 제비들이 서로 부르는 소리보다 그리 크지 않은 응답이 내려왔다.

"왕이시다!"

레반넨은 뱃머리에 서 있었다. 선장과, 로크 섬 현자의 잿빛 망토를 걸친, 나이 지긋하고 말랐으며 가느다란 눈을 가진 남자와 함께였다. 게드도 그런 망토를 입었더랬다, 둘이서 에레삭베의 고리를 검의 탑으로 가져가던 날에……. 그때 입었던 것은 깨끗하고 좋은 망토였다. 먼지와 때가 묻어 더러워지고 여행 길에 닳은 전의 것은 아투안 무덤의 차가운 돌 위에서나 그들이 함께 산을 넘을 때 맨땅 위에서 내내 깔고 덮는 담요로 썼다. 배 옆으로 거품이 일며 높은 절벽들이 뒤로 멀어져 갈 때, 테나는 그 생각을 했다.

배가 마지막 모래톱을 뒤로 하고 동쪽으로 달려가기 시작한 때에 그 세 사람이 그녀에게 왔다. 레반넨이 말했다.

"부인, 이분은 로크 섬의 풍향사입니다."

현자는 고개를 숙이며 예리한 눈에 찬미를 담고 테나를 바라보았다. 거기에는 호기심도 곁들여 있었다. 바람이 어떤 길로 불지 알고 싶어 하는 사람이라고 테나는 생각했다.

"그러면 이 좋은 날씨가 유지되기를 소원할 필요가 없겠네요, 그냥 탁 믿고 있으면 되겠군요."

테나가 풍향사에게 말했다.

"이런 날씨에야 나는 그저 배에 실린 짐이지요. 게다가 세라센 선장 같은 뱃사람이 배를 모는데 날씨술사가 무슨 소용이 있겠소?"

'우리 모두 정말 예의 바르군.' 테나는 생각했다. 모두 '부인'이고 '경'이고 '선장님'이며, 온통 예의 바른 인사와 칭찬뿐이다. 그녀는 슬쩍 젊은 왕을 보았다. 그는 마주 바라보고 미소를 띠었지만 말은 아꼈다.

테나는 소녀 적 해브너에서 느꼈던 기분을 다시 느꼈다. 예의 바른 이들 속에 있는 교양 없는 야만족 소녀. 그러나 이제 그녀는 소녀가 아니었기 때문에 압도당하지는 않았고, 단지 어떻게 남자들이 이런 가면들의 춤 속에 자기들 세계의 질서를 세우고, 한 여자가 얼마나 쉽게 거기서 춤추는 법을 배우게 되는지 놀라워했다.

계곡 하구까지의 항해는 그날 하루면 충분할 거라고 사람들이 말해 주었다. 돛에 지금처럼 좋은 바람이 계속 분다면 늦은 오후쯤 입항할 예정이었다.

오랜 걱정과 전날의 긴장으로 인한 피로가 덜 풀린 탓에 테나는 그 대머리 선원이 밀짚을 채운 요와 돛 천 조각으로 마련해 준 쉴 자리가 반가웠다. 거기 앉아서 파도와 갈매기를 바라보고, 배가 섬에서 불과 너더댓 마장 거리를 두고 산자락을 따라 빙 둘러 가는 동안 한낮의 태양 아래 몽환적인 푸른빛을 띤 곤트 산의 윤곽이 변해 가는 것을 바라보았다. 햇빛을 쬐라고 테루를 데리고 나오자 아이는 곁에 누워서 보다가 졸다가 했다.

몹시 가무잡잡하고 이빨이 다 빠진 선원 하나가, 무시무시하게 뒤틀린 발가락과 짐승의 발굽을 연상케 할 만큼 딱딱하게 굳은 발바닥을 드러낸 채 맨발로 가까이 와서 테루 옆에 뭔가를 내려놓았다.

"어린 아가씨 가지라고요."

그는 쉰 목소리로 말하고서 바로 가 버렸지만 아주 간 것은 아니었다. 그는 일을 하면서 기대에 차서 아이가 자기 선물을 좋아하는지 보려고 안 그런 척 몇 번이고 돌아보곤 했다. 테루는 작은 천에 싸인 꾸러미를 만져 보려고도 안 했다. 할 수 없이 테나가 그걸 펼쳤다. 그것은 몹시 빼어난 솜씨로 조각한 돌고래였는데, 뼈 아니면 상아로 만들었고 크기가 엄지손가락만 했다.

"네 풀주머니 속에서 살 수 있겠구나. 다른 뼈 친구들이랑 같이 말이야."

그 말에 테루는 조금 생기가 나서 풀주머니를 가져와 그 속에 돌고래를 넣었다. 하지만 이 멋진 선물을 준 이에게는 테나가 가서 고맙다고 해야 했다. 테루는 그를 보거나 말을 하려고 하지도 않았기 때문이다. 테루는 조금 있다가 선실로 돌아가면 안 되냐고 했고, 테나는 아이에게 뼈 인간과 뼈 동물, 돌고래를 동무로 남겨 둔 채 선실을 떴다.

그녀는 분노를 느꼈다. 정말 쉽군. 재주꾼이 아이에게서 햇빛을 가져가고, 아이에게서 배와 왕과 어린 시절을 빼앗아 가는 건 정말 쉬워. 그것들을 되돌려주는 건 너무나 어렵고! 아이한테 그것들을 되돌리느라 1년을 애쓰며 보냈는데, 그는 손 한 번 까딱해서 그것들을 빼앗아 내던져 버렸어! 그런데 그게 무슨 득이 있담. 그가 얻을 전리품, 그의 힘이 대체 뭐지? 힘이란 그런 건가? 그렇게 허망한 건가?

테나는 왕과 현자가 있는 뱃전으로 갔다. 해는 이제 서쪽으로 기울었다. 찬란한 빛 사이로 질주하는 배는 용들과 함께 하늘을 날던 꿈을 떠올리게 했다. 왕이 말했다.

"테나 부인, 우리의 친구에게 전할 말씀은 부탁 드리지 않겠습니다. 그렇게 하는 것이 당신에게 짐을 지우는 것 같고 또한 그분의 자유를 빼앗는 것 같아서요. 저로서는 양쪽 다 원치 않는 바입니다. 저는 이달 내로 왕위에 오를 예정이에요. 그때 왕관을 내려 주시는 이가 그분이시라면, 제 다스림은 제 마음이 바라는 바대로 시작되겠죠. 그러나 거기에 계시든 안 계시든, 그분은 저를 제 왕국으로 데려다 주신 분입니다. 그분이 저를 왕으로 만드셨어요. 그것을 잊지 않을 겁니다."

"당신이 잊지 않으리라는 것을 알아요."

그녀가 부드럽게 말했다. 레반넨은 느슨한 데라고는 없으며 몹시 진지하고, 그의 신분이 요구하는 형식을 완전하게 갖춘 사람이지만, 그토록 정직하고 순수하기에 아직도 여린 구석이 있었다. 그의 마음은 게드를 몹시도 그리워했다. 그는 고통을 배웠다고 생각했지만 일평생 그것을 다시 또다시 배우게 될 터이다. 그리고 그 어느 것도 잊지 않을 것이다.

그런 까닭에 그는 재주꾼과 달리 쉽게 할 수 있는 일을 하지 않을 터였다. 테나가 말했다.

“얘기는 기꺼이 전해 줄게요. 전혀 짐스럽지 않아요. 그가 듣든 안 듣든 그건 그에게 달려 있는 것이고.”

풍향사가 웃으며 말했다.

“항상 그랬지요. 그가 뭘 하든 언제나 그에게 달려 있어요.”

“오랫동안 그를 아셨나요?”

“부인보다도 훨씬 먼저 알았지요. 그를 가르쳤다오. 내가 할 수 있는 만큼은요……. 그는 로크 학교에 왔지요, 소년 시절에 말이오, 아시겠지요? 그가 위대한 힘을 지녔음을 우리에게 알리는 오지언의 편지를 들고 왔지요. 그런데 내가 처음 그를 배에 태워서 바람에게 말 거는 법을 가르치러 바다로 나간 날에, 그가 어땠는지 아시오? 글쎄, 너울을 몰아치게 했다오! 그래서 나는 우리가 무슨 일에 말려들었는지 깨달았지요. 그가 열여섯 살이 되기 전에 물에 빠져 죽든지, 아니면 마흔 전에 대현자가 될 거라고 생각했소……, 아니면 그때 그렇게 생각했다고 나중에 되새기는 건지도 모르겠소만.”

“그는 아직도 대현자인가요?”

테나가 물었다. 그 질문은 노골적으로 무례한 듯했고, 그것이 침묵으로 환영받자 그녀는 무례보다도 지나쳤나 걱정했다.

마침내 현자가 말했다.

“현재 로크의 대현자는 없어요.”

어조가 극히 조심스럽고 주도면밀했다.

테나는 그 말이 무슨 뜻인지 물어볼 엄두가 안 났다.

왕이 말했다.

"평화의 룬 문자를 치유한 분은 당연히 이 왕국의 어떤 회의 자리에든 참석할 자격이 있다고 생각합니다. 그렇지 않습니까, 현자님?"

다시 또 뜸을 들이고, 눈에 보일 만큼 고심한 끝에 현자가 말했다.

"분명 그렇지요."

왕은 그의 말을 기다렸지만, 현자는 더 이상 말이 없었다.

레반넨은 빛나는 바닷물을 바라보면서 이야기의 시작처럼 말했다.

"그분과 내가 용에 실려 멀고 먼 서쪽으로부터 로크 섬에 왔을 때……"

그가 잠시 말을 멈추자 그 용의 이름이 테나의 마음속에서 저절로 우는 징 소리처럼 '칼레신'이라고 울렸다.

"용은 나를 거기에 내려놓았지만 그분은 태운 채 날아갔지요. 로크 대학당의 문을 수호하는 분께서 그때 말씀하셨습니다. 그는 '하는 것'을 끝냈다, 집으로 돌아간다고요. 그리고 그 전에……, 셀리더의 해안에서, 그분은 자신이 이제 현자가 아니라면서 지팡이를 내버려 두라고 하셨어요. 그래서 로크의 대마법사님들은 새로운 대현자를 뽑기 위한 모임을 열었습니다.

그분들은 나를 그 자리에 참석시켜서 왕으로서 지혜로운 분들의 회의를 보고 배우는 것이 도움 된다는 것을 알려 주셨지요. 그리고 저는 또 그분들의 정족수를 채우는 역할도 했습니다. 소환사 소리온 님이 그분의 기술로 인해 화를 입었기 때문이지요. 저의 주인이신 새매 님이 찾아내고 결말 지은 그 커다란 악으로 인해서요. 우리가 그곳에, 돌담과 산 사이 메마른 땅에 있었을 때 나는 소리온을 보았습니다. 새매 님이 그에게 말을 걸어 담을 넘어서 삶으로 되돌아가라고 이르셨지요. 그러나 소리온 님은 그 길을 가지 않았습니다. 돌아오지 않았어요."

젊은이의 튼튼하고 섬세한 손은 뱃전을 세게 움켜쥐었다. 그는 줄곧 바다를 응시한 채 이야기했다. 그는 한동안 침묵했다가 이야기를 이어 갔다.

"그래서 제가 수를 채웠습니다. 새로운 대현자를 뽑기 위해 모이는 아홉이라는 수를요."

그는 테나에게 흘긋 시선을 보냈다.

"그분들은…… 현명한 이들입니다. 각자 기예를 터득했을 뿐만 아니라 지식을 받아들이는 능력을 지닌 분들이시죠. 그 이전에도 본 적이 있지만, 그분들은 저마다 차이점을 최종 결정을 확고하게 만드는 데 이용하곤 합니다. 그러나 이번엔……."

"사실은 이렇소."

레반넨이 로크의 대마법사들을 비판하는 것처럼 보일까 봐

내키지 않아 하는 걸 보고 풍향사가 말했다.

"우리는 온통 견해 차만 있고 결정은 내리질 못했다오. 도무지 합의에 이르지 못했지요. 왜냐하면 대현자는 죽지 않았고……, 살아 있지만, 그럼에도 아시다시피 현자가 아니고……, 그런 반면 여전히 용주인 듯했기 때문이오. 그리고 우리 변화사는 역류한 마법으로 인한 충격에서 벗어나지 못한 채 소환사가 죽음으로부터 돌아올 거라 믿으면서 우리에게 그를 기다려 달라고 간청했지요……. 또한 조형사는 입 한번 벙긋하려 하지 않았어요. 그는 카르그 사람이라오, 부인, 부인과 같지요. 알고 계셨소? 그는 카레고앗에서 우리에게 왔어요."

풍향사의 예리한 눈이 테나를 보았다. 이 바람이 어느 길로 불어 갈까 궁금해하는 눈이었다.

"이 모든 것들로 인해 우리는 우리 자신이 갈팡질팡하고 있다는 걸 알았소. 수문사가 우리에게 우리가 후보자들의 이름을 요구했을 때, 단 한 사람도 거론되지 않았어요. 모두들 다른 사람만 쳐다봤지요……."

"전 땅바닥을 봤습니다."

레반넨이 말했다.

"그래서 결국 우리는 이름을 아는 이를 쳐다봤다오. 바로 명명사 말이오. 그런데 명명사는 조형사를 보고 있었고, 조형사는 말 한마디 없이 자기 나무들 사이에 그루터기처럼 앉아 있었어요. 우리가 만난 건 내재의 숲에서였소, 아시오? 로크 섬보다도 깊은 뿌리를 가진 나무들 사이에서였다오. 그때는 늦은 밤이었소. 그 나무들 사이에는 때로 광채가 어리곤 하는데 그날 밤은 아니었지요. 어둡고 별빛 한 점 없이, 나뭇잎들 위로는 구름 낀 하늘뿐이었소. 이윽고 조형사가 일어나서 이야기했소. 그러나 모국어로 말했어요, 옛 언어도 하드 어도 아닌 카르그 어로 말이오. 우리는 그 말을 알아듣기는커녕 어느 나라 말인지 아는 사람도 없다시피 했으니 어떻게 생각해야 할지 몰랐지요. 그러나 명명사가 우리에게 조형사가 한 얘기를 알려 주었다오. 그건 '곤트의 한 여자'라는 거였어요."

풍향사는 말을 멈췄다. 더 이상 테나를 쳐다보지 않았다. 잠시 후에 테나가 물었다.

"그뿐인가요?"

"그 이상은 한마디도 없었소. 조형사를 채근하니 우리를 멀거니 쳐다볼 뿐 대답을 못하더군. 그는 환영을 보고 있었던 거요, 그러니까……, 사물의 모양을, 형상을 지켜보고 있었던 거지요. 그건 거의 말로 할 수 없고 뚜렷한 사고하고는 더 더욱 거리가 멀어요. 조형사는 자기가 말을 하고도 나머지 사람들이나 똑같이 막막해했지요. 하지만 우리한테 있는 건 그것뿐이었소."

로크의 현자들은 어쨌든 선생들이었고, 풍향사는 정말이지 선생 기질이 강했다. 이야기를 분명하게 하지 않고는 못 배겼다. 아마도 그가 원하는 것 이상으로 분명해진 듯했다. 그는 테나를 다시 한번 흘긋 쳐다보고는 시선을 멀리했다.

"그래서, 부인도 이해하시겠소만, 우리는 곤트로 와야 할 것 같았다오. 그러나 뭘 위해서? 누구를 찾아서? '한 여자'……, 그 이상 추리해 볼 여지도 없지요! 분명히 이 여자는 우리를 인도할 거고, 어떻게든 우리의 대현자에게 이를 길을 보여 줄 겁니다. 그러자 짐작하시는 바와 같이 즉각 부인이 거론되었어요. 우리가 들어 본 적이라도 있는 곤트의 여자가 부인 말고 누가 있겠소? 곤트는 큰 섬이 아니지만 부인의 명망은 그야말로 높지요. 그래서 우리들 중 하나가 말했소. '그녀가 우리를 오지언에게 인도하지 않을까요.' 그러나 우리 모두 오지언이 오래전에 대현자가 되기를 거절했다는 것을 알고 있었고, 이제는 늙고 병들었으니 받아들이지 않을 게 확실했지요. 그리고 우리가 물망에 올린 그때에 오지언은 정말로 죽어 가는 중이었던 것 같소. 그러자 또 다른 이가 말했지요. '하지만 그녀는 또한 우리를 새매에게로 이끌 수도 있어요!' 그러고 나니 우리는 정말로 캄캄한 암흑 속에 갇혀 버렸소."

"정말로요. 그때 나무들 사이로 빗방울이 떨어지기 시작했거든요."

레반넨이 말했다.

그는 빙그레 웃었다.

“저는 다시는 비 오는 소릴 듣지 못할 거라 생각했죠. 저에게는 대단한 기쁨이었습니다.”

“우리 아홉 명이 모두 비에 젖었는데, 그래도 한 명은 행복했군요.”

풍향사가 말했다.

테나는 웃음을 터뜨렸다. 그녀는 풍향사를 좋아할 수밖에 없었다. 그가 테나를 대하여 그렇게 미적미적 조심하는 이상 테나도 그를 꺼려 마땅했다. 하지만 레반넨에게는, 그리고 레반넨의 면전에서는 솔직할 수밖에 없었다.

“그러면 여러분이 생각하는 ‘곤트의 한 여자’는 내가 아니네요. 나는 여러분을 새매에게 데려가지 않을 거니까요.”

“그게 내 의견이었소.”

현자가 분명하게, 그리고 그 나름의 솔직함으로 말했다.

“그 여자는 당신일 리가 없지요, 부인. 일단, 만약 그랬다면 조형사는 환영 속에서 분명히 당신의 이름을 말했을 테니까요. 참 이름을 숨김없이 지니는 이들은 정말 몇 되지 않소! 그러나 로크 회의에서는 나에게 임무를 주어서 우리가 찾는 그 존재일 가능성이 있는 이 섬의 어떤 여자라도 알고 있는지 부인께 물어보도록 했지요. 힘을 지닌 남자의 누이나 어머니, 또는 그의 스승이라도. 자신들의 길을 가는 아주 현명한 마녀들도 있으니까 말이오. 오지언이 그런 여자를 알았을까요? 그는 이 섬의 모든 이들을 안다더군요, 내내 혼자 살면서 산야를 방랑했으니. 그가 살아서 지금 우리를 도울 수만 있다면!"

테나는 이미 오지언이 얘기한 적이 있는 그 어부 아낙네를 떠올렸다. 그러나 그 여자는 오래전 오지언이 그녀를 알았을 때도 이미 나이를 꽤 먹었으므로 지금쯤이면 죽었을 게 분명했다. 비록 용들은 아주아주 오래 산다고들 하지만 말이다.

테나는 한동안 아무 말도 하지 않다가 이렇게만 말했다.

"그런 유 중에는 아는 사람이 없군요."

테나는 현자가 자기 때문에 초조한 마음을 억지로 누르고 있음을 느꼈다. 뭣 때문에 이 여자가 털어놓고 말하지 않지? 원하는 게 뭘까? 그는 틀림없이 그렇게 생각하고 있었다. 그리고 테나는 왜 자신이 그에게 제대로 얘기할 수 없는지 의아했다. 그의 귀먹음이 그녀를 침묵케 한 것이다. 그에게 당신은 귀먹었다고 말해 줄 수조차 없었다.

마침내 테나가 말했다.

"그래서 어스시에는 대현자가 없군요. 하지만 왕은 있지요."

"왕을 향한 우리의 희망과 믿음은 아주 튼튼하다오."

현자가 그에게 잘 어울리는 따뜻한 태도로 말했다. 옆에서 듣고 있던 레반넨이 빙그레 웃었다.

테나가 머뭇거리며 말했다.

"최근 몇 년 동안……, 많은 불상사가 있고 끔찍한 일들이 벌어지곤 했어요. 나의……, 저 어린 여자 애 말이에요, 그런 일들이 너무나 흔해졌지요. 그리고 또 힘 있는 남자와 여자들이 그들의 힘이 쇠퇴한다고, 아니면 달라져 간다고 얘기하는 것을 들었어요."

"우리 주군인 대현자께서 메마른 땅에서 물리친 그자가, '거미'가 바로 이루 말할 수 없는 해악과 파괴를 불러일으킨 장본인이라오. 우리는 기술을 다시 일으켜세우고 우리의 마법사들과 마법을 치유해야 해요, 앞으로 오랫동안 말이오."

현자가 단호하게 말했다.

"저는 복구와 치유 이상으로 해야 할 게 더 있지 않나 해요."

테나가 말했다.

"물론 그 두 가지도 당연히 해야겠지만……. 하지만 저는 궁금하군요. 그럴 수 있는 건지……, '거미'라는 그 사람이 그런 힘을 가질 수 있었던 건 물정이 이미 달라졌기 때문이 아닌지, 그리고 어떤 변화가, 커다란 변화가 일어나고 있거나 이미 일어났기 때문은 아닌지? 그리고 그 변화로 인하여 우리가 어스시에 다시 왕을 세우게 된 게 아닐까……, 아마도 대현자보다, 그 대신에 왕을 세우게 된 게 아닐까 궁금해요"

풍향사는 까마득히 먼 수평선 위에 떠오른 폭풍 구름을 보듯 그녀를 바라보았다. 심지어 바람 묶기 주문을 하려는 듯 오른손을 들려다가 내리기까지 했다. 그는 빙그레 웃었다.

"두려워 마시오, 부인. 로크와 상급 마법은 끄떡없소. 우리의 보배는 잘 지켜지고 있소!"

"칼레신에게 그렇게 말하시죠."

테나는 풍향사가 자신이 범한 결례에 까맣게 무지한 걸 참을 수 없어 돌연 그렇게 말했다. 당연히 그는 멍하니 바라보았다. 그는 용의 이름을 들었다. 그러나 그것이 그녀의 얘기를 귀담아 듣게 만들지는 못했다. 그의 어머니가 마지막으로 요람에서 노래를 불러 준 이후로 여자의 말을 경청해 본 적 없는 그가 어떻게 그녀의 이야기를 듣겠는가?

레반넨이 말했다.

"정말 그렇습니다. 칼레신은 용들로부터 완벽하게 보호받는 다는 로크 섬에 날아왔어요. 그건 나의 주인님이 무슨 주문을 썼기 때문이 아니었지요. 그때 그분은 마법을 지니고 있지 못하셨으니까……. 그러나 풍향사님, 테나 부인이 부인 혼자 일만을 걱정하신다고는 생각되지 않는군요."

마법사는 기분을 거슬린 것을 사과하려고 크게 애를 썼다.

"실례했습니다, 부인. 내가 그만 평범한 여자에게 하듯이 말했군요."

그녀는 웃음을 터뜨릴 뻔했다. 그녀는 그를 뒤흔들어 버릴 수도 있었다. 그러나 단지 냉담하게 이렇게만 말했다.

"나의 두려움은 평범한 두려움들이에요."

아무 소용 없었다. 현자는 그녀의 얘기를 듣지 못했다.

그러나 젊은 왕은 말없이 귀를 기울였다. 머리 위로 돛과 돛줄이 늘어지고 흔들리는 어질어질한 돛대 위에서 소년 선원이 또렷한 음성으로 명랑하게 외쳤다.

"곶을 돌아서 마을입니다!"

얼마 지나지 않아 갑판 위의 사람들도 얼기설기 모여 있는 자그마한 석판 지붕들과 뱅글뱅글 돌며 올라가는 파르스름한 연기 줄기들, 서쪽으로 기우는 햇빛을 받아 반짝이는 유리창, 그리고 만 안의 비단결 같은 파란 물 위로 모습을 드러낸 계곡 하구의 선창과 부두를 보았다.

"제가 배를 입항시킬까요, 아니면 당신이 하시겠습니까, 마법사님?"

과묵한 선장이 묻자 풍향사가 대답했다.

"당신이 하시구려, 선장. 난 저 자잘한 것들을 다 조종하기 싫소이다!"

그러면서 만에 어지럽게 흩어져 있는 수십 척의 고기잡이배를 향해 손사래를 쳤다. 그리하여 왕의 배는 오리새끼들 사이의 백조처럼, 지나는 배마다 환호성을 받으며 천천히 이리저리 피하여 항구로 들어갔다.

테나는 선창을 죽 살펴보았지만 먼바다로 나가는 다른 큰 배는 없었다. 그녀는 레반넨에게 말했다.

"나에게 뱃사람 아들이 하나 있어요. 그 아이 배가 들어와 있을지도 모른다고 생각했지요."

"어떤 배입니까?"

"그는 '에스켈의 갈매기'에 삼등 항해사로 탔어요. 하지만 2년도 더 된 일이죠. 아마 배를 바꿨을 거예요. 잠시도 가만 있지 못하는 아이니까요."

테나는 미소를 지었다.

"처음 당신을 보았을 때 내 아들인 줄 알았어요. 하지만 전혀 닮지 않았죠, 키가 크고 홀쭉하고 젊다는 것만 빼고요. 그리고 나는 혼란스럽고 겁에 질려 있었지요……, 평범한 사람의 두려움이죠."

현자는 뱃머리에 있는 선장의 자리로 올라가고 없었기 때문에 그녀와 레반넨만 남아 있었다. 그가 말했다.

"평범한 사람들이 겁낼 일이 너무 많아요."

레반넨에게 따로 이야기할 기회인지라 서두는 바람에 말이 분명치 못하게 튀어나왔다.

"나는 말하고 싶었어요. 하지만 그래 봐야 소용이 없어서……, 그렇지만 곤트의 어느 여자라니요. 누군지 모르겠지만, 정말 모르겠지만, 정말이라면, 정말 어떤 여자라면, 아니면 아직은 아니라도 장차, 한 여자가 있어서 그들이 그녀를 찾는다면……, 그들이 필요로 한다면……, 그 애가 아닐까요? 그건 불가능할까요?"

레반넨은 귀 기울여 들었다. 그는 귀먹지 않았다. 그러나 낯선 말을 알아들으려고 애쓰는 것처럼 집중한 나머지 얼굴을 찡그렸다. 그리고 숨죽여 이렇게만 말했다.

"그럴지도 몰라요."

작은 배를 탄 어부 아낙이 소리쳤다.

"어디서 왔우?"

그러자 삭구들 속에 있던 소년 선원이 수탉 울음처럼 소리쳐 응답했다.

"왕의 도시에서 왔어요!"

테나가 물었다.

"이 배의 이름이 뭔가요? 내 아들이 나더러 무슨 배를 타고 왔냐고 물을 거예요."

"돌고래 호입니다."

레반넨이 빙그레 웃으며 답했다. 그녀는 생각했다. '내 아들, 나의 왕, 나의 사랑스런 소년이여, 얼마나 옆에서 너를 지켜 주고 싶은지!'

"가서 아이를 데려와야겠어요."

"어떻게 집에 가실 거죠?"

"걸어서요. 계곡까지 몇 리 안 된답니다."

테나는 읍 너머 내륙 쪽을 가리켰다. 거기에 두 산자락 사이로 넓게 벌어진 가운뎃계곡이 햇빛을 받고 있었다.

"강가에 마을이 있고 우리 농장은 마을에서 두 마장쯤 돼요. 당신 왕국의 어여쁜 한 귀퉁이죠."

"하지만 안전하실까요?"

"아아, 그럼요. 오늘 밤은 여기 계곡 하구에서 딸애하고 지낼 거예요. 그리고 마을 사람들은 모두 의지할 만하고요. 난 혼자가 아닐 거예요."

한순간 그들의 눈이 마주쳤지만, 두 사람 다 마음속에 떠올린 이름을 말하지 않았다.

그녀가 물었다.

"로크에서 사람들이 다시 올까요? '곤트의 한 여자'를 찾아서……, 아니면 그를 찾아서?"

"그분을 찾아서는 아닐 거예요. 그들이 다시 제의하면, 내가 금할 겁니다."

레반넨은 그 말로 얼마나 많은 얘기를 해 주었는지 자각하지 못한 채 말을 이었다.

"하지만 새로운 대현자를 찾아서나 아니면 조형사가 환영을 통해 말한 여자를 찾아서라면, 오겠지요. 그들은 이곳으로 이끌려 올 겁니다. 그리고 아마 당신에게도요."

"참나무 농장은 손님들을 반겨 맞을 거예요. 당신만큼 환영받지는 못하겠지만요."

"그럴 수 있다면 저도 가지요."

레반넨이 조금 엄숙하게 말했다. 그리고 조금 동경하듯이 덧붙였다.

"갈 수만 있다면요."

고향

해브너에서 온 배에 왕이 승선해 있다는 얘기를 들은 계곡 하구의 사람들 대부분이 구경하러 부둣가로 내려왔다. 새로운 왕, 새로운 노래들이 불려지고 있는 젊은 왕이었다. 그들은 아직 새 노래들은 몰랐지만 옛 노래들을 알고 있었고, 렐리 늙은이는 수금을 갖고 와서 어스시의 왕은 틀림없이 모레드의 후손일 거라는 내용이 담긴 「모레드의 위업」의 한 곡조를 불렀다. 이윽고 왕이 선창에 나타났다. 나름대로 젊고 훤칠하고 준수했으며, 그의 옆에는 로크의 현자 한 사람이 있고, 낡은 망토를 걸친, 거지보다 별로 나을 것 없는 여자와 어린 여자 애도 함께 있었다. 그러나 왕은 그들을 왕비와 공주처럼 대접했고, 그러니 아마도 그게 그들의 신분일 터였다.

"왕의 어머니인가 봐."

앞을 가리고 선 남자들의 머리 위로 보려고 애쓰면서 시니가 말하자, 친구인 능금이 그녀의 팔을 꽉 잡으며 비명 같은 소리로 조그맣게 외쳤다.

"저 사람은……, 저 사람은 엄마야!"

"누구 엄만데?"

시니가 묻자 능금이 대답했다.

"우리 엄마야. 그리고 저 앤 테루고."

그러나 능금은 군중을 뚫고 앞으로 나가지 않았고, 배의 관리가 뭍으로 나와서 렐리 늙은이에게 왕을 위해 배에 올라 연주해 달라고 청할 때도 가만히 있었다. 능금은 다른 사람들과 마찬가지로 기다렸다. 그러면서 왕이 계곡 하구의 명사들을 접견하는 것을 보고, 렐리가 그를 위해 노래하는 걸 들었다. 그러고는 왕이 손님들에게 작별 인사를 하는 것을 보았다. 사람들 얘기로는 배가 밤이 오기 전에 다시 출항해 해브너로 가는 귀향길에 오를 예정이라고 했다. 맨 끝으로 배와 선창을 연결한 다리를 건너온 것은 테루와 테나였다. 왕은 두 사람 모두에게 의례적인 포옹을 하며 뺨과 뺨을 맞댔다. 테루를 포옹할 때는 한쪽 무릎을 꿇었다.

"와!"

선창 위의 군중들이 소리를 질렀다. 해가 금빛 안개 속으로 기울며 만을 가로질러 커다란 금빛의 자취를 남길 때, 두 사람은 가로대가 쳐진 사다리를 내려왔다. 테나는 무거운 꾸러미와 배낭을 힘들게 지니고 있었다. 테루는 고개를 수그리고 머리카락으로 얼굴을 가린 채였다. 사다리가 움직이고 선원들이 삭구들로 뛰어올랐다. 관리들이 소리치자 돌고래 호는 방향을 틀었다. 그러고 나서야 마침내 능금은 군중들 사이를 헤치고 앞으로 나갔다.

"안녕하세요, 엄마."

테나도 말했다.

"잘 있었니, 얘야."

테나와 입을 맞춘 능금은 테루를 들어 올리고는 말했다.

"많이 컸구나! 옛날보다 두 배가 됐는걸. 가자, 같이 우리 집에 가자."

그러나 그날 밤, 능금은 상인인 젊은 남편의 오붓한 집에 어머니와 같이 있으면서 약간 조심스러웠다. 그녀는 몇 번인가 생각에 잠긴, 거의 신중하기까지 한 표정으로 테나를 쳐다보았다.

"그게 저한테는 아무 의미도 없었다는 걸 아시죠, 엄마."

능금은 테나의 침실 문 앞에서 말했다.

"그 모든 것……, 평화의 룬 문자……, 그리고 엄마가 해브너로 고리를 가져온 것도요. 그건 단지 노래들 중에 하나 같았다고요. 천 년은 묵은 노래 말이죠! 하지만 정말 엄마가 한 일이었어요, 그렇지 않나요?"

"아투안에서 온 소녀가 한 일이지. 천 년 전에 말이다. 지금 당장은 천 년이라도 잘 수 있을 것 같구나."

"그러면 주무세요."

능금이 손에 등불을 들고 돌아서려다 다시 몸을 돌리고는 말했다.

"왕이 입 맞춘 분."

"잘 자렴."

테나가 말했다.

*

능금과 그녀의 남편은 테나를 사나흘 재워 주었지만 테나는 곧 자신의 농장으로 돌아가기로 마음먹었다. 그래서 능금이 그녀와 테루와 함께 잔잔한 은백색의 카헤다 강을 따라 걸어 올라갔다. 계절은 여름에서 가을로 바뀌는 중이었다. 해는 여전히 뜨거웠지만 바람은 서늘했다. 나무 잎새들은 먼지가 타고 지쳐 보였고, 들판의 풀과 곡식은 베어져 나갔거나 수확 중이었다.

능금은 테루가 정말 건강해 보이며 걸음걸이도 확고해졌다고 이야기했다.

“네가 르 알비 있을 때 이 애를 보았더라면 좋았을 텐데. 그 일만…….”

테나는 갑자기 말을 멈췄다. 그 얘기를 다 해서 딸을 걱정시킬 마음은 없었다.

“무슨 일이 있었어요?”

능금이 물었다. 알아야겠다는 결심이 너무나 분명해서 테나는 단념하고 낮은 목소리로 대답했다.

“그놈들 중 하나였어.”

테루는 그들보다 열 걸음쯤 앞에서, 치마가 짧아져 길어 보이는 다리로 걸어가면서 죽 늘어선 관목들 속에서 검은딸기를 찾고 있었다.

“테루의 아버지요?”

능금이 소름 끼쳐 하며 물었다.

“종달새가, 아버지인 듯했던 사람은 ‘민대구’라고 불렀댔거든. 이자는 더 젊었어. 종달새한테 와서 말했다는 바로 그 사람이야. 그는 재주꾼이라고 불리지. 그는……, 르 알비 주위를 어슬렁대고 있었어. 나중에는 운 나쁘게 곤트 항에서 마주쳤고 하지만 왕이 그를 쫓아 버렸단다. 그리고 이제 나는 여기에 있고 그는 거기에 있지, 모든 게 끝났어.”

“하지만 테루는 겁났겠어요.”

능금이 약간 으스스하게 말했다.

테나는 고개를 끄덕였다.

"그런데 곤트 항에는 왜 가셨어요?"

"아, 그건 그 재주꾼이란 남자는 누구에게 고용돼서 일하고 있었거든……, 르 알비 영주의 마법사인데 나를 싫어했지……."

그 마법사의 이름을 기억해 내려고 했지만 불가능했다. 떠오르는 단어라곤 '투아호'뿐으로, 어떤 종류의 나무를 가리키는 카르그 말이었는데 무슨 나무인지는 기억나지 않았다.

"그래서요?"

"음, 그래서 바로 집으로 오는 게 나을 것 같았지."

"그런데 왜 그 마법사가 엄마를 싫어했죠?"

"여자라서 그렇지, 대개는."

"흥! 늙어 빠진 구린내 나는 인간 껍데기 같으니라고."

"이번엔, 젊은 인간 껍데기였다."

"더 나쁘네요. 그건 그렇고, 제가 아는 이 근처 사람들은 아무도 테루의 부모들을 보지 못했어요. 그 작자들을 부모라고 해도 될지 모르겠지만요. 하지만 그들이 아직까지도 근처를 얼쩡거리는데 농장에 엄마 혼자 있는 건 싫어요."

어머니가 딸의 돌봄을 받는다는 것, 그리고 자신의 딸에게 딸처럼 군다는 것은 기쁜 일이다. 테나가 얼른 말했다.

"난 멀쩡하게 잘 지낼 거다!"

"최소한 개라도 길러 봐요."

"생각해 봤지. 마을 사람 중에 누군가가 강아지를 데리고 있을지 몰라. 마을에 들러서 종달새한테 부탁하려고."

"강아지가 아니에요, 엄마. 개라고요."

"하지만 강아지라면……, 테루랑 같이 놀 수 있잖니."

테나가 변명하듯 말했다.

"악당들한테도 가서 뽀뽀하는 귀여운 강아지요."

능금이 쾌활하게 걸어가면서 그 잿빛 눈으로 어머니를 보고 웃었다.

정오쯤 마을에 다다랐다. 종달새는 포옹과 입맞춤과 질문과 먹을 것들로 잔치 분위기를 내며 테나와 테루를 반겼다. 종달새의 말수 적은 남편과 다른 마을 사람들도 들러서 테나를 반겼다. 테나는 귀향의 행복감을 맛보았다.

종달새와 그녀의 일곱 아이들 중 두 명, 남자 애 하나 여자 애 하나가 농장까지 따라왔다. 그 아이들은 종달새가 처음 테루를 집으로 데려왔을 때부터 알고 지낸 터라 테루와 익숙했다. 그래도 처음엔 두 달 동안 헤어져 있었던 탓에 서먹서먹했다. 그 아이들이나 심지어 종달새를 보고도 테루는 예전 나쁜 시절에 그랬던 것처럼 뒤로 몸을 빼고 주춤주춤했다.

"지쳐서 그래. 이번 여행길 내내 겪은 온갖 일들로 어리둥절한 거야. 조금 있으면 괜찮아질 거야. 테루는 놀랄 만큼 좋아졌거든."

테나는 종달새에게 그렇게 말했지만, 능금은 그녀가 그리 쉽게 그 문제에서 빠져나가게 놔두지 않았다.

"그 작자들 중 하나가 나타나서 테루랑 엄마를 둘 다 기겁하게 만들었어요."

그렇게 해서 조금씩조금씩, 딸과 친구는 그날 오후 테나에게서 이야기를 끌어냈다. 그러면서 닫힌 채 먼지가 앉고 냉기가 흐르는 집을 구석구석 열어젖혀 정리하고, 침구를 바람에 쐬고, 싹 난 양파들에 머리를 내젓고, 식료품실에 먹을거리를 조금 쟁여 넣고, 저녁 식사를 위해 커다란 항아리에 수프를 끓였다. 그간 있었던 일들이 동시에 말로 터져 나왔다. 테나는 마법사가 한 짓에 대해서는 말을 못했다. 막연히 "주문이야."라고 말하거나 재주꾼을 보내어 쫓아오게 한 게 그일 거라고 하는 게 고작이었다. 그러나 이야기가 왕을 만난 대목에 이르자 말들이 와르르 쏟아졌다.

"그런데 그때 거기에 있었던 거야……, 왕이! 뽑아 든 검처럼……. 그러자 재주꾼은 움츠러들어서 주춤주춤 물러났지. 그리고 나는 그가 불티인 줄 알았어! 그랬어, 한순간 정말 그랬어. 정말, 너무나 제정신이 아니었거든……."

능금이 말했다.

"흠, 그거야 그럴 수 있죠. 시니도 엄마를 보고 왕의 어머니인 줄 알았다니까요. 나하고 선창 위에서 영광스럽게 배를 타고 들어오는 엄마를 지켜볼 때 말이에요. 엄마가 왕한테 입 맞췄답니다. 종달새 아줌마, 왕에게 입을 맞췄다고요, 그런 식이었어요. 난 그 다음엔 그 현자한테 입 맞추시려나 했지 뭐예요. 그런데 그건 안 하시데요."

"그러면 안 되지, 어처구니없어라. 현자라니?"

종달새가 머리를 찬장 속에 들이민 채 말했다.

"고하야, 네 밀가루 상자 어딨니?"

"네 손 밑에 있잖아. 로크 섬의 현자야. 새로운 대현자를 찾아서 왔지."

"여기에?"

"안 될 건 뭐예요? 마지막 대현자도 곤트 출신이었잖아요, 그렇잖아요? 하지만 그들은 여기서 많은 시간을 보내지 않았어요. 일단 엄마를 떼어 버리자 해브너로 곧장 돌아가더군요."

"넌 무슨 말을 그렇게 하니."

"그 현자는 한 여자를 찾고 있었다고 했어. '곤트의 한 여자', 하지만 별로 기꺼운 눈치는 아니더구나."

테나가 말했다.

"마법사가 여자를 찾아? 흠, 그거 희한한 일일세."

종달새가 말했다.

"지금쯤이면 밀가루에 바구미가 폈을 줄 알았더니 멀쩡하네. 내가 빵 두어 덩어리 구울게, 그래도 되겠지? 기름은 어딨어?"

"냉장실에 있는 항아리에서 몇 가지 꺼내 와야 해. 어머나, 샌디! 당신이군요. 잘 지냈어요? 맑은냇물은 어때요? 모두 어떤가요? 그 숫양은 팔았어요?"

그들은 모두 저녁 식사 자리에 앉았다. 저녁의 부드러운 노란 빛 속, 돌로 바닥을 깐 부엌의 기다란 식탁 앞에서, 테루는 조금씩 머리를 들기 시작했고 몇 번인가는 다른 아이에게 말을 걸었다. 그러나 여전히 움츠러든 구석이 있었고, 바깥이 점점 어두워지자 보이는 쪽 눈으로 창문을 바라보았다.

종달새가 자기 아이들을 챙겨서 황혼 녘에 집으로 가고, 능금이 테루에게 자장가를 불러 주고 있을 때에야 비로소 테나는 샌디와 함께 그릇을 씻으면서 게드 일을 물었다. 어쨌든 종달새와 능금이 듣는 앞에서는 묻고 싶지 않았다. 구구하게 설명해야 할 게 너무나 많았다. 테나는 게드가 르 알비에 있었다는 얘기를 하는 걸 까맣게 잊어버리고 있었다. 그리고 더 이상은 르 알비에 대해 얘기하고 싶지도 않았다. 그 생각을 하려고 하면 마음이 무거워지는 것 같았다.

"지난달에 내가 사람 하나 보냈지요? 일을 도울 사람요."

"이런, 까맣게 잊어먹고 있었네!"

샌디가 큰 소리로 말했다.

"매 말이죠? 그러니까 얼굴에 흉터가 있는…… 그 사람요."

"그래요, 매요."

"아, 맞아요. 음, 그 사람은 저기 리수 윗녘 온천 산에 있을 거예요. 거기서 양 떼와 함께, 아마 세리의 양 떼와 있는 걸로 알아요. 마님이 보냈노라고 얘기를 하긴 했지만 여기에는 일거리가 없어서요. 아시겠지만 맑은냇물하고 저하고 양들을 돌보고, 젖 짜고 치즈 만드는 일은 제가 하고, 필요할 때면 늙은 티프랑 시스가 도와주니까요. 그래서 곰곰 머리를 짜내고 있는데 맑은냇물이 그러더군요. '세리네 일꾼한테 가서 물어보구려, 카헤다난 옆에 사는 농부 세리네 청지기한테 말이우. 고지의 목초지에서 일할 양치기들이 필요할지 어떨지.' 그래서 매는 그 말대로 했고 고용이 되어 다음 날 떠났답니다. '세리네 일꾼한테 가서 물어보구려.'라고 맑은냇물이 말해서 그 말대로 하니 바로 일자릴 얻은 거예요. 그러니 가을이 되면 분명 가축 떼와 함께 내려오겠죠. 리수 위에 있는 긴 고원, 거기 고지의 목초지예요. 그 사람들이 원했던 건 염소치기였던 것 같은데. 말을 잘하는 양반이더군요. 양인지 염손지 기억이 안 나네. 우리가 여기에 그이를 데리고 있지 않았다 해도 괜찮았으면 좋겠네요, 고하 마님. 하지만 나와 맑은냇물이랑 늙은 티프가 같이 있고 시스가 아마포를 안에 들여놓았기 때문에, 그한테 맡길 일거리가 하나도 없었다는 건 진짜라고요. 그리고 그 사람 말로는 자기가 저 어디 산을 돌아 저어기 먼 아르 하구 위 어딘가에서 염소치기였노라 했어요. 하지만 양은 한번도 쳐 본 적이 없다고 그랬거든요. 아마 염소 때문에 저 위에서 그를 쓴 걸 테죠."

"그럴 거예요."

테나는 마음이 푹 놓이기도 하고 몹시 실망하기도 했다. 그가 안전하게 잘 있는지도 궁금했지만, 역시 여기서 그를 찾게 되기를 바랐던 것이다.

'하지만 됐어.' 테나는 스스로를 타일렀다. '이제 집에 왔으니까.' 그리고 여기 집에 그가 없는 게 나을지도 모른다. 여기에는 그 어느 것도 없다. 르 알비의 온갖 슬픔과 꿈과 마법과 공포들은 뒤에 남겨졌다. 그걸로 족했다. 그녀는 이제 여기에 있었고, 여긴 집이었다. 이 돌바닥과 벽, 작은 창유리를 끼운 창문들, 별빛 아래 어둑하니 서 있는 바깥의 참나무들, 조용하고 가지런히 정돈된 방들. 그녀는 그날 밤 잠시 잠에서 깬 채 누워 있었다. 딸은 옆방인 아이들 방에서 테루와 잠들었고, 테나는 자기 침대에, 남편의 침대에 홀로 누워 있었다.

그녀는 잠을 잤다. 깨었을 땐 아무 꿈도 기억나지 않았다.

*

농장에서 며칠 지내고 나자 테나는 큰벼랑에서 보낸 여름에 대해선 거의 아무 생각도 하지 않게 되었다. 그건 오래전이고 머나먼 일이었다. 섄디는 농장에 밀린 일거리가 하나도 없다고 우겼지만 테나는 해야 할 일이 쌓여 있다는 걸 알았다. 여름내 미뤄 두었던 온갖 일들과, 추수에 맞춰 들판이며 가축 우리에서 해야 할 온갖 일들이었다. 테나는 새벽부터 저녁까지 일했고, 한 시간이라도 앉아 있을 짬이 있으면 실을 잣거나 테루를 위해 바느질을 했다. 마침내 완성된 빨간 치마는 무척 예뻤다. 멋내기 용 하얀 앞치마와 평소에 입을 주황빛 도는 갈색 앞치마도 같이 만들었다.

"자, 보자꾸나, 아이 예뻐라!"

테루가 처음 그 옷을 입었을 때 테나는 바느질한 사람으로서 뿌듯해했다.

그러나 테루는 얼굴을 돌렸다.

"넌 예뻐."

테나가 어조를 바꾸었다.

"내 말 좀 들어 봐, 테루야. 이리 와. 넌 흉터가 있지, 못생긴 흉터야. 못생기고 악한 것이 너한테 그랬기 때문에. 사람들은 그 흉터를 봐. 하지만 또한 너를 본단다. 그리고 너는 그 상처가 아니야. 너는 못나지 않았어. 너는 나쁘지 않아. 너는 테루이고, 예뻐. 너는 일할 수 있고, 걸을 수 있고, 달리고, 빨간 치마를 입고 예쁘게 춤출 수 있는 테루란다."

아이는 귀 기울여 들었다. 상처 없는 순한 얼굴 역시 딱딱하고 흉터로 뒤덮인 쪽만큼이나 무표정했다.

테루는 테나의 손을 내려다보다가 이윽고 작은 손가락으로 그녀의 손을 만졌다.

"치마 예뻐요."

그 애만의 약하고 거친 목소리가 말했다.

혼자 남아 빨간 천 조각들을 접고 있으려니 테나는 눈에 눈물이 괴었다. 어쩐지 비난받는 느낌이었다. 치마를 만든 것은 잘한 일이고 아이한테는 진실을 말했다. 그러나 정의와 진실, 그걸로 충분치 않았다. 정의와 진실 너머에 틈이, 공백이, 넘을 수 없는 장벽이 있었다. 그녀가 테루를 사랑하고 테루도 그녀를 사랑하여 그 틈을 가로지르는 거미줄 같은 다리를 놓았지만 애정이 틈을 메우거나 덮을 수는 없었다. 어떤 것으로도 그럴 수 없다. 그리고 아이는 그 사실을 테나보다도 잘 알고 있었다.

추분이 다가오자, 안개 너머 가을의 화창한 태양이 타올랐다. 참나무 이파리들 사이에 첫 단풍이 들었다. 신선한 공기를 맞이하려 낙농장의 창문과 문을 활짝 열어 놓고 크림 접시를 벅벅 문질러 씻으면서 테나는 그 소년 왕이 해브너에서 오늘 왕관을 받겠구나 생각했다. 공경들과 귀부인들은 파란색, 초록색, 진홍색의 옷들을 입고 걷겠지만 왕은 흰옷을 입을 거라는 생각이 들었다. 그는 테나와 게드가 올랐던 검의 탑을 향해 계단을 오를 것이다. 모레드의 왕관이 그의 머리에 놓일 터이다. 나팔이 울리면 그는 돌아서서 그 오랜 세월 동안 비어 있던 왕좌에 앉겠지. 그리고 고통이 무엇이며 두려움이 무엇인지 아는 그 검은 눈동자로 자기의 왕국을 내려다볼 것이다.

'오래오래 잘 다스리길.'

그리고 또 생각했다.

'가엾어라! 그의 머리에 왕관을 얹는 사람은 게드였어야 했는데. 그가 갔어야 했는데.'

그러나 게드는 고지의 목초지에서 부잣집 양인지 염소를 치고 있었다. 화창하고 건조한 황금빛의 가을이었지만, 산꼭대기에 눈이 올 때까지는 아무도 가축들을 데리고 내려오지 않을 터였다.

마을에 갈 때면, 테나는 물방앗간 길 끝에 있는 담쟁이의 오두막에 꼭 들렀다. 르 알비에서 이끼를 알게 된 것으로 인해 담쟁이도 좀 더 잘 알고 싶어졌는데, 그러려면 우선 그 마녀의 의심과 질투를 넘어서야 했다. 여기엔 종달새가 있는데도 테나는 이끼가 그리웠다. 테나는 이끼에게서 뭔가를 배웠고 그녀를 아끼게 되었으며, 이끼는 테나와 테루 둘 다에게 각각 필요했던 것을 주었다. 테나는 여기서 그것을 대신할 것을 찾고 싶었다. 그러나 이끼보다 백 배는 깨끗하고 한결 또렷또렷한 사람이긴 해도 담쟁이는 테나를 싫어하는 마음을 접을 생각이 없었다. 담쟁이는 친구로 지내자는 테나의 제안에 경멸로 답했고, 테나는 수긍했다. 그럴 만했다.

"당신은 당신 길을 가요, 난 내 길을 갈 테니."

마녀는 그 말밖에 안 했다. 그리고 테나는 순순히 응했지만, 담쟁이와 마주칠 때마다 줄곧 눈에 띄게 존중하는 태도로 대했다. 테나의 생각엔 자기가 너무나 자주, 너무나 오랫동안 담쟁이를 깔봐 왔으므로 그것을 갚아 주어야 했다. 분명히 시인하는 테나의 모습을, 마녀는 고집스럽게 분을 품은 채 당연하다는 듯 받아들였다.

가을이 중반에 접어든 무렵 마술사 너도밤나무가 계곡에 왔다. 어느 부유한 농장주가 통풍을 치료해 달라고 부른 것이다. 그는 으레 그러듯 가운뎃계곡 마을에 잠시 머물렀다가 어느 오후 참나무 농장을 지나가면서 테루를 살펴보고 테나와 얘기를 나누었다. 그는 오지언의 마지막 나날들에 대해서 테나가 말해 줄 수 있는 거라면 뭐라도 알고 싶어 했다. 그는 오지언의 제자의 제자이며, 곤트의 현자에 대한 헌신적인 숭배자였다. 테나는 오지언에 관해 말하는 것이 르 알비의 다른 사람들 이야기를 하는 것만큼 어렵지는 않다는 것을 알았고, 해 줄 수 있는 얘기는 다 들려주었다. 테나가 얘기를 끝내자 너도밤나무가 약간 조심스럽게 물었다.

"그리고 그 대현자……, 그도 왔습니까?"

"그래요."

살결이 매끈하고 온화해 보이는 너도밤나무는 마흔이 좀 넘었고 약간 살이 찔 기미가 보이는 남자였다. 무던한 인상과는 어울리지 않게 거뭇한 기미가 낀 눈으로 한번 테나를 본 후 아무것도 묻지 않았다.

"그는 오지언이 운명하신 후에 왔어요. 그리고 떠났죠."

테나가 말하고 나서 마침내 물었다.

"그는 이제 대현자가 아니에요. 알고 있었어요?"

너도밤나무는 고개를 끄덕였다.

"새로운 대현자를 뽑는다는 무슨 얘기는 없나요?"

마술사는 머리를 저었다.

"얼마 전에 인라드 제도에서 배가 왔는데, 그 배의 선원들은 모조리 대관식 얘기뿐이었어요. 그 얘기에 푹 빠졌더군요! 전조도 그간 일어난 일들도 모두 상서롭게 들렸어요. 현자들의 후의에 값을 매길 수 있다면 우리들의 젊은 왕은 아주 부자일 겁니다……. 그리고 적극적인 분인 것 같더군요. 내가 계곡 하구를 떠나기직전에 곤트 항에서 뭍으로 명령 하나가 내려졌는데, 귀족과 상인과 읍장과 의회가다함께 만나 덕망 있고 책임감 있는 지역 행정관들을 선출하는 거였어요. 그들은 이제 왕의 관리들이니, 그의 뜻을 수행하고 그의 법을 따라야 하니까요. 과연, 헤노 공이 얼마나 당황했을지 상상이 가겠지요!"

헤노는 해적들의 보호자로 소문이 난 사람이며 오랜 세월에 걸쳐 허다한 법 집행관들과 남곤트의 해상 보안관들을 자기 손

아귀에 쥐고 흔들었다.

"하지만 기꺼이 헤노에게 맞서려는 사람들이 있었지요. 이젠 왕이 그들 뒤에 있으니까요. 그래서 그들은 케케묵은 패거리들을 해고해 버리고 그 자리에서 자리에 걸맞는 사람을 골라 열다섯 명의 새 행정관을 임명하여 읍장이 급료를 부담하게 했지요.

헤노는 가만두지 않겠노라 욕을 하며 길길이 날뛰었어요. 새 세상이에요! 물론 당장 다 되진 않겠지만 분명 이루어지고 있어요. 오지언 마법사님이 살아 계셔서 보셨더라면 좋았을 텐데."

"그분은 보셨어요."

테나가 말했다.

"그분은 돌아가시면서 미소를 띠고 말씀하셨어요. '모든 게 바뀌었다…….' 고요."

너도밤나무는 소박한 성품대로 그 말을 받아들이며 천천히 고개를 끄덕이고 되풀이했다.

"모든 게 바뀌었죠."

잠시 후에 그가 말했다.

"저 어린애는 아주 괜찮아졌네요."

"잘하고 있죠……, 가끔은 아직 멀었다고 생각하지만요."

"고하 님, 장담하겠지만 내가 됐든 다른 마술사나 그 어떤 마녀가 됐든, 아니 자격 있는 마법사가 저 애를 보살폈더라도, 저 애가 다친 후 지금까지 여러 달 동안 온갖 마법 기술과 치료의 힘을 썼다 해도 이보다 더 낫게는 못했을걸요. 지금만큼 되지도 못했을 겁니다. 부인께서는 할 수 있는 대로 다 해 주셨어요. 놀라운 일을 해 내신 겁니다."

테나는 그의 솔직한 칭찬에 가슴이 뭉클했지만, 동시에 안타까운 심정이 들었다. 테나는 그에게 그 까닭을 말했다.

"충분치가 않아요. 내가 저 애를 낫게 해 줄 수는 없어요. 저 애는……, 저 애가 뭘 할 수 있겠어요? 앞으로 뭐가 될까요?"

테나는 물렛가락으로 잣던 실을 풀어 보냈다.

"나는 겁이 나요."

"아이 때문에요?"

너도밤나무가 반쯤 묻듯이 말했다.

"아이의 두려움이 그 애에게 두려움의 원인을 끌어올 게 겁나요. 또 겁나는 이유는……."

테나는 적당한 말을 찾지 못하다가 이윽고 말했다.

"만약 그 애가 계속 두려움 속에 산다면, 장차 해를 끼치게 될 거예요. 난 그게 겁나요."

마술사는 곰곰이 생각했다. 그리고 마침내 특유의 조심스러운 태도로 말했다.

"내가 생각해 봤는데요, 그 애가 내가 생각하는 대로 타고났다면, 아마 그 기술을 조금 훈련받을 수 있을 거예요. 그리고 마녀로서 그 애의…… 모습은, 썩 어울리기도 하고 말이죠."

그는 목청을 가다듬었다.

"남부끄럽지 않은 일을 하며 살아가는 마녀들도 있답니다."

테나는 자아낸 실의 굵기가 일정하고 탄탄한지 보려고 손가락으로 쪽 훑어 보았다.

"오지언은 내게 그 애를 가르치라고 하셨어요. '그 애한테 모든 걸 가르쳐라.' 그러고 나서 '로크에서는 말고.'라고 덧붙이셨고요. 나는 그분의 말이 무슨 뜻인지 모르겠어요."

"로크의 가르침이……, 그곳에서 다루는 고등한 마법 기술이 여자 아이에겐 적당하지 않을 거라는 말씀이었겠죠."

너도밤나무는 조금도 고민하지 않고 그렇게 설명했다.

"그 심한 장애는 건 제쳐 놓고라도 말이오. 하지만 그 전승만 빼고 모든 것을 가르치라고 하셨다면, 그분 또한 그 애가 마녀의 길을 가는 게 적당할 거라고 본 게 아닐까요."

오지언의 말을 자기 입맛대로 해석하고서, 너도밤나무는 좀 더 흡족한 얼굴로 다시 생각에 잠겼다.

"일이 년 안에 아이가 몸이 낫고 좀 더 크거든 담쟁이한테 그 애를 좀 가르쳐 줄 수 있겠냐고 물어보는 게 어떨까요. 물론 많이는 말고요. 아무리 그런 일이더라도 아이가 참 이름을 갖게 될 때까지는……."

테나는 그 제안에 즉시 심한 거부감을 느꼈다. 아무 말도 하지 않았다. 그러나 너도밤나무는 예민한 사람이었다.

"담쟁이는 음침하지요. 하지만 그녀는 자기가 아는 것을 정직하게 행해요. 마녀들이 전부 그렇게 한다고는 말할 수 없죠. '여자의 마법처럼 약하다.', 음, 그리고 '여자의 마법처럼 사악하다!' 하지만 나는 진정한 치료의 힘을 지닌 마녀들을 알아요. 치료는 여자한테 어울리는 일이죠. 그 애에게도 자연스러운 게 될 겁니다. 그 일에 끌릴지도 몰라요……, 자기 자신이 그렇게 다쳤으니."

테나가 보기에 그의 친절함엔 죄가 없었다.

그녀는 그의 말을 신중히 생각해 보겠다고 하며 고맙다고 했다. 그리고 정말로 곰곰이 생각하기 시작했다.

✷

그 달이 끝나기 전에 가운뎃계곡의 마을 사람들은 소데바의 '둥근 헛간'에 모여, 행정관들과 평화 시의 관리들을 지목하고 그들에게 줄 급료를 위해 자발적으로 세금을 책정했다. 그 모든 것은 왕의 명령이었고, 읍장과 마을의 원로들은 즉시 따랐다. 여전히 노상에 거지와 도둑들이 기승을 부렸기에 마을 사람들과 농부들 모두 간절히 안전과 질서를 바랐기 때문이다. 헤노경이 악당들의 총회를 만들고 마을 주변의 온갖 불량배들을 끌어모아 폭력단을 조직해 왕의 조직의 우두머리들을 없애려고 한다는 몇몇 흉흉한 소문도 돌았다. 그러나 대부분의 사람들은 "어디 해 보라지!" 하고 말했다. 그러고는 이제 선량한 사람들이 밤에 발 뻗고 잘 수 있겠다, 잘못 돌아가는 것을 왕이 바로잡고 있는 거라 서로 얘기를 주고받으며 집으로 돌아갔다. 비록 세금이 부당할 만큼 높았고 계속해서 그런 세금을 내다가는 모두 가난해질 터였는데도 말이다.

테나는 종달새한테서 모든 얘기를 전해 듣고 반가워했지만 그 일에 많이 신경을 쓰지는 않았다. 그녀는 아주 열심히 일을 하며 하루하루를 지냈고, 또 집에 온 후로 재주꾼이나 그 어떤 악당에 대한 생각이 그녀나 테루의 삶을 지배하게 놔두지 않겠다고 거의 무의식적으로 굳게 마음 먹고 있었다. 줄곧 옆에 붙어 앉아 아이를 지키면서 아이의 두려움을 되살려 내고 이제는 생각할 수 없고 그렇게 살 수 없는 인생을 언제까지나 환기시켜 줄 순 없었다. 아이는 자유로워야 하고, 자신이 자유롭다는 걸 알아야 했다. 그래야만 온전히 성장할 수 있다.

주눅 들고 겁내던 테루의 태도는 차츰 없어져 갔다. 이제는 농장과 샛길들 주위로 자유롭게 다녔으며 혼자서 마을까지 가기도 했다. 테나는 아이에게 주의하라는 얘긴 한마디도 안 했고, 그런 말을 삼가려고 조심하기까지 했다. 테루는 농장에서 안전했고, 마을에서 안전했으며, 어느 누구도 그 애를 해치려고 하지 않는다. 의심할 바 없는 사실로 받아들여야 하는 일이다.

정말로 테나는 그에 대해 자주 의심을 품지 않았다. 테나 자신과 샌디와 맑은냇물이 아이 곁에 함께 있고, 아랫집에는 시스와 티프가 있고, 마을 끝에서 끝까지 온통 종달새의 식구들이 있는데, 이 가운뎃계곡의 화창한 가을에 무슨 해가 닥치겠는가?

테나는 또한 구했으면 하던 개 이야기를 듣고서 그것도 데려와 길렀다. 곤트의 덩치 큰 잿빛 양치기 개로서 슬기롭고 머리쪽 털이 곱슬곱슬했다.

가끔씩은 르 알비에서와 마찬가지로 이런 생각을 했다.

'난 이 애를 가르쳐야 하는데! 오지언이 그렇게 말했는데.'

그러나 테루에게는 가르칠 게 없어 보였다. 농장 일과 저녁때 해 주는 이야기 말고는 말이다. 밤이 다가오면 테나는 저녁 식사를 마친 후 잠자기 전에 부엌 불 옆에 앉아서 이야기를 해 주곤 했다. 어쩌면 너도밤나무의 말이 옳을 것이다. 테루는 마녀 누구에게 보내어 마녀의 지식을 배우게 해야 할 것이다. 테나가 생각한 대로 직조공에게 도제로 보내는 것보다는 그게 더 나았다. 하지만 그 역시 좋다고는 할 수 없었다. 그리고 테루는 여전히 어렸다. 게다가 참나무 농장에 오기 전까지는 아무것도 배운 게 없었기 때문에 또래에 비해서 모르는 게 너무 많았다. 처음에는 간신히 인간의 말을 알아들을 뿐인 자그마한 짐승 같았다. 그러나 아이는 빨리 배웠으며, 제멋대로 구는 종달새의 딸아이들이나 노닥거리기만 하고 게으른 아들 녀석들보다 두 배는 말도 잘 듣고 부지런했다. 청소를 하고 곁에서 돕고 실을 자을 줄 알았고, 요리도 조금, 바느질도 조금 할 줄 알았으며, 닭이나 오리들을 돌보고 소를 끌어 오기도 하고 젖짜기에 관한 일은 더할 나위 없이 잘 해냈다. 늙은 티프는 테나의 비위를 맞추느라 테루를 천생 농장 계집애라고 불렀다. 테나는 그래도 역시 테루가 옆을 스쳐 갈 때 몰래 부정타지 않으려는 몸짓을 하는 티프를 본 적이 있었다. 티프도 대부분의 사람들처럼 결과를 가지고 사람을 판단했다. 부자와 권력자들은 훌륭한 사람들인 게 분명하다. 그리고 흉한 일을 당한 사람은 어찌 됐든 나쁠 수밖에 없고, 그러므로 대가를 치러 마땅한 것이다.

이렇다면 테루가 곤트 최고의 농장 아가씨가 되어 봐야 소용없다. 아무리 살림이 넉넉해도 테루에게 낙인 찍힌 눈에 보이는 흔적을 지울 수는 없다. 그래서 너도밤나무는 그 애가 자신의 낙인을 받아들일 수 있고, 도리어 이용할 수 있게끔 마녀가 되면 어떤가 생각했던 것이다. 오지언이 했던 말도 그 뜻일까? "로크에서는 말고"라고 했던 그 말이, "사람들이 그 애를 두려워할 거다."라고 했던 말이? 그게 다일까?

하루는 읍내에 갔다가 담쟁이와 마주쳐서, 이 일을 염두에 두고 있던 테나가 말을 걸었다.

"묻고 싶은 게 있어요, 담쟁이 부인. 당신 직업에 관련된 문제예요."

마녀는 테나를 의심스럽다는 듯 쳐다보았다. 눈이 싸늘했다.

"내 직업이라고요?"

테나가 진지하게 고개를 끄덕였다.

"가죠, 그러면."

담쟁이는 어깨를 으쓱하고는 테나를 데리고 물방앗간 길을 내려가 자신의 작은 집으로 안내했다.

그 집은 이끼의 집처럼 퀴퀴한 닭들의 소굴이 아니었지만 분명히 마녀의 집이었다. 대들보에는 말랐거나 말리는 중인 약초들이 잔뜩 걸려 있고, 회색 재가 수북이 쌓인 화덕에서는 재에 묻힌 작은 석탄 알이 딱 한 개만 붉은 눈동자인 양 불을 깜빡거렸으며, 수염 한 가닥만 흰색인 살찐 검은 고양이가 선반 위에 잠들어 있고, 온 사방이 작은 상자와 단지들, 주전자들, 쟁반들과 마개로 틀어막은 병들, 코를 찌르거나 달콤하거나 기묘한 온갖 향료들로 가득했다.

"뭘 도와드릴까, 고하 마님?"

집 안에 들어서자 담쟁이가 아주 무뚝뚝하게 물었다.

"말해 줘요. 당신이 보기에, 내가 보호하는 아이 테루에게 당신의 기술에 대한 어떤 재능이 있는지……, 그 애에게 어떤 힘이 있다고 보는지를요."

"그 애요? 당연히 있죠!"

테나는 그 즉각적이고 오만한 대답에 약간 당황했다.

"그래요……. 너도밤나무도 그렇게 생각하는 것 같더군요."

"동굴 속의 눈먼 박쥐도 볼 수 있을 거예요. 그게 다예요?"

"아니에요. 조언을 좀 해 주셨으면 좋겠어요. 내가 질문을 던지면, 그 대답이 얼마인지 값을 부르세요. 공정하죠?"

"공정하군요."

"테루가 좀 더 자라면, 마녀의 도제로 보내야 할까요?"

담쟁이는 잠시 침묵했다. 테나는 그녀가 얼마를 부를까 속으로 어림하고 있는 거라 생각했다. 그러나 대신에 담쟁이는 이렇게 답했다.

"난 그 애를 맡지 않을 거예요."

"왜죠?"

"두려우니까."

마녀는 테나에게 돌연 사나운 시선을 던지며 답했다.

"두려워요? 뭐가요?"

"그 애가 말예요! 그 애는 뭐죠?"

"그냥 어린아이예요. 학대받은 어린아이죠!"

"그게 다가 아니죠."

알 수 없는 분노를 느끼며 테나가 말했다.

"그럼 견습 마녀는 순결해야 한단 말인가요?"

담쟁이는 빤히 쳐다보았다. 그러고는 잠시 후에 말했다.

"그런 뜻이 아네요."

"그럼 무슨 소리를 하는 거죠?"

"내 말은 그 애가 뭔지 모르겠다는 거예요. 그 애가 보이는 눈과 안 보이는 눈으로 나를 바라보면, 과연 무엇을 보고 있는지 모르겠다는 말이에요. 난 당신이 여느 어린아이 다루듯 그 애랑 함께 오고가는 것을 보면서 생각해요. 저이들은 대체 뭔가? 저 여자의 힘은 뭘까, 저 여자는 바보가 아닌데, 손에 불을 쥐고 회오리바람으로 실을 잣지 않나. 마님, 소문에 듣자니 당신은 어렸을 때 그 옛 존재들, 어둠의 존재들, 땅 밑의 존재들과 살았고 그 힘들의 여왕이자 시종이었다고 하더군요. 아마도 그래서 그 애를 겁내지 않는 거겠죠. 아이에게 어떤 힘이 있는지는 모르겠어요. 말하지 않겠어요. 하지만 그건 내가 가르칠 수 있는 한계를 넘어선 거예요, 그건 알지요……, 너도밤나무도 마찬가지고, 내가 아는 한 어떤 마녀나 마법사에게도 넘친다고요! 조언을 해 드리지, 마님. 돈 안 받고 무료로 말이에요. 바로 이거예요. 조심하라. 아이를 조심하라, 아이가 자기의 힘을 찾는 날을! 이게 다예요."

"고마워요, 담쟁이 부인."

테나는 아투안 무덤의 대무녀가 몸에 익혔던 격식을 다해 그렇게 말하고서, 그 뜨뜻한 방에서 가을 막바지에 부는 성마르고 얼얼한 바람 속으로 나왔다.

테나는 여전히 화가 났다. 아무도 그 애를 도우려 하지 않는

다고 그녀는 생각했다. 그 일이 능력인 줄은 알고 있다, 구태여 말해 주지 않아도……. 그런데 어느 누구도 그 애를 도우려고 하지 않았다. 오지언은 죽었고, 늙은 이끼는 설교를 했고, 담쟁이는 경고했고, 너도밤나무는 발뺌하고 물러섰다. 그리고 게드는……, 어쩌면 정말로 도움이 될지도 모르는 게드는 도망쳐 버렸다. 채찍에 맞은 개처럼 달아나서 그 어떤 소식도 전갈도 보내 오지 않았다. 그녀나 테루에 대해서는 조금도 생각하지 않고, 오로지 자기 자신의 대단한 수치심만 생각했다. 수치심이야말로 그의 아이였고 그가 소중히 돌보는 것이었다. 그는 그것밖에 신경 쓰지 않았다. 결코 그녀에 대해선 걱정하거나 고민해 본 적이 없었고 오직 힘에 대해서만 생각했다……, 그녀의 힘, 자신의 힘, 어떻게 그것을 이용할 수 있고, 어떻게 그것을 좀 더 힘 있게 만들 수 있을까만을. 깨진 고리를 하나로 붙이고, 그 룬 문자를 완성하고, 왕좌에 왕을 세우는 일만을. 그리고 그의 힘이 사라져 버렸을 때에도 여전히 그 생각밖에 할 수가 없다. 힘이 사라졌다, 힘을 잃고 말았다는 생각밖에는. 힘이 사라져 그에게 단지 그 자신만을, 그의 수치심만을, 텅 빈 껍질만을 남겨 놓았다.

'네 생각은 공정하지 않아.'

고하가 테나에게 말했다.

'공정하지 않다고? 게드는 그럼 공정했어?'

테나가 반박하자 다시 고하가 말했다.

'그래, 게드는 공정했어. 노력은 했지.'

'글쎄, 그러면 자기가 돌보는 염소들에게 공정하게 해 주겠네. 나한테는 아무 소용 없잖아.'

테나는 이제 막 후둑후둑 떨어지기 시작한 차가운 빗방울과 바람을 맞으며 집 쪽으로 터벅터벅 걸어갔다.

카헤다의 목초지 옆 길에서 테나는 소작인 티프를 만났다.

"오늘 밤엔 어쩌면 눈이 오겠는데요."

"눈이 이렇게 빨리? 아니었으면 좋겠네요."

"되게 추울 겁니다, 그건 확실해요."

과연 해가 저물자 날은 몹시 추워졌다. 비 고인 데며 가축용 물통의 수면에 살얼음이 끼더니 마침내 뿌옇게 얼어붙었다. 카헤다 옆에 자란 갈대 무더기는 얼음에 묶여 버려서 물결치지 않았다. 바람 자체도 얼어붙어 움직이지 못하게 된 것처럼 잦아들었다.

저녁 먹은 것을 치운 후 테나와 테루는 화로 옆에 앉아 실을 자으며 얘기를 나눴다. 화롯불은 담쟁이의 집 불보다 좋은 냄새를 풍겼다. 장작이 지난 봄 과수원에서 가지치기한 늙은 사과나무 가지였기 때문이다.

"고양이 귀신 얘기 해 주세요."

검게 뭉텅이 진 부드러운 염소 털을 고운 털실로 잣기 위해 물레바퀴를 돌리며 시작하며, 테루가 거슬거슬한 목소리로 말했다.

"그건 여름에 하는 얘기잖니."

테루가 머리를 곧추세웠다.

"겨울에는 큰 이야기들을 해야지. 겨울에는 「에아의 창조」를 배워서 여름이 오면 '긴 춤' 때 그 노래를 부를 수 있게 돼야지. 또 겨울에 「겨울 축가」와 「젊은 왕의 업적」을 배워 놓아야 해가 봄을 데려오느라 북쪽으로 돌아가는 '해돌이 날'에 그 노래들을 부르지 않겠니."

"전 노래 부를 수 없어요."

아이가 조그맣게 말했다.

테나는 물렛가락으로 꼰 실을 공 모양으로 친친 감고 있었다. 그녀의 손은 능숙하고 율동적이었다.

"목소리만 노래하는 게 아니야. 마음도 노래를 부르지. 세상에서 가장 예쁜 목소리도 마음이 그 노래를 모르면 소용 없어."

그녀는 자아낸 실을 맨 끝가지 풀어 내어 첫 번째 실구리로 만들었다.

"너에겐 힘이 있어, 테루야. 그리고 무지한 힘은 위험하단다."

"배우지 않으려는 이들처럼요. 야생의 이들요."

테나는 테루가 무슨 소리를 한 것인지 몰라서 묻듯이 그 애를 쳐다보았다.

"서쪽에 머무른 사람들 말예요."

"아……, 케메이 여자의 노래에 나오는 그 용들 말이구나. 그래. 바로 그러란다. 그래……, 어떤 걸로 시작할까? 섬들이 바다에서 어떻게 떠오르게 됐는지로 할까, 아니면 모레드 왕이 검은 배들을 물리친 얘기부터 할까?"

"섬들요."

테루가 속삭였다. 테나는 테루가 「젊은 왕의 위업」을 택했으면 했다. 왜냐하면 레반넨의 얼굴을 보았을 때 모레드를 연상했기 때문이다. 하지만 아이의 선택이 옳았다.

"좋아."

테나는 벽화로 선반 위에 있는 오지언의 커다란 전승책들을 흘끗 보았다. 그러면서 혹시 잊어버렸더라도 책을 찾아 보면 될 거라고 스스로를 북돋웠다. 그리고 숨을 들이쉬고 나서 얘기를 시작했다.

잠잘 시간이 되자 테루는 어떻게 세고이가 시간의 심연으로부터 첫 번째 섬을 일으켰는지 알게 되었다. 노래를 불러 주는 대신에, 테나는 아이에게 이불을 덮어 주고 나서 침대에 앉아 한 목소리로 창조의 노래 첫 구절을 감미롭게 암송했다.

테나는 작은 기름 등을 부엌으로 가져와 완벽한 고요에 귀 기울였다. 서리가 세상을 묶어 가두었다. 별빛 한 점 없었다. 새까만 암흑이 부엌의 하나뿐인 창문을 내리눌렀다. 돌바닥 위엔 냉기가 흘렀다.

그녀는 아직 졸리지 않았기 때문에 화덕으로 돌아갔다. 노래의 위대한 가사들이 영혼을 떨리게 하고, 담쟁이와 나눈 대화로 인한 분노와 불안이 아직도 다 가시지 않았다. 테나는 부지깽이로 난로 안쪽의 장작을 건드려 작은 불꽃을 일으켜 세우려고 했다. 통나무를 찌르는 순간, 집 뒤쪽에서 그 소리에 응답하는 듯한 울림이 들렸다.

그녀는 몸을 꼿꼿이 세우고 귀를 기울였다.

또다시, 발소리인지 부딪히는 소리 같은 작고 둔탁한 퉁 하는 소리가……. 집 밖에서……, 치즈 광 창문인가?

부지깽이를 손에 든 채로 테나는 컴컴한 통로를 내려가 냉장실 문으로 다가갔다. 냉장실 너머가 치즈 광이다. 농장 집은 나지막한 언덕에 기대 세워져 있었으므로, 그 광들은 집의 다른 곳과 높이가 같아도 언덕 쪽이라 지하실처럼 되어 있었다. 냉장실엔 환기 구멍만 있었다. 치즈 광에는 문이 있고, 바깥 벽 쪽으로 부엌 창처럼 널찍하고 낮은 창이 나 있었다. 냉장실 문 앞에 오자 그 창문을 억지로 비틀어 여는지 들어 올리는지 삐걱이는 소리가 들리고 작게 두런거리는 남자들의 목소리가 들렸다.

부싯돌은 꼼꼼한 가장이었다. 하나만 빼고 집의 모든 문에 막대 빗장이 설치돼 있었다. 길쭉하고 튼튼한, 부어 만든 쇠 빗장이다. 모든 빗장이 깔끔하게 기름칠이 되어 있었지만 실제로 걸어 본 적은 한번도 없었다.

테나는 냉장실 문에 달린 빗장을 살며시 질렀다. 빗장은 소리 없이 자리에 끼워지며 문설주에 고정된 묵직한 철제 홈에 꼭 맞게 들어갔다.

치즈 광 바깥문이 열리는 소리가 났다. 그자들 중 한 명이 창문을 깨기 전에 마지막으로 한번 시도해 보고는 문이 잠겨 있지 않은 것을 알아낸 것이다. 또다시 뭐라고 쑥덕거리는 목소리들이 들렸다. 그러고 나서 아무 소리도 들리지 않았다. 귓속에서 쿵쿵 울리는 심장 소리가 너무 커서 그 때문에 아무 소리도 듣지 못하는 게 아닌가 두려워질 만큼 긴 시간이었다. 테나의 다리는 끊임없이 떨렸고, 바닥의 냉기가 차가운 손처럼 치마 밑으로 스멀스멀 올라왔다.

"열려 있는걸."

남자 목소리가 가까이에서 속삭였고, 심장이 아플 만큼 뛰어올랐다. 빗장 위에 손을 올려놓은 채, 테나는 냉장실 문이 열려 있었다는 생각이 났다. 빗장을 풀어놓고 잠그지 않았던 것이다. 치즈 광과 냉장실 사이의 문이 열리는 끼이익 소리를 들으며 테나는 냉장실 문 빗장을 도로 잡아 빼 뻔했다. 그 소리는 위쪽 경첩에서 난 것이고 테나는 알아들을 수 있었다. 그녀는 또한 말하는 소리도 알아들었다. 그건 다른 종류의 알아챔이었다.

"저장실이군."

재주꾼이 말했다. 그러고 나서 테나가 기대 선 문이 빗장 때문에 덜컥거렸다.

"이건 잠겼어."

문이 또 한번 덜컥거렸다. 칼날같이 가느다란 빛줄기가 문과 문설주 사이로 휙 움직였다. 빛이 가슴에 닿자 테나는 칼에 베인 양 몸서리치며 뒤로 물러났다.

또다시 문이 덜컥거렸지만 많이 움직이는 않았다. 문짝은 튼튼하고 경첩도 단단했으며 확실하게 빗장이 질러져 있었다.

괴한들은 문 반대쪽에서 함께 투덜거렸다. 테나는 그자들이 집을 돌아가서 앞문을 시험해 시도해 보리라는 걸 알았다. 그리고 자신이 어느새 앞문에서, 어떻게 거기에 왔는지 경황도 없이 빗장을 걸고 있다는 걸 깨달았다. 이건 악몽이다. 이런 꿈을 꾼 적이 있었다. 여럿이 집으로 침입하려고 하면서 문 틈으로 칼을 찔러 넣는 꿈이었다. 문……, 그들이 들어올 만한 다른 문이 또 어디 있지? 창문들은……, 침실 창에 덧창은……. 숨이 너무 가빠 테루의 방까지 가지도 못할 것 같았지만, 테나는 유리창을 막을 무거운 나무 덧창을 가지고 그 방에 다다랐다. 덧창 경첩은 든든했고 탕 하는 소리와 함께 일제히 잠겼다. 괴한들도 이제 알아차렸다. 그들은 이제 노골적으로 들어오려고 할 것이다. 아마 이 옆방, 테나의 방 창문 쪽으로 침입을 시도할 터였다. 그 창에 덧창을 닫기 전에 오고 말 터였다. 그리고 거기에 그들이 있었다.

걸쇠에 걸린 왼쪽 덧창을 풀려고 기를 쓰며 그녀는 그 얼굴들, 바깥의 어둠 속에서 움직이는 흐릿한 모습들을 보았다. 덧창은 옴짝달싹하지 않았다. 도저히 움직일 수가 없었다. 손 하나가 유리창을 짚으며 납작하게 눌려 하얘졌다.

"그 여자다."

"들여보내 줘. 해치지 않을 테니."

"얘기 좀 하려고 왔어."

"어린 딸이 보고 싶어 온 것뿐이라고."

테나는 마침내 덧창을 풀어 창문을 가로질러 닫았다. 그러나 저자들이 유리창을 부순다면 바깥쪽에서 덧창을 밀어 열 수 있을 터였다. 잠금 장치는 힘을 주면 그대로 뽑혀 나가 버릴 고리 하나밖에 없었다.

"들여보내 줘, 해치지 않는다니까."

목소리들 중에 하나가 말했다.

테나는 언 땅 위를 딛는 그들의 발소리를 들었다. 낙엽들이 바삭바삭 부서지는 소리를 냈다. 테루가 깼을까? 덧창 닫히는 소리에 깼을지도 모르지만 기척이 없었다. 테나는 자신의 방과 테루 방 사이 문간에 서 있었다. 칠흑같이 어둡고 조용했다. 그녀는 아이를 건드려서 깨우기가 겁났다. 하지만 아이와 함께 그 방에 있어야 했다. 아이를 위해 싸워야 했다. 손에 부지깽이가 있었는데, 어디다 놓았지? 덧창을 닫느라 내려놓은 것이다. 테나는 벽이 전부 사라져 버린 같은 방의 어둠 속을 더듬거리며 부지깽이를 찾았다.

부엌으로 통하는 앞쪽 문이 덜컹덜컹 소리를 내며 문틀 속에서 마구 흔들렸다.

부지깽이만 찾으면 이 자리에 버티고 서서 싸울 작정이었다.

"여기다!"

한 놈이 외쳤고, 테나는 그가 찾아낸 게 뭔지 알았다. 널찍하고 덧창도 없는, 쉽게 들어갈 수 있는 부엌 창문을 올려다보고 있으리라.

테나는 더듬거리며 방문 쪽으로 갔다. 자기 움직임이 너무나도 느리게 느껴졌다. 지금은 테루가 쓰는 그 방은 예전엔 테나의 아이들 방이었다. 아기방인 까닭에 문 안쪽에는 잠금 장치가 없었다. 아이들이 잘못해서 빗장을 지르고 갇혀서 겁먹는 일이 없도록 말이다.

언덕을 빙 둘러 가 과수원 지나서 있는 오두막에 맑은냇물과 샌디가 잠들어 있을 터였다. 테나가 소리를 지르면 샌디가 들을지도 몰랐다. 침실 창문을 열고 소리를 치면……, 아니면 테루를 깨워 창문으로 나간 뒤 과수원으로 도망치면……. 그러나 그자들이 거기에, 바로 거기에 기다리고 있었다.

더 이상 참을 수 없었다. 몸을 꽁꽁 동여맸던 얼음 같은 공포가 깨져 나가고, 테나는 분노하며 부엌으로 달려 들어갔다. 눈에 시뻘건 불을 켜고 도마 위에서 길고 날카로운 푸주 칼을 꺼내 움켜쥐고는, 문 빗장을 탕 하고 풀어 버린 다음 문간에 버텨 섰다.

"올 테면 와라!"

테나가 말했을 때, 비명인지 신음 같은 울부짖음이 오르더니 헐떡이는 숨소리가 뒤따랐다. 한 놈이 외쳤다. "조심해!" 또 다른 이가 소리쳤다. "여기다! 여기야!"

그러고 나선 조용해졌다.

열린 문에서 흘러나간 빛이 웅덩이의 더러운 얼음을 비추고, 참나무의 검은 가지들과 은빛 낙엽들 위로 반짝거렸다. 시야가 좀 또렷해지자 테나는 길 바닥에 뭔가가 이쪽으로 기어오는 것을 보았다. 정체를 알 수 없는 거무스레한 덩어리가 테나에게 기어들며 날카로운 신음과 흐느끼는 듯한 숨소리를 뱉어 냈다. 빛이 비치는 범위 뒤에서 검은 형체가 덤벼들었고, 긴 날붙이가 반짝였다.

"테나!"

"거기 서!"

그녀가 칼을 들어 올리며 말했다.

"테나! 나요……, 매, 새매요!"

"움직이지 마요!"

덤벼들던 검은 형체는 길바닥에 널브러진 검은 덩어리 옆에 꼼짝 않고 서 있었다. 현관의 빛이 희미하게 사람 몸을, 얼굴을 비추고 세워 든 쇠스랑을 비췄다. 마치 마법사의 지팡이처럼 들고 있다고 테나는 생각했다.

"당신이에요?"

그는 이제 길 위에 쓰러진 검은 물체 옆에 무릎을 꿇고 있었다.

"이 사람을 죽인 것 같소."

그는 일어서면서 어깨 너머를 곁눈질했다. 괴한들은 이미 낌새도 소리도 없었다.

"나머지는 어딨죠?"

"도망쳤소. 날 좀 도와줘요, 테나."

테나는 한 손에 칼을 쥐고 있었다. 그녀는 다른 손으로 길바닥에 몸을 웅크리고 쓰러진 남자의 팔을 잡았다. 게드가 그의 어깨를 부축해 현관 계단 위로 끌어올렸고 집 안으로 끌고 들어왔다. 부엌의 돌바닥에 그자를 눕히자 가슴과 배에서 피가 주전자 물처럼 줄줄 새었다. 사내의 윗입술은 앞니 위로 당겨져 올라가고 눈은 뒤집혀서 흰자위만 보였다.

"문을 잠가요."

게드가 말했고, 테나는 문을 잠갔다.

"선반에 침대보가 있어요."

테나의 말에 게드는 홑이불 한 장을 가져와서 죽 찢어 붕대를 만들었다. 테나가 그 붕대로 사내의 배와 가슴을 친친 둘러 묶었다. 쇠스랑살 네 개 중 세 개에 깊숙이 찔렸기 때문에, 세 군데 문드러진 상처가 나고 고인 피가 펑펑 흘러 넘쳤다. 게드가 그자의 몸통을 받쳐 주어서 그녀는 붕대를 감을 수 있었다.

"웬일로 여기 와 있었어요? 그놈들이랑 같이 왔나요?"

"그래요. 하지만 그자들은 내가 온 줄 몰랐소. 이제 그만큼 하면 되겠소, 테나."

게드는 손을 놓아 그 사내의 몸뚱이가 스르르 무너져 내리게 하고는 물러나 앉아 숨을 몰아쉬며 피 묻은 손등으로 얼굴을 훔쳤다.

"이자를 죽인 줄 알았소."

그가 다시 말했다.

"정말 그럴 뻔했어요."

테나는 괴한의 빈약한 털투성이 가슴과 배를 감싼 두꺼운 베 위로 천천히 퍼져 나가는 새빨간 점을 지켜보며 말했다. 자리에서 일어서니 몸이 다 휘청하고 몹시 어질어질했다.

"불 옆으로 가요. 당신도 기진맥진했을 테니까."

깜깜한 바깥에서 어떻게 그를 알아보았는지 몰랐다. 아마 목소리로 알았겠지……. 게드는 양가죽을 털이 붙은 채로 잘라 가죽이 밖으로 털이 안으로 가도록 지은 두툼한 양치기 겨울 외투를 입고, 털실로 뜬 양치기의 불침번 모자를 눌러쓰고 있었다.

그의 얼굴은 주름지고 비바람에 변했으며, 길게 자란 머리는 철회색이었다. 그에게선 장작 때는 냄새와 서리와 양털 냄새가 났다. 그는 떨고 있었고 온몸이 흔들렸다.

"불 옆으로 가요."

테나가 다시 말했다.

"장작을 더 올려요."

그는 그렇게 했다. 테나는 주전자에 물을 채워 쇠막대에 걸어서 주전자가 불꽃 위에 오게 했다.

치마에도 피가 묻어 있었기에, 테나는 행주 끝에 찬물을 적셔 핏자국을 지웠다. 그리고 게드에게 행주를 건네주고 손에 묻은 피를 닦으라고 했다.

"같이 왔는데 놈들이 몰랐다니 무슨 뜻이죠? "

"나는 내려오는 길이었소. 산 위에서 카헤다의 샘 길로 내려오고 있었소."

게드는 숨이 차는 듯 높낮이 없이 중얼거렸다. 더욱이 떠느라고 말소리가 불분명했다.

"뒤에서 인기척이 나기에, 옆으로 피했소. 숲 속으로. 말하고 싶은 기분이 아니었소. 모르겠소. 뭔가 심상치 않았지. 나는 그들이 무서웠소."

테나는 조바심을 내며 고개를 끄덕이고 화로 맞은편에 앉았다. 이야기에 열중하여 몸이 앞으로 기울고 무릎 위에 놓인 손은 불끈 쥔 채였다. 축축한 치마가 다리에 차가웠다.

"그들이 지나가는데 한 놈이 '참나무 농장'이라고 말하는 게 들렸소. 그 말을 듣고 쫓아오기 시작했지요. 한 사람이 계속해서 지껄이고 있었소. 어린애에 대해서."

"뭐라고 하던가요?"

게드는 조용했다. 그러다가 끝내 이렇게 말했다.

"아이를 되찾겠다는 얘기였소. 벌을 주자고, 그렇게 말했소. 그리고 당신한테 앙갚음을 해 주자고. 아이를 훔쳤으니까, 라고도 했소. 그는……."

게드는 말을 멈췄다.

"나 역시 혼내 주자고 한 거군요."

"그자들 모두가 떠들어 댔소. 이러자, 저러자……."

테나가 바닥에 나뒹군 남자를 고갯짓하며 말했다.

"저 사람은 재주꾼이 아니에요. 그……."

"이자는 애가 자기 것이었다고 했소."

게드 역시 남자를 쳐다본 후에 다시 화롯불로 시선을 돌렸다.

"이자는 죽어 가고 있소. 도움을 청해야 해요."

"안 죽어요. 아침에 담쟁이를 불러 오지요. 다른 놈들이 아직 저 밖에 있단 말이에요……. 몇 명이죠?"

"둘."

"죽으면 죽는 거고 살면 살겠죠. 밖에는 못 나가요."

테나는 자리에서 일어서면서 몸서리를 쳤다.

"그 쇠스랑을 갖고 들어왔나요, 게드!"

그가 쇠스랑을 가리켰다. 문 옆에 벽에 기대 있는 네 개의 기다란 살이 빛났다.

테나는 다시 화롯가에 앉았지만 이제는 그녀 자신이 떨고 있었다. 게드가 그랬던 것처럼 머리부터 발끝까지 벌벌 떨렸다. 그가 화로 맞은편으로 팔을 뻗어 그녀의 팔을 만지며 말했다.

"괜찮아요."

"놈들이 여전히 밖에 있으면 어쩌죠?"

"그들은 도망쳤소."

"돌아올 수도 있어요."

"두 사람이 두 사람에 맞서서? 그리고 우리한테는 쇠스랑이 있어요."

그녀는 잔뜩 목소리를 낮추어 겁에 질려 속삭였다.

"헛간에 가지 칠 때 쓰는 갈고리랑 큰 낫들이 있다고요."

게드는 고개를 저었다.

"그들은 달아났소. 그들은……, 저 사람을 보았고, 당신이 문간에 서 있는 것도 보았소."

"당신은 어떻게 하고 있었나요?"

"이자가 내게 덤벼들었소. 그래서 나도 덤볐지."

"내 말은, 그전에요. 길에서."

"걸어가는 동안 그들은 추워했소. 비가 내리기 시작해서, 그들은 몸이 얼었고 여기 오자고 떠들어 대기 시작했지. 그전에는 이자 혼자 주장했소, 아이와 당신에 대한 얘기를 하고, 가르쳐 주자고……, 본때를 보여 주자고 얘기를……"

게드의 목소리가 말라붙었다.

"목이 마르군."

"나도 그래요. 주전자가 아직 끓지 않아요. 계속해 봐요."

그는 숨을 들이마시고 조리 있게 이야기하려고 애썼다.

"다른 두 명은 그 말을 듣는 둥 마는 둥 했소. 아마도 전에 다 들은 이야기였을 거요. 그들은 길을 서두르고 있었소, 계곡 하구로 가는 길이었소. 마치 누가 쫓아오고 도망치는 것처럼, 서두르더군요. 하지만 날이 추워졌고, 이자는 계속 참나무 농장 얘기를 했지. 그러자 모자 쓴 녀석이 말하더군. '흠, 거기 가서 자면 어때, 그……'"

"그 과부하고 말이죠, 알겠어요."

게드는 양손에 얼굴을 묻었다. 테나는 기다렸다.

그는 다시 불을 바라보았고 차분하게 얘기를 계속했다.

"그러고 나서 난 한동안 그들을 놓쳤어요. 계곡으로 평평하게 나오는 길이라 숲 속에서처럼 바로 뒤를 쫓아올 수가 없었소. 들키지 않으려니 길 옆 들판으로 걸어야 했지. 난 이 근방을 잘 몰라요, 길밖에는……. 들판을 가로지르려고 했다가는 길을 잃을 것 같아 겁이 났소. 집을 못 보고 지나칠 것 같았소. 그리고 날은 점점 어두워지는 중이었고. 집을 놓쳤다, 지나쳐 버렸다는 생각이 들었소. 그래서 길로 돌아갔는데, 거의 그자들과 정면으로 딱 마주쳤소. 저기 모퉁이에서. 그들은 늙은이가 지나가는 걸 보았을 거요. 그들은 날이 완전히 저물고 아무도 오지 않을 게 확실해질 때까지 기다리기로 결정했소. 헛간에서 기다렸지. 난 밖에 있었소. 그자들과 벽 하나를 사이에 두고서요"

"당신 정말 추웠겠군요."

테나가 둔하게 말했다.

"추웠소."

생각만 해도 추운 듯, 게드는 불 쪽으로 손을 뻗었다.

"나는 헛간 옆에서 쇠스랑을 찾아냈소. 그자들은 헛간을 나와 집 뒤로 돌아갔지. 그때 내가 앞문으로 와서 당신에게 경고할 수도 있었는데. 그랬어야 했어요. 하지만 내 머릿속에 든 생각은 기습을 해야 한다는 생각뿐이었소……, 그것만이 내가 가진 유리한 점이고 한 번뿐인 기회라고 생각했어요……. 난 집이 잠겨 있을 테니 그들이 부수고 들어갈 거라 생각했소. 그런데 그때 그들이 거기로, 뒤로 해서 들어가는 소리가 났소. 나는 그들을 뒤따라 안으로……, 치즈 광으로 들어갔어요. 그들이 잠긴 문에 이르렀을 때는 정말 간신히 피했다오."

그가 웃음 비슷한 소릴 냈다.

"어둠 속에서 그들은 바로 내 옆을 지나갔소. 발을 걸어 넘어뜨릴 수도 있을 정도였지……. 한 놈이 부싯돌과 부시를 가지고 있어서, 자물쇠를 찾으려고 부싯깃을 태우기도 했다오. 그자들은 집 앞으로 돌아갔소. 당신이 덧창을 치는 소리가 나서 놈들 소리를 들었다는 걸 알았지. 그들은 당신을 본 그 창문을 때려 부수자고 했소. 그때 그 모자 쓴 자가 창문을 본 거요. 저 창문을……."

그는 안쪽으로 깊고 넓은 창턱을 가진 부엌 창문을 고갯짓했다.

"그가 말했소. '돌을 줘, 한 방에 박살 내 열 테니까.' 그러자 그자들이 그에게 가서, 그를 창턱으로 올려 주려고 했소. 그래서 내가 소리를 치니까, 그가 밑으로 떨어졌고, 한 놈이……, 이 자가 나에게 곧장 달려들었소."

"으으, 으으."

바닥에 누워 있는 남자가 마치 게드가 자기 얘기를 하는 줄 아는 것처럼 신음했다. 게드는 일어나서 그를 굽어보았다.

"죽을 것 같소."

"아니, 안 죽어요."

테나가 말했다. 아직 떨리는 걸 완전히 멈출 수가 없었지만, 이제는 뱃속으로 가라앉았다. 주전자가 노래하듯 끓고 있었다. 테나는 찻주전자에 차를 넣고, 찻물이 깊이 우러날 동안 두꺼운

도기로 된 부분에 손을 올려놓고 있었다. 그녀는 차를 두 잔 따른 다음, 세 번째 잔에는 차가운 물을 조금 부었다.

"너무 뜨거워서 못 마실 거예요."

그녀가 게드에게 말했다.

"1분만 이대로 들고 있어요. 이걸 저자에게 줄 수 있는지 내 살펴볼게요."

테나는 다친 사내의 머리 옆에 앉아서 한 팔로 머리를 조금 들어 올리고, 식힌 찻잔을 입에 대어 악문 잇새로 잔 가장자리를 밀어 넣었다. 따뜻한 차가 그자의 입속으로 흘러들었고, 제대로 삼켜서 넘어갔다.

"죽지 않을 거예요. 바닥이 얼음장 같네. 불가로 옮기게 좀 도와줘요."

게드는 굴뚝과 현관방 사이의 벽을 따라 놓인 긴 의자에서 깔개를 가져오려고 했다.

"그건 안 돼요, 그건 훌륭하게 짠 좋은 깔개라고요."

테나는 벽장에서 닳아 해어진 털 천으로 된 외투를 꺼내다가 그자를 눕힐 자리에 깔았다. 붕대에 물든 붉은 점들은 더 이상 커지지 않고 있었다.

갑자기 테나가 일어서더니 우뚝 서서 움직이지 않았다.

"테루야."

게드가 돌아보았으나 아이는 거기에 없었다. 테나는 허겁지

겁 방에서 나갔다.

아이들 방, 테루를 위한 방은 완전히 어둡고 조용했다. 테나는 느낌만으로 침대로 갔고, 테루의 어깨를 덮은 담요의 따뜻한 곡선 위에 손을 올려놓았다.

"테루?"

아이의 숨결은 평화로웠다. 테루는 깨지 않았다. 테나는 차가운 방에 내뿜는 빛 같은 아이 몸의 열기를 느낄 수 있었다.

나가면서 손으로 서랍장 위를 쓸어 만지던 테나의 손에 차가운 금속이 걸렸다. 덧창을 닫을 때 놓아두었던 부지깽이였다. 그녀는 부지깽이를 부엌으로 다시 가져와, 그자의 몸뚱이를 타넘어 굴뚝 고리 위에다 걸었다. 그런 다음 서서 불을 내려다보았다.

"난 아무것도 할 수가 없었어요. 내가 어떡해야 했을까요? 곧바로……, 도망쳐서……, 소리를 지르고, 맑은냇물과 샌디에게로 뛰어갔더라면. 그자들은 테루를 해칠 틈이 없었을 거예요."

"그들이 아이를 차지한 채 집 안에 있고, 당신은 늙은이와 노파와 함께 바깥에 있을 수도 있었소. 아니면 아이를 집어들고 내뺐을지도 모르지. 당신은 당신이 할 수 있는 걸 한 거요. 당신의 대응은 옳았어요. 시간도 딱 맞았고. 집에서 흘러나온 빛, 당신은 칼을 들고 나타났고, 내가 또 거기에……, 그자들은 그때 쇠스랑을 보았지요……. 그리고 이자가 쓰러졌고. 그래서 그들이 달아난 거요."

"반대로 그들이 그랬을 수도 있죠."

테나는 돌아서서, 마치 약간의 호기심과 약간의 혐오감을 불러일으키는 무슨 물체인 양, 죽은 독사인 양, 발 끝으로 사내의 다리를 건드려 보았다.

"제대로 한 건 당신이에요."

"이자가 쇠스랑을 본 것 같지는 않소. 곧장 뛰어든 걸 보니. 마치……."

마치 무엇 같은지 게드는 더 이상 말을 잇지 못했다. 그가 말했다.

"차를 마셔요."

그러고는 화로 벽돌 위에 두어 여전히 따뜻한 찻주전자에서 자기 잔에 조금 더 따랐다.

"좋은데. 앉아요."

테나는 그의 말대로 했다.

잠시 시간이 흐른 후 게드가 말했다.

"어렸을 때 말이오……, 카르그 인들이 우리 마을에 쳐들어왔소. 그들은 창을 가지고 있었소. 길고, 창대에 깃털을 단……."

그녀가 고개를 끄덕였다.

"형제 신의 전사들이죠."

"나는…… 안개 주문을 엮었소. 그들을 혼란스럽게 하려고.

하지만 그들은 밀고 들어왔지. 어쨌든 몇몇은 말이오. 그중 하나가 쇠스랑에 몸을 던지는 걸 보았소……, 저 사람처럼. 쇠스랑은 그를 완전히 꿰뚫었소. 허리 아래를."

"당신은 늑골을 쳤어요."

게드는 고개를 끄덕였다.

"당신이 딱 하나 실수한 게 그거죠."

테나는 이제 이가 덜덜 떨렸다. 그녀는 차를 마셨다.

"게드, 놈들이 돌아오면 어쩌죠?"

"돌아오지 않아요."

"집에다 불을 놓을 수도 있어요."

"이 집에?"

그는 돌벽을 둘러보았다.

"건초 헛간은……."

"돌아오지 않을 거요, 안 와요."

그가 끈덕지게 말했다.

그들은 조심스럽게 잔을 감싸 쥐고, 손을 녹였다.

"아이는 죽 잠들어 있었어요."

"다행이군."

"하지만 이자를 보게 될 거예요. 여기서……, 아침이 되면……."

그들은 서로를 바라보았다. 게드가 분통을 터뜨렸다.

“내가 이자를 죽였더라면……, 이자가 죽었다면! 끌어내서 묻어 버릴 텐데…….”

“그렇게 해요.”

게드는 분개한 얼굴로 그저 머리만 저었다.

“그게 뭐 대단해요? 왜, 왜 우리는 그럴 수 없는 거죠!”

테나가 다그쳤다.

“모르겠소.”

“날이 밝는 대로…….”

“내가 집 밖으로 끌어내지. 일륜차에 실어서. 노인이 도와줄 수 있겠지요.”

“맑은냇물은 이제 아무것도 못 들어요. 내가 돕겠어요.”

“어떻게든 내가 할 수 있소. 내가 이자를 실어내어 마을로 가겠소. 거기 치유자가 있소?”

“마녀가 있어요, 담쟁이라고.”

테나는 갑자기 온몸에서 기운이 완전히 빠져나간 듯한 느낌이 들었다. 손에 잔을 들고 있기조차 힘들었다.

“차가 아직 남았어요.”

그녀가 어눌한 소리로 말했다.

게드는 자기 잔에 한번 더 가득 차를 따랐다.

불이 테나의 눈 속에서 춤을 췄다. 불꽃이 헤엄을 치며 위로 타올랐다가 가라앉았다. 그리고 다시 그을린 돌을 핥으며, 어두운 하늘을 찌르며, 창백한 하늘과 깊은 물 같은 밤과 세상 밖의 깊고 깊은 대기와 빛을 꿰뚫고 타올랐다. 노란색, 주황색, 적황색 불꽃들. 불꽃의 빨간 혀들. 불꽃의 혀. 그녀가 말할 수 없는 언어를 지닌.

"테나."

"우리는 그 별을 테하누라고 불러요."

그녀가 말했다.

"테나, 내 소중한 사람. 이리 와요. 나와 같이 있어요."

그들은 불 앞에 있지 않았다. 그들은 어둠 속에 있었다. 그 어두운 방 안에. 어두운 통로에. 그들은 예전에 서로를 이끌며, 서로를 뒤따르며, 거기에 있었다. 땅 밑 어둠 속에.

"이리 와요."

그녀가 말했다.

겨울

서서히 잠에서 깨면서 테나는 깨고 싶지 않았다. 창문을 막은 덧창의 가는 틈새로 희끄무레한 햇빛이 반짝였다. 웬 덧창이지? 테나는 서둘러 일어나 부엌으로 갔다. 불 옆에는 아무도 앉아 있지 않았고 바닥에 누운 사람도 없었다. 누가 있었다는 자취도, 남겨진 물건도 없었다. 부엌 탁자에 놓인 찻주전자와 잔 세 개를 빼고는.

테루는 해가 뜰 때쯤 일어났고 둘이서 여느 때처럼 아침을 먹었다. 뒷정리를 하면서 아이가 물었다.

"무슨 일 있었어요?"

테루는 개수대에 담가 놓은 행주 끝을 집어 올렸다. 통 속의 물로 실처럼 가느다란 적갈색 선이 풀려 나가 흐릿해졌다.

"아, 그날이 빨리 시작했어."

테나는 말하면서도 자신의 거짓말에 놀랐다.

테루는 잠깐 동안, 무슨 냄새를 맡는 동물처럼 코를 벌름거리며 꼼짝하지 않고 서 있었다. 그러고 나서 헝겊을 도로 물속에 떨어뜨리고 닭모이를 주러 나갔다.

테나는 몸살 기운을 느꼈다. 뼈마디가 쑤셨다. 날씨가 여전히 추워서 되도록 집 안에 머물렀다. 테루도 안에 있게 하려고 했지만, 살을 에듯 차갑고 쾌청한 바람이 불며 해가 나자 아이는 밖에 나가고 싶어했다.

"샌디랑 같이 과수원에 있어라."

테나가 말했지만 테루는 아무 소리 없이 슥 빠져나갔다.

아이 얼굴에서 불에 데고 일그러진 쪽은 파괴된 근육과 더께진 흉터 때문에 딱딱하게 굳어 있었다. 하지만 흉터가 오래되고 테나가 그 일그러진 모양에서 눈 돌리지 않고 그것 역시 얼굴로 보게 됨에 따라 그쪽 얼굴도 나름의 표정을 가졌음을 깨우치게 되었다. 테나의 눈에 테루가 겁에 질렸을 때는 불에 데고 거무스름해진 부분이 함께 끌려 들어가 단단해지면서 '닫히는' 것 같았다. 아이가 흥분하거나 집중할 때는 보이지 않는 눈구멍도 뭔가를 응시하는 것 같았고 흉터들이 붉어지면서 건드리기 힘들 정도로 뜨거워졌다. 지금, 밖으로 나가면서 테루는 이상한 얼굴이었다. 그 얼굴은 아예 인간이 아니고 무슨 동물, 가시 돋친 낯선 야생 동물이 한 눈만을 번득이며 소리없이 달아나는 것만 같았다.

그리고 테나는 자기가 처음으로 아이에게 거짓말을 했다는 것과, 테루가 처음으로 자신의 말을 거역하려고 한다는 것을 알았다. 그리고 이 처음이 마지막은 아닐 것이다.

테나는 지친 한숨을 내쉬며 불가에 앉았고 한동안 아무것도 하지 않았다.

문 앞에서 톡톡 두드리는 소리가 들렸다. 맑은냇물과 게드……, 아니, 매라고 불러야 한다, 매가 층계에 서 있었다. 늙은 맑은냇물은 얘깃거리와 중요한 용건을 한가득 안고 왔지만 게드는 울적해 보이고 조용했으며 때 묻은 양가죽 외투 탓에 퉁퉁한 몸을 하고 있었다.

"들어와요. 차 좀 들어요. 무슨 소식인가요?"

"튀려고 했지요, 계곡 하구로 내려가려고요. 하지만 카헤다난에서 행정관 양반들이 내려와서, 버찌네 집 바깥채에서 붙잡았어요."

맑은냇물이 주먹을 휘두르며 의기양양하게 말했다.

"그자가 도망쳤어요?"

공포가 숨을 조였다. 게드가 말했다.

"다른 두 명이오. 그자 말고."

"알겠어요? 사람들이 둥근 언덕 위 옛 도살장에서 시체를 찾았다니까. 만신창이로 얻어맞은 시체를, 카헤다난 옆 옛 도살장에서요. 그래 열인가, 열두 명인가가 그 자리에서 방범대를 조직해서 뒤쫓았대요. 간밤에 온 마을을 뒤지고 오늘 아침에 날이 제대로 밝기도 전에 버찌네 바깥채에 숨어 있는 걸 찾아냈어요. 거의 얼어죽기 직전이었다데요."

"그러면, 그자는 죽었나요?"

테나가 당황해서 물었다.

게드는 무거운 외투를 벗고 문 옆에 놓인, 앉는 부분이 등나무로 된 의자에 앉아서 가죽 각반을 풀었다.

"그는 살아 있소. 담쟁이가 데리고 있어요. 오늘 아침에 내가 그자를 퇴비 수레에 실어 날랐소. 날이 새기도 전에 사람들이 길에 나와 있더군. 그들 셋을 잡으려고 하는 중이었소. 그자들이 산 위에서 여자 하나를 죽였던 거요."

"무슨 여자를요?"

테나가 조그맣게 말했다.

그녀의 눈동자가 게드를 바라보고 있었다. 그는 가볍게 고개를 끄덕였다.

내내 그 얘기를 하고 싶어서 입이 근질거렸던 맑은냇물이 큰 소리로 이야기를 이었다.

"거기서 온 사람들 몇이랑 얘길 나눴는데, 그들은 넷이 함께 카헤다난 근처를 배회하고 노숙하면서 할 일 없이 어슬렁거렸다더라고요. 그 여자가 마을로 구걸하러 오곤 했는데 온몸에 두들겨 맞은 멍투성이고 불로 지진 자국에다 상처투성이였다데요. 놈들은 여자를 마을로 보내는데, 알겠소? 구걸하기 좋으라고 그 꼴로 만들었다는 거예요. 여자는 동냥을 받아 가지고 그 놈들에게 돌아가고, 사람들에게 말하길 빈손으로 가는 날엔 더 심하게 두들겨 팰 거라고 했답니다. 그러니 사람들이 왜 돌아가느냐고 물었죠. 하지만 돌아가지 않으면 쫓아올 거라면서, 알겠소? 그래 그 여자는 항상 그놈들하고 같이 다녔던 거예요. 하지만 결국에 놈들이 도를 넘어 여자를 때려죽이고, 시체를 옛 도살장에 버리고 떠났던 거지요. 거긴 마님도 아시다시피 악취가 심하니까 발각되지 않을 줄 알았나 보지요. 그리고 그자들은 내뺀답시고 이쪽으로 내려온 거예요, 바로 어젯밤에요. 그나저나 왜 간밤에 소리쳐서 부르지 않았소, 고하 마님? 매 얘기로는 그들이 바로 여기 집 주위를 어슬렁거리고 있었다던데. 소리를 질렀으면 내가 확실히 들었을 걸, 아니면 샌디가 들었거나. 마누라 귀가 나보다야 더 예민할 테니. 샌디한테는 얘기했어요?"

테나가 고개를 저었다.

"내 지금 가서 얘기해 줘야지."

늙은이는 그렇게 말하고, 그 소식을 맨 처음 전하는 사람이 된 것에 신이 나 마당을 가로질러 쿵쿵거리며 걸어갔다. 반쯤 가다가 그가 돌아서더니 게드에게 소리쳤다.

"쇠스랑을 그렇게나 신통하게 쓰는 일은 다시 없을 거요!"

그러고는 허벅지를 치고 웃으면서 가 버렸다.

무거운 각반에서 발을 빼낸 게드는 진흙투성이 신발을 벗어서 문 앞 층계에 가지런히 올려놓고는 양말만 신은 채 불 앞으로 왔다. 바지와 짧은 가죽 상의와 손으로 짠 털 윗도리. 신중한 얼굴에 매의 코와 깨끗하고 검은 눈동자를 지닌 곤트의 염소치기다.

"곧 사람들이 올 거요. 당신한테 모든 얘기를 들려주고, 여기서 무슨 일이 일어났는지 다시 들으려고 말이오. 사람들이 달아났던 두 사람을 잡아 지금 비어 있는 포도주 저장실에 가둬 놨어요. 그리고 남자들이 열다섯에서 스무 명이나 지키고 섰고 사내애들은 이삼십 명쯤 엿보려고 기웃거리고……."

게드는 하품을 하고 어깨와 팔을 털어 긴장을 풀면서 테나를 흘끗 보고는 불 앞에 앉아도 되겠느냐고 허락을 구했다.

그녀는 화로 앞의 의자 쪽으로 손짓했다.

"무척 피곤하겠어요."

테나가 조그맣게 말했다.

"여기서 조금 잤소, 지난밤에. 도저히 졸려서 못 참겠더군."

게드가 다시 하품을 했다. 그러고는 시선을 들어 테나의 안색을 살폈다.

"그 여자가 테루의 엄마예요."

테나의 목소리는 속삭이는 소리보다 크지 않았다.

게드는 고개를 끄덕였다. 그러고는 부싯돌이 그랬던 것처럼 몸을 앞으로 약간 숙이고 팔을 무릎에 올려놓은 채 불 속을 응시했다. 그들은 아주 닮기도 했고, 파묻힌 돌과 날아오르는 새가 다르듯 아주 다르기도 했다. 그녀는 가슴이 미어지고 뼈도 에는 듯했다. 그리고 머릿속은 예감과 슬픔, 두려움의 기억과 편치 않은 해방감 사이를 방황했다.

"마녀가 우리가 잡은 그자를 데리고 있소. 상자 속에 집어넣어진 채로도 팔팔하더군. 몸에 난 구멍에는 온통 거미줄과 피를 멎게 하는 주문이 꽉꽉 채워져서 말이오. 마녀 얘기로는 교수형을 당할 때까지 살아 있을 거랬소."

"교수형이군요."

"그건 왕의 법정에 달린 일이고, 이제 법정이 소집되어 심리할 거요, 목 매달 건지 노예로 일을 시킬 건지."

테나는 절레절레 머리를 흔들며 미간을 찌푸렸다.

"그자를 그냥 놓아주길 바라는 건 아니잖소, 테나."

게드가 그녀를 바라보며 부드럽게 말했다.

"아니죠."

"그들은 벌을 받아야 해요."

여전히 테나에게서 눈을 떼지 않은 채 그가 말했다.

"벌을 받는다, 그게 바로 그자가 한 말이에요. 아이를 혼내 주자. 못된 아이니까 벌을 받아야 해. 아이를 데려감으로써 나를 벌 주려고 했어요. 단지 내가……."

테나는 말을 하려고 힘겹게 애썼다.

"난 벌이 싫어요! 그런 일은 일어나지 말았어야 해요. 당신이 그를 죽였더라면 좋았을 텐데!"

"난 최선을 다했소."

게드가 말했다.

한참 시간이 흐른 후에 그녀는 떨면서 웃어 버렸다.

"확실히 그랬어요."

숯덩이에 눈길을 둔 채 게드가 다시 말했다.

"그게 얼마나 쉬웠을지 생각해 봐요. 내가 마법사였을 때는 말이오. 저 위 길에서 나는 그자들이 알아채기도 전에 묶기 주문을 놓을 수도 있었소. 그들을 양 떼처럼 계곡 하구로 몰고 갈 수도 있었지. 아니면 지난밤, 여기서 불꽃을 생각하는 것만으로 불을 붙일 수도 있었소! 그들은 자신들을 친 게 뭐였는지조차 까맣게 몰랐을 테지."

"그들은 지금도 몰라요."

게드는 슬쩍 테나를 쳐다보았다. 그의 눈 속에 아주 희미하지만 억누를 수 없는 승리의 빛이 반짝였다.

"모르지. 그들은 모를 거요."

“쇠스랑을 그렇게나 신통하게…….”

테나가 중얼거렸다.

게드가 찢어지게 하품을 했다.

“들어가서 좀 자지 그래요? 현관 통로에서 두 번째 방을 써요. 사람들과 어울리고 싶지 않다면요. 종달새랑 들국화가 오는 게 보이네요. 애들도 데리고 오는군요.”

테나는 사람들 소리에 일어나 창 밖을 내다보았다.

“그러겠소.”

게드는 그렇게 말하고 슬그머니 빠져나갔다.

✻

종달새와 그녀의 남편, 대장장이의 아내 들국화, 그리고 마을에서 온 다른 친구들이 게드가 말했던 대로 소식을 전하고 또 간밤 얘기를 들으려고 하루 종일 들락거렸다. 테나는 손님들 덕에 기운이 솟고 지난밤부터 끊이질 않던 악몽이 조금씩조금씩 희미해져 가는 걸 느꼈다. 그리고 마침내 지금 벌어지고 있는 일로서가 아니라 지나간 일로 사건을 돌아볼 수 있게 되었다. 일은 언제나 결국 그렇게 되는 것이다.

‘이것은 또한 테루가 배워야 할 것이기도 해.’

테나는 생각했다. 하지만 하룻밤 사이에 배울 수 있는 건 아니었다. 그 애의 평생 동안 배워야 할 터였다.

다른 사람들이 가고 없을 때 테나는 종달새에게 말했다.

"내가 얼마나 어리석었는지 생각할수록 분해."

"내가 집 문을 잠가야 한다고 했잖니."

"아니 그게 아니라……, 그야……, 정말 그렇구나."

"네 맘 알아."

종달새가 말했다.

"하지만 내 말은, 그놈들이 여기 왔을 때……, 난 도망쳐서 샌디와 맑은냇물을 불러올 수도 있었어. 테루를 데리고 갔을 수도 있지. 아니면 헛간으로 가서 쇠스랑을 손에 넣을 수도 있었어. 아니면 사과나무 가지 치는 가위나. 그건 면도날 같은 날에다 길이가 일곱 자가 넘어. 부싯돌이 보관해 둔 대로 고스란히 거기 있었지. 왜 그렇게 하지 않았을까? 왜 뭔가 하지 않은 거지? 왜 내가 스스로 갇혀 버린 걸까……, 그러는 게 아무 소용도 없을 때 말야. 매가 없었더라면……. 내가 한 일이라곤 테루와 함께 내 발로 덫에 들어간 것뿐이야. 결국은 푸주 칼을 갖고 문밖으로 나가 소리를 질렀지. 반쯤 미쳐 있었거든. 하지만 그 정도로 그들이 겁을 집어먹고 달아나진 않았을 거야."

"글쎄, 모르겠다. 미친 짓이지, 하지만 어쩌면……, 몰라, 문을 잠그는 것 말고 네가 뭘 할 수 있었겠니? 하지만 우린 평생 문이나 잠그고 사는 것 같구나. 우리가 사는 집이 그렇지."

그들은 농부 부싯돌의 집, 참나무 농장 집의 햇빛 드는 부엌 창문과 돌바닥과 돌벽을 둘러보았다.

"그 여자, 그들이 살해한 여자 말이야."

종달새가 의미심장한 눈으로 테나를 보며 말했다.

"같은 여자였어."

테나는 고개를 끄덕였다.

"누구한테 들었는데 임신 중이었대. 4, 5개월 정도."

두 사람 다 조용했다.

테나가 말했다.

"덫에 걸렸던 거지."

종달새는 물러나 앉아 치마로 감싼 통통한 허벅지에 손을 올려놓고 등을 꼿꼿하게 펴며 잘 짜인 이목구비를 굳혔다.

"겁이라. 우린 뭘 그렇게 겁내는 거지? 왜 그들이 우리더러 겁먹었다고 말하게 놔두는 걸까? '그들이' 겁내는 건 뭘까?"

종달새는 깁고 있던 긴 양말을 집어 들어 이리저리 돌려 보느라 잠시 말이 없었다. 그러다 마침내 말했다.

"그들은 뭣 때문에 우리를 겁내는 거지?"

테나는 실을 자으며 아무 대답도 하지 않았다.

테루가 뛰어 들어오자 종달새가 반겼다.

"내 아가! 와서 안아 줄래, 우리 예쁜 강아지!"

테루가 와락 종달새를 껴안았다.

"잡힌 남자들 누구예요?"

테루가 그 애 특유의 높낮이 없는 쉰 소리로, 종달새를 보았다가 테나를 쳐다보며 조르듯 물었다.

테나는 물레를 멈췄다. 그리고 천천히 말했다.

"하나는 재주꾼이야. 하나는 '털북숭이'라는 남자고. 다친 사람은 '민대구'라는 자야."

그녀는 테루의 얼굴에서 눈길을 거두지 않았다. 그녀는 불길을, 불그레해지는 흉터를 보았다.

"그들이 죽인 여자는 세니라고 불린 것 같다."

"세니니예요."

아이가 작게 속삭였다.

테나는 고개를 끄덕였다.

"세니니를 죽였어요?"

그녀는 다시 고개를 끄덕였다.

"'올챙이'가 그러는데 그 사람들이 여기 왔었대요."

그녀는 또다시 고개를 끄덕였다.

아이는 방을 둘러보았다, 테나와 종달새가 그랬던 것처럼. 그러나 아이의 표정은 전혀 순종적이지 않고 눈은 결코 벽을 보고 있지 않았다.

"그들을 죽이나요?"

"아마 목 매달릴 거야."

"죽어요?"

"그래."

테루가 반쯤은 상관없다는 듯이 고개를 끄덕였다. 아이는 다시 밖으로 나가서 우물 옆에 있던 종달새의 아이들과 어울렸다.

두 여자는 아무 말도 하지 않았다. 그들은 부싯돌의 집 불가에서 실을 잣고 양말을 기우며 침묵에 잠겼다.

한참 후에 종달새가 말했다.

"그 친구 말야, 여기까지 그놈들을 쫓아왔던 그 양치기는 어떻게 됐어? 그이 이름이 '매'라고 했지?"

"저기서 자고 있어."

테나가 고개로 집 뒤쪽을 가리키며 말했다.

"아, 그래!"

물레가 달가닥거렸다.

"내가 전부터 알던 사람이야."

"아, 르 알비에서 알았구나, 그렇지?"

테나가 고개를 끄덕였다. 또 물레가 달가닥거렸다.

"그 세 악당을 쫓아오고 쇠스랑을 들고 어둠 속에서 싸우는 데에는 용기가 필요하지, 안 그러니. 젊은 남자도 나이잖아, 그렇지?"

"맞아."

잠시 뜸을 들였다 테나가 말을 이었다.

"매는 쭉 몸이 아팠어, 그리고 일자리가 필요했고. 그래서 내가 그 사람 보고 산너머로 가서 맑은냇물한테 여기 데리고 있어 달라고 말하라고 그랬지. 그런데 맑은냇물은 아직도 자기가 모든 일을 다 할 수 있다고 생각하나 봐. 그래서 여름 동안 양을 돌보라고 샘 너머로 보내 버렸더랬어. 매는 거기 갔다가 오는 길이었어."

"그럼 넌 그 사람을 데리고 있을 생각이니?"

"그가 원한다면."

테나가 말했다.

＊

마을에서 또 한 무리의 사람들이 참나무 농장으로 왔다. 그들은 고하의 얘기를 듣는 동시에 살인자들을 잡는 대단한 일에 자기들이 기여한 이야기를 말해 주고 싶어 했다. 그들은 그 쇠스랑을 구경하면서 기다란 네 개의 살을 민대구라는 자의 붕대에 묻은 세 개의 핏자국과 비교해 보았고, 그때까지 했던 얘기를 또다시 몽땅 되풀이했다. 테나는 저녁이 온 게 반가워 테루를 불러들인 다음 문을 닫았다.

그녀는 문에 걸쇠를 걸려고 손을 들었다. 그러나 손을 도로 내리고 억지로 돌아서서 문을 잠그지 않은 채로 놔두었다.

"아줌마 방에 새매가 있어요."

테루가 냉장실에서 달걀을 갖고 부엌으로 돌아오면서 알렸다.

"그 사람이 와 있다고 얘기해 주려고 했는데……, 미안하다."

"난 그 아저씨 알아요."

테루가 개수대에서 얼굴과 손을 씻으면서 말했다. 그리고 게드가 눈도 제대로 뜨지 못하고 흐트러진 모습으로 들어섰을 때에는 곧장 다가가서 팔을 뻗었다.

"테루야."

게드는 아이를 부르며 안아 올렸다. 아이는 잠깐 그에게 달라붙어 있다가 팔을 풀고 내려갔다. 테루가 말했다.

"나 「창조」의 시작 부분을 알아요."

"노래불러 줄래?"

게드는 또다시 테나를 슬쩍 보아 허락을 구하고는 화로 앞 전의 그 자리에 앉았다.

"말로만 할 수 있어요."

그는 고개를 끄덕인 후 기다렸다. 그의 얼굴이 조금 엄격해졌다. 아이가 시작했다.

"만들어 내는 것은 없앰으로부터
끝내는 것은 시작함으로부터
그 누가 진정으로 알리요?

우리가 아는 것은 그 둘 사이의 열린 문
거기서 우리는 첫걸음을 떼네.
영원히 회귀하는 모든 존재들 속에서,
가장 나이 든 이, 문지기, 세고이……."

아이의 목소리는 금속을 비질하는 금속 붓 같고, 마른 잎 같고, 타오르는 불 같았다. 아이는 제1절의 마지막 구절을 읊었다.

"그리하여 물거품으로부터 찬란한 에아가 터져 나왔네."

게드가 짤막히, 확실히 인정한다는 뜻으로 고개를 끄덕였다.

"잘한다."

"어젯밤이에요. 어젯밤에 배운 거예요. 하지만 꼭 1년 전 같네요."

테나가 말했다.

"나 더 배울 수 있어요."

테루가 말했다.

"그럴 거다."

게드가 그렇게 말해 주었다.

"이제 정리하자, 도와다오."

테나의 말에 아이는 순순히 따랐다.

"나는 뭘 하면 좋겠소?"

게드가 물었다. 테나가 잠시 말없이 그를 쳐다보았다.

"주전자에 물을 채워서 데워야 해요."

그가 고개를 끄덕이고는 주전자를 펌프로 가져갔다.

그들은 저녁을 만들어 먹고 깨끗이 치웠다.

게드가 화로 앞에서 테루에게 말했다.

"네가 아는 데까지 다시 「창조」를 불러 보렴. 거기서부터 계속하게."

아이는 그와 함께 둘째 구절을 한 번, 다시 테나와 한 번, 그리고 혼자서 한 번 암송했다.

"자야지."

테나가 말했다.

"새매 아저씨한테 임금님 얘기 안 했죠."

"네가 얘기해 주렴."

테나는 그 구실로 이 자리가 더 이어지는 게 기뻤다.

테루는 게드에게 돌아섰다. 상처 입은 쪽과 완전한 쪽, 보이는 눈과 안 보이는 눈이 모두 집중하며 흥분했다.

"임금님이 배를 타고 왔어요. 칼을 가지고 왔어요. 나한테 뼈로 된 돌고래를 줬어요. 임금님의 배는 아주 빨리 날았는데 나는 막 아팠어요. 재주꾼이 만졌거든요. 하지만 임금님이 손을 대니까 그 손자국이 없어졌어요."

아이는 둥글고 가느다란 팔을 보여 주었다. 테나는 팔을 응시했다. 그녀는 그 흔적을 잊어버리고 있었다.

"언젠가 임금님이 사는 곳으로 날아서 갈래요."

테루가 게드에게 말했다. 그는 고개를 끄덕였다.

"꼭 갈 거예요. 새매도 임금님을 알아요?"

"그래. 알지. 그와 함께 긴 여행을 갔단다."

"어디로요?"

"해가 뜨지 않고 별이 지지 않는 곳으로. 그리고 그곳에서 돌아왔지."

"날아서요?"

그는 고개를 저었다.

"난 오직 걸을 줄만 안단다."

아이는 곰곰 생각에 잠겨 있다가 만족했다는 듯이 말했다.

"안녕히 주무세요."

그러고는 자기 방으로 갔다. 테나가 아이를 뒤따라갔다. 그러나 테루는 자장가를 듣고 싶어 하지 않았다.

"난 깜깜한 데서도 「창조」를 읊을 수 있어요. 두 구절 다요."

테나는 부엌으로 돌아와 화로 맞은편에 앉았다.

"테루가 얼마나 빨리 크는지! 애를 따라갈 수가 없어요. 난 애를 키우기에는 늙었죠. 그리고 저 애는……, 저 애는 내 말을 잘 따르긴 하지만, 그건 단지 저 애가 원하기 때문이에요."

"순종의 정의는 오직 그뿐이라오."

게드가 말했다.

"하지만 내 말을 안 듣겠다는 생각이 저 애 머릿속에 들면, 그땐 어쩔 수 없겠지요? 테루에게는 야성이 있어요. 때로는 나의 테루였다가, 때로는 내 손에서 벗어난 다른 존재가 돼요. 담쟁이더러 테루를 가르칠 생각이 있냐고 물어봤죠. 너도밤나무가 그래 보라고 했거든요. 담쟁이는 거절하더군요. 왜 안 되냐고 물으니까, '난 그 애가 무서워요!' 그러더라고요……. 하지만 당신은 그 애를 겁내지 않아요. 그 애도 당신을 겁내지 않고요. 그 애가 자기를 만지도록 놔둔 남자는 당신과 레반넨뿐이에요. 그런데 내가……, 내가 재주꾼을 막지 못하고……, 이 얘기는 못하겠네. 아, 피곤해라! 아무것도 모르겠어요……."

게드가 옹이 하나를 불에 놓아 조그만 불꽃이 천천히 타들어가게 했다. 두 사람은 팔랑팔랑 흔들리고 솟구치는 불꽃을 지켜보았다.

"당신이 여기에 있으면 좋겠어요, 게드. 당신이 원한다면요."

그는 바로 대답하지 않았다. 테나가 말했다.

"당신은 해브너로 가려고 할지도……."

"아니, 아니오. 나는 갈 곳이 없어요. 나는 일자리를 찾아야 해요."

"음, 여기엔 할 일이 많아요. 맑은냇물은 인정하지 않겠지만,

그는 관절염 때문에 정원 가꾸는 일 말고는 어떤 것도 제대로 끝내지 못하거든요. 난 집에 돌아온 뒤로 계속 일손이 필요했어요. 당신을 산 위에 보내 버린 일을 내가 어떻게 생각하는지 그 둔한 늙은이에게 얘기해 줄 수도 있었지만, 소용없는 일이죠, 들으려 하지 않았을 테니."

"나에겐 쓸모 있는 일이었소. 나한테는 시간이 필요했어요."

"양을 쳤어요?"

"염소였소. 목초지 맨꼭대기에서요. 그들이 데리고 있던 사내애 하나가 아파서, 세리가 나를 고용해 첫날에 거기로 보냈소. 염소들을 그 높은 곳에 늦게까지 놔둔다오. 털이 무성하게 자라라고 말이지. 지난달 그 산은 나에게 정말 많은 것을 주었소. 세리는 나에게 외투와 약간의 물자들을 보내면서 가축들을 할 수 있는 데까지 오래 높은 곳에 데리고 있어 달라고 했지. 그래서 난 그렇게 했어요. 괜찮았소, 그곳에서."

"외로웠죠."

그녀가 말했다.

그는 반쯤 미소 지으며 고개를 끄덕였다.

"당신은 항상 혼자였어요."

"그래요, 난 그랬소."

테나는 아무 말도 하지 않았다. 게드가 그녀를 바라보았다.

"여기서 일하고 싶소."

"그러면, 결정된 거군요."

테나가 말했다. 그리고 잠시 후에 테나가 덧붙였다.

"어쨌든, 겨울 동안에는요."

그날 밤 추위는 더 심해졌다. 그들의 세계는 화롯불의 속삭임만 빼면 완벽한 침묵이었다. 그 침묵이 그들 사이에 있는 어떤 존재 같았다. 테나는 머리를 세우고 그를 바라보았다.

"그러면……, 난 어느 침대에서 잘까요, 게드? 아이 침대에서요, 아니면 당신 침대에서요?"

그가 숨을 들이쉬었다. 그리고 나지막이 말했다.

"내 침대에서 자요. 당신이 그러겠다면."

"그러겠어요."

침묵이 그를 사로잡았다. 테나는 그가 그것을 깨뜨리려고 애쓴다는 것을 이해할 수 있었다.

"당신이 나를 참아 줄 수 있다면 말이오."

"난 25년 동안이나 당신을 참아 왔어요."

테나는 게드를 쳐다보고 웃기 시작했다.

"자, 힘내요, 소중한 사람. 하지 않느니보단 늦게라도 하는 게 낫죠! 난 단지 나이 든 여자일 뿐이에요……. 헛된 건 없어요, 어떤 것도 영원히 헛되지는 않아요. 당신이 내게 그걸 가르쳐 주었죠."

그녀가 일어섰고 그도 일어섰다. 그녀가 양손을 내밀었고 그는 그 손들을 잡았다. 그들은 서로를 껴안았고, 더욱 세게 끌어안았다. 서로를 너무나 열렬히, 너무나 소중히 안았으며, 상대방 외에는 모든 게 아득해졌다. 어떤 침대에서 잘 것인가는 문제가 아니었다. 그들은 그날 밤 화로 곁 바닥돌 위에 누웠고, 거기서 그녀는 게드에게 가장 현명한 남자도 가르쳐 줄 수 없었던 신비를 가르쳐 주었다.

게드는 불길을 돋워 일으키고 긴의자에서 잘 짜여진 깔개를 가져왔다. 이번엔 테나도 반대하지 않았다. 그녀의 망토와 그의 양털 가죽 외투가 그들의 담요였다.

그들은 새벽에 다시 한번 깼다. 창밖은 어둑했고 희미한 은빛이 반쯤 잎을 잃은 참나무 가지에 내려앉아 있었다. 테나는 팔다리를 쭉 뻗어 자기 몸에 기댄 게드의 온기를 느꼈다. 조금 있다 그녀가 중얼거렸다.

"그가 여기 누워 있었는데. 민대구가요. 바로 우리 몸 아래……."

게드가 조그맣게 항의하는 소리를 냈다.

"이제 당신은 진짜 남자예요. 첫째로 문제투성이 남자를 꼼짝못하게 했고, 둘째로 한 여자와 자리에 누웠죠. 내가 생각하기엔 타당한 순서로군요."

"쉿, 아무 말 마요."

게드가 그녀 쪽으로 돌아누워 머리를 그녀의 어깨에 괴며 중얼거렸다.

"말할 거예요, 게드. 딱한 양반아! 나한테는 자비심이 없어요. 오직 정의뿐이죠. 난 불쌍히 여기도록 가르침을 받지 않았어요. 나한테 있는 호의는 애정뿐이에요. 아, 게드, 날 겁내지 마세요! 당신은 내가 당신을 처음 본 순간부터 남자였어요! 남자나 마법사를 만들 수 있는 건 무슨 무기나 여자가 아니라고요. 어떤 힘도 아니고, 오직 그 자신뿐이에요."

그들은 온기와 달콤한 침묵 속에 누워 있었다.

"얘기해 줘요."

게드는 졸린 듯 승낙하는 소리를 냈다.

"그자들이 얘기하는 걸 어떻게 듣게 된 거죠? 민대구하고 재주꾼하고 또 다른 자요. 어떻게 딱 그 순간 거기 있게 됐나요?"

게드는 그녀의 얼굴을 보려고 한 팔로 몸을 일으켜 세웠다. 편안함과 충족감과 부드러움에 젖은 그의 얼굴이 너무나 솔직하고 상처 입기 쉬워 보여, 테나는 손을 뻗어서 그의 입술을, 몇 달 전 처음으로 입 맞췄던 그곳을 만질 수밖에 없었다. 그러자 그는 다시 그녀를 품에 안았고, 대화는 말로 이어지지 않았다.

*

거쳐야 할 형식적인 절차들이 있었다. 그중 첫 번째가 맑은냇물과 참나무 농장의 다른 일꾼들에게 이번에 고용한 사람이 '예전 주인님'의 자리를 채웠다고 말해 주는 것이었다. 그녀는 신속하고 냉정하게 일을 처리했다. 사람들은 그에 대해 아무것도 할 수 없었지만 그렇다고 그것이 그들에게 무슨 해가 되지도 않았다. 미망인이 남편의 재산을 보유하려면 남자 상속인이나 요구자가 없어야 했다. 그러므로 뱃사람이 된 부싯돌의 아들이 상속인이고, 부싯돌의 과부는 단지 아들을 위해 농장을 유지할 뿐이다. 그녀가 죽는다면 상속자를 위해 농장을 유지하는 일은 맑은냇물에게 돌아갈 것이다. 그리고 불티가 권리를 주장하지 않는다면 농장은 카헤다난에 있는 부싯돌의 먼 사촌 몫이 될 터였다. 그 땅의 임자는 못 되지만 곤트에서 흔한 대로 이 일삯과 농장 소출로 생계를 꾸리는 두 쌍의 부부에게는 지주의 과부가 어떤 남자와 사귀든 말든, 아니 심지어 결혼한다고 해도 달라질 것이 없었다. 그래도 테나는 자기가 부싯돌에게 정절을 지키지 않았다고 흉 들을 일이 두려웠다. 그러나 다행히도 소작인들은 전혀 반대하지 않았다. '매'는 쇠스랑을 한 번 내찔러서 인정을 받은 것이다. 게다가, 여자가 자신을 보호해 줄 남자를 집안에 두고 싶어 하는 것은 말이 되는 얘기였다. 만약에 남자를 침대로 끌어들인다면, 글쎄, 과부들이 밝힌다는 사실은 잘 알려진 바이다. 그리고 어쨌든 그 여자는 외국 여자였다.

마을 사람들의 태도도 거의 그와 같았다. 얼마쯤 수군대고 코

웃음을 치긴 했지만 그 이상은 없었다. 좋은 평판이란 어쩌면 이끼가 생각한 것만큼 대수로운 게 아닌지도 모른다. 아니면 중고품은 어차피 별 가치가 없는 것이거나.

그러나 테나는 사람들의 비난을 받았다면 그랬을 것처럼 인정을 받았음에도 불구하고 명예가 손상 받고 낯이 깎였다. 그녀를 부끄럽게 만들지 않는 것은 종달새뿐이었다. 종달새는 일체 이러쿵저러쿵하지 않고, 남자니 여자니, 과부니 외국인이니 하는 말들은 입에도 담지 않았다. 대신에 그 단순한 눈으로 흥미와 호기심과 질투와 너그러움을 가지고 두 사람을 지켜보았다.

종달새는 매를 양치기나 고용인이나 과부의 남자 같은 말들로써 보지 않고 그 사람 자체를 보았기 때문에 아주 많은 것들을 보고 호기심을 느꼈다. 매의 겉모습이나 소박한 태도는 종달새가 익히 보던 다른 남자들이나 마찬가지였지만 종류가 약간 달랐다. 그는 큰 사람이라는 느낌을 주었는데 그런 느낌은 키나 몸무게가 아니라 영혼과 정신에서 비롯하는 듯싶었다. 종달새는 담쟁이에게 이렇게 말했다.

"그 사람은 평생 염소들하고나 살았던 사람이 아니에요. 농장 일도 잘 알지만 세상사를 더 많이 알고 있어요."

"저주를 받았는지 어쨌는지 몰라도 힘을 잃어버린 마술사일 거예요. 종종 있는 일이죠."

마녀의 말이었다.

"아, 그래요."

종달새가 말했다.

그러나 '대현자'라는 말은, 까마득히 멀고 까다로운 격식과 궁궐들로부터 끌어다가 이 검은 눈에 머리가 희끗한 남자에게 갖다 붙이기에는 너무 거창하고 으리으리한 말이었다. 종달새가 그렇게 생각했다면 지금까지처럼 편하게 그를 대하지 못했을 것이다. 매가 예전에 마술사였다고 생각해 보는 것만으로도 마음에 거리낌이 생겼고 그를 똑바로 보지 못하게 끼어들었다. 그러나 종달새는 결국 그를 다시 보았다. 어느 날 과수원의 사과나무 고목 중 하나에 올라 죽은 가지를 쳐내던 매가 농장으로 오는 종달새를 보고 인사말을 던졌다. 이름이 딱 어울리는 사람이라고 종달새는 생각했다.

'꼭 횃대 위에 앉은 것 같잖아.'

그녀는 그에게 손을 흔들었고 가면서 빙그레 웃었다.

테나는 화롯가 바닥돌 위에 누워 양털 가죽 외투를 덮고 그에게 던졌던 질문을 잊지 않았다. 그녀는 다시 그 질문을 했다. 며칠인가 몇 달이 지난 뒤였다. 겨울에 묶여 버린 농장의 돌집에서 시간은 아주 즐겁고 편안하게 흘러갔다.

"아직 대답하지 않았어요. 어떻게 그들이 길 위에서 말하는 걸 듣게 되었는지."

"당신에게 말한 것 같은데. 옆으로 비켰다고. 뒤에서 남자들이 오는 소리를 듣고 길 옆으로 숨었어요."

"왜요?"

"나는 혼자였고, 노상강도가 돌아다닌다는 걸 알고 있었으니까."

"그래요, 그야 그렇죠……. 하지만 하필이면 그들이 지나가는 그 순간 민대구가 테루에 관해 얘기를 했죠?"

"내 기억엔 '참나무 농장'이라고 말한 것 같소."

"모두 더할 나위 없이 그럴 법해요. 너무나 꼭 들어맞는다고요."

테나가 자기 말을 의심하는 게 아닌 줄 알기에 게드는 뒤로 몸을 기대고 그녀의 얘기를 기다렸다.

"그런 일은 마법사에게나 일어날 거예요."

"다른 사람들에게도 일어나요."

"그럴까요."

"내 사랑, 당신은 나를…… 원상태로 되돌리려고 그러는 건 아니지요?"

"아니, 아니에요. 절대 아니에요. 말도 안 되죠? 당신이 마법사였더라면 여기 있겠어요?"

그들은 털 달린 양가죽과 깃털을 둔 이불로 잘 감싼 커다란 참나무 침대 속에 들어와 있었다. 그 방엔 난로가 없는 데다 쌓인 눈이 혹독하게 얼어붙은 밤이었기 때문이다.

"내가 알고 싶은 건 이거예요. 당신이 힘이라고 부르는 것 말고 뭔가가 있지 않을까……, 힘보다 앞선 어떤 것이 있는 게 아닐까? 아니면 그 힘이라는 것도 단지 한 가지 활용하는 방법일 뿐인 건 아닐까? 이런 생각이에요. 오지언은 당신이 어떤 가르침이나 훈련을 받기도 전에 이미 현자였다고 말한 적이 있어요. 타고난 현자라고 하셨죠. 그래서 난 이렇게 상상했죠. 힘을 가지려면, 먼저 그 힘을 담아 둘 여지가 있어야 한다고요. 채우기 위한 빈 공간이요. 그 빈 곳이 크면 클수록 더욱 많은 힘을 채울 수 있는 거죠. 혹시 그 힘을 결코 얻지 못했더라도, 아니면 빼앗기거나 주어 버렸다고 해도……, 여전히 그 빈 자리는 거기에 있을 거라고요."

"빈 자리라."

그가 말했다.

"비었다는 건 그것을 표현하는 한 가지 말일 뿐이에요. 딱 맞는 말이 아닐지도 몰라요."

"잠재력일까? 어떤 존재일 수 있는……, 뭔가가 될 수 있는."

게드는 말하면서 고개를 저었다.

"당신이 길에서 딱 그 순간 그 자리에 있었잖아요. 그건……, 그건 당신이 겪은 그 일들을 겪었기 때문이었어요. 그 일들은 당신이 일어나도록 만든 게 아니죠. 당신이 초래한 일들이 아니에요. 그건 당신의 '힘'이 만든 일이 아니었어요. 그저 당신에게 일어난 일이지요. 바로 당신의……, 빈 자리로 인해서요."

조금 있다가 게드가 말했다.

"그건 내가 소년이었을 때 로크에서 받은 가르침과 크게 다르지 않아요. 진정한 마법은 행해야 하는 것만을 행하는 데 있다는 거요. 하지만 이 얘긴 더 나아간 얘기군. 내가 행하는 것이 아니고 나에게 행해진다……."

"딱 들어맞는 이야기 같진 않네요. 오히려 무엇을 한다는 것이 어디서부터 유래하느냐 하는 얘기죠. 당신은 와서 내 생명을 구하지 않았어요? 쇠스랑을 들고 민대구에게 달려들지 않았나요? 그것이 무엇을 '했다'는 거예요, 아주 근사하게, 당신이 해야 하는 일을 행한 거죠……."

게드는 또다시 생각에 잠겼다가 이윽고 테나에게 물었다.

"당신이 무덤의 대무녀였을 때 배운 지혜요?"

"아뇨."

그녀가 조금 몸을 뻗고 어둠 속을 응시했다.

"아르하는 힘 있는 자가 되려면 희생해야 한다고 가르침 받았죠. 자기 자신을 희생하고 남들을 희생시키는 거죠. 그건 거래예요. 줌으로써, 받는……. 그리고 그게 진실이 아니라고는 말 못하겠네요. 하지만 내 영혼은 그 좁은 공간에선 살 수 없었어요……. 저것에는 이것, 이에는 이, 삶에는 죽음……. 그 너머에 자유가 있죠. 대가를 치르고 보복을 하고 보상해 주는 것을 초월해서……, 모든 거래와 균형 너머에 자유가 있는 거예요."

"'그 사이에 열린 문간'이군요."

게드가 부드럽게 말했다.

그날 밤 테나는 꿈을 꾸었다. 「에아의 창조」에 나오는 문을 바라보는 꿈이었다. 그것은 뒤틀리고 흐릿하며 묵직한 유리를 끼운 작은 창문으로, 바다 위 낡은 집 서쪽 벽에 나지막이 붙어 있었다. 창문은 잠겨 있었다. 닫힌 채 자물쇠가 걸려 있었다. 그녀는 그걸 열고 싶었지만, 그러려면 한마디 말이나 열쇠가 필요했다. 그녀가 잊어버린 어떤 말, 어떤 열쇠, 어떤 이름이 없이는 창문을 열 수 없었다. 그녀는 점점 작아지고 어두워지는 돌로 된 방들을 헤매며 그것을 찾다가 마침내 게드가 자신을 붙잡아 깨우며 위로하고 달래고 있음을 깨달았다.

"괜찮아요, 내 사랑. 다 괜찮을 거요!"

"난 자유로워질 수 없어요!"

테나가 그에게 매달리며 울부짖었다.

게드는 머리카락을 어루만지며 그녀를 달랬다. 그들은 함께 누웠고 그가 속삭였다.

"봐요."

해묵은 달이 떠올라 있었다. 쌓인 눈 위로 쏟아지는 하얀 달빛이 방 안으로 반사되었다. 날이 추워도 테나가 덧창을 닫으려고 하지 않았기 때문이다. 그들을 둘러싼 대기 전체가 광채를 뿐었다. 그들은 어둠 속에 누워 있었지만, 천장은 그들과 한도 끝도 없는 잔잔한 광채의 하늘 사이에 드리워진 한 겹 장막에 지나지 않았다.

*

곤트에는 겨우내 눈이 푸지게 내렸다. 긴 겨울이었다. 지난해는 소출이 좋았다. 사람과 동물 모두 식량이 넉넉했고, 그걸 먹고 따뜻하게 지내는 것 말고는 할 일이 별로 없었다.

테루는 「에아의 창조」를 처음부터 끝까지 익혔다. 그 애는 해돋이 날에 겨울 찬가와 「젊은 왕의 위업」을 읊었다. 파이 껍질을 다루는 법과 물레로 실을 잣는 법, 비누 만드는 법도 익혔다. 눈밭 위로 보이는 모든 식물들의 이름과 쓰임새, 다른 많은 가르침과 약초와 언어를 익혔다. 그것들은 게드가 오지언과 함께 한 짧은 도제살이 이후 로크의 학교에서 오랜 세월을 보내는 동안 머릿속에서 치워 두었던 지식들이었다. 그러나 그는 벽화로 선반에서 룬 문자 책들이나 전승책들을 내려 가져오지 않고, 아이에게 창조의 언어를 조금이라도 가르치려고는 하지 않았다.

게드와 테나는 거기에 대해서 얘기를 나눴다. 그녀는 왜 테루에게 딱 한 단어 '톨크'를 가르치고서 그만뒀는지 얘기하고, 이유는 몰랐지만 그게 옳지 않아 보였기 때문이라고 말했다.

"아마도 내가 한번도 진정으로 그 언어를 말해 보거나 마법으로 사용한 적이 없었기 때문이라고 생각했어요. 아마도 테루가 정말 그 말을 제대로 하는 사람에게서 배워야 한다고 생각한 것 같아요."

"그런 사람은 아무도 없어요."

"여자는 더 더욱이나 없죠."

"내 말은 용들만이 옛 언어를 타고난 말로 말한다는 뜻이오."

"그들도 그 말을 배우나요?"

그 질문에 한 대 맞은 것처럼 게드의 대답은 더디게 나왔다. 예전에 들은 이야기들과 자기가 용에 관해 아는 것들을 떠올리고 있다는 게 눈에 보였다.

마침내 그가 말했다.

"모르겠소. 우리가 그들에 대해 뭘 알겠소? 그들이 우리가 하는 것처럼 가르칠까요? 어머니가 아이에게, 연장자가 젊은이에게? 아니면 짐승처럼, 어떤 것은 가르치기도 하지만 대부분은 처음부터 알고 태어날까? 그것조차도 우리는 몰라요. 하지만 내 짐작에 용과 용의 말은 한가지요. 하나의 존재지."

"그리고 용들은 다른 말은 전혀 하지 않지요."

그는 고개를 끄덕였다.

"그들은 배우지 않소. 용으로 존재할 뿐이지."

테루가 부엌으로 왔다. 불쏘시개 상자를 채워 놓는 게 그 애가 맡은 일 중 하나여서, 양가죽 윗도리와 모자를 쓰고는 목재 창고에서 부엌으로 분주하게 왔다 갔다 했다. 테루는 들고 온 것을 굴뚝 모서리 옆 상자에 와르르 쏟아 놓고 다시 나갔다.

"테루가 부르는 노래가 뭐요?"

게드가 물었다.

"테루가요?"

"그 애가 혼자 있을 때 말이오."

"하지만 그 애는 노래를 안 하는데. 할 수가 없어요."

"그 애 나름으로 말이오. '서쪽 너머 더 먼 서쪽…….'"

"아! 그 얘기! 오지언이 케메이 여자에 대해 말해 준 적이 없었나요?"

"없었소. 말해 줘요."

그녀는 실을 자으며 그 얘기를 들려주었고, 물레바퀴는 그녀의 말마디에 맞추어 소리를 냈다 멈췄다 했다. 이야기 끝에 그녀가 말했다.

"풍향사가 '곤트의 한 여자'를 찾아오게 된 사정을 얘기했을 때 난 그녀를 떠올렸어요. 하지만 지금쯤 그 사람은 죽었을 거예요, 틀림없이. 그리고 어쨌든, 어떻게 용이었던 어부 여자가 대현자가 되겠어요!"

"음, 조형사는 곤트의 한 여자가 대현자가 될 거라고 말하진 않았소."

게드는 어둠침침한 날이 허락하는 빛을 받으려고 창문턱에 앉아서 심하게 찢어진 바지를 깁고 있었다. 해돌이 날이 지난 지 보름이었고 아직은 가장 추운 때였다.

"그러면 그가 한 얘긴 뭐예요?"

"'곤트의 한 여자.' 당신이 그리 말했잖소."

"하지만 그들은 누가 다음 대현자가 될지 찾아나선 길이었잖아요."

"그런데 거기 대해선 아무 해답도 얻지 못한 거지."

"'영원한 것은 현자들의 말싸움'이라죠."

테나가 약간 쌀쌀맞게 말했다.

게드는 이로 실을 물어 끊고서 남은 실을 두 손가락에 감았다.

"난 로크에서 궤변을 조금 배웠지."

그가 인정했다.

"하지만 이건 궤변이 아니라고 생각하오. '곤트의 한 여자'가 대현자가 될 수는 없어요. 여자는 대현자가 될 수가 없소. 만약에 되려고 한다면 자기가 되려던 그것을 망가뜨려 버릴 거요. 로크의 현자들은 남자들이오……, 그들의 힘은 남자의 힘이고, 그들의 지식은 남자의 지식이에요. 남자가 된다는 것과 마법은 둘 다 같은 주춧돌 위에 자리 잡고 있소. 힘은 남자들에게 속해 있다는 거지. 만약 여자들에게 힘이 있다면, 남자란 아이를 가질 수 없는 여자밖에 더 되겠소? 그리고 여자란 아이를 가질 수 있는 남자 말고 뭐가 되겠소?"

"저런!"

테나가 말했다. 그리고 약간 꼬아서 말했다.

"여왕들도 있었잖아요? 그들은 권력을 지닌 여자들이 아니었나요?"

"여왕이란 단지 여자 왕일 뿐이오."

테나는 코웃음을 쳤다.

"내 말은, 남자들이 그녀에게 힘을 주었다는 거요. 그녀가 자기들의 힘을 사용도록 한 거지. 하지만 그건 그녀의 힘이 아니오, 그렇지 않소? 여왕의 권력은 여자이기 때문이 아니라 '여자인데도' 가질 수 있었던 것이오."

테나는 고개를 끄덕였다. 그러고는 실 잣던 물레에서 물러나 앉아 몸을 쭉 펴며 물었다.

"그러면 여자의 힘이란 뭐죠?"

"그걸 알 수 있을 것 같진 않아요."

"여자가 여자인 까닭에 여자의 힘을 가질 때란 언제일까요? 아이들과 함께일 때, 내 생각엔 그렇군요. 그 한동안은……."

"그녀의 집 안에서, 아마도."

테나는 부엌을 둘러보았다.

"하지만 문들은 닫혀 있어요. 문들은 꽁꽁 잠겨 있죠."

"당신이 소중하기 때문이지."

"아아, 그렇죠. 우린 소중하죠. 우리가 아무 힘도 없는 한……. 그걸 처음 배운 때가 생각나네요! 코실이 나를 위협했죠……, 나를, 무덤의 유일 무녀를. 그래서 난 내가 무력하다는 걸 깨달았어요. 난 명예를 가졌죠. 하지만 코실은 신왕에게서 비롯한 힘을 가졌더랬어요. 아아, 그 때문에 난 분노했죠! 그리고 두려웠고요……. 종달새랑 이 얘기를 한 적이 있어요. 그녀는 이러더군요. '남자들은 왜 여자들을 겁내는 걸까?'"

"힘이란 게 단지 타인의 약함이라면, 두려움 속에서 살 수밖에 없지."

"맞아요. 하지만 여자들은 자기 자신의 힘을 겁내고 자기 자신을 두려워하는 것 같아요."

"그들이 스스로를 신뢰하도록 가르침 받은 적이 있소?"

게드가 물었고, 그가 말할 때 테루가 다시 장작을 갖고 들어왔다. 그와 테나의 눈이 마주쳤다.

"아니요. 신뢰란 우리가 배우지 못한 것이에요."

테나는 아이가 상자에 나무를 쌓아 올리는 것을 지켜보았다.

"힘이 신뢰라면……. 나는 이 말이 맘에 들어요. 이 모든 자리 배치가 아니었더라면……, 이것 위에 저게 있고……, 왕들과 공경들과 현자들과 소유자들……, 모두 다 너무나 쓸데없어 보여요. 진정한 힘, 진정한 자유란 신뢰 속에 있을 거예요, 폭력이 아니라."

"아이들이 부모를 믿듯이 말이지요."

게드가 덧붙였다.

두 사람 다 조용했다.

"매사가 그렇듯……, 신뢰조차도 타락한다오. 로크 섬의 남자들은 자기 자신과 서로를 믿어요. 그들의 힘은 순수하고 어떤 것도 그 순수함을 더럽히지 못하오. 그래서 그들은 그 순수함을 지혜로 받아들이는 거요. 잘못된 행위를 한다는 건 상상할 수도 없는 거지."

테나는 그를 물끄러미 쳐다보았다. 전에는 로크에 대해서 이렇게, 거기서 전적으로 벗어나 외부의 시선으로 이야기한 적이 한번도 없었다.

"그 가능성을 지적해 주려면 거기에 여자들이 좀 있어야 하겠군요."

그녀의 말에 게드는 웃음을 터뜨렸다.

테나는 다시 물레바퀴를 돌리기 시작했다.

"난 여전히 왜 그런지 이해할 수 없어요. 여자 왕들이 있는데, 여자 대현자는 안 된다니."

테루가 귀 기울이고 있었다.

게드는 곤트의 속담 하나를 빗대어 얘기했다.

"'뜨거운 눈송이에, 건조한 물'이라지요. 왕은 다른 사람들에 의해 힘을 갖게 돼요. 마법사의 힘은 오로지 그의 것이오……,

바로 그 자신이지."

"그리고 그건 남성의 힘이죠. 우리는 여자의 힘이 무엇인지조차도 모르니까요. 좋아요. 알겠어요. 하지만 그래도, 왜 대현자를……, '남자' 마법사를 찾아내지 못하는 걸까요?"

게드는 너덜너덜해진 바지의 안쪽 솔기를 꼼꼼히 살폈다.

"음……, 조형사가 그들의 질문에 대답한 게 아니라면, 그는 그들이 묻지 않은 질문에 대답한 거요. 그들이 해야 할 건 그 질문을 하는 일일 것이오."

"수수께끼예요?"

테루가 물었다. 테나가 말했다.

"그래. 그런데 우리는 그 수수께끼를 모른단다. 아는 건 답뿐이지. 답은 이거야. '곤트의 한 여자.'"

"굉장히 많은데."

테루가 조금 생각에 빠졌다가 그렇게 말했다. 그리고 이 대답에 만족한 기색으로 다음 불쏘시개를 가지러 밖으로 나갔다.

게드는 아이의 뒷모습을 지켜보았다.

"모든 게 바뀌었소, 모든 게……. 가끔 생각하는데, 테나……, 레반넨이 왕이 된다는 것은 단지 어떤 시작일 뿐이지 않나 싶소. 일종의 문이지요……. 그리고 그는 문을 통과하지는 않는 문지기이고 말이오."

"너무나 젊어 보이더군요."

테나가 부드럽게 말했다.

"모레드가 검은 선단을 만났을 때만큼이나 젊지. 또 그 무렵의 나만큼이나……. 내가……."

게드는 말을 끊고, 창밖의 헐벗은 나무들 새로 얼어붙은 벌판을 바라보았다.

"아니면 당신만큼이나, 테나, 그 암흑 성소의 당신만큼이나 말이오……. 젊음이니 나이니 하는 게 뭘까? 가끔은 마치 내가 천 년은 산 것처럼 느껴진다오. 또 가끔은 내 삶이 벽 틈새로 보는 날아다니는 제비처럼 휙 지나가는 것 같고. 나는 죽었다가 다시 태어났소. 그 메마른 땅에서, 그리고 여기 태양이 비치는 세계에서 거듭……. 그리고 「창조」에서는 우리가 원천을 향하여 돌아가고 영영 돌아간다고 말하며 그 원천은 그침이 없다고 하지요. '삶은 죽어감 속에만…….' 산 위에서 염소들과 있으면서 그 생각을 했다오. 하루는 끝이 없는데 눈 깜짝할 사이에 저녁이 되고, 그러고 나면 다시 아침이 오고……. 나는 염소의 지혜를 배웠어요. 그래서 생각했소. 내 슬픔은 무엇 때문인가? 슬퍼하고 있는 나는 어떤 사람인가? 대현자 게드? 왜 염소치기 매가 대현자인 그를 위해 슬퍼하고 수치스러워하며 앓는 걸까? 내가 부끄러워해야 할 무슨 짓을 했던가?"

"아무것도. 아무것도요, 절대로 아니죠!"

"아무렴, 그 말이 맞소. 남자들의 모든 위대함이란 수치심 위에 세워졌으며 수치심으로 지어진 것이오. 그래서 염소치기 매는 대현자 게드가 애석해 울었소. 그러면서 한편으로는 나이를 이만큼 먹은 사내아이라면 당연히 이쯤은 해야 한다고 할 만큼 훌륭하게 염소들을 돌보았고……."

시간이 조금 지나 테나가 미소를 지었다. 그녀는 약간 수줍어하며 말했다.

"이끼는 당신이 열다섯 살 정도였다고 그랬어요."

"거의 맞을 거요. 오지언은 가을에 내게 이름을 주셨소. 그리고 다음해 여름에 나는 로크로 갔지……. 그 소년은 누구였을까? 빈 자리이고……. 자유였지."

"테루는 누구죠, 게드?"

오랫동안 대답이 없어 마침내 포기하려 할 즈음에 그가 말했다.

"그렇게 만들어진 그 애에게…… 무슨 자유가 있겠소?"

"우리는 그럼 자유인가요?"

"아마도."

"당신에게 힘이 있었을 때, 당신은 어느 누구보다도 자유로워 보였어요. 하지만 어떤 대가를 치렀죠? 무엇이 당신을 자유롭게 했나요? 그리고 나는, 나는 진흙처럼 빚어지고 만들어졌어요, 옛 힘들을 섬기는 여자들의 뜻에 따라, 아니면 온갖 봉헌 의식과 길과 장소들을 만들어 낸 남자들을 받들기 위해……. 이제 어느 쪽인지 모르겠네요. 그러고 나서 나는 자유로워졌죠. 당신과 함께했던 잠깐 동안, 그리고 오지언과 함께 있는 동안요. 하지만 그건 '나의' 자유가 아니었어요. 그 자유는 나에게 선택지를 주었을 뿐이죠. 난 선택을 했고, 나 자신을 한 농장과 한 농부와 우리 아이들을 위해 진흙처럼 빚기로 선택했죠. 나 자신을 어떤 그릇으로 만든 거예요. 난 그 모양을 알아요. 하지만 그 진흙은 모르겠어요. 삶이 나를 흔들어 춤추게 해요. 난 그 춤을 알죠. 하지만 무용수가 누구인지는 모르겠어요."

게드가 한참의 침묵 끝에 말했다.

"그렇게 그 춤을, 영원히 추어야만 한다면……."

"사람들은 그 애를 두려워할 거예요."

테나가 작은 목소리로 말했다. 그러고 나서 아이가 들어왔고, 화로 곁 상자 안에서 부풀어 오르는 빵 반죽 얘기로 화제가 바뀌었다. 그들은 곧잘 그렇게 이야기를 나눴다. 조용히 그리고 오랫동안, 이 얘기에서 저 얘기로 건너갔다가 다시 되돌아오는 식으로 짧은 하루의 반을 보냈다. 그러면서 이야기로 그들의 삶을, 그들이 함께하지 않은 세월과 행동과 생각들을 펼쳐 내고 꿰어 맞췄다. 그러고 나면 또다시 말이 사라져, 일을 하고 생각하고 꿈을 꾸었고, 아이는 말없이 그들과 함께 있었다.

그렇게 겨울이 지나, 마침내 양이 새끼를 칠 계절이 왔고, 날이 길어지고 밝아짐에 따라 한동안 일이 몹시 고되어졌다. 그러고 나자 제비들이 태양 아래 섬들로부터 날아왔다. 그들은 남원

해에서, '끝'의 별자리에 빛나는 고바르돈이 있는 곳에서 날아 왔지만 그들이 주고받는 얘기는 모두 시작에 관한 것이었다.

마법사

그 제비들처럼, 봄이 돌아오자 섬 사이로 배들이 왕래하기 시작했다. 계곡 하구에서 전해진 이야기가 마을마다 파다했는데, 왕의 함대가 약탈자들을 집요하게 괴롭힌 끝에 튼튼한 근거를 세우고 버티던 해적들을 무너뜨려 배와 재물을 압수했다는 얘기였다. 헤노 경은 직접 제일 빠르고 좋은 배 세 척에다 솔레아에서 안드라드 제도까지 모든 상인이 겁내는 해적 마술사 '꼬리표'를 선장으로 삼아서 출동시켰다. 헤노의 배들은 왕의 함대를 오래네아에서 끌어내어 부숴 버리려고 매복해 있었다. 그러나 오히려 왕의 함선 중 하나가 사슬에 묶인 꼬리표를 싣고 계곡 하구의 만에 들어왔다. 그러고는 헤노 경을 곤트 항으로 호송하여 해적질과 살인에 대한 심판을 받게 하라는 명령을 공표했다. 헤노는 계곡 하구 읍 뒤편 언덕에 있는 자기 영지의 석조 저택에 틀어박혀 튼튼한 방책을 쳤지만, 따뜻한 봄 날씨였던 까닭에 그만 불 때는 것을 잊었다. 그래서 왕의 젊은 병사 대여섯 명이 굴뚝으로 들어가 헤노를 덮쳤고, 다함께 그를 사슬에 옭아매어 계곡 하구의 시가를 지나 재판관 앞으로 데려갔다.

이 얘기를 들었을 때 게드는 애정과 자부심을 품고 말했다.

"왕이 할 수 있는 모든 것을, 그는 잘 해낼 거요."

재주꾼과 털북숭이는 바로 북쪽 길을 통해 곤트 항으로 끌려갔고, 민대구도 충분히 상처가 낫자 배에 실려 그곳으로 끌려가서 왕의 법정에서 살인에 대한 심판을 받았다. 그들을 갤리선의 노예로 삼으라는 판결이 전해지자 가운뎃계곡에서는 대단한 만족감과 자축의 분위기가 일었지만, 테나와 그 옆에 있던 테루는 조용히 그 소식을 들었다.

왕이 보낸 다른 부하들을 태운 배들도 왔는데, 그들 모두가 읍내 사람들과 거친 곤트 인들에게 인기 있는 건 아니었다. 그 사람들은 왕이 임명한 보안관들로, 평화시의 집행관 및 행정 관리들의 체계에 대해 보고하는 한편 보통 사람들의 불만 사항을 수집하러 보내진 것이었다. 세금 조사관과 세금 징수관들도 있었고, 곤트의 소영주들에게 가서 해브너의 왕좌에 대한 그들의 충성심에 대해 예의 바르게 묻는 지체 높은 방문객들도 있었다.

그리고 마법에 관련된 이들도 있었는데 그들은 여기저기 헤집고 다니면서 딱히 무슨 일을 하는 것도 아니고 말은 더 더욱 아끼곤 했다.

"결국 새로운 대현자를 찾아 잡으려고 나온 거겠죠."

테나가 말했다.

"아니면 마법 기술을 함부로 남용하는 사례를 수색하고 있든지……. 타락한 마술을 말이오."

게드가 말했다.

테나는 '그러면 그들은 르 알비 대저택을 들여다봐야 해요!' 라고 말하려고 했지만 혀가 돌지 않았다. 내가 뭐라고 말하려고 했지? 게드한테 그 얘기를 한 적이 있었나? 무슨 얘기를……, 점점 건망증이 심해지네. 내가 게드에게 하려던 말이 뭐였지? 아, 소들이 울에서 나오기 전에 아래쪽 목장 문을 고치자고 해야지.

그녀의 마음속에는 항상 농장 일이 있고 열두 가지나 되는 생각이 오락가락했다. "널 위한 것은 하나도 없구나." 오지언은 그렇게 말했더랬다. 게드가 도와주는데도 그녀의 모든 생각과 하루하루는 농장 일들에 파묻혀 흘러갔다. 부싯돌은 하지 않았던 집안일들을 게드는 함께 했다. 그러나 부싯돌은 농부였고 게드는 아니었다. 그는 빨리 배우기는 했지만 앞으로 배워야 할 것이 더 많았다. 그들은 종일 일을 하느라 얘기할 시간이 별로 없었다. 하루가 끝날 때면 함께 저녁을 먹고, 한자리에 들어가 자고, 새벽이면 깨어나서 다시 일로 돌아갔다. 그렇게 가득 차서 올라갔다가 텅 비어 떨어지는 물방앗간의 바퀴처럼 세월은 돌고 돌았으며 하루하루가 반짝이며 떨어지는 물방울 같았다.

"안녕하세요, 어머니."

농장 마당에서 호리호리한 친구가 말했다. 테나는 종달새의 맏아들인가 했다.

"무슨 일로 왔니, 얘야?"

그러고는 꼬꼬댁거리는 닭들과 줄지어 가는 거위들 너머로 그 젊은이를 돌아다보았다.

"불티야!"

테나가 소리치고는 닭과 거위를 흐트러뜨리며 그에게로 뛰어갔다.

"자, 자, 이러지 마세요."

불티는 어머니가 자기를 껴안고 얼굴을 쓰다듬게 가만있었다. 그런 다음 부엌으로 들어와 식탁 앞에 앉았다.

"너 밥은 먹었니? 능금은 만나 봤어?"

"저 배고파요."

테나는 잘 비축해 놓은 식료품 저장실을 뒤집어서 먹을거리를 끄집어냈다.

"무슨 배에 타고 있지? 여전히 갈매기 호니?"

"아뇨."

불티는 잠시 뜸을 들였다.

"우리 배는 부서졌어요."

테나는 놀라서 몸을 돌렸다.

"난파됐어?"

"아뇨."

불티가 익살기 없이 웃음을 지었다.

"뱃사람들도 흩어졌고요. 왕의 부하들이 배를 끌고 갔죠."

"하지만……, 그건 해적 배가 아니었잖아……."

"아니었죠."

"그러면 왜……?"

"선장이 무슨 물건을 몰래 들여오던 중이었대요."

불티가 마지못해서 말했다. 언제나 그랬듯 마른 체격이지만 더 나이 들어 보였고 햇빛에 타 검었다. 또 길고 부드러운 머리칼에, 부싯돌을 닮아 길쯤하고 좁다란 얼굴이 전보다 더욱 좁고 딱딱해 보였다.

"아버지는 어디 계세요?"

테나는 꼼짝하지 않고 서 있었다.

"누나한테 들르지 않았구나."

"안 들렀어요."

불티의 대답은 무심했다.

"아버지는 3년 전에 돌아가셨어. 발작으로. 들판에서……, 새끼 양 받는 축사에서 돌아오는 길에. 맑은냇물이 시신을 찾아냈지. 3년 전 일이란다."

침묵이 흘렀다. 불티는 뭐라고 말해야 할지 모르거나 할 말이 없는 듯했다.

테나는 불티 앞에 음식을 놓았다. 그가 너무나 허겁지겁 먹어서 바로 더 차려야 했다.

"마지막으로 식사한 게 언제냐?"

불티는 어깨만 으쓱하고 식사를 계속했다.

테나는 식탁 맞은편에 앉았다. 늦은 봄볕이 나지막한 창문을 통해 식탁을 가로질러 쏟아져 들어와 화로의 청동 울타리 위에 걸려 있었다.

불티가 마침내 접시를 밀어 놓았다.

"그래서 농장은 누가 돌보죠?"

"농장이 너한테 무슨 상관이니?"

테나가 부드럽지만 쌀쌀맞게 물었다.

"그건 제 거예요."

불티의 어조도 그와 비슷했다.

잠깐 사이가 뜨고, 테나는 일어서서 아들이 먹은 음식 접시들을 치웠다.

"그래, 그렇지."

"물론 어머니는 계셔도 돼요."

그가 아주 어색하게 말했다. 아마 농담이라도 하려 한 듯했다. 그러나 그는 농담을 하는 남자가 아니었다.

"맑은냇물 할아범은 아직 있나요?"

"모두들 아직 있어. 그리고 매라고 불리는 남자 하나하고, 내가 기르는 아이 하나가 있단다. 여기, 이 집에 같이 살지. 넌 지붕 밑 방에서 자야 할 거다. 내가 사다리를 갖다 놓으마."

테나는 다시 불티와 얼굴을 마주했다.

"그러면, 넌 여기에 머무를 거지?"

"아마도요."

20년 동안 부싯돌도 그녀의 물음에 이렇게 대답했다. 결코 그렇다 아니다로 대답하지 않음으로써 그녀가 질문할 권리를 부인했고, 그녀가 모른다는 것을 근거로 일종의 자유를 유지했다. 불쌍하고 편협한 자유라고 테나는 생각했다.

"딱해라. 너의 뱃사람 동료들은 흩어졌고 네 아버지는 죽었고 네 집에는 낯선 사람들이 있고. 하루아침에 말이다. 그 모든 것에 익숙해지려면 시간이 필요할 거야. 안됐구나, 얘야. 하지만 네가 여기 있어서 기쁘다. 난 바다 위에서, 폭풍이 불 때, 겨울이 올 때마다 너를 생각했단다."

불티는 아무 말도 하지 않았다. 그는 내놓을 게 아무것도 없었고, 그래서 받아들일 수가 없었다. 그가 의자를 뒤로 밀치고 막 일어서려는데 테루가 들어왔다. 불티는 엉거주춤하게 일어선 채로 아이를 바라보았다.

"저 앤 무슨 일을 당한 거죠?"

"불에 데었어. 이 사람이 내가 얘기했던 아들이다, 테루야. 뱃사람인 불티지. 테루는 네 여동생이다, 불티야."

"여동생이라고요!"

"양녀야."

"여동생이라니!"

그가 다시 말하고는 증인이라도 찾듯 부엌을 둘러본 후에 어머니를 빤히 노려보았다.

그녀는 그 눈길을 되받아쳤다.

불티는 꼼짝하지 않고 선 테루에게서 멀찌감치 떨어져 밖으로 나갔다. 소리를 내며 문이 닫혔다.

테나는 테루에게 말을 하려고 했지만 할 수가 없었다.

"울지 마세요."

눈물 없는 아이가 테나에게 와서 그녀의 팔을 만지며 말했다.

"저 사람이 아프게 했어요?"

"아아, 테루야! 이리 오렴!"

테나는 테루를 무릎에 앉히고 그 몸에 팔을 두른 후 같이 식탁에 앉았다. 소녀는 남에게 안길 만큼 크기는 했지만 편안하게 안기는 법을 결코 배우지 못했다. 그러나 테나는 아이를 붙잡고 흐느껴 울었고, 테루는 흉터 난 얼굴을 테나의 얼굴에 묻고 눈물로 젖을 때까지 그대로 있었다.

✳

게드와 불티는 해 질 녘 농장의 서로 다른 끝에서 돌아왔다. 불티는 맑은냇물과 얘기를 나눈 듯했고 상황이 끝났다고 여기는 것 같았으며, 게드는 그것을 재어 보려고 하는 게 분명했다. 식탁에선 거의 대화가 오가지 않고 어쩌다 나온 말도 아주 조심스러웠다. 불티는 자기 방을 되돌려받지 못하는 것에 대해 투덜대지 않고 그저 옛날처럼 뱃사람답게 사다리를 타고 지붕 밑 다락방으로 뛰어올라 갔다. 그러고는 아침 늦게까지 내려오지 않은 것으로 보아 어머니가 만들어 놓은 잠자리에 만족한 게 분명했다.

불티는 뒤늦게 아침밥이 당겼고, 당연히 차려 줄 거라고 생각했다. 아버지에게는 언제나 아버지의 어머니나 아내나 딸이 대기하고 있었기 때문이다. 불티가 아버지보다 못한 남자인가? 어머니는 그걸 증명해 보이려고 할까? 테나는 밥을 차려 주었고, 상을 치운 후에 과수원으로 돌아갔다. 거기서 그녀와 테루와 샌디는 이미 잔뜩 퍼져서 갓 열린 과실을 망치게 생긴 천막나방벌레의 유충들을 태워 없애던 중이었다.

불티는 맑은냇물과 티프에게 가서 그들과 어울렸다. 그리고 주로 그들과 함께 이어지는 하루하루를 흘려보냈다. 힘을 써야 하는 고된 일들이며 농작물과 양 다루는 기술이 필요한 일들을 게드와 샌디와 테나가 해 놓는 동안, 일평생 이곳에 눌러 살았던 두 늙은이, 불티의 아버지가 부렸던 그 사람들은 불티를 앉혀 놓고 자기들이 어떻게 이 모든 걸 꾸려 왔는지 얘기해 주면서, 정말로 자기들이 모든 살림을 꾸려 왔노라 믿으며 불티도 똑같이 믿게 만들었다.

테나는 집 안에서는 비참해졌다. 밖에서, 농장에 나와서만 불티의 현재 모습이 불러일으키는 분노와 수치심에서 헤어날 수 있었다.

아슴한 별빛뿐인 그들의 방 안에서 테나는 쓰디쓰게 게드에게 말했다.

"내 차례군요. 내가 가장 자랑스럽게 여기던 걸 잃어버릴 차례예요."

"무엇을 잃었다고 그래요?"

"내 아들요. 난 아들을 남자로 키우지 못했어요. 망쳤어요. 그 애는 망쳐 버렸어요."

그녀는 입술을 깨물고 메마른 눈으로 어둠 속을 노려보았다.

게드는 그녀와 언쟁을 하거나 슬픔에서 벗어나라고 설득하려 하지 않았다.

"불티가 계속 머물 것 같소?"

"그럴걸요. 걔는 바다로 돌아갈 엄두를 내지 못해요. 그 애는 나한테 자기 배에 대해서 사실대로 말하지 않았어요. 적어도 다 털어놓은 건 아니에요. 그 애는 이등 항해사였죠. 아마도 훔친 물건을 옮기는 일에 말려든 게 아닌가 싶어요. 중개 해적인 거죠. 상관없어요. 곤트의 뱃사람들은 모두 반쯤은 해적이니까. 하지만 불티는 거짓말을 하고 있어요. 거짓말을 한다고요. 그는 당신을 샘내고 있어요. 부정직한 데다 질투심 많은 남자라니."

"내 생각엔 겁에 질린 것 같구려, 악하게 하려는 게 아니라. 그리고 이건 그의 농장이오."

"그러면 가지면 되잖아요! 어디 이 농장이 그 애에게 뭘 베풀어 주나 보라죠, 마치……"

"안 되오, 내 사랑."

게드가 목소리와 양손으로 그녀를 막으며 말했다.

"말하지 마요……, 악한 말을 입에 담지 마요!"

그가 너무나 다급하고 진지하고 열정적이었기에 테나의 분노는 바로 그것의 원천인 애정으로 바뀌었다. 테나는 울부짖었다.

"난 그 애를 저주하려는 게 아니었어요, 또 이곳도! 그러려는 게 아니었어요! 단지 너무 슬프고, 너무나 부끄럽고! 정말로 미안해요, 게드!"

"아니, 아니, 아니오. 내 사랑, 난 그 소년이 나를 어떻게 생각하든 신경 쓰지 않아요. 하지만 그 애는 당신에게 너무하더군."

"테루에게도 그래요. 불티는 그 애를 마치……, 뭣처럼 취급해요. 걔가 그랬죠, 나한테 그랬어요. '무슨 짓을 했기에, 저 꼴이 됐죠?' 테루가 뭘 했단 말이에요……!"

게드는 곧잘 그러듯이 그녀의 머리를 쓰다듬었다. 천천히 어루만지고 또 어루만지는 가벼운 손길이 두 사람 모두에게 정다운 기쁨과 졸음을 가져다 주었다.

이윽고 게드가 말했다.

"난 다시 염소를 치러 갈 수도 있소. 그렇게 하면 당신이 여기 있기가 좀 나을 거요. 일만 아니면……."

"차라리 당신과 같이 갈래요."

게드는 그녀의 머리카락을 쓰다듬으며 그 일을 생각해 보는 것 같았다.

"그래도 될 것 같소. 리수 윗녘 양 치는 곳에 부부나 가족끼리 온 사람들도 있었으니까. 하지만 겨울이 오면……."

"아마 어떤 농부가 우리를 받아 주겠죠. 난 농장 일과…… 양들을 알고 당신은 염소들을 알아요. 그리고 당신은 모든 것에 빠르니까……."

"쇠스랑은 잘 쓰지."

그가 그렇게 중얼거리자 테나는 슬퍼하면서도 약하게 웃는 소리를 냈다.

다음 날 아침 불티는 그들과 같이 아침 식사를 하려고 일찍 일어났다. 티프 노인과 낚시를 가기로 했기 때문이다. 그는 보통 때보다는 다소 더 점잖게 말을 하며 식탁에서 일어섰다.

"저녁 거리로 물고기를 잔뜩 가져올게요."

테나는 지난밤에 마음을 굳힌 터였다. 그래서 이렇게 말했다.

"잠깐만. 넌 식탁을 치울 수 있어, 불티야. 접시들을 개수통에 넣고 물을 끼얹어라. 저녁 식사 때 나온 접시들하고 같이 씻게 말이다."

그는 한순간 노려보다가 말했다.

"그건 여자들 일이에요."

불티는 모자를 집어 들었다.

"그건 부엌에서 밥을 먹은 사람의 일이야."

"내 일은 아니에요."

그가 거침없이 말하고는 나갔다.

테나는 아들을 따라갔다. 그리고 층계에 서서 다그쳤다.

"매는 하는데, 네 일은 아니라고?"

불티는 단지 고개만 까딱이고는 마당을 가로질러 가 버렸다.

그녀는 부엌으로 돌아서며 말했다.

"너무 늦었어……. 망쳤어, 망친 거야."

그녀는 자신의 얼굴에서 굳은 주름살들을 느낄 수 있었다. 입가에, 미간에.

"돌에 물을 줄 수는 있겠죠. 하지만 그건 자라지 않아요."

테나가 말했다.

"그것들이 어리고 부드러울 때 시작해야지. 나처럼 말이오."

이번엔 게드의 말에 웃을 수가 없었다.

그들이 하루의 일과를 끝내고 집에 돌아왔을 때였다. 문 앞에서 한 남자가 불티와 얘기 중인 게 보였다.

"저 사람은 르 알비에서 온 친군데, 그렇지 않소?"

눈이 아주 밝은 게드가 말했다.

"가자, 테루야."

아이가 잠깐 멈춰 섰기 때문에 테나가 말했다. 그녀는 약간 근시였기 때문에 실눈을 뜨고 마당을 가로질러 보았다.

"누구라고요? 아, 저치는 양 장사꾼이에요. 도회지 사람이죠. 저 작자가 뭣 때문에 돌아왔지, 저 썩은 고기나 먹는 까마귀가!"

테나의 분위기가 하루 종일 험악했기 때문에 게드와 테루는 현명하게 아무 말도 하지 않았다.

테나는 문 앞의 남자들에게로 갔다.

"양 사러 왔나요, 도회지 양반? 1년이나 늦었군요. 하지만 우리에 올해 난 놈들이 좀 있긴 하죠."

"그래서 주인이랑 얘기 중이었어요."

도회지 사람이 말했다.

"누구랑 얘기 중이었다고?"

테나가 말했다.

불티의 얼굴이 테나의 어조에 어느 때보다도 어두워졌다.

"그렇다면 당신과 주인의 얘기를 방해하지 않겠어요."

그렇게 말하고 테나가 돌아서려 할 때 도회지 사람이 말했다.

"전할 말이 하나 있는데요, 아주머니"

"세 번째는 주문이라지요"

"늙은 마녀 있잖아요, 이끼 할망구 말이오. 그 여자 건강이 나빠요. 내가 가운뎃계곡으로 내려오려고 하니까 그 마녀가 이러더군요. '고하 마님에게 죽기 전에 내가 보고 싶어 하더라고 전해 줘요. 오실 기회가 있다면 말이지.'"

까마귀, 썩은 고기를 먹는 까마귀야. 테나는 나쁜 소식을 전하는 심부름꾼을 미운 눈으로 보았다.

"병이 난 건가요?"

"죽을병에 걸렸어요."

도회지 사람은 호감을 얻으려는 것처럼 능글맞게 웃으며 말했다.

"겨울에 병이 들었는데, 갑자기 악화됐어요. 그래서 아주머니가 몹시 보고 싶다고 한 겁니다, 죽기 전에요."

"전갈을 해 줘서 고맙군요."

테나가 쌀쌀맞게 말하고 집으로 돌아섰다. 도회지 사람은 불티와 함께 양 우리 쪽으로 갔다.

저녁 식사를 준비하면서 테나는 게드와 테루에게 말했다.

"가 봐야겠어요."

"물론이지. 셋이 함께 갑시다, 당신만 좋다면."

게드가 말했다.

"당신도요?"

그날 처음으로 그녀의 얼굴이 밝아졌고 먹구름이 걷혔다.

"아, 그러면……, 그러면 좋죠……. 묻고 싶지 않았어요. 당신이 아마도……, 테루야, 그 작은 집, 오지언의 집에 당분간 가 있어도 괜찮겠니?"

테루는 곰곰 생각하며 잠자코 서 있었다.

"내 복숭아나무를 볼 수 있겠네."

"그럼. 그리고 히스랑 홀짝이랑……, 그리고 이끼도. 불쌍한 이끼! 아, 난 정말로 원했어요, 그곳으로 돌아가길 간절히 바랐다고요. 하지만 옳은 일이 아닌 것 같았죠. 돌봐야 할 농장이 있었고……, 모든 것들이……."

그녀가 돌아가지 않았던 데는, 돌아갈 생각도 안 했으며 지금 이 순간까지 자기가 돌아가길 바라고 있다는 것조차 몰랐던 데에는 뭔가 다른 이유가 있는 듯했다. 하지만 그것이 무엇이었든 그 이유는 그림자처럼, 잊어버린 말처럼 스르르 사라졌다.

"누가 이끼를 돌보아 줬을까. 누가 치료사에게 사람을 보냈을지 궁금하네. 그녀는 '큰벼랑에 하나뿐인 치료사거든요. 하지만 곤트 항에는 그녀를 도울 수 있는 사람들이 있을 거예요, 분명히요. 아, 가여운 이끼! 보고 싶어라……. 오늘은 너무 늦었지만, 내일, 내일 일찍 가요. 그러면 주인 나리가 손수 아침을 해 드실 수 있겠죠!"

"그는 배우게 될 거요."

"아뇨, 걔는 못 배워요. 자기를 위해 그 일을 해 줄 바보 같은 여자를 찾아내겠죠. 흥!"

테나는 부엌을 둘러보았다. 그녀의 얼굴은 밝고 단호했다.

"내가 20년 동안이나 치웠던 식탁을 다른 여자에게 남겨 줘야 하다니 정말 싫군요. 그녀가 고마운 줄이나 알면 좋겠어요!"

불티는 도회지 사람을 저녁 식사에 데려왔지만 그 양 장사꾼은 그날 밤 묵으려고 하지 않았다. 물론 관습대로 침대 하나를 제공받긴 했다. 그것은 게드와 테나가 사용하던 침대 중에 하나였고 테나는 그게 싫었다. 그래서 그가 봄날 저녁의 푸른 어스름 속에 읍내의 물주들에게 돌아가는 걸 보고 기뻐했다. 테나는 불티에게 말했다.

"얘야, 우린 내일 아침 일어나자마자 바로 르 알비로 갈 거다. 매하고 테루하고 나하고."

불티는 약간 질린 낯으로 바라보았다.

"그냥 그렇게 가려고요?"

"너도 그렇게 갔잖니. 올 때도 그랬고."

어머니는 말했다.

"이제 이걸 봐라, 불티야. 이건 네 아버지의 돈 상자야. 이 안엔 상아 돈 일곱 개가 들었어. 그리고 이 차용증들은 늙은 '다리꾼' 한테서 받은 건데, 아마 끝내 못 갚을 거다. 그 사람은 가진 게 아무것도 없거든. 네 개의 안드라드 동전은 부싯돌이 계곡 하구에서 4년 동안 선박의 장신구상한테 양가죽을 외상으로 판 대금을 네가 어렸을 때 받은 거다. 세 개의 해브너 동전들은 톨리가 '높은 개울' 농장을 사면서 낸 것이고. 내가 네 아버지를 시켜서 그 농장을 사게 했고 그걸 수리해서 팔도록 도왔지. 내가 벌어들인 것이니 이 세 개는 가져가겠다. 그리고 나머지는, 그리고 농장은 네 거다. 네가 주인이야."

키 크고 호리호리한 젊은이는 돈 상자를 바라보며 그냥 서 있었다.

"다 가져가요. 갖고 싶지 않아요."

불티가 나지막이 말했다.

"난 필요 없어. 어쨌든 고맙구나, 얘야. 저 동전 네 개는 잘 간수해 둬라. 결혼할 때 네 처한테 내가 주는 선물이라고 해라."

테나는 상자를 찬장 꼭대기 선반의 커다란 접시 뒤, 부싯돌이 언제나 보관해 두던 자리로 치워 두었다.

"테루야, 지금 네 짐을 꾸리렴. 우린 아주 일찍 떠날 거야."

"언제 돌아와요?"

불티가 물었는데, 그 어조 때문에 테나는 불안하고 연약한 아이였던 그를 떠올렸다. 그러나 이렇게만 말했다.

"모르겠다, 얘야. 너한테 내가 필요해지면 오마."

그녀는 여행용 신발과 짐들을 꺼내 놓느라 분주했다.

"불티야, 네가 나를 위해 해 줄 수 있는 게 하나 있다."

그는 화롯가의 자리에 앉아 뚱하니 쳐다보았다.

"뭐죠?"

"계곡 하구로 가서 누나를 만나 보렴. 그리고 내가 큰벼랑으로 돌아갔다고 얘기해 줘. 그 애한테, 내가 보고 싶으면 전갈을 보내라고 하려무나."

불티는 고개를 끄덕였다. 그는 게드를 지켜보았는데, 게드는 여행 경험이 많은 사람답게 얼마 안 되는 소지품들을 깨끗하고 신속하게 꾸린 다음 부엌을 가지런히 정돈해 놓고 접시들을 올려놓는 중이었다. 그게 끝나자 게드는 불티의 맞은편에 앉아 새끈을 짐 가방의 작은 구멍들 사이로 넣어서 꼭대기에서 묶으려고 했다.

"그럴 때 하는 매듭이 있어요. 뱃사람들이 하는 매듭요."

불티가 말했다.

게드는 말없이 화로 건너편으로 짐을 건넸다. 그리고 불티가 그 매듭을 시범해 보이는 걸 지켜보았다.

"풀리죠, 봐요."

불티가 말했고 게드는 고개를 끄덕였다.

✱

어둡고 쌀쌀한 아침에 그들은 농장을 떠났다. 곤트 산의 서쪽 사면에는 햇볕이 늦게 들어, 해가 마침내 우람한 남쪽 산봉우리를 돌아 나와 등 뒤를 비출 때까지는 걷는 것만이 몸을 따뜻하게 하는 방법이었다.

테루는 지난여름보다 두 배는 빨리 걸었지만 그래도 길은 이틀 길이 되었다. 오후가 저물 무렵 테나가 물었다.

"오늘은 참나무 샘까지 가 보도록 할까요? 거기에 여인숙 비슷한 집이 있어요. 우린 거기서 우유 한 잔을 마셨지, 기억나니, 테루?"

게드가 아주 먼 곳을 보는 표정으로 산비탈을 바라보았다.

"저기에 내가 아는 장소가 있소……."

"잘됐네요."

테나가 말했다.

곤트 항이 처음으로 눈에 들어오는 높다란 길 모퉁이에 이르기 직전에 게드는 길에서 벗어나 숲으로 들어갔다. 숲은 그 위로 가파른 경사면을 뒤덮었다. 서쪽으로 기우는 태양이 붉은 금빛 광선을 나무 둥치와 나뭇가지들 아래 고인 어둠 속으로 비스듬히 쏘아 보냈다. 그들은 두 마장쯤 기어 올라갔는데 테나가 보기엔 아무래도 길 같지가 않았다. 이윽고 산비탈에 작은 디딤대나 선반같이 튀어나온 곳이 나타났다. 뒤쪽 절벽과 주변의 나무들이 바람을 막아 주는 풀밭이었다. 거기서는 북쪽 산꼭대기가 올려다보였고, 커다란 전나무들의 우듬지 사이로 탁 트인 서쪽 바다가 눈에 들어왔다. 전나무들 속에 속살거리는 바람을 빼고는 완벽한 정적이었다. 햇빛 속에 저 멀리, 산에 사는 종달새 한 마리가 길고 달콤하게 노래를 부르며 인적 없는 풀밭 속 둥지로 훌쩍 내려갔다.

세 사람은 빵과 치즈를 먹었다. 그런 다음 바다에서부터 산 위로 솟아오르는 어둠을 지켜보았다. 망토를 이불 삼아서 테루 옆에 테나, 그 옆에 게드가 누워서 잤다. 한밤중에 테나는 잠에서 깼다. 가까운 곳에서 부엉이 한 마리가 울고 있었다. 부드럽게 되풀이되는 울음이 종소리 같았고, 산 너머에서 그 짝이 소리의 메아리인 양 응답하고 있었다.

'바다에 지는 별들을 봐야지.'

테나는 생각했다. 그러나 평안한 마음 탓인지 곧 다시 잠이 들었다.

그녀는 희끄무레한 아침에 잠이 깨어, 옆에 앉아 있는 게드를 보았다. 그는 어깨에 망토를 두른 채 서쪽의 막막한 틈새를 바라보고 있었다. 그의 가무잡잡한 얼굴은 아주 평온했고, 오래전 테나가 아투안의 해안에서 보았던 그때처럼 침묵으로 가득 차 있었다. 그의 눈동자는 그와 달리 내리뜨고 있지 않았다. 그는 끝없는 서쪽을 바라보고 있었다. 그를 바라보며 테나는 다가오는 날을, 하늘을 가로질러 깨끗하게 반사되는 붉고 눈부신 광채를 보았다.

게드가 그녀를 향해 몸을 돌리자 테나는 말했다.

"당신을 처음 보았을 때부터 사랑했어요."

"나에게 삶을 준 사람."

게드가 몸을 숙여 그녀의 가슴과 입술에 입 맞췄다. 테나는 잠시 그를 껴안았다. 그리고 그들은 일어나서 테루를 깨우고 다시 길을 나섰다. 나무들 사이로 들어설 때 테나는 작은 풀밭을 한 번 뒤돌아보았다. 마치 그곳에 그녀의 행복과 믿음을 지켜 달라고 부탁하는 듯이.

여행 첫날 그들의 목표는 계속 길을 가는 것이었다. 그리고 오늘은 르 알비에 이르게 될 것이다. 그래서 테나의 마음은 이끼 아줌마에게 쏠려 있었고, 그녀에게 무슨 일이 일어났는지, 정말로 죽어 가고 있는지 궁금했다. 그러나 그날이 지나감에 따라 테나의 마음은 이끼에 대한 생각이나 다른 어떤 생각에도 초점을 맞출 수 없게 되었다. 그녀는 피곤했다. 다시 죽음으로 향하는 이 길을 걷고 싶지 않았다. 그들은 참나무 샘을 지나 골짜기로 내려갔으며 다시 위로 오르기 시작했다. 큰벼랑으로 뻗어 있는 마지막 긴 오르막길에 이르자 다리를 들어 올리기도 힘들어졌고, 마음은 둔하고 혼란스러워져 낱말 하나나 머릿속의 그림에 매여서 그것이 아무 의미 없는 것이 될 때까지 맴돌기만 했다. 오지언의 집에 있는 접시 찬장, '뼈 돌고래'라는 단어. 그것은 테루의 장난감 풀주머니를 쳐다본 순간 머릿속으로 들어와서 끝도 없이 되풀이되었다.

게드는 여행자다운 편안한 걸음걸이로 성큼성큼 걸었고, 테루는 게드 바로 옆에서 타박타박 걸어갔다. 이 긴 오르막을 오르다 녹초가 되어 안아서 옮겨야 했던 일이 아직 1년도 되지 않았다. 그러나 그때는 하루에 걸은 거리가 오늘보다 더 멀었고, 아이는 학대받은 상처가 낫고 있는 도중이었다.

테나는 점점 나이가 들어서 그렇게 멀리, 그렇게 빨리 걸을 수가 없었다. 나이 먹은 여자란 집에서 불 옆에 있어야 하는 법이다. 뼈 돌고래, 뼈 돌고래. 뼈, 묶인, 묶기 주문. 뼈 인간과 뼈 동물. 그들은 저만치 앞서 있었다. 그녀를 기다리는 중이었다. 그녀는 느렸다. 그리고 지쳤다. 안간힘을 써서 언덕길 막바지를 올라 그들에게 이르렀다. 거기서 길은 큰벼랑과 같은 높이로 뻗어 나갔다. 왼쪽으로는 르 알비의 집 지붕들이 절벽을 향해 기울어 있었다. 오른쪽 길은 영지의 저택으로 올라가는 길이었다.

"이쪽이야."

테나가 말했다.

"아녜요."

아이가 왼쪽에 있는 마을을 가리키며 말했다.

"이쪽이야."

테나가 똑같은 말을 되풀이 하고 오른쪽 길로 갔다. 게드도 함께 왔다.

그들은 호두나무 밭과 풀밭 사이를 걸었다. 초여름의 따뜻한 오후가 늦어 갔다. 가깝고 먼 과수원의 나무들 속에 새들이 재재거렸다. 그 사람이 대저택에서 그들을 향해 길을 내려왔다. 테나는 그의 이름이 기억나지 않았다.

"어서 오시오!"

그가 멈춰 서서 그들을 향해 빙그레 웃었다.

그들도 멈춰 섰다.

"위대한 명사들께서 방문해 주시니 르 알비 영주 저택의 영예로군."

투아호, 그것은 그의 이름이 아니었다. 뼈 돌고래, 뼈 동물, 뼈 어린아이.

"주인이신 대현자여!"

그가 낮게 고개를 숙였고, 게드도 그에게 고개를 숙였다.

"그리고 아투안의 테나 마님!"

그는 그녀보다도 더 낮게 고개를 숙이려 했고 그러자 그녀는 길에 무릎을 꿇으며 내려앉았다. 그녀의 머리가 수그려져 흙바닥에 손을 대고 기어야 할 정도가 되고, 결국엔 입술이 흙먼지를 짓눌렀다.

"기어 봐."

그가 말하자 테나는 그를 향해 기기 시작했다.

"멈춰."

그가 말하자 그녀가 멈췄다.

"말할 수 있나?"

그가 물었다. 어떤 말도 입으로 나오려 하지 않았기 때문에 그녀는 아무 소리 못했지만 게드는 평소와 같은 조용한 목소리로 대답했다.

"그렇소."

"그 괴물은 어디 있지?"

"모르오."

"이 마녀가 새끼 괴물을 달고 올 줄 알았는데. 하지만 그 대신 당신을 데려왔군, 대현자 새매를. 얼마나 멋진 대리품이야! 마녀와 괴물들한테는 그들의 세계를 씻어내 주는 것밖에 할 일이 없지. 하지만 당신, 한때는 남자였던 당신하고는 말할 수가 있지. 최소한 당신은 이성적으로 얘기할 수 있으니까. 그리고 처벌을 이해할 수 있고. 너는 안전할 줄 알았던 모양이군. 왕좌에 오른 왕을 업고서 말이야. 그리고 내 주인, 우리의 주인은 파멸했다고 생각했겠지? 너는 네 의지를 세워서 영생의 약속을 파괴했다고 생각했겠지, 안 그래?"

"그렇지 않소."

게드의 목소리가 말했다.

테나는 그들을 이해할 수 없었다. 그녀가 이해하는 거라곤 길의 흙먼지와 입속에 씹히는 모래의 느낌뿐이었다. 게드가 하는 말이 들렸다.

"죽어감이 곧 삶이오."

"꽥꽥꽥, 노래들을 인용하는군, 로크의 주인……, 학교 선생아! 이 무슨 꼴불견이야, 그 위대한 대현자가 영락없는 염소치기가 되어서 마법이라곤 요만큼도 없다니……, 힘 있는 말 단 한마디도 남지 않았지. 주문을 욀 수 있소, 대현자? 아주 작은 주문이라도 말이야……. 눈곱만큼의 환상 주문이라도? 안 돼? 한마디도 안 되나? 내 주인이 당신을 무찔렀어. 이제 그걸 알겠나? 당신은 그를 정복하지 못했어. 그의 힘은 살아 있다고! 난 당신을 이곳에 당분간 살려 둘 수 있지. 그 힘을……, 내 힘을 보게끔 말이야. 내가 죽음으로부터 지키는 늙은이를 보여 주겠어……. 난 필요하다면 당신의 생명을 이용할 수도 있어. 그리고 쓸데없이 간섭하는 너의 그 왕이, 점잔 빼는 군신들과 어리석은 마법사들로 하여금 한 여자를 찾아다니게 하느라 바보 짓을 해서 웃음거리가 되는 걸 보게 해 주지. 우리를 다스릴 여자라니! 통치권은 여기에, 여기 이 집 안에 마법의 기예가 있다고. 올해 내내 나는 사람들을 모아들였지, 그 진정한 힘을 아는 자들을. 로크에서, 몇몇은 학교 선생들의 바로 코밑에서. 그리고 해브너에서, 이른바 모레드의 아들이라는 그자의 코밑에서 불러 왔지. 여자가 자기를 다스리길 바라는 왕, 참 이름을 드러내고도 무사히 지나갈 줄로 아는 우리의 왕에게서 말이야. 당신은 내 이름을 알고 있나, 대현자? 여러 해 전 당신이 위대한 마법사이고 나는 로크의 비천한 학생이었을 때의 나를 기억하나?"

"당신은 사시나무라고 불렸지."

인내심 많은 목소리가 말했다.

"그리고 나의 참 이름은?"

"나는 당신의 참 이름을 모르오."

"뭐라고? 당신이 그걸 몰라? 알아낼 수 없어? 현자들이란 모든 이름들을 알고 있지 않아?"

"나는 현자가 아니오."

"아아, 다시 말해 보시지."

"나는 현자가 아니오."

"듣기 좋은 소리군. 다시 말해 봐."

"나는 현자가 아니오."

"하지만 나는!"

"당신은 맞지."

"말해!"

"당신은 현자요."

"허! 이건 내가 기대했던 것보다 더 멋지군! 난 뱀장어를 낚으려 했는데 고래가 걸렸어! 자, 그러면 내 친구들을 만나러 가지. 당신은 걸어도 돼. 계집은 기어가고."

그렇게 그들은 르 알비 영주의 돌 저택으로 향하는 길에 올라 안으로 들어갔다. 테나는 그 길을, 문으로 향하는 대리석 계단을, 큰 현관과 방들의 대리석 보도 위를 손과 무릎으로 기어갔다.

저택 안은 어두웠다. 그 어둠과 더불어 어떤 어둠이 테나의 마음속에 생겨나서 그녀는 오가는 이야기를 점점 더 못 알아듣게 되어 갔다. 단지 몇 개의 낱말들과 목소리만이 분명하게 와닿았다. 게드의 말은 이해할 수 있었고, 그가 이야기할 때면 그녀는 그의 이름을 생각하고 마음속에 그것을 잡아매었다. 그러나 그는 아주 드문드문 말했고 그 이름이 투아호가 아닌 자에게 대답하기만 했다. 그자는 테나를 암캐라고 부르며 이따금 이렇게 말했다.

"이것이 내 새로운 애완동물입니다."

그가 다른 자들에게 말했다. 그들 중에 몇몇은 어둠 속에 있었고, 촛불이 그림자를 만들어 냈다.

"얼마나 잘 훈련됐는지 볼까요? 굴러라, 암캐야!"

그녀는 굴렀고 그자들은 재미있다고 킬킬댔다.

"이 개한테는 새끼가 딸려 있어요. 그것의 왼쪽을 반쯤 그슬러 버린 이후 나는 처벌을 끝낼 계획을 짜 놓았지요. 하지만 그 대신 새 한 마리를 잡아 왔군요. 바로 새매입니다. 내일 그 새한테 나는 법을 가르쳐 보겠습니다."

다른 목소리들이 이야기를 내뱉었지만 테나는 더 이상 이해할 수 없었다.

뭔가가 목 주위로 죄어들었고, 테나는 기어서 계단을 좀 더 오른 뒤 지린내와 살이 썩는 냄새와 달착지근한 꽃향기가 나는 방으로 들여보내졌다. 목소리들이 말을 했다. 돌처럼 차가운 손 하나가 슬쩍 그녀의 머리를 쓰다듬었고, 그러는 동안 뭔가가 웃어 댔다. 웃음소리는 낡은 문이 앞뒤로 삐걱거리는 소리처럼 "익, 익, 익!" 하고 울렸다. 그러고 나서는 발길질을 당하고 다시 현관방으로 기어 내려가야 했다. 그자들이 만족할 만큼 빨리 길 수 없었던 테나의 속도가 성에 차지 않아서 가슴과 입에 발길질이 쏟아졌다. 그런 후에 쾅 하고 닫힌 문이 있고, 적막이 있고, 어둠이 있었다. 누군가 우는 소리가 들렸고, 테나는 그것이 그 아이, 그녀의 아이라고 생각했다. 그녀는 아이가 울지 않기를 바랐다. 그리고 마침내 그마저도 그쳤다.

테하누

아이는 왼쪽으로 돌아서 조금 더 가서 꽃이 핀 관목 뒤에 몸을 숨기고 돌아보았다.

사시나무라 불린 자, 그의 이름은 에리슨이었다. 아이는 그자가 갈라지고 뒤틀린 어둠으로 엄마와 아빠를 묶는 것을 보았다. 끈 한 가닥으로 엄마의 입을, 또 다른 끈으로 아빠의 가슴을 묶고 자기가 숨어 있던 장소로 그들을 끌고 갔다. 그곳의 냄새는 질색이었지만, 그자가 무슨 짓을 하는지 보려고 아이는 조금 더 따라갔다. 그자는 그들을 이끌고 들어가 문을 닫았다. 그것은 돌문이었다. 아이는 거기로 들어갈 수 없었다.

아이는 날아야 했지만 날 수 없었다. 그녀는 날개 달린 존재들 중 하나가 아니었다.

아이는 최대한 빨리 달음박질쳐서 들판을 건넜다. 이끼 아줌마의 집을 지나, 오지언의 집과 염소들의 우리를 지나, 절벽으로 이어지는 길에 올라 절벽 끝으로 달려갔다. 한쪽 눈으로밖에 볼 수 없기 때문에 아이는 가선 안 되는 장소였다. 아이는 조심스러웠다. 그 한쪽 눈으로 조심스럽게 살폈다. 그렇게 절벽 끝에 섰다. 까마득한 아래 바닷물이 있었고, 까마득히 먼 곳에 태양이 지고 있었다. 아이는 또 다른 눈으로 서쪽을 바라보았고, 또 다른 목소리로 엄마의 꿈속에서 들었던 이름을 불렀다.

아이는 대답을 기다리지 않고, 몸을 돌려 온 길을 돌아갔다. 먼저 오지언의 집을 지나며 자기의 복숭아나무가 자랐는지 살폈다. 늙은 나무는 작고 푸른 복숭아들을 가득 품고 있었지만 묘목은 눈에 띄지 않았다. 염소가 먹어 버린 것이다. 아니면 아이가 물을 안 줘서 죽은 건지도 몰랐다. 아이는 그 자리의 땅을 쳐다보며 잠깐 서 있다가, 길게 숨을 들이쉬고 들판을 건너 이끼 아줌마의 집으로 되돌아갔다.

잠이 들려던 닭들이 꼬꼬댁거리고 푸드덕거리며 아이가 들어서는 것에 못마땅한 소리들을 냈다. 작은 오두막은 어둠침침했고 냄새로 가득했다.

"이끼 아줌마?"

이쪽 사람들을 위해 가진 목소리로 아이가 불렀다.

"게 누구요?"

늙은 여자는 이불 속에 숨어 있었다. 그녀는 겁에 질려 있었고, 모든 이에게서 멀찌감치 떨어지고자 주위에 돌을 쌓으려 했지만 되지 않았다. 그녀는 그만큼 힘이 세지 못했다.

"누구지? 거기 누구야? 오, 귀염둥이……, 귀여운 아가, 불에 덴 내 작은 아이, 내 예쁜아. 여기서 뭘 하고 있는 거니? 아씨는 어디 있니, 어디 있어? 네 엄마 말이야. 아, 여기 왔어? 아씨가 왔어? 오지 마라. 오지 마, 예쁜아. 나한테 저주가 내렸어. 그자가 이 늙은 여자한테 저주를 내렸어. 나한테 가까이 오지 마! 가까이 오지 마라!"

그녀는 흐느껴 울었다. 그러나 아이는 손을 내밀어 그녀를 어루만졌다.

"차가워요."

"너는 불 같구나, 얘야. 네 손이 너무 뜨겁다. 아아, 나를 보지 마라! 그자가 내 살을 썩게 만들었어. 말랐다가 다시 썩게 말이야. 하지만 내가 죽게 놔두지는 않아……. 그는 내가 너를 여기로 데려올 거라고 말했단다. 난 죽으려고 했어, 그러려고 했지. 하지만 그가 나를 꼼짝 못하게 했어, 내 뜻이랑 달리 나를 살아 있게 붙들었어. 그는 내가 죽게 놔두려 하지 않아, 오, 내가 죽을 수 있게 해 줘!"

"당신은 죽으면 안 돼요."

아이가 얼굴을 찡그리며 말했다.

"얘야."

늙은 여인이 속삭이듯 조그맣게 말했다.

"귀염둥아……, 내 이름으로 나를 불러 다오."

"하사."

아이가 말했다.

"아아. 나는 알고 있었지……, 나를 풀어 줘, 귀염둥아!"

"난 기다려야 해요. 그들이 올 때까지."

마녀는 조금 더 편안하게 누워 괴로워하지 않고 숨을 쉬었다.

"누가 올 때까지 말이니, 귀염둥아?"

"우리 동족들요."

마녀의 커다랗고 차가운 손은 막대기 다발인 양 아이의 손 위에 놓여 있었다. 아이는 그 손을 꼭 잡았다. 오두막 바깥은 안과 마찬가지로 캄캄했다. 이끼라 불리는 하사는 잠들었다. 그리고 그녀의 잠자리 옆 맨바닥에 앉아 있던 아이도, 옆에서 홰를 치고 앉아 있는 암탉과 함께, 이윽고 잠이 들었다.

*

빛이 새어들며 남자들이 왔다. 그자가 말했다.

"일어나, 암캐야! 일어나라고!"

테나는 손과 무릎으로 섰다. 그는 낄낄대며 말했다.

"똑바로 일어서! 너는 영리한 암캐지. 뒷다리로 걸을 수 있잖아, 안 그래? 바로 그거야. 사람 흉내를 내라고! 우리는 지금 갈 곳이 있어. 가자!"

그는 여전히 그녀의 목에 둘려 있는 가죽 끈을 홱 낚아챘다. 그녀는 그를 따라갔다.

"자, 네가 저년을 끌어."

그것은 어떤 존재, 그녀가 사랑하는 존재였으나, 가죽 끈을 잡고 있는 그의 이름을 더 이상은 알 수 없었다.

그들은 모두 그 어두운 장소에서 나왔다. 돌이 하품하듯 벌어져 그들을 지나가게 한 뒤에 그들 뒤에서 도로 합쳐졌다.

그자는 내내 그녀와 가죽 끈을 쥔 사람 옆에 붙어 있었다. 셋인가 넷쯤 되는 다른 사람들은 뒤에서 따라왔다.

들판은 이슬에 젖어 허옇게 반짝거렸다. 산은 창백한 하늘을 배경으로 컴컴하게 그늘졌다. 새들이 과수원과 관목들 속에서 지절대기 시작했다. 점점 더 크게.

그들은 세상 끝에 이르렀고, 잠시 절벽을 따라 걸어가서 마침내 바닥이 온통 바윗덩어리이고 절벽 폭이 몹시 좁다란 곳에 다다랐다. 그 바윗덩어리엔 긁힌 흔적이 하나 있었다. 그녀는 그것을 쳐다보았다.

그자가 말했다.

“이제 자기 손으로 이 여자를 밀면 됩니다. 그런 다음엔 매가 날 수 있죠, 혼자서.”

그자는 그녀의 목을 두른 가죽 끈을 풀었다.

“끝에 가서 서.”

그녀는 돌 위에 난 흔적을 따라 벼랑 끝으로 갔다. 발 밑은 바다뿐, 다른 건 아무것도 없었다. 위는 하늘이었다.

“이제 새매가 여자를 밀 겁니다. 하지만 먼저, 저 여자도 뭔가 얘기하고 싶을 거예요. 저 여자는 항상 말이 많았어요. 여자들이 늘 그렇죠. 우리한테 하고 싶은 말이 있나, 테나 부인?”

그녀는 말을 할 수 없었지만, 대신 바다 위 하늘을 가리켰다.

“신천옹이군.”

그가 말했다.

그녀는 커다랗게 웃음을 터뜨렸다.

깊고 깊은 빛의 바다로부터, 하늘의 문으로부터, 철갑 같은 몸뚱이를 꼬고 불의 궤적을 끌면서 용이 날아왔다. 이제 테나가 말했다.

“칼레신!”

그녀는 소리내어 외쳤고, 돌아서며 게드의 팔을 잡아 그를 바위 밑으로 잡아당겼다. 불덩어리의 포효가 머리 위를 쓸고 지나갔다. 비늘이 철컥거리는 소리, 펼쳐진 날개 속에서 휘몰아치는 바람 소리, 큰 낫 같은 갈고리 발톱들이 맞부딪혀 울리는 소리가 났다.

바다로부터 바람이 불어왔다. 테나의 손 옆 바위 틈에서 자라난 자그마한 엉겅퀴가 바다에서 부는 바람에 고개를 까닥이고 또 까닥였다.

게드가 그녀 옆에 있었다. 그들은 나란히 웅크리고 있었다. 뒤에는 바다, 앞에는 용이었다.

용은 기다랗고 누르스름한 눈으로 그들을 곁눈질했다.

게드는 쉬고 떨리는 목소리로 용의 언어를 말했다. 테나는 그 말들을 알아들었는데 단지 이뿐이었다.

"고맙소, 가장 나이 든 이여."

이윽고 테나를 쳐다보며 칼레신이 말했다. 금속 빗자루로 징을 쓰는 듯한 웅장한 목소리였다.

"아로 테하누?"

"아이가……, 테루야!"

테나는 일어서서 뛰려고, 아이를 찾아 뛰어가려고 했다. 그때 테루가 산과 바다 사이에 선반처럼 튀어나온 바위 길로 용을 향해 오는 게 보였다.

"뛰지 마, 테루!"

테나가 소리쳤지만 아이는 이미 그녀를 보고 뛰어오는 중이었고, 그녀에게 곧장 달려들었다. 그들은 서로를 얼싸안았다.

용은 무지무지하게 크고 거무스름한 녹 색깔의 머리를 돌려 두 눈으로 그들을 쳐다보았다. 솥만큼이나 큰 콧구멍 속으로 불길이 환하게 얼비치고 연기 다발이 돌돌 피어오르고 있었다. 용의 몸뚱이에서 뿜어져 나오는 열기가 차가운 바닷바람 사이로 소용돌이쳤다.

"테하누."

용이 말했다. 아이는 돌아서서 용을 쳐다보았다.

"칼레신."

아이가 말했다.

그러고 나서, 여전히 무릎을 꿇은 채였던 게드가 후들거리는 다리로 일어나 섰다. 그는 몸을 가누느라 테나의 팔을 붙들었다. 그러곤 웃음을 터뜨렸다.

"이제 누가 당신을 불렀는지 알겠소, 나이 든 이여!"

"제가 불렀어요."

아이가 말했다.

"달리 어떡할지 몰랐어요, 세고이."

아이는 여전히 용을 쳐다보면서, 용의 언어로, 창조의 말들로 얘기했다. 용이 말했다.

"잘했다, 아이야. 나는 오랫동안 너를 찾고 있었다."

"지금 거기로 가나요? 다른 이들은 어디 있어요? 다른 바람을 타고 있나요?"

아이가 물었다.

“너는 이들을 떠날 거냐?”

“아뇨. 이분들은 가면 안 돼요?”

“이들은 갈 수 없다. 그들의 삶은 여기에 있다.”

“그럼 이분들과 같이 있을래요.”

아이가 흡 하고 숨을 멈추며 말했다.

칼레신은 슬쩍 옆을 보더니, 웃음인지 경멸인지 즐거움인지 분노인지 알지 못할 거대한 용광로 바람 같은 “허!” 소리를 냈다. 그러고 나서 다시 아이를 돌아보았다.

“좋다. 너는 여기서 해야 할 일이 있지.”

“알아요.”

“너를 데리러 돌아오마……, 때가 되면.”

그리고 칼레신은 게드와 테나에게 말했다.

“그대들에게 내 아이를 준다. 그대들이 나에게 아이를 줄 것처럼.”

“때가 되면요.”

테나가 말했다.

칼레신의 거대한 머리가 아주 약간 숙여졌고, 길고 날카로운 이빨을 드러내며 입술이 입 가장자리로 말려 올라갔다.

게드와 테나가 테루를 데리고 옆으로 물러나자, 용은 돌아서서 바위 선반을 가로질러 조심스럽게 갈고리 발톱을 디뎌 자리를 잡은 뒤에 고양이처럼 검은 엉덩이를 움츠렸다 마침내 높이 뛰어올랐다. 줄무늬 진 날개가 새 날의 빛 속에 진홍색으로 좍 펼쳐졌고 쇠 가시가 돋친 꼬리는 바위 위에 끌리며 소름 끼치는 소리를 만들어 냈다. 그리고 용은 날아가 버렸다……. 갈매기처럼, 제비처럼, 하나의 생각처럼.

용이 있던 곳엔 옷과 가죽이 불에 그슬린 누더기와 그 나머지 잔해가 놓여 있었다.

"갑시다."

게드가 말했다. 그러나 여자와 아이는 서서 그것들을 바라보았다.

"저들은 뼈 사람들이에요."

테루가 말했다. 그러고 나서 아이는 돌아서서 걸음을 옮겼다. 아이는 그 좁은 길을 따라 남자와 여자 앞에 앞장서서 갔다.

"타고난 말이구려. 저 애의 어머니 언어지."

게드가 말했다.

"테하누. 저 애의 이름은 테하누예요."

테나가 말했다.

"저 애는 이름들을 준 이에게서 그 이름을 받았소."

"저 애는 시작 이후로 테하누였어요. 항상, 테하누였죠."

"가요!"

아이가 돌아보며 말했다.

"이끼 아줌마가 아파요."

*

그들은 이끼를 햇빛과 가벼운 바람 속으로 옮겨 상처를 소독하고 악취 나는 침대보를 태웠다. 그러는 동안 테루는 오지언의 집에서 깨끗한 침구를 가져왔다. 염소치기 처녀 히스도 같이 데려왔다. 히스의 도움으로 그들은 늙은 여자를 그녀의 닭들과 함께 편안히 침대에 눕힐 수 있었다. 그런 다음 히스는 뭔가 먹을 만한 것을 가지고 돌아오겠다고 했다.

게드가 말했다.

“누군가가 곤트 항으로 내려가야 해요. 그곳 마법사를 불러와야지. 이끼를 돌봐 줘야 하오. 그녀는 나을 수 있어요. 그리고 영주의 저택으로도 가 봐야 하고. 그 늙은이는 지금쯤 죽었을 거요. 하지만 그 집이 깨끗해졌다면 손자는 살아 있을지도 모르니…….”

게드는 이끼의 집 층계참에 앉았다. 머리를 햇빛 아래 문설주에 기대고는 눈을 감았다. 그가 말했다.

“우리가 지금 이 일들을 하고 있는 이유가 뭘까?”

테나는 양수기에서 길어 온 깨끗한 대야물에 얼굴과 팔과 손을 씻고 있었다. 다 씻고 나서 주위를 둘러보니 게드는 완전히 지쳐 곯아떨어졌고, 그의 얼굴은 아침 햇빛을 향해 약간 들려 있었다. 그녀는 게드 옆 층계참에 앉아서 그의 어깨에 머리를 기대었다. 우리는 목숨을 건졌지? 어째서 우리가 살았을까?

그녀는 흙 계단 위에 편안히 펼쳐져 있는 게드의 손을 내려다보았다. 바람 속에서 고개를 까닥이던 엉겅퀴가 생각났고, 붉은색과 금색 비늘을 가진 용의 갈고리 발톱이 떠올랐다. 아이가 옆에 와 앉았을 때 테나는 반쯤 잠들어 있었다.

"테하누."

테나가 웅얼대듯 불렀다. 아이가 말했다.

"어린 나무가 죽었어요."

조금 있다가 테나의 지치고 졸린 마음이 그 말을 알아듣고, 대답을 할 만큼 정신이 돌아왔다.

"늙은 나무엔 복숭아가 달렸니?"

그들은 잠든 남자를 깨우지 않으려고 나지막이 말했다.

"다 작고 파래요."

"걔들은 익을 거야, '긴 춤'이 지나면 이제 곧이란다."

"하나를 심어도 돼요?"

"심고 싶으면 더 심으렴. 집은 문제없던?"

"비었어요."

"우리 거기서 살까?"

테나는 잠이 좀 더 깨어 아이에게 팔을 둘렀다.

"나한테 돈이 있어. 염소 한 무리랑, 아직 내놓은 상태라면 터비의 겨울 목장을 살 만큼은 말이야. 게드는 염소들을 산 위 어디로 데려가야 할지 알아, 여름에는……. 우리가 빗질하던 털이 아직 거기 있는지 궁금한데?"

그렇게 말하고서 티나는 생각했다. 그 책들을 두고 왔네, 오지언의 책들을! 참나무 농장의 화로 선반 위에……, 불티, 가여운 그 애는 한 글자도 못 읽는데!

그러나 그건 별 문제가 아닌 듯했다. 배워야 할 새로운 것들이 있으리라, 틀림없이. 그리고 만약 게드가 그 책들을 원한다면 사람을 보내 찾아 오게 할 수도 있다. 그녀의 실 잣는 물레도 찾아 오게 해야지. 아니면 가을에 테나가 직접 가서 아들을 만나고 종달새네 집에도 들르고 능금과 한동안 함께 지낼 수도 있었다. 또 올 여름 채소를 좀 따려면 지금 당장 오지언의 텃밭에 모종을 심어야 할 터였다. 테나는 고랑을 따라 줄지은 콩들과 콩꽃의 향기를 떠올렸다. 서쪽을 바라보는 그 작은 창문도 생각났다. 테나는 말했다.

"우리는 거기서 살 수 있을 거야."

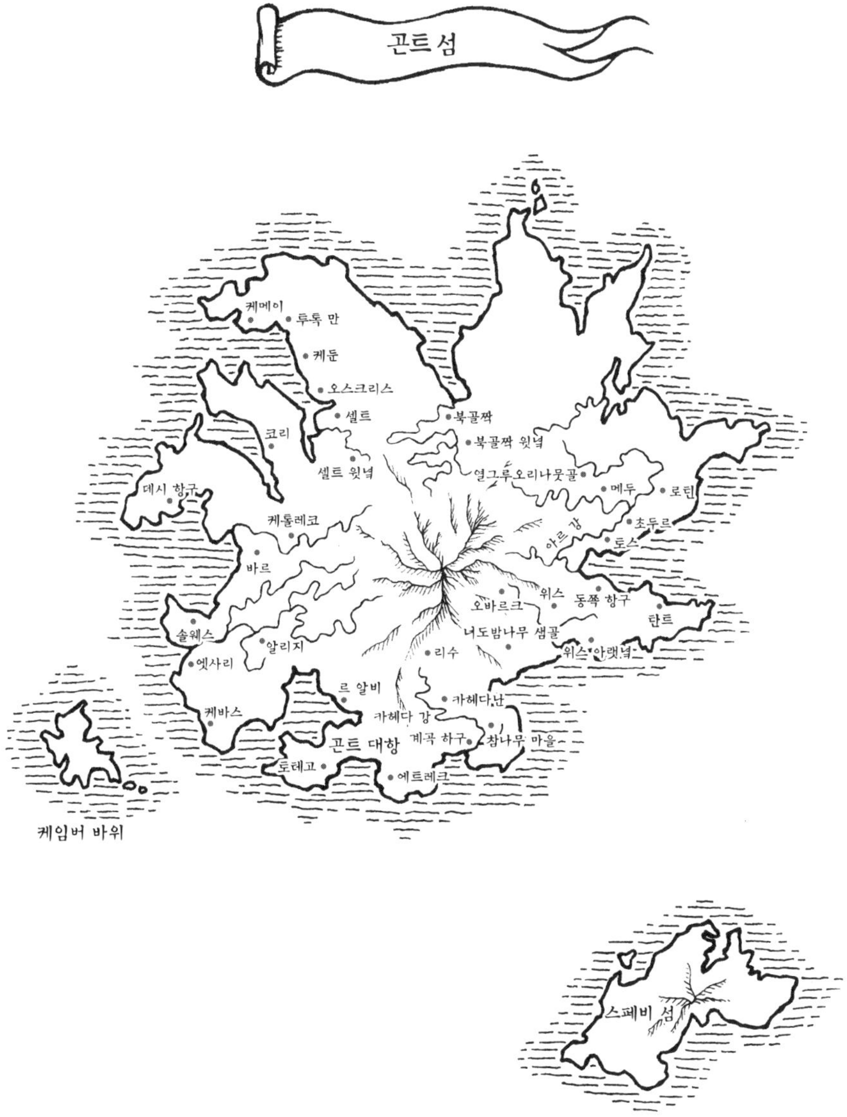

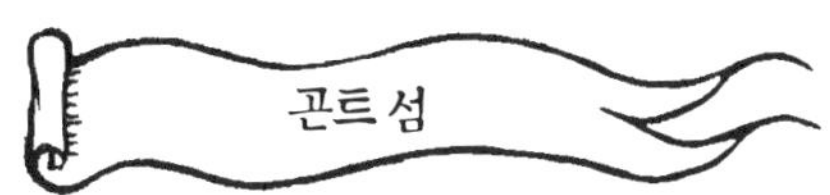

케메이
투톡 만
케둔
오스크리스
셀트
코리
셀트 윗녘
데시 항구
케톨레코
바르
솔웨스
알리지
엣사리
케바스
르 알비
카헤다 강
곤트 대항
토레고
에트레크
계곡 하구
리수
카헤다난
참나무 마을
북골짝
북골짝 윗녘
열그루오리나뭇골
메두
로틴
초두르
아르 강
토스
위스
동쪽 항구
오바르크
탄트
너도밤나무 샘골
위스 안랫녘
케입버 바위

©1991 by MARION WOOD KOLISCH

어슐러 르 귄 Ursula K. Le Guin

어슐러 르 귄은 1929년 미국 캘리포니아 주 버클리에서 태어났다. 아버지 알프레드 크뢰버는 북미 인디언 연구에 헌신한 저명한 인류학자였으며 어머니 테오도라 크뢰버는 아동 문학가로『마지막 인디언Ishi in Two Worlds』등의 작품을 남겼다. 르 귄은 래드클리프 대학을 졸업하고 컬럼비아 대학원에서 중세 불문학 석사 학위를 받은 후 풀브라이트 장학생으로 파리에서 체류하는 동안 역사학자 찰스 르 귄을 만나 결혼했으며, 현재 미국 오리건 주의 포틀랜드에 살고 있다. 세계3대 판타지 소설로 손꼽히는 대표작 어스시 시리즈는 전 세계 수백만 독자들의 사랑을 받으며 전미 도서상 등 유수의 문학상들을 수상하였고, 과학 소설『빼앗긴 자들』,『어둠의 왼손』등은 발표 당시 네뷸러 상과 휴고 상을 동시에 휩쓸었다.

최준영

연세대학교 사회복지학과를 졸업하고 다년간 전문 편집자로 일했다. 옮긴 책으로『어스시』전집 외에 론 허버드『투 더 스타』가 있다.

이지연

서울여자대학교 식품과학과를 졸업했다. 로즈마리 서트클리프의『태양의 전사』를 비롯하여『복제 인간 사냥꾼』,『손바닥 동화』등을 우리말로 옮겼다.

어스시 전집 제4권

테하누

1판 1쇄 펴냄 2006년 7월 24일
1판 14쇄 펴냄 2022년 8월 8일

지은이 | 어슐러 르 귄
옮긴이 | 최준영 · 이지연
발행인 | 박근섭
편집인 | 김준혁
펴낸곳 | 황금가지

출판등록 | 2009. 10. 8 (제2009-000273호)
주소 | 06027 서울 강남구 도산대로 1길 62 강남출판문화센터 5층
전화 | **영업부** 515-2000 **편집부** 3446-8774 **팩시밀리** 515-2007
홈페이지 | www.goldenbough.co.kr

도서 파본 등의 이유로 반송이 필요할 경우에는 구매처에서 교환하시고
출판사 교환이 필요할 경우에는 아래 주소로 반송 사유를 적어 도서와 함께 보내주세요.
06027 서울 강남구 도산대로 1길 62 강남출판문화센터 6층 민음인 마케팅부

ISBN 978-89-8273-194-5 04840 (4권)
ISBN 978-89-8273-197-0 (set)

㈜민음인은 민음사 출판 그룹의 자회사입니다.
황금가지는 ㈜민음인의 픽션 전문 출간 브랜드입니다.

고래 섬
코모코메
케미시
레프
북 엔와스
남 엔와스
소르
앨러놋 제도
베레스웩
해
원
북
페린스
도
안드라드 제도
북쪽 이빨
남쪽 이빨
안드라드
오란드라드
대
4
후랏후르
메스레스
페레갈
오래네아
곤트
아르 하구
곤트 항
가하리언
예아
케임버
남항
스페비
이베아
그
르
카
앗니니
예아 해
바니스크
토르헤븐
아와바스
무덤
아투안
레브니안 산지
온산
에스켈
카레고앗
토리클 제도
대항
켐버 하구
에스켈
길 섬
실라이스
양손 섬
사틴스
펠크웨이
베미시
길 군도
오톡네
벤웨이
미시 항
요르
일리엔
오
페릴레인
해
스네그
렝
바깥 인란
캐머리
오 항구
유니 제도
이스메이
원
먼 톨리
토크
이피시
동
코프
홀프
콥피시
닫힌 바다
인스머
유니
쿱
나미엔
셀렛 제도
압소
소울
롤라메니
소더스
미스크
세트
던넬
게일
와스니
펠리머
고스크
코르네이
남해 미제도
아스토웰
귀의 섬

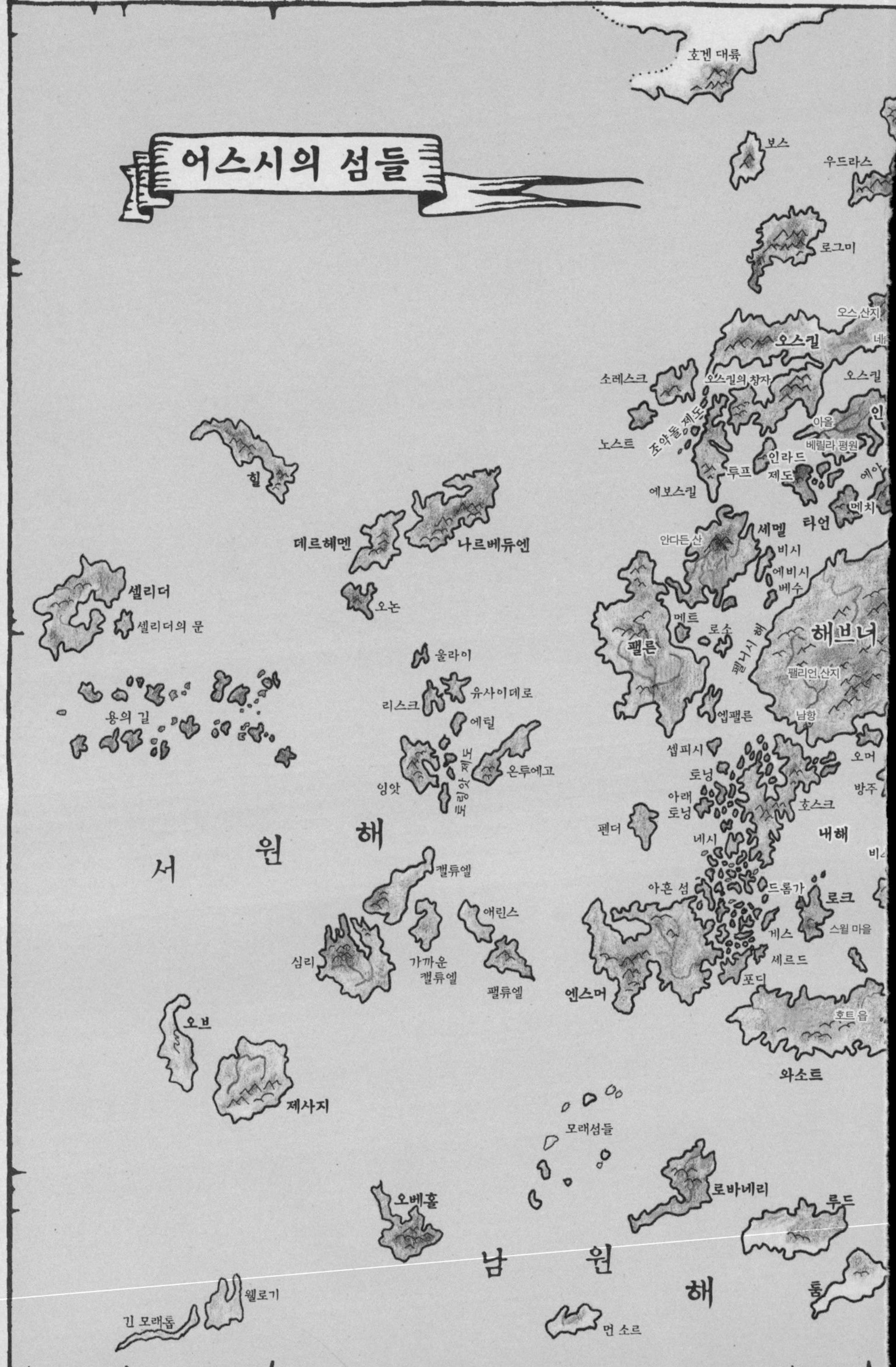
어스시의 섬들
호겐 대륙
보스
우드라스
로그미
오스 산지
오스킬
소레스크
오스킬의 창자
조약돌 제도
노스트
투프
인라드 제도
아올
베릴라 평원
에보스킬
메치
타언
세멜
안다든 산
비시
에비시
베수
메트
로소
팰니시 해
해브너
팰리언 산지
남항
팰른
엡팰른
셉피시
토닝
아래 토닝
오머
방주
호스크
내해
펜더
네시
아혼 섬
드롬가
로크
스윌 마을
게스
세르드
포디
엔스머
호트 읍
와소트
힐
데르헤멘
나르베듀엔
셀리더
셀리더의 문
오논
울라이
유사이데로
리스크
용의 길
에릴
잉앗
온투에고
서
원
해
캘류엘
애린스
심리
가까운 캘류엘
팰류엘
오브
제사지
모래섬들
오베훌
로바네리
루드
남
웰로기
긴 모래톱
먼 소르